Gisa Pauly

FLAMMEN IM SAND

Ein Sylt-Krimi

PIPER

Mehr über unsere Autorinnen, Autoren und Bücher:
www.piper.de

Von Gisa Pauly liegen im Piper Verlag vor:

Mamma-Carlotta-Reihe:

Band 1: Die Tote am Watt
Band 2: Gestrandet
Band 3: Tod im Dünengras
Band 4: Flammen im Sand
Band 5: Inselzirkus
Band 6: Küstennebel
Band 7: Kurschatten
Band 8: Strandläufer
Band 9: Sonnendeck
Band 10: Gegenwind
Band 11: Vogelkoje
Band 12: Wellenbrecher
Band 13: Sturmflut
Band 14: Zugvögel
Band 15: Lachmöve
Band 16: Schwarze Schafe

Siena-Reihe:

Band 1: Jeder lügt, so gut er kann
Band 2: Es wär schon eine Lüge wert
Band 3: Lügen haben lange Ohren

Dio Mio! Mamma Carlottas himmlische Rezepte
Der Mann ist das Problem
Venezianische Liebe

Unser Versprechen für mehr Nachhaltigkeit
• Klimaneutrales Produkt
• FSC®-zertifiziertes Papier
• Hergestellt in Europa

FSC www.fsc.org
MIX
Papier | Fördert gute Waldnutzung
FSC® C083411

Originalausgabe
ISBN 978-3-492-25837-1
1. Auflage Juni 2010
12. Auflage April 2022

Umschlaggestaltung: Eisele Grafik-Design, München,
unter Verwendung der Fotos von Anja Weber-Decker/plainpicture (Fahne)
und Tobik/Shutterstock (Rettungsring)
Satz: Eberl & Kœsel Studio GmbH, Altusried-Krugzell
Druck und Bindung: CPI books GmbH, Leck
Printed in the EU

Immer wieder *blickte sie sich um. Gab es jemanden, der ihr nachsah? Jemanden, der sich später daran erinnern würde, in welche Richtung sie gegangen war? Jemanden, der bemerkt hatte, dass die Sporttasche, die sie bei sich trug, schwer gewesen war? Vielleicht würde am nächsten Tag auch jemand sagen, man habe ihr angesehen, dass sie etwas Außergewöhnliches vorhatte, dass sie etwas plante, was ihr niemand zugetraut hätte. Und es habe ja niemand ahnen können, was dabei herauskommen würde!*

Als sich ein Wagen langsam von hinten näherte, war sie versucht, sich erneut umzublicken. Aber als sie hörte, dass der Fahrer das Gas wegnahm, wusste sie, dass es nicht nötig war. Es war so weit! Nun konnte nichts mehr dazwischenkommen. Plötzlich spielte es keine Rolle mehr, ob jemand sie beobachtete, der später eine Aussage machen würde.

Der Wagen kam neben ihr zum Stehen, sie sah einen Unterarm, der die Beifahrertür aufstieß. Die Sporttasche wäre im Kofferraum oder auf dem Rücksitz besser aufgehoben gewesen, aber sie wollte keine Zeit verlieren, warf die Tasche in den Fußraum und ließ sich auf den Sitz fallen. Als der Wagen anfuhr, zwängte sie die Füße neben die Tasche. Es war ja nicht weit. Der Weg von einem Leben ins andere konnte so kurz sein! Dass sie bequem saß, darauf kam es nicht an. Wichtig war nur, dass jetzt nichts mehr dazwischenkommen konnte.

Eine halbe Stunde später nahm sie Abschied von Sylt. Ein Abschied für immer! Noch glaubte sie, dass es in ihrer eigenen Macht stand, zu gehen und niemals zurückzukehren. Sie genoss ein letztes Mal den Blick übers Meer und vertraute darauf, dass sie irgendwann noch einmal auf dem Kamm dieser Düne stehen könnte, wenn sie den Mut dazu finden würde. Irgendwann! Trotzdem nannte sie diesen Abschied endgültig und betrachtete alles, als sähe sie es zum letzten Mal. Die gewaltige Dünenlandschaft, die jeden Menschen, der sie durchwanderte, ganz klein machte, die Möwe, die sich mit ausgebreiteten Schwingen auf den Wind legte und zu ihr herabschrie, die schneeweiße Gischt, die weit draußen ein Spiel begann, das erst in der Brandung, wenn sie sich auf den Strand warf, Ernst wurde, den Strand, der kein Anfang und kein Ende hatte und von einer Schönheit war, die sogar den hohen Betonwürfeln Westerlands ihre Hässlichkeit nahm. Den Geruch des Meeres und den Geschmack des Windes nahm sie tief in sich auf, weil sie entschieden hatte, dass es das letzte Mal war.

Dass doch nicht alles wie geplant gelaufen war, bekam sie nicht mehr mit. Der Schlag auf den Hinterkopf traf sie vollkommen unerwartet. Gewaltig war er, so gewaltig, dass sie ohne einen einzigen Laut vornüber in den Sand fiel. Eine Blutspur sickerte ins Dünengras, doch noch bevor das Blut seinen Glanz und seine Farbe verlor, warf jemand Sand darüber, viel Sand, sodass bald nichts mehr übrig war als ein rostroter Schimmer, den der Wind so lange bleichen würde, bis er nicht mehr zu sehen war.

Carlotta Capella schwebte über einen roten Teppich. Nun ja, richtig rot war er nicht, eher bockwurstbraun, und ein wirklicher Teppich war es auch nicht, sondern ein robuster Sisalläufer. Aber darauf kam es nicht an. Sie schwebte, so viel stand fest! Anders konnte man es nicht nennen, wenn sie sich nicht wie sonst mit hurtigen, energischen Schritten fortbewegte, sondern sehr überlegt und unglaublich graziös ein Bein vors andere setzte und dabei eine Miene zog, als wäre das Leben eine Losbude voller Hauptgewinne.

Ihre sieben Kinder hätten sich bei ihrem Anblick halb totgelacht, aber Mamma Carlotta hatte Glück: Sie befand sich in der Gesellschaft von Menschen, die diese Sache ernst nahmen. Und ihre Enkeltochter Carolin, die sonst erwartete, dass ihre Großmutter sich großmütterlich verhielt, und alles andere schrecklich peinlich fand, hielt sich mit Spott tunlichst zurück. Denn sie war sich keineswegs sicher, dass sie die gebotene Aufgabe besser meistern würde als ihre Nonna.

»Jetzt stehen bleiben! Rechte Hand in die Taille! Rechte Hüfte nach vorn! Über die rechte Schulter blicken! Bon! Très bien! Und wieder retour!«

Mamma Carlotta fühlte sich großartig, während sie zum Anfang des Läufers zurückschritt. Sie fragte sich sogar, ob sie ihr bisheriges Leben fernab ihrer eigentlichen Bestimmung verbracht hatte.

»Sie sind ein Naturtalent, Madame!«, rief Yvonne Perrette prompt. »Wenn der Hauptkommissar Sie sehen würde – er wäre hingerissen!«

Daran glaubte Mamma Carlotta zwar nicht, aber da sie sich die Freude an diesem wunderbaren Tag nicht verderben wollte, schwieg sie. Hochzufrieden nahm sie neben Yvonne Perrette Platz, während Carolin sich am Sisalläufer aufstellte.

»Gerade gehen! Kopf hoch! Nicht zu schnell! Am Ende warten, warten, warten ... und dann langsam zurück!«

Gerührt betrachtete Mamma Carlotta ihre Enkelin, die sich redlich Mühe gab, Heidi Klum Konkurrenz zu machen. Wie hübsch sie geworden war! Seit sie ihr Schulpraktikum im Modeatelier absolvierte, sogar noch hübscher. Und seit die beiden Besitzerinnen der Schneiderwerkstatt eine Modenschau planten, war Carolin sogar bereit, sich mit dekorativer Kosmetik zu beschäftigen. Bisher hatte sie nicht viel von Rouge, Lipgloss und Eyeliner gehalten, und von Haarschmuck erst recht nicht. Neuerdings aber blockierte sie stundenlang das Bad, um mit Puder und Lidschatten Erfahrungen zu sammeln und neue Frisuren auszuprobieren.

Und seit Madame Perrette ihr in modischen Fragen mit Rat und Tat zur Seite stand, trug sie gelegentlich bunte Pullover und seit einigen Tagen sogar eine Tunika, die sie selbst genäht hatte. Und das, obwohl sie sich als sehr unpraktisch erwiesen hatte, weil die weiten Ärmel ständig in der Butter oder im Kakao hingen. Neulich waren sie sogar in eine Kerzenflamme geraten, wodurch die Tunika beinahe ruiniert und die Familie obdachlos geworden wäre. Aber zum Glück hatte Felix den Tunikaärmel geistesgegenwärtig mit einem Glas Cola gelöscht. Seitdem waren die Ärmel zwangsläufig kürzer und praktischer in der Handhabung, und Carolin hatte für ihren künftigen Beruf etwas Wesentliches gelernt: Eine Modeschöpferin darf nicht außer Acht lassen, dass die moderne Frau eine zweckmäßige Mode braucht, in der sie die eine oder andere Arbeit verrichten kann, ohne sich in Lebensgefahr zu bringen.

Mamma Carlotta war entzückt gewesen, als sie bei ihrer Ankunft auf Sylt zu hören bekam, dass Carolin einen neuen Beruf ins Auge gefasst hatte. Früher hatte sie Lehrerin werden wollen, das war Mamma Carlotta auch sehr recht gewesen. Dann jedoch war sie von dem Wunsch besessen gewesen, Schriftstellerin zu werden und schließlich sogar Sängerin. Beides hatte ihre Nonna mehr befremdet als erfreut. Nun jedoch wollte sie nach der Schule unbedingt eine Schneiderlehre absolvieren, um Modedesignerin zu werden. Das war so recht nach dem Geschmack ihrer Großmutter! Die hatte schließlich ihre sieben Kinder nur anständig kleiden können, indem sie das meiste selbst nähte. Sie kannte sich also aus. Auch Lucia, Carolins Mutter, hatte gern genäht, und Mamma Carlotta war stolz, dass ihre Enkelin dieses Familienerbe nun weitertrug. Mit großem Engagement hatte sie Carolins Zukunftspläne verteidigt, als Erik zu erkennen gegeben hatte, dass er sich für seine Tochter einen akademischen Beruf wünschte.

»Handwerk hat goldenen Boden, Enrico! Das ist auf Sylt nicht anders als in Italia! Vielleicht wird Carolina sogar eine berühmte Modeschöpferin!«

Und nachdem Erik festgestellt hatte, dass seine Tochter, seit sie ihr Schulpraktikum in der Schneiderwerkstatt absolvierte, gelegentlich etwas anderes trug als beige oder graue Pullover und neuerdings modische Stiefeletten statt ihrer bequemen braunen Halbschuhe, hatte er sich jede Kritik an Carolins Berufswunsch versagt. Nur als sie unbedingt eine neue Krawatte für ihn entwerfen wollte und einen Stoff dafür ausgesucht hatte, den er nicht einmal auf einem Sofakissen geduldet hätte, hatte er sich noch einmal aufgelehnt.

Was er wohl sagen würde, wenn er hörte, dass seine Tochter sogar bei der nächsten Präsentation des Modeateliers als Model mitwirken würde? Mamma Carlotta war nicht ganz sicher, ob er darüber ebenso begeistert sein würde wie sie selbst. Und dass sie Anerkennung ernten würde, wenn Erik hörte, dass auch seine Schwiegermutter an der nächsten Modenschau beteiligt sein würde, bezweifelte sie ebenfalls.

Hätte sie etwa doch ablehnen sollen? Nein! Niemals hätte sie eine Aufgabe zurückgewiesen, die so wahnsinnig aufregend war, dass später ihr ganzes Dorf auf der Piazza zusammenlaufen würde, wenn sie davon erzählte. Carlotta Capella als Model! Dabei spielte es überhaupt keine Rolle, dass es sich um Mode für Mollige und dezente Modelle für die reife Dame handelte. Sie durfte sich mit Fug und Recht ein Mannequin nennen!

Ach, wenn Dino das noch erlebt hätte! Aber diesen Gedanken schüttelte Mamma Carlotta so schnell ab, wie er ihr gekommen war. Nein, von ihrem Mann wäre ihr wohl jede Anerkennung versagt geblieben. Er hatte sie nach ihrem dreißigsten Geburtstag nie anders als in dunkler Kleidung gesehen, mit dunklen Strümpfen und bequemen Pantoletten. Und dass sie nach seinem Tod abgenommen hatte und geradezu aufgeblüht war, wäre ihm wahrscheinlich nicht recht gewesen. Seine Frau hatte sich als Witwe ihr erstes Blümchenkleid gekauft, verzichtete seitdem auf den Haarknoten, hatte sich den ersten Friseurbesuch ihres Lebens geleistet und sich einen Lockenstab angeschafft. Mittlerweile war sie sogar Besitzerin eines Lippenstiftes, todschicker Schuhe, die sich Sneakers nannten, und trug gelegentlich Hosen, die sie nach ihrer Rückkehr nach Umbrien ganz hinten in den Schrank hängte, damit niemand sie sah. Manchmal dachte sie sogar daran, sich eine Jeans zuzulegen. Aber wenn sie sich das traute, musste sie wirklich vergessen, dass Dino im Himmel auf einer Wolke sitzen und vorwurfsvoll auf sie herabblicken könnte.

Mamma Carlotta warf Yvonne Perrette einen Blick zu, dann setzte sie sich genauso kerzengerade hin wie sie. Nachdem sie ihren Mann rund zwanzig Jahre gepflegt hatte, brauchte sie sich keine Schuldgefühle einzureden, wenn sie versuchte, ihrer Witwenschaft etwas Positives abzugewinnen! Yvonne Perrette hatte sogar behauptet, sie sei sehr hübsch mit ihren dunklen Augen und den schwarzen Locken, die nur wenige graue Strähnen aufwiesen. Und während sie früher übergewichtig gewesen war, wurde sie nun höchstens mollig genannt. Mollig! Was für ein schönes deutsches Wort!

Yvonne Perrette klatschte in die Hände. »Es wird immer besser«, sagte sie zufrieden, und damit meinte sie zweifellos nicht nur Carolin, sondern auch Mamma Carlotta. »Meine Kundinnen werden begeistert sein. Der Kaufwunsch wird viel eher angeregt, wenn keine professionellen Models die Mode vorführen, sondern Frauen wie du und ich!«

Mamma Carlotta pflichtete ihr lebhaft bei, obwohl sie noch nie im Leben Gast einer Modenschau gewesen war, sondern nur gelegentlich im Fernsehen staunend beobachtet hatte, wie bedauernswert unterernährte Models Stoffkreationen über den Laufsteg trugen, wie sie in Mamma Carlottas umbrischem Dorf höchstens an Signora Libertini zu sehen waren. Die verfiel von Zeit zu Zeit in Depressionen und schnitt dann die

Ärmel aus ihrer Bluse oder stieg in die Hosen ihres verstorbenen Mannes, der zu Lebzeiten gut zwei Zentner auf die Waage gebracht hatte. Doch seit Mamma Carlotta den Sisalläufer im Modeatelier von Westerland entlangschritt, kam sie sich wie eine Expertin in Sachen Mode vor. In ihrem Dorf würde keiner mehr von Claudia Schiffer oder Kate Moss reden können, ohne sich anschließend etwas über Carlotta Capellas Erfahrungen auf dem Catwalk anhören zu müssen. Und Signora Rondinoni, die Besitzerin der kleinen Änderungsschneiderei, würde der Vergleich ihrer winzigen Werkstatt hinter der Küche mit dem großen Sylter Atelier nicht erspart bleiben.

Jannes Pedersen hatte sein ohnehin geräumiges Haus geschickt noch weiter vergrößert. Schon als er es von seinen Eltern erbte, hatte es zwei Geschäfte darin gegeben: die Bäckerei, die seine Mutter, und den Fahrradladen, den sein Vater geführt hatte. Nach ihrem Tod hatte Jannes die Bäckerei aufgegeben und das Angebot des Fahrradladens erheblich erweitert. Der große Obst- und Gemüsegarten, den seine Mutter geliebt hatte, musste diesen Maßnahmen zum Opfer fallen.

Der frühere Bäckerladen war zunächst einem Verwandten überlassen worden, der dort seine Skulpturen und Bilder ausstellen durfte, aber der hatte weichen müssen, als Yvonne Perrette bei Jannes einzog. Danach war aus dem Laden der Verkaufsraum des Modeateliers geworden, mit zwei großen Schaufenstern, einem dunklen, glänzenden Holzboden und hellen Wänden, die von vielen kleinen Lampen angestrahlt wurden. Hinter dem Ladentisch öffnete sich die Tür zur Schneiderwerkstatt, die nur gute Kunden betreten durften, um den Fortschritt der Arbeiten an ihrem bestellten Design-Modell zu begutachten.

Auch die ehemalige Backstube war erheblich vergrößert worden durch einen Anbau, der sich parallel zur Fahrradwerkstatt tief in das Grundstück schob. Mehrere Arbeitsplätze mit Nähmaschinen gab es dort, Schneiderpuppen standen herum, lange Tische liefen durch den Raum, auf denen zugeschnitten und zusammengesteckt wurde, und von der Decke baumelten, an schweren Ketten befestigt, lange hölzerne Stangen, an denen die Kleidungsstücke hingen, die auf Bestellung angefertigt worden waren. Der Raum war dunkel, aber das spielte keine Rolle, da in einem Schneideratelier ohnehin mit künstlicher Beleuchtung gearbeitet wurde.

Die Tür öffnete sich, und Geraldine Bertrand, Yvonnes Schwester, kam vom Laden ins Atelier. Sie war eine kleine, zierliche Person mit einem runden Gesicht und großen, dunklen Augen. Eine außergewöhnlich hübsche Frau mit weichen Zügen, trotzdem war Mamma Carlotta davon überzeugt, dass das Zarte, Zerbrechliche einen harten Kern verhüllte. Sie vertraute weder Geraldines freundlichem Lächeln noch ihrer Höflichkeit. Beides erschien ihr unecht, gespielt. Yvonne war ganz anders als ihre Schwester. Attraktiv zwar auch, aber auf unauffällige Weise. Sie war liebenswürdig und bescheiden und schien nicht darauf vertrauen zu können, dass sie wirklich hübsch war.

Mamma Carlotta glaubte zu wissen, woran das lag: Yvonne war mit dem falschen Mann zusammen. Jannes Pedersen war ein unsympathischer Kerl, grob und einschüchternd, freundlich nur, wenn er seinen Kunden etwas andrehen wollte, was sie nicht gebrauchen konnten. Immer wenn er im Modeatelier erschien, wurde Yvonne nervös und ängstlich, während Geraldine dem Lebensgefährten ihrer Schwester stets den Rücken zukehrte. Ob sie ahnte, wie begehrlich er dann auf ihre Beine starrte? Yvonne jedenfalls wusste es. Mamma Carlotta hatte schon oft beobachtet, wie sie ihn verstohlen ansah, während er sich in Geraldines Kehrseite vertiefte.

Trotz dieser Zurückweisung, für die Geraldine eigentlich Anerkennung verdient hatte, machte Mamma Carlotta aus ihrer Verachtung selten einen Hehl. Sie hatte genug von Geraldine gehört, um sich dieses Gefühl leisten zu können. Was für ein Glück, dass Frau Kemmertöns, die Nachbarin ihres Schwiegersohns, so gut Bescheid wusste! Die war zwar eine echte Friesin und als solche nicht besonders gesprächig, aber wenn es um die beiden Modeschwestern ging, wie sie Geraldine und Yvonne nannte, änderte sich das schlagartig. Frau Kemmertöns war nämlich entfernt mit dem Baustoffhändler Tadsen verwandt und wusste, dass Geraldine Bertrand ein Verhältnis mit ihm hatte. Mit einem verheirateten Mann! Eine Tatsache, die Frau Kemmertöns derart empörte, dass sie ihre Verschlossenheit vergaß, sobald die Rede darauf kam.

Seit Carolin ihr Schulpraktikum bei den Modeschwestern machte, verzichtete Mamma Carlotta häufig auf ihren Espresso und trank stattdessen Tee mit Frau Kemmertöns, um mehr über Geraldine Bertrand zu erfahren. Und was sie nun wusste, gab ihr das Recht, der schönen Französin so zu begegnen, wie sie es verdiente: unhöflich und geringschätzig! Wenn es sich einrichten ließ, verabschiedete sie sich, sobald Geraldine aus dem Laden in die Werkstatt kam, und radelte nach Wenningstedt zurück.

Diesmal ließ es sich einrichten. Die Mittagszeit nahte, und Carlotta Cappella musste für ihren schwer arbeitenden Schwiegersohn und die beiden Enkelkinder das Essen vorbereiten. Das ließ sie sich nicht nehmen! Seit Lucia nicht mehr lebte, blieb in dem kleinen Haus am Süder Wung viel zu häufig die Küche kalt. Solange Mamma Carlotta auf Sylt zu Gast war, sollte es dort Tag für Tag ein gutes, nahrhaftes Essen geben. Sie hatte es oft in die Wolken geseufzt, wo sie Lucia vermutete, und ihr fest versprochen, sich um Erik und die Kinder zu kümmern, wann immer es ging. Und seit sie Witwe war, ging es zum Glück mehrmals im Jahr. Dass sie Dinos Erspartes nach und nach in eine italienische Fluggesellschaft investierte, verursachte ihr kein schlechtes Gewissen. Schließlich musste sie die Familie ihrer verstorbenen Tochter unterstützen. Dass sie außerdem Freude am Reisen gefunden und Sylt mittlerweile lieben gelernt hatte, tat dabei nichts zur Sache.

Entschlossen griff sie nach ihrer Jacke. »Scusa! Es wird Zeit für mich.«

Yvonne Perrette lächelte freundlich. »Natürlich! Ich werde dafür sorgen, dass Carolin pünktlich zum Essen zu Hause ist.«

Geraldine Bertrand wünschte Mamma Carlotta sogar noch einen schönen Tag, doch sie erhielt keine Antwort. Mamma Carlotta schloss den Reißverschluss ihrer dicken Jacke so hoch wie möglich und holte Mütze, Schal und Handschuhe hervor. Solange sie nicht aus ihrem umbrischen Dorf herausgekommen war, hatte sie nichts dergleichen besessen. Dort reichte eine warme Strickjacke, die sie sich im Winter überzog, und gelegentlich, wenn es besonders kalt war, ein großes wollenes Tuch, das sie sich außerdem überwarf. Aber auf Sylt reichte das nicht. Carlotta hatte vorher nicht geahnt, wie kalt die Luft und wie eisig der Wind sein konnten. Lucia hatte oft darüber gesprochen, wenn sie in Umbrien zu Besuch war, aber erst jetzt, als sie zum ersten Mal im Winter auf Sylt war, konnte Mamma Carlotta ihre Tochter verstehen.

Es war der 18. Februar, drei Tage vorm Biikebrennen. Hauptkommissar Erik Wolf fragte sich bang, wie seiner Schwiegermutter der Grünkohl schmecken würde, der am Tag des Biikebrennens in jeder Familie und in jeder Gaststätte der Insel auf den Tisch kam. Vermutlich würde sie sich rundheraus weigern, auch nur zu probieren, was ihr vorgesetzt wurde und was in der Tat nicht so appetitlich aussah wie Mamma Carlottas marinierte Vorspeisen. Aber da sie alles kennenlernen wollte, was früher zu Lucias Leben gehört hatte, würde sie vielleicht einen Versuch machen.

Lucia hatte jedes Mal die Nase gerümpft, wenn sie mit Erik und den Kindern nach dem Biikebrennen zum Grünkohlessen gegangen war. Und sie hatte nur zwei oder drei Gabeln probiert und dann den Teller zur Seite geschoben. Die fettglänzenden Kochwürste hatte sie ihren Kindern sogar verbieten wollen. »Das kann doch nicht gesund sein!« Aber vergeblich! Carolin und Felix hatten sich Lucias Portion sogar mit einverleibt und keinerlei Verdauungsprobleme davongetragen, obwohl sie natürlich auf den lindernden Köm verzichten mussten, ohne den Erik kein Grünkohlessen gesund überstanden hätte.

Ach, Lucia! Wie sehr sie ihm fehlte.

Erik stand auf, riss lustlos ein Kalenderblatt ab und sah sich um, als wollte er ein paar Möbel umstellen, damit auch seine Erinnerungen zurechtgerückt wurden. In Wirklichkeit nahm er die Hässlichkeit seines Arbeitsplatzes schon lange nicht mehr wahr. Längst hatte er sich an das ungepflegte Mobiliar gewöhnt, an die Topfpflanzen, die jedes Mal im allerletzten Augenblick vor dem Vertrocknen gerettet wurden, an die vergilbten Tapeten und die lieblos eingerahmten Fotos von den

Sturmfluten des letzten Jahrhunderts. Nicht einmal die abgestandene Luft störte ihn mehr.

Sein Assistent Sören Kretschmer hatte sich im Laufe der Jahre seiner Anspruchslosigkeit angepasst. Anfangs hatte er noch gegen die Schmucklosigkeit rebelliert und versucht, mit frischen Blumen, einem Kunstkalender und regelmäßigem Lüften seine ästhetischen Bedürfnisse zu befriedigen, aber mittlerweile hatte er diese Bemühungen eingestellt.

Chef und Assistent waren sich immer ähnlicher geworden. Und wenn Eriks Schwiegermutter auf Sylt zu Besuch war, waren sie sich am ähnlichsten. Beide sehnten sie dann die Mittagspause herbei und machten sich vorher gegenseitig den Mund wässrig bei den Überlegungen, was Mamma Carlotta gekocht haben mochte. Dass Sören während Carlottas Aufenthalt auf Sylt seine Mahlzeiten im Hause seines Chefs einnahm, war mittlerweile für alle selbstverständlich geworden. Hatte er sich anfänglich noch geziert, vertraute er nun darauf, dass er die Schwiegermutter des Hauptkommissars schwer kränken würde, wenn er ihre Kochkunst verschmähte.

»Ich hoffe, sie vergisst vor der Nähmaschine nicht das Kochen«, sagte Erik und gähnte. »Seit Carolin ihr Praktikum in dem Modeatelier macht, wird bei uns mehr genäht als gekocht.«

Er streckte die Beine von sich, die in einer bequemen Breitcordhose steckten. Die trug er sommers wie winters gern, und nur im Hochsommer verzichtete er auf seinen geliebten Pullunder. Lucia hatte gelegentlich versucht, ihn in eine figurbetonte Jeans zu stecken, in ein flottes Poloshirt und einmal sogar in einen Kaschmirpullover. Aber Erik ließ keine unbequeme Kleidung an sich heran und erst recht keine, auf die man achtgeben musste, weil sie empfindlich war und nicht in der Waschmaschine gewaschen werden konnte. Also stieg er jeden Morgen wieder in eine seiner geliebten Breitcordhosen und zog sich seinen Pullunder über den Kopf.

Erik Wolf war durch und durch uneitel. Das Einzige, mit dem er sich am Morgen im Badezimmer Mühe gab, war sein Schnauzer. Den hatte er gern akkurat geschnitten, in der Mitte etwas höher als an den Seiten, die in seine Mundwinkel wachsen mussten, damit Erik sich wohlfühlte. Lucia hatte behauptet, er trüge den Schnauzer so, damit niemand merkte, wenn er die Mundwinkel zum Lächeln hob. Das war natürlich blanker Unsinn. Erik Wolf war schließlich kein humorloser Mensch. Er war nur … Friese. Und ein Friese schmunzelte eben lieber, als zu lachen. Lucia hatte das irgendwann eingesehen, nachdem sie ihn im ersten Jahr ihrer Ehe fast täglich gefragt hatte, ob er schlecht gelaunt sei. Und oft gerade dann, wenn er glänzender Laune gewesen war.

»Ihre Schwiegermutter ist ein unglaublich aktiver Mensch«, meinte Sören gerade und gähnte nun ebenfalls. »Anstatt sich auszuruhen, hilft sie Carolin beim Nähen.«

»Da ist sie wie Lucia«, sagte Erik leise. »Wenn die ein Stück Stoff in die Hand bekam …« Er brach ab. Noch immer machte es ihm Schwierigkeiten, den Namen seiner verstorbenen Frau auszusprechen.

Sören verstand ihn trotzdem. »Ihre Frau und Ihre Schwiegermutter sind sich sehr ähnlich.«

»Finden Sie?« Erik dachte kurz nach. »Lucia war nicht so anstrengend«, sagte er dann, obwohl er nicht sicher war, dass er recht hatte. Lucia hatte genauso wenig Stille ertragen können wie ihre Mutter, und auch Felix, der ganz nach seinen italienischen Vorfahren kam, brauchte stets Lärm um sich herum. Lucia hatte genauso viel geredet, so viel gelacht und gesungen, so schnell Kontakte geknüpft wie ihre Mutter und so laut geschimpft wie sie, wenn ihr etwas nicht gefiel. Aber Lucia war seine Frau gewesen, er hatte sich für sie entschieden und sie geliebt. Also war alles richtig gewesen, was sie tat. Und da Felix so war wie seine Mutter, war auch das in Ordnung, obwohl Erik es sehr zu schätzen wusste, dass Carolin genauso ruhig und wortkarg war wie er selbst. Seine Schwiegermutter jedoch …

Er schüttelte den Kopf und stand auf. »Kommen Sie! Vielleicht ist die Vorspeise schon fertig«, unterbrach er seine eigenen Gedanken.

Sören sprang erfreut auf. »Meinen Sie?« Sein rundes Gesicht, das Erik stets an einen überreifen Apfel erinnerte, glänzte. »Wissen Sie, welche Antipasti es geben wird?«

»Sie hat gestern Artischocken eingekauft«, sagte Erik, während er seine Jacke überzog. »Ich denke, sie wird sie füllen.«

»Womit?«, fragte Sören höchst interessiert.

»Meistens nimmt sie Orangen, Pinienkerne und ...« Weiter kam Erik nicht. Sein Telefon schrillte. Er warf Sören einen Blick zu, der sagen sollte: Hoffentlich kommt uns nichts dazwischen, dann nahm er ab und meldete sich. Kurz darauf wusste er, dass ihnen etwas dazwischengekommen war. Etwas sehr Merkwürdiges ...

Mamma Carlotta stand neben ihrem Fahrrad und überlegte, ob sie wirklich aufsteigen sollte. Der Wind fuhr ihr mit einer Kraft entgegen, die ihr Angst machte. Würde sie dagegen ankommen? In ihrem Dorf hätte man längst von einem Sturm gesprochen, alle Fenster verriegelt und die Türen nur noch geöffnet, um den vergessenen Blumentopf hereinzuholen, der Anstalten machte, den Berg hinabzurollen. Auf Sylt hingegen ging trotzdem alles seinen Gang. Der Wind gehörte zur Insel, und wenn ein Sturm daraus wurde, dann traf man eben alle nötigen Maßnahmen, wartete ab und sorgte dafür, dass das Leben weiterging.

So hatte Erik es ihr erklärt. »Fast jeden Winter gibt es einen Sturm. Hoffen wir, dass keine Sturmflut daraus wird.«

Mamma Carlotta sah in den Himmel. War das schon ein Sturm? Oder nur ein kräftiger Wind? Sie lauschte auf die Geräusche des Meeres, dessen Rauschen immer in der Luft lag. War aus dem Brausen schon das Donnern der Brandung geworden, mit der eine Sturmflut begann?

Auf dem Hinweg hatte sie ihn genossen, den Wind, weil er sie von Wenningstedt nach Westerland getrieben hatte, ohne dass sie sich anstrengen musste, jetzt aber fuhr er ihr entgegen. Als sie aufs Fahrrad stieg, musste sie dafür sorgen, dass sie zügig in Fahrt kam, damit sie nicht umkippte.

Sie beugte sich tief über den Lenker und sah weder rechts noch links. Deswegen erschrak sie zu Tode, als sich ihr vor dem Seniorenheim jemand in den Weg stellte und nach ihrem Fahrradlenker griff. Das Rad kippte zur Straßenmitte, und Carlotta Capella konnte sich gerade noch mit dem linken Fuß abstützen, sonst hätte sie sich auf dem Pflaster der Steinmannstraße wiedergefunden.

»Sind Sie verrückt geworden?«, fuhr sie den alten Mann an, der vor ihr stand und sie interessiert betrachtete. Nicht schuldbewusst, nicht erschrocken oder ängstlich, sondern tatsächlich interessiert. Erst in diesem Moment sah Mamma Carlotta, dass er unter seiner Winterjacke nur eine Unterhose trug. Spindeldürre Beine ragten grotesk daraus hervor, die Füße steckten in klobigen braun-rot karierten Pantoffeln.

»Nichts verraten«, sagte er und zeigte die Steinmannstraße hinab. »Keiner darf was wissen.«

Nun ahnte Mamma Carlotta, was für einen Menschen sie vor sich hatte. Dem ging es anscheinend so wie dem Bruder ihres Zahnarztes. Schon mit Ende vierzig hatte der geistige Verfall bei ihm eingesetzt, und da er die Metzgerei ihres Dorfes betrieb und täglich mit scharfen Messern hantierte, war er bald aus dem Verkehr gezogen worden. Nachdem er sich dann in einem unbeobachteten Moment zu seiner Schlachterei aufgemacht hatte, dort zu einem Hackebeil gegriffen und alles, was sich besänftigend auf ihn zubewegte, unbedingt verwursten wollte, hatte man ihn von da an in seinem Schlafzimmer eingesperrt.

»Keiner darf was wissen«, wiederholte der alte Mann, und Mamma Carlotta beeilte sich, ihm beizupflichten, so wie es alle bei dem Metzger in ihrem Dorf taten, der aggressiv wurde, wenn jemand nicht seiner Meinung war.

Zum Glück kam in diesem Moment eine Frau im weißen Kittel aus dem Seniorenheim gelaufen. »Entschuldigung!«, rief sie schon von Weitem. »Herr Lürsen ist uns wieder mal entwischt.«

Schwer atmend stand sie vor Mamma Carlotta und entschuldigte sich noch drei weitere Male. »Früher war er Lehrer«, erklärte sie. »Er will jeden Tag in die Schule und seinen Stundenplan ändern, damit er samstags keinen Unterricht hat.« Sie griff nach seinem Arm und führte ihn weg.

Mitleidig sah Carlotta dem Mann hinterher, der in kleinen Schritten neben der Altenpflegerin hertrippelte. Die redete auf ihn ein, während er versuchte, mit ihr Schritt zu halten.

Mamma Carlotta schwang sich wieder auf den Sattel und begann nach Leibeskräften zu treten. Woran ein Mensch wohl merkte, dass die geistige Umnachtung nach ihm griff? Ob er es überhaupt selber merkte? Oder merkten es nur die anderen?

Sie entschloss sich, einen Abstecher zum Strand zu machen, um den alten Mann dort zu vergessen. Das Pfefferfleisch, das vier Stunden kochen musste, hatte sie am Abend vorher zubereitet, es brauchte nur noch einmal erhitzt und aufgeschnitten zu werden. Die Artischocken hatte sie schon am frühen Morgen gefüllt, sie mussten noch eine halbe Stunde gebacken werden, dann waren sie servierfertig. Und die Tortelloni mit der Champignonsoße waren schnell gemacht. Sie hatte also Zeit, sich das Meer anzusehen.

Als sie nach links in die Rote-Kreuz-Straße einbog und auf die Dünen zufuhr, hätte sie beinahe vor dem Wind kapituliert. Nur mit letzter Kraft schaffte sie es bis zum Parkplatz am Restaurant »Seenot«, wo sie das Fahrrad abstellte. Sie stieg hinauf zu den Holzplanken, die sich oberhalb des Strandes Richtung Wenningstedt entlangzogen. Dort lehnte sie sich ans Geländer, hielt ihr Gesicht dem Wind entgegen und sah aufs Meer hinaus.

Wie sollte sie nur in ihrem Dorf erzählen, was sich hier abspielte? Wie konnte es in Worte gefasst werden, dieses Heranrollen der Brandung, die gewaltige Kraft, mit der die Brecher sich auf den Sand warfen, die tief hängenden, aufgerissenen Wolken, die schneeweiße Gischt, die noch weißer erschien, wenn für wenige Augenblicke die bleiche Wintersonne ins Meer stach. Dieses Bild zu beschreiben, würde schwierig werden. Keine Frage, dass sie es versuchen würde, wortreich, mit kleinen Übertreibungen, mit Augenrollen, tiefem Seufzen und großen Gesten. Aber sie bezweifelte, dass es ihr gelingen würde. Man musste die eisigen Spitzen des Windes auf der Haut spüren, die Seeluft riechen und das Salz von den Lippen geleckt haben, erst dann konnte man sich vorstellen, was es hieß, an einem stürmischen Tag am Meer zu stehen.

Sie hatte Mühe, sich von dem wunderbaren Anblick loszureißen. Nur weil ihr plötzlich einfiel, dass sie die Dolci noch nicht vorbereitet hatte, löste sie sich vom Geländer und lief zum Parkplatz zurück.

Sie fuhr auf den Verkehrskreisel zu. Von dort bog sie in die Norderstraße ein, die schnurgerade nach Wenningstedt hineinführte. Ob sie auf die andere Straßenseite wechseln sollte? Dort gab es einen Fahrradweg, der zwischen zwei Baumreihen verlief und womöglich Schutz vor dem Wind bot, den Mamma Carlotta längst einen Sturm nannte. Von einem Sturm würde sie auch sprechen, wenn sie wieder zu Hause war und der Familie und ihren Nachbarn davon erzählte, sobald sie nach dem Wetter auf Sylt gefragt wurde. Alle fragten sie immer als Erstes nach dem Wetter. In Umbrien konnte sich niemand vorstellen, dass man sich auf einer Insel in der Nordsee wohlfühlen konnte. Lucia war jedesmal, wenn sie in Umbrien einen Besuch machte, mitleidig angesehen worden, weil sie ihr Leben in der Kälte fristen musste und für ihre Liebe die Sonne, die Wärme und die Leichtigkeit aufgegeben hatte. Noch so oft hatte Lucia erklären können, dass sie es mittlerweile liebte, dieses Leben in der kalten, klaren Luft, unter dem heftigen Wind – niemand hatte ihr geglaubt. Ihre Mutter am allerwenigsten. Inzwischen jedoch gehörte Mamma Carlotta zu denen, die Sylt verteidigten, das Klima, das eisige Wasser, den Wind, der auch im Sommer kalt und schneidend war.

Sie war auf der linken Straßenseite geblieben und an der Einmündung zum Hochkamp kurz in Versuchung, links abzubiegen und endlich Käptens Kajüte den Besuch abzustatten, auf den Tove, der Wirt, sicherlich längst wartete. Schon seit mehreren Tagen war sie auf der Insel, aber noch immer hatte sich keine Gelegenheit gefunden. Da niemand von ihren Besuchen in der Imbiss-Stube wissen durfte, musste sie auf eine gute Gelegenheit warten, und die hatte es bisher nicht gegeben, weil Mamma Carlotta beinahe täglich mit Carolin im Atelier gewesen war.

Jetzt hätte es ihr gutgetan, sich aufzuwärmen an einem Cappuccino, zu stärken mit einem Vino rosso und sich sagen zu lassen, dass alles halb so schlimm sei, dass so ein Wind noch längst kein Sturm und auf Sylt vollkommen normal sei.

Sicher hätte ihr Toves Zuspruch gutgetan und Fietjes Gleichmut auch.

Mamma Carlotta war jemand, der sich gern etwas einreden ließ. Das Leben war viel leichter zu ertragen, wenn man fest daran glaubte, dass auf jedes Tief ein Hoch folgte, auf jeden dunklen Tag ein sonniger und eben auf jeden Sturm eine Flaute. Aber sie wurde im Haushalt ihrer Tochter gebraucht, da blieb keine Zeit für einen Besuch in Käptens Kajüte. Sie musste selbst dafür sorgen, dass sie den Mut nicht verlor. Im selben Rhythmus, in dem sie in die Pedale trat, belehrte sie sich, dass der Sturm nur ein Wind und der Wind von der Insel nicht wegzudenken war. Erst recht nicht im Februar!

Das Hotel entstand in List, zwischen dem Ortskern und dem Hafen, in der Nähe des Wattenmeers.

»Das ist viel zu groß, um schön zu sein«, knurrte Erik. »Haben wir nicht schon genug von diesen viel zu großen Hotels?«

Sören nickte, aber er schien den Neubau, über dem die Richtkrone schwebte, gar nicht zu sehen. Stattdessen wies er zu einer frisch ausgehobenen Baugrube, die von der Straße aus zu erkennen war. »Anscheinend irgendein Nebengebäude. Personaltrakt, Garagen oder so. Da werden sie es gefunden haben.«

Der Maurerpolier empfing Erik und Sören am Straßenrand und dirigierte ihr Auto auf das Baustellengelände. Der Wind riss Erik die Fahrertür aus der Hand, fuhr heulend ins Auto und machte ihm das Aussteigen schwer. Er sah in das ernste Gesicht des Poliers, der seinem Auto gefolgt war und nun neben der Fahrertür auftauchte. »Komische Sache, das.«

Uwe Jöns, einer der Architekten, kam hinzu und erklärte etwas weniger einsilbig, um was für eine komische Sache es sich handelte. Er berichtete, dass der Baggerführer plötzlich seine Arbeit unterbrochen und aufgeregt nach ihm gerufen habe. »Ein Gerippe! Ganz deutlich zu erkennen! Etwa zwei Meter tief. Vielleicht ein Tier, aber vielleicht...« Er sprach die schreckliche Vermutung nicht aus. »Ich dachte, es ist besser, wenn ich die Polizei rufe.«

Dass er damit recht getan hatte, erkannte Erik schnell. Er hoffte, dass der gewissenhafte junge Architekt keine Schwierigkeiten mit seinem Vorgesetzten bekommen würde. Terminverzögerungen auf einer Baustelle dieser Größenordnung konnten viel Geld kosten, und Erik war sicher, dass manch anderer Architekt das Zeichen zum Weitermachen gegeben hätte.

Er bat Sören, den Gerichtsmediziner und die Spurenfahnder zu verständigen. »Und danach rufen Sie am besten auch meine Schwiegermutter an«, fügte er leise hinzu, »damit sie nicht mit dem Essen auf uns wartet.«

Sören war schlagartig schlecht gelaunt. Erst ein Skelett und dann noch der Verzicht auf gefüllte Artischocken!

Kommissar Vetterich und seine Leute von der kriminaltechnischen Untersuchungsstelle waren schnell da, aber bis Dr. Hillmot auftauchte, war eine gute Stunde vergangen. Erstens, weil der schwergewichtige Gerichtsmediziner nicht zu den Schnellsten gehörte, zweitens, weil er der Ansicht war, dass bei Toten keine Eile geboten war, und erst recht nicht, wenn der Tod schon so lange zurücklag, dass die Leiche bereits skelettiert war.

»Da kommt's doch wohl auf ein Stündchen mehr oder weniger nicht an, oder?«, hatte er zu Sören am Telefon gesagt, der nun endlich etwas gefunden hatte, worüber er sich aufregen konnte, nachdem ihm klar geworden war, dass der Verzicht auf gefüllte Artischocken angesichts einer Leiche kein ausreichender Grund für seine schlechte Laune sein durfte.

Uwe Jöns, dem allmählich aufging, dass er sich eine Menge Scherereien einhandeln konnte, trat von einem Bein aufs andere. »Wann können wir endlich weitermachen?«

Erik zeigte auf den Rest der Baustelle. »Dort gibt's doch genug zu tun. Muss es unbedingt an dieser Stelle sein?«

Uwe Jöns sah ihn ungehalten an. »Sie haben wohl keine Ahnung von den Ablaufplänen einer Großbaustelle, oder?«

Das bestätigte Erik gern, ersparte aber dem Architekten nicht den Hinweis, dass der anscheinend genauso wenig von Polizeiarbeit verstand.

Uwe Jöns merkte, dass er ungerecht gewesen war, und rettete sich in die erstaunte Frage: »Glauben Sie denn wirklich, dass das ein Mordopfer ist?«

»Jedenfalls glaube ich nicht, dass sich hier jemand sein eigenes Grab geschaufelt hat«, gab Erik zurück.

Damit beugte Uwe Jöns sich endlich über seinen Ablaufplan, der die Ausmaße eines Bettvorlegers hatte, und strich energisch einen Posten durch. Wie ein Feldherr, nachdem er eine strategisch wichtige Entscheidung getroffen hat, zeigte er gen Osten. »Da geht's weiter!«

Forschen Schrittes ging er seinen Arbeitern voran, die ihm ungern folgten und immer wieder begehrliche Blicke auf den Ort der Sensation zurückwarfen. Erst recht, als sie sahen, wie die Spurenfahnder eintrafen und in weiße Schutzanzüge stiegen.

Erik war froh, dass er mit Sören noch ein paar Minuten allein war. Vorsichtig umrundete er das Loch, das der Bagger bereits ausgehoben hatte. »Wie lange mag die Leiche hier schon liegen?«

Sören zuckte mit den Achseln. »Jedenfalls nicht so lange, wie der Mörder gehofft hat. Wer hier einen Menschen verbuddelt hat, konnte damit rechnen, dass er nie gefunden wird.«

»Mörder?« Erik sah seinen Assistenten strafend an. »Sie ziehen voreilige Schlüsse.«

»Tu ich das? Dann hat sich hier wohl doch jemand sein eigenes Grab geschaufelt?«

Erik verzichtete auf eine Antwort, die unfreundlich ausgefallen wäre, und sah Kommissar Vetterich entgegen, der wieder mal so bärbeißig dahergestapft kam, als betrachtete er jedes Gewaltverbrechen als einen Angriff auf seine karge Freizeit.

»Hoffentlich hat der Bagger nicht zu viel Schaden angerichtet«, sagte er verdrießlich, nachdem er einen Blick in die Grube geworfen hatte.

»Sie hoffen auf verwertbare Spuren?«, fragte Erik.

Vetterich sah ihn beleidigt an. »Warum bin ich sonst hier?« Er schickte einen der Spurenfahnder zum Wagen zurück. »Wir brauchen Löffel und die kleinen Bürsten. Und dann gehen wir ganz vorsichtig zu Werke, damit die Leiche nicht beschädigt wird.«

Erik und Sören sahen zu, wie zwei Spurenfahnder sich am Rande der Grube niederließen und Stück für Stück das Skelett freilegten. Zwei andere spannten währenddessen ein Segel auf, das die Männer, vor allem aber die Grube und ihren Inhalt, vor dem Wind schützen sollte.

Erik und Sören steckten die Hände in die Taschen und sahen schweigend zu, zunächst gespannt, dann immer gelangweilter und schließlich ausgesprochen überdrüssig. Erik blickte sich immer wieder um in der Hoffnung, jemand würde zu ihnen kommen und sie auffordern, in einem der Bauwagen Schutz vor dem Wind zu suchen, wo es eine Kaffeemaschine gab, die man ihnen gern zur Verfügung stellen wollte. Aber leider geschah nichts dergleichen. Sie froren, schwiegen, machten ein paar Schritte hin und her, froren trotzdem und schwiegen weiter.

Erst nachdem das Skelett von Kopf bis Fuß zu sehen war, fragte Erik: »Wie lange mag das schon hier liegen?«

Kommissar Vetterich zuckte mit den Schultern. »Schon lange, so viel steht fest. Es gibt keinen Geruch mehr und auch kein weiches Gewebe.«

»Mann oder Frau?«

»Das ist Dr. Hillmots Aufgabe«, antwortete Vetterich. »Es ist das Skelett eines Erwachsenen, nur so viel kann ich sagen.«

Erik machte einen langen Hals, während Sören den Abstand zu dem Skelett so groß wie möglich hielt. »Wie kommt es, dass die Kleidung noch erhalten ist?«, fragte Erik und wies auf die dunklen Fetzen, die das Skelett umhüllten.

»Baumwolle«, entgegnete Vetterich. »Die braucht ungefähr fünf Jahre, bis sie verrottet. Jeans und Baumwollhemd würde ich sagen. Wenn das stimmt, ist die Leiche vermutlich im Sommer verscharrt worden.«

»Vor wie vielen Jahren?«

»Habe ich doch gesagt! Fünf Jahre ungefähr! Die Kleidung ist noch nicht vollständig verrottet. Fünf Jahre müssten so ungefähr hinkommen.«

Erik stöhnte. »Aber es können auch sechs Jahre sein?«

»Klar! Auch vier!«

In diesem Moment traf Dr. Hillmot ein. Der dicke Rechtsmediziner stöhnte bei jedem Schritt und beklagte sich, wann immer sich jemand fand, der sich seine Klagen anhörte, dass seine Aufgaben fast immer mit körperlichen Anstrengungen einhergingen. Und ein ständiges Ärgernis war es, dass sein Büro im ersten Stockwerk lag und das Gebäude der Gerichtsmedizin keinen Aufzug besaß.

Sein Überdruss wich allerdings, als er vor dem Erdloch erschien, an dessen Grund das mittlerweile freigelegte Skelett zu erkennen war. Plötzlich erschien in seiner Miene etwas, das daran erinnerte, warum er sich diesen Beruf ausgesucht hatte: Neugier! Selbst die Aussicht, in die Grube zu steigen, um seine ersten Untersuchungen an dem Skelett vornehmen zu können, schien ihn nicht zu schrecken. Dass Erik ihm den Vorschlag machte, es bei einem groben Überblick zu belassen und alle weiteren Untersuchungen in der Pathologie vorzunehmen, gefiel ihm dennoch.

»Mann oder Frau?«, fragte Erik erneut.

Dr. Hillmot schüttelte den Kopf. »Dafür muss ich das Skelett auf dem Tisch haben.«

»Sind Verletzungen zu erkennen?«

Wieder schüttelte Dr. Hillmot den Kopf. »Auf den ersten Blick nicht.« Er wandte sich an Vetterich. »Schaffen Sie mir diesen Kunden in die Pathologie. Aber schön vorsichtig!«

Vetterich brummte etwas, was so klang wie: »Sie mich auch!« Er hasste es, wenn sich jemand mit Ratschlägen oder auch nur mit gut gemeinten Hinweisen in seine Arbeit einmischte. Doch immerhin verstieg er sich zu der Freundlichkeit, Erik mitzuteilen, dass er nach dem Abtransport der Leiche den Boden des Grabes und seine Umgebung genauer untersuchen würde. Damit war alles gesagt und getan, was notwendig war. Vetterich, der seit vielen Jahren mit Erik zusammenarbeitete, war noch nie auf die Idee gekommen, ein privates Wort mit ihm zu wechseln oder gar eine Unterhaltung zu beginnen.

Gerade wollte Erik sich auf den Weg zu seinem Auto machen, da sah er die Frau. Sie stand in der Nähe der Bauwagen, in denen sich zurzeit niemand aufhielt. Sehr aufrecht, als hätte sie sich auf die Zehenspitzen gehoben. Angespannt blickte sie zu ihnen herüber, das war sogar auf die Entfernung zu erkennen. Sie duckte sich nicht in ihren warmen Mantel, hielt nicht ihre Mütze fest oder ihren Schal zusammen und trat auch nicht frierend von einem Bein aufs andere.

»Sehen Sie die Frau dahinten?«, fragte Erik seinen Assistenten. »Was macht die hier?«

»Eine Neugierige«, antwortete Sören und zeigte zur Straße, wo sich viele Schaulustige versammelt hatten, die von Vetterichs Leuten daran gehindert wurden, sich der Fundstelle zu nähern. »Was sonst?« Er kniff plötzlich die Augen zusammen. Nachdenklich folgte sein Blick der dunkel gekleideten Frau, die nun mit großen Schritten den Weg zur Düne hinaufstieg. »Die kenne ich«, sagte er. »Das ist eine dieser Modetanten. Die beiden Französinnen, bei denen Carolin ihr Schulpraktikum macht.« Er sah auf die Uhr. »Was meinen Sie?«, fragte er dann, »hat es noch Sinn, am Süder Wung vorbeizufahren? Glauben Sie, dass von dem Mittagessen noch was übrig ist?«

Eines hatte Mamma Carlotta noch nie leiden können: Wenn das Essen fertig war, die Familie aber nicht pünktlich bei Tisch erschien oder – noch schlimmer – wenn im letzten Augenblick jemand absagte. Die dritte Möglichkeit, dass ein Angehöriger, für den ein Teller auf den Tisch gestellt worden war, einfach nicht erschien, befand sich außerhalb ihrer Erwägungen. Das hatte sich der Freund ihrer zweitältesten Tochter einmal erlaubt und lange gebraucht, um das Herz seiner zukünftigen Schwiegermutter zurückzuerobern, das sonst nicht nur für ihre eigenen Kinder, sondern selbstverständlich auch für deren Partner schlug.

Erik und Sören aber hatten natürlich keine Sanktionen zu befürchten. Sörens Trauer und Verzweiflung waren sehr eindrucksvoll durch den Hörer gedrungen, als er Mamma Carlotta mitteilen musste, dass dienstliche Pflichten sie vom pünktlichen Erscheinen am Mittagstisch abhielten. Ärgerlich war die Sache zwar trotzdem, aber Mamma Carlotta sah ein, dass daran nichts zu ändern war.

Zum Glück kam Felix zur vereinbarten Zeit aus der Schule zurück und hatte Hunger wie ein Wolf. Jedes tiefe Gefühl – dazu gehörten auch Hunger und Durst – tat er mit dem heftigen Zuschlagen der Haustür kund, mit dem Poltern seiner Schultasche, die er vor die untere Treppenstufe warf, und einem laut vorgebrachten Fluch oder einem Jubelschrei, je nachdem. In diesem Fall war es ein Jubelschrei, denn die Mathelehrerin hatte eine Klassenarbeit nicht gewertet, die Felix' Notendurchschnitt in einen bedenklichen Bereich zwischen vier und fünf befördert hätte, was viele Diskussionen mit seinem Vater über Lerneifer, Musik während der Schularbeiten und Nachhilfeunterricht nach sich gezogen hätte.

Felix war also gut gelaunt, verpasste seiner Nonna einen Kuss aufs rechte Ohr, warf sich auf einen Stuhl und trommelte mit allen zehn Fingern auf dem leeren Teller herum. Er hatte nicht einmal etwas gegen die Debatte, warum seine breiten Turnschuhe nicht geschnürt werden durften und sein Käppi unbedingt auf dem Kopf bleiben musste. Selbstverständlich führten sämtliche Vorhaltungen wie immer zu nichts, aber Mamma Carlotta hatte trotzdem das gute Gefühl, mal wieder einen Beitrag zur Erziehung ihres Enkels geleistet zu haben.

»Felice! Was soll nur aus dir werden?«

»Weißt du doch! Profifußballer!«

Felix genoss die ungeteilte Aufmerksamkeit seiner Großmutter gerade so lange, bis auch Carolin heimkam und nichts anderes als Kappnähte, Ziernähte und Steppnähte im Sinn hatte. Mittlerweile hatte Mamma Carlotta sämtliche Fachbegriffe des Schneiderhandwerks in einem Wörterbuch nachgeschlagen und musste nur noch selten nachfragen, wenn Carolin mit ihren Fachkenntnissen glänzen wollte.

Felix griff erst wieder ins Gespräch ein, als Carolin den Vorschlag unterbreitete, ihm ein Hemd zu nähen, weil sie im Modeatelier gerade gelernt hatte, was ein Kragenbeleg war. Bei einem Hemd für Felix, bei dem es nicht so drauf ankam, hätte sie die Theorie gern in die Praxis umgesetzt.

Felix jedoch war die Undankbarkeit in Person, wollte nichts von einem selbst genähten Hemd wissen, auch nicht, wenn er sich den Stoff selber aussuchen durfte. Wenn überhaupt, kam für ihn nur ein Hemd einer sehr angesagten Skater-Firma infrage. Am liebsten hielt er sich jedoch weiterhin an T-Shirts im Sommer und Sweatshirts im Winter.

Daraufhin beschloss Carolin, Sören dieses Angebot zu machen, und Mamma Carlotta bekräftigte sie darin, weil sie sicher war, dass Eriks Assistent sich nichts Schöneres vorstellen konnte als ein Hemd, in das ein junges Mädchen viel Zeit und Liebe investiert hatte.

»Ein Unikat!«, erklärte Carolin stolz. Denn auch im Modeatelier von Westerland wurden Unikate angefertigt. Einer Kundin musste es viel wert sein, ein Kleidungsstück zu kaufen, in dem sie keiner anderen Frau begegnen würde.

Beschwingt stieg Carolin in die erste Etage hinauf, um sich in ihrem Zimmer Gedanken um die Schnittführung von Sörens Hemd zu machen, während Mamma Carlotta das Geschirr zusammenstellte. Sie schnalzte ärgerlich mit der Zunge, als sie die Reste begutachtete, und fragte sich gerade, ob sie fürs Abendessen reichen würden, da sah sie Frau Kemmertöns vor dem Küchenfenster vorbeigehen.

Zwei Minuten später saß die Nachbarin am Tisch, aß eine gefüllte Artischocke und ließ sich das Rezept erklären. Natürlich erfuhr sie bei dieser Gelegenheit ebenfalls, dass das Modeatelier neuerdings auch Mode für die reife und die mollige Dame herstellte und demnächst in einer Modenschau präsentieren wollte. Frau Kemmertöns, die sowohl reif als auch mollig war, staunte nicht schlecht, als Mamma Carlotta berichtete, dass sie vom Fleck weg engagiert worden sei.

»Eigentlich wollte ich ja nur Carolina von ihrem Praktikumsplatz abholen und dabei einen winzigen Blick in die Schneiderwerkstatt werfen, weil ich doch selbst so gerne nähe. Aber nun werde ich auf der Modenschau die Mode für die mollige und reife Dame vorführen.«

Frau Kemmertöns war so beeindruckt, wie Mamma Carlotta erhofft hatte, und erfreulicherweise bereit, ausführlich zu erörtern, warum die eine Schwester so nett und die andere so unsympathisch sei und warum das Schicksal die eine mit einem unausstehlichen Lebenspartner und die andere mit einem verheirateten Geliebten bedacht hatte.

»Die arme Marikke«, seufzte Frau Kemmertöns erwartungsgemäß, die mit Marikke Tadsen zur Schule gegangen war. »Als Kind war sie immer so fröhlich. Und der Familie ging es finanziell sehr gut. Der Baustoffhandel florierte, der kleine Baumarkt, den Marikkes Vater eröffnet hatte, lief von Anfang an prächtig. Und dann heiratete Marikke einen Mann, der gut fürs Geschäft war ... damals haben alle gedacht, dass Wilko genau der Richtige für sie ist. Selbst hatte er zwar nichts an den Füßen, aber er verstand was vom Geschäft. Darauf kam es an!«

»Und dann dieser Unfall!« Mamma Carlotta, die die Geschichte zwar schon kannte, aber immer wieder gern hörte, sorgte dafür, dass Frau Kemmertöns' Redefluss nicht ins Stocken geriet.

Die Nachbarin nickte deprimiert. »Wilko war schuld, und Marikke sitzt seitdem im Rollstuhl. Beide können sie einem leidtun. Marikke sowieso, aber Wilko auch! Mit einer solchen Schuld leben! Das ist nicht leicht.«

An diesem Punkt der Erzählung wurden Frau Kemmertöns und Mamma Carlotta stets uneins. »Schlimm genug, dass das passiert ist«, sagte Mamma Carlotta. »Aber dass er seine arme Frau dann noch betrügt! Imperdonabile! Unverzeihlich!«

Doch Frau Kemmertöns deutete auch diesmal Verständnis für Wilko Tadsen an. »Sie wissen doch, wie Männer sind. Und was die so brauchen! Aber mit Marikke klappt das wohl nicht mehr.«

Sie sah Mamma Carlotta fragend an, doch die verstand gottlob sofort, ohne dass Frau Kemmertöns sich genötigt sah, deutlicher zu werden. Aber gelten lassen wollte sie diese Erklärung nicht. »Der Schuster in unserem Dorf hat seine Frau nur ein einziges Mal betrogen, und schon hat sie ihn zum Teufel gejagt.«

»Marikke kann das nicht«, sagte Frau Kemmertöns. »Sie ist auf ihren Mann angewiesen. Ohne ihn müsste sie ins Pflegeheim.«

Mamma Carlotta schwieg betroffen. Madonna! Was gab es doch für schreckliche Schicksale!

»Und Wilko kann sich ebenfalls nicht scheiden lassen«, fuhr Frau Kemmertöns fort, »wegen seiner Schuld. Und auch, weil das Geschäft Marikke gehört und er dann vor dem Nichts stünde. Sie wird froh sein, dass ihr Mann wenigstens nicht mehr ins Spielkasino geht. Eine Zeit lang hat er sich dort öfter aufgehalten als zu Hause.« Frau Kemmertöns seufzte. »Aber gottlob ist das vorbei. Irgendwann hat er wohl selber eingesehen, dass man sich mit Geld sein Glück nicht zurückholen kann. Jedenfalls ist er schon seit Jahren nicht mehr im Kasino gesehen worden.«

Sie starrte so lange in die Schüssel mit den übrig gebliebenen Tortelloni, bis Mamma Carlotta ihr anbot, eine Portion für sie aufzuwärmen.

»Ich glaube«, fügte Frau Kemmertöns mit Grabesstimme an, »Marikke lässt ihren Wilko einfach gewähren. So hat sie ihre Ruhe, er hat das, was er braucht, und beide sind zufrieden.«

Mamma Carlotta dachte kurz darüber nach, ob sie diese Lösung jemals ins Auge gefasst hätte, wenn nicht Dinos Krankheit dazwischengekommen wäre, die ihn in den letzten zwanzig Jahren ans Bett gefesselt hatte. Aber dann schüttelte sie entschieden den Kopf. »Nein! Und dann ausgerechnet Geraldine Bertrand!«

»Wenn Sie mich fragen, ist sie nicht die Erste«, sagte Frau Kemmertöns geheimnisvoll und lobte die Tortelloni, ehe sie fortfuhr: »Ich habe da so meine Vermutungen: Aber man soll ja nichts sagen, was man nicht beweisen kann.«

Dieser Ansicht war Mamma Carlotta nicht unbedingt, doch als Schwiegermutter eines Kriminalhauptkommissars fühlte sie sich verpflichtet, Frau Kemmertöns zuzustimmen. Erik hätte auch niemals etwas laut werden lassen, was nicht bewiesen war, und keine Behauptung akzeptiert, die nicht mindestens durch schwerwiegende Indizien gestützt wurde. Aber vielleicht würde die Nachbarin, wenn man nur lange genug bei diesem interessanten Thema blieb, ja doch der eine oder andere Verdacht entschlüpfen? Also ließ sich Mamma Carlotta noch einmal genau erzählen, wie das damals gewesen war, als Yvonne Perrette Urlaub auf Sylt machte und Jannes Pedersen kennenlernte.

»Wilko Tadsens bester Freund! Ich glaube, Wilko hätte auch gern was mit Yvonne angefangen, aber die ist keine, die sich auf einen verheirateten Mann einlässt.«

Mamma Carlotta stimmte unumwunden zu. Zwar hatte sie

keine Ahnung, wie es um Yvonne Perrettes Einstellung zu Liebe, Ehe und Moral aussah, aber da sie ihr gefiel, wollte sie nichts anderes zulassen als Yvonnes untadeligen Ruf.

»Obwohl …«, ergänzte Frau Kemmertöns nachdenklich, »genau genommen ist Jannes ja auch noch verheiratet.«

Mamma Carlotta sah sie erstaunt an. »Ich dachte, er wäre geschieden!«

Frau Kemmertöns verzog das Gesicht. »Seine Frau ist einfach auf und davon. Wenn ich richtig informiert bin, weiß Jannes nicht mal, wo sie heute lebt. Wie also sollte er sich von ihr scheiden lassen? Elske hat damals einfach ihre Sachen gepackt, hat ihm einen Brief hinterlassen und ist gegangen. Jannes hat nie wieder was von ihr gehört.«

»Incredibile! Einfach unglaublich! Aber wenn ein Mann so … wie sagt man … jähzornig ist wie dieser Jannes Pedersen, da ist es wohl besser, einfach zu verschwinden.«

Frau Kemmertöns nickte. »Ich bin sicher, dass Elske es auf keine Auseinandersetzung ankommen lassen wollte.« Sie beugte sich vertraulich vor. »Vor Gewalt hat der nämlich nicht zurückgeschreckt. Das wissen hier alle. Und bei Yvonne Perrette habe ich auch schon Blutergüsse an den Armen und einmal sogar ein blaues Auge gesehen.«

Mamma Carlotta griff sich ans Herz. »Das ist ja entsetzlich! Warum lässt sie sich das gefallen?«

Frau Kemmertöns zuckte mit den Schultern. »Wenn sie sich von ihm trennt, muss sie ihr Modeatelier aufgeben. Schließlich gehört Jannes das Geschäftshaus, in dem es untergebracht ist, und er verlangt keine Miete von ihr.«

»Sie ist noch jung! Noch keine vierzig! Sie könnte irgendwo neu anfangen!«

Diese Ansicht teilte Frau Kemmertöns nicht. »Sie hat auf Sylt ihre Kundschaft.«

»Dann soll sie in einen anderen Teil der Insel gehen. Nach Kampen oder Keitum!«

Aber Frau Kemmertöns schüttelte den Kopf. »Jannes würde dafür sorgen, dass sie auf Sylt nicht mehr glücklich wird.«

»Dann eben zurück nach Frankreich. Immer noch besser, als mit einem gewalttätigen Kerl unglücklich zu sein!«

Frau Kemmertöns schob ihren Teller zur Seite. »Yvonne Perrette fühlt sich verantwortlich für ihre Schwester.«

»Davvero?« Mamma Carlotta sah Frau Kemmertöns ungläubig an. »Die beiden Schwestern lieben sich aber nicht. Wenn ich beobachte, wie Geraldine Bertrand ihre Schwester ansieht ...« Mamma Carlotta schüttelte sich und schlang die Arme um ihren Oberkörper, als fröre sie. »Da bekomme ich ... wie sagt man?«

»Gänsehaut«, half Frau Kemmertöns aus. »Ja, ich habe auch schon gehört, dass es mit der Liebe vorbei sein soll. Aber Yvonne Perrette kann ihre Schwester nicht einfach vor die Tür setzen. Zwar ist sie die Besitzerin des Ladens und Geraldine nur ihre Angestellte, aber ... sie ist ihr damals von Avignon nach Sylt gefolgt. Sie hatte sich gerade scheiden lassen und suchte nach einer neuen Stelle. Die beiden Schwestern hatten immer davon geträumt, eine eigene Schneiderei zu eröffnen. Mit Jannes' Hilfe ist es ihnen endlich gelungen. Oder besser ... Yvonne ist es gelungen.« Frau Kemmertöns widersprach nicht, als Mamma Carlotta ihr eine Scheibe Pfefferfleisch auflegte. »Wie man hört, ist das ein großes Problem für Geraldine, dass sie die Angestellte ihrer Schwester ist. Sie wäre gerne Miteigentümerin geworden, aber das hat Jannes verhindert.«

Mamma Carlotta schüttelt den Kopf. »Sie meinen also, Yvonne Perrette bleibt bei diesem ... diesem schrecklichen Kerl, weil sie ihr Modeatelier nicht aufgeben will?«

Frau Kemmertöns nickte. »Und ich kann verstehen, dass sie versucht, trotz allem mit Geraldine auszukommen. Sie kann doch ihrer eigenen Schwester nicht einfach kündigen!«

Erik und Sören machten aus ihrer Enttäuschung keinen Hehl, als sie hörten, dass Mamma Carlotta nicht mehr mit ihnen gerechnet hatte. »Die gefüllten Artischocken sind alle. Felix hat zwei gegessen und Frau Kemmertöns die letzte.«

»Frau Kemmertöns?« Erik konnte es nicht glauben. Seit Jahrzehnten lebte er nun schon mit dem Ehepaar Kemmertöns Tür an Tür, aber noch nie hatte er mit seiner Nachbarin mehr als ein paar Sätze übers Wetter oder den Zustand des Gartens geredet. Dass sie in seinem Haus zu Besuch gewesen war und ihm sogar die Vorspeise weggegessen hatte, überraschte ihn dermaßen, dass er nicht einmal wusste, ob er sich über die neue Qualität der nachbarschaftlichen Verhältnisse freuen sollte.

»Ich habe ihr auch von den Tortelloni angeboten«, verteidigte Mamma Carlotta sich. »Konnte ich ahnen, dass ihr so spät noch zum Mittagessen kommen würdet?«

Frau Kemmertöns musste einen guten Appetit gehabt haben. Was Erik und Sören auf den Teller gelegt wurde, war nicht der Rede wert. »Aber von dem Pfefferfleisch hat sie nicht viel gegessen«, versicherte Mamma Carlotta und machte sich unauffällig daran, die Sauce durch zusätzliche Brühe und einen guten Schuss Sahne zu verlängern, weil viel Sauce auf dem Teller den Eindruck vermittelte, dass sie viel Fleisch zu verdecken habe. Dann hielt sie es für angebracht, durch interessierte Fragen von der kargen Mittagsmahlzeit abzulenken. »Gibt es schon wieder einen Mord? Habt ihr einen Toten gefunden, Enrico? Konntet ihr deshalb nicht pünktlich zu Tisch kommen?«

Erik winkte ab. »Nein, nein, nur ...« Ihm fiel so schnell nichts ein, was einerseits in etwa der Wahrheit entsprach, aber andererseits seine Schwiegermutter weder erschreckte noch ihre Neugier wachrief.

»Nur ein Gerippe«, ergänzte Sören, der gelegentlich erschreckend unsensibel war.

Mamma Carlotta sah ihn entsetzt an, dann lachte sie zu Eriks großer Erleichterung. »Bestimmt nur ein Spaß! Wenn ich daran denke, was *wir* früher alles mit dem Skelett aus dem Biologieunterricht angestellt haben! Einmal haben wir es unserem Lehrer ins Bett gelegt.« Sie schlug die Hand vor den Mund, um das Lachen zurückzudrängen, das ihr plötzlich unangemessen erschien. »Das war drei Monate nach dem Tod seiner Frau. Madonna! Wie grausam Bambini sein können! Das hat vielleicht ein Theater gegeben! Zum Glück hat sich nie herausgestellt, wer der Übeltäter gewesen war!«

Erik war froh, dass sie nicht weiter an dem Thema interessiert war, sondern eine Neuigkeit parat hatte, die das Auffinden eines Skeletts an Sensationswert bei Weitem übertraf.

»Hat Frau Kemmertöns etwa einen Nachbarn dabei erwischt, wie er Abfall unter die Biikezweige gelegt hat?«, fragte er grinsend.

Er hatte Glück. Seine Schwiegermutter dachte nicht mehr an das Skelett, sie sah ihn mit gerunzelter Stirn an und fragte: »Biikezweige? Cos'è questo? Was ist das?«

Erik hatte nun Gelegenheit, Mamma Carlotta ausgiebig von der Tradition des Biikebrennens zu erzählen, das in wenigen Tagen stattfinden würde. An verschiedenen Stellen der Insel hatte man schon damit begonnen, die Biiken aufzuschichten. »Am 21. Februar werden sie angezündet. Das sind riesige Feuer mit haushohen Flammen. Von See muss es aussehen, als würde die ganze Insel brennen.«

»Wie Flammen im Sand«, ergänzte Sören, der schon mal auf dem Fischerboot eines alten Onkels gewesen war, als die Biikefeuer abgebrannt wurden.

Erik bestaunte diese poetische Formulierung, und damit war das Skelett tatsächlich vollkommen in Vergessenheit geraten.

Dann rückte Mamma Carlotta endlich mit ihrer Sensation heraus: »Ich bin ein Model! Und Carolina auch!«

Sie hatte Verständnis für das Gelächter der beiden Männer und wartete geduldig ab, bis sie ihre Heiterkeit im Griff hatten. Dann erklärte sie die näheren Umstände ihrer neuen Aufgabe und stellte erfreut fest, dass ihr nun Glauben geschenkt wurde. Erik, der in letzter Zeit von Carolin viel über Modedesign gehört hatte, wunderte sich noch weniger als Sören. Er hätte sich ja denken können, dass Carolins neuer Berufswunsch zu Komplikationen führen würde. Dass es allerdings so weit kommen könnte, dass seine Schwiegermutter auf dem Laufsteg landete, damit hatte er nicht gerechnet. Und um seine Tochter machte er sich prompt Sorgen. Würde sie nun von einer Modelkarriere träumen? Musste er ihre Essgewohnheiten im Auge behalten?

Ein guter Teil dieser Ängste wurde ihm jedoch gleich wieder genommen, als Carolin eintrat, mit einem Maßband um den Hals. Sie ließ keinen Zweifel daran, dass sie nach wie vor Modeschöpferin und nicht Model werden wollte, als sie Sören ankündigte, dass er zum ersten Nutznießer ihrer neu erworbenen Fähigkeiten auserkoren sei. »Ich nähe Ihnen ein Hemd! Und ich werde es selbst entwerfen. Was sagen Sie dazu?«

Sören verschlug es zunächst mal die Sprache, dann machte er einen schwachen Versuch, Carolins Aufmerksamkeit auf ihren Vater zu lenken, indem er behauptete, dass der sicherlich dankbar für eine Aktualisierung seiner Garderobe sein würde.

Erik wehrte erschrocken ab, aber Carolin achtete gar nicht auf seine Reaktion. »Papa ist zu konservativ«, erklärte sie zur großen Erleichterung ihres Vaters. »Als Modedesignerin will man neue Ideen verwirklichen, also braucht man moderne Menschen, die sich etwas trauen.«

Sören sah keineswegs so aus, als traute er sich etwas, aber da er als junger Mann nicht zu den Konservativen zählen wollte, erhob er sich seufzend und breitete gehorsam die Arme aus, um sich die Schultern messen zu lassen.

Die Gelegenheit war günstig! Carolin war mit dem Entwurf von Sörens Hemd beschäftigt und wollte danach in den Keller steigen, um sich aus Lucias Stoffvorräten etwas Geeignetes herauszusuchen. Felix hatte sich zur Turnhalle davongemacht, wo in den Wintermonaten das Fußballtraining stattfand. Für Mamma Carlotta gab es also keinen Grund, die Zeit, die bis zum Abendessen blieb, nicht auf ihre Weise zu nutzen.

Außerdem hatte es, kurz nachdem Erik und Sören das Haus verlassen hatten, einen wunderbaren Anruf gegeben. Mit einem aufwühlenden Angebot, mit vielen Schmeicheleien und schönen Worten, wie sie kein geborener Friese je hervorbrachte. Was für ein Glück, dass Französinnen in dieser Hinsicht große Ähnlichkeiten mit Italienerinnen hatten! So war Mamma Carlotta von Kopf bis Fuß entzückt gewesen, als sie das Telefon zurücklegte, und musste selbstredend sofort mit jemandem in allen Einzelheiten erörtern, was Yvonne Perrette ihr angeboten hatte.

Zum Glück war Carolin im Hause gewesen, die genauso erfreut gewesen war wie ihre Nonna, die aber leider in einem solch bewegenden Moment reagierte wie die Vorfahren ihres

Vaters. Also etwa so wie Mamma Carlotta, wenn der Briefträger klingelte und einen Versandhauskatalog brachte. Als sie ihrer Enkelin jedes Wort wiedergegeben und jedes ihrer Gefühle ausgiebig dargelegt hatte, während sie sich ausmalte, was Lucia dazu gesagt hätte, und lang und breit erwog, die zweite Frau ihres älteren Cousins anzurufen, die als Änderungsschneiderin arbeitete und schon deshalb von dem Anruf Yvonne Perrettes erfahren sollte … da hatte Carolin bereits erste Anzeichen von Überdruss erkennen lassen. Mamma Carlotta jedoch hatte ihre Freude noch längst nicht verarbeitet, also musste sie woanders hingetragen werden. Und da sie gesehen hatte, dass Frau Kemmertöns zum Einkaufen gefahren war, blieb nur Käptens Kajüte. Zwar wusste sie, dass der Wirt sich alles, was ihm erzählt wurde, nur anhörte, weil ihm nichts anderes übrig blieb, aber da war ja auch noch der Strandwärter Fietje Tiensch, der stets hocherfreut war, wenn jemand das Wort an ihn richtete. Das geschah selten genug, denn er war als Spanner bekannt, der den Feriengästen gern in die Fenster schaute, vornehmlich in die Schlafzimmerfenster. Den beiden Männern etwas zu erzählen, hatte zwar bei Weitem nicht die gleiche befriedigende Wirkung, wie wenn Carlotta beispielsweise ihrer Freundin Marina etwas berichtete, aber vielleicht würde es ihr ja schon ein wenig besser gehen, wenn sie sich durch den Wind gequält hatte, um etwas von ihrer freudigen Erregung loszuwerden. Diese Erfahrung hatte sie schon oft gemacht. Wenn es niemanden gab, dem sie etwas erzählen konnte, was gottlob selten vorkam, dann half es, die Neuigkeiten herauszulaufen, zu -schütteln, zu -putzen oder zu -waschen. In diesem Fall würde sie es also mit dem Laufen versuchen und sehen, ob sie sich befreit fühlte, wenn sie vor Käptens Kajüte ankam.

Zum Hochkamp war es nicht weit, deshalb beschloss sie, aufs Fahrrad zu verzichten und zu Fuß zu gehen. Prompt war der Wind kein Gegner mehr, sondern ein Freund, der mit den Haaren, den Schals, den Mantelhälften und den Einkaufstaschen spielte. Nicht einmal die Kälte, die er mitbrachte, störte, wenn man beide Hände frei hatte und sich den hochgeschlagenen Kragen an die Wangen drücken konnte, um das

Gesicht vor den eisigen Spitzen zu schützen, die der Wind gelegentlich vor sich hertrieb.

Als sie von der Westerlandstraße in den Hochkamp einbog, musste sie sich gegen die Böen stemmen, um voranzukommen, den Kopf geneigt und so klein und vorgebeugt, dass der Wind nur wenig Angriffsfläche hatte. Deswegen sah sie die Veränderungen auch erst, als sie schon in der Nähe der Imbiss-Stube angekommen war und sich aufrichtete.

Der dunkle schadhafte Klinker von Käptens Kajüte war mit weißer Farbe übertüncht und der Platz vor der Eingangstür gepflastert worden. An der rechten Seite des kleinen Gebäudes hatte Tove eine Mauer abreißen lassen, hinter der sich bisher jede Menge Gerümpel verborgen hatte, das nun anscheinend auf der Müllkippe gelandet war. Auch dieser Teil des Grundstücks war gepflastert worden, es sah so aus, als wollte Tove dort im Sommer einen Biergarten eröffnen. Sogar einen Fahrradständer gab es nun neben dem Eingang und darüber ein neues Schild mit dem Namen der Imbiss-Stube und dem Konterfei eines Käptens.

War er etwa zu Geld gekommen? Bisher kannte Mamma Carlotta den Wirt nur als jemanden, der mühsam über die Runden kam, weil er im Sommer wenig und im Winter nur das Allernötigste verdiente. Käptens Kajüte lag nicht weit vom nächsten Strandaufgang entfernt, das sicherte Tove in der Hauptsaison die Badegäste, die nicht in den Ort gehen wollten, um an eine Currywurst, ein gekühltes Getränk oder ein Eis für die Kinder zu kommen. Diese Kunden fielen jedoch im Winter weg, und da das Ambiente von Käptens Kajüte alles andere als behaglich, das Essen alles andere als schmackhaft und der Wirt alles andere als zuvorkommend waren, blieben die Touristen aus, und die Einheimischen erst recht. Nur einen einzigen Stammgast hatte Tove Griess: Fietje Tiensch, der bei ihm frühstückte, indem er sein erstes Jever trank, und auch alle anderen Mahlzeiten bei ihm einnahm, immer in Form von Bier. Nur gelegentlich ließ er sich eine Fischfrikadelle neben das Glas legen oder eine von den Bratwürsten, die nicht gut gelungen waren und zum halben Preis weggingen.

Mamma Carlotta konnte sich nicht genug wundern. Sie

machte sogar ein paar Schritte ums Haus herum, um nachzusehen, ob die Mülltonnen endlich groß genug waren, damit nicht ein Teil der Abfälle daneben landete und diese schrecklichen Ratten anzog, von denen eine mal durch Toves Küche gelaufen war.

Als sie wieder um die Hausecke bog, öffnete sich die Tür zu Käptens Kajüte, und ein Mann trat heraus, der auf einen Lieferwagen mit der Aufschrift *Zweirad-Pedersen* zusteuerte. Jannes Pedersen, der Lebensgefährte von Yvonne Perrette, hatte anscheinend in Käptens Kajüte eine Mahlzeit eingenommen. Mamma Carlotta beobachtete, wie er leicht breitbeinig seinen Wagen erreichte und aufschloss.

Mamma Carlotta blieb vor Verblüffung der Mund offen stehen. Jannes Pedersen war der Besitzer eines Geschäftshauses in Westerland, besaß einen florierenden Fahrradhandel und war so wohlhabend, dass er es sich leisten konnte, seiner Lebensgefährtin eine Schneiderei einzurichten. So einer verkehrte bei Tove Griess? Dann musste sich hinter der Tür auch viel verändert haben. Hoffentlich gab es immer noch den Rotwein aus Montepulciano, den Tove sonst immer für sie bereithielt.

Erwartungsvoll stieß sie die Tür auf und blieb auf der Schwelle stehen. Innen sah Käptens Kajüte noch genauso aus wie vorher. Das Ambiente war düster wie eh und je, die olivgrünen Bodenfliesen, die holzvertäfelte Decke und die verklinkerten Wände schluckten das Licht, das sowieso nur spärlich hereinfiel. Und da in Toves Kasse bisher stets Ebbe geherrscht hatte, kam künstliches Licht nur infrage, wenn ein Gast partout den Zustand seiner Bratwurst genauer in Augenschein nehmen wollte, ehe Tove sie mit Zigeunersoße übergoss. Mamma Carlotta war beruhigt. Modernisierungen mussten zwar sein, aber was sich mit einem Heimatgefühl verband, musste bleiben, wie es war. Notfalls auch hässlich!

Auch der Wirt hatte sich nicht verändert. Groß, derb und übellaunig stand er hinter der Theke, in einem karierten Hemd, vor dem Bauch eine Schürze, die schon längst nicht mehr weiß war. Sein grobes Gesicht zog sich in die Breite, als Mamma Carlotta eintrat. Sie wusste mittlerweile, dass sie mehr nicht erwarten konnte. Mit diesem Auseinanderziehen seiner Mundwinkel drückte Tove höchste Zufriedenheit aus, und geradezu unbändiger Freude verlieh er Ausdruck, wenn er sich wie jetzt wortlos umdrehte und eine Flasche mit dem Rotwein aus Montepulciano aus dem Vorratsraum holte. Wenn er dann noch während des Eingießens sagte »Geht aufs Haus!«, dann war das etwa so, als hätte Mamma Carlotta, nachdem sie in einer Cafeteria eine alte Bekannte getroffen hatte, vor lauter Wiedersehensfreude einen Stuhl umgeworfen, die andere abgeküsst, immer wieder nach der Gesundheit, der Familie und der Zahl der Enkelkinder gefragt, vor lauter Begeisterung nicht auf die Antworten gehört und im Taumel des Entzückens ihren Espresso und auch noch das Bezahlen vergessen.

Fietje Tiensch drückte seine Freude immerhin ein wenig inbrünstiger aus. Er lachte übers ganze Gesicht, nahm seine Bommelmütze ab, von der es eigentlich hieß, sie sei an seinem Kopf festgewachsen, und rief laut und deutlich: »Moin, Signora! Auch mal wieder auf Sylt?«

Mamma Carlotta bestätigte es freudestrahlend, schilderte, was sie von dem schrecklichen Wind auf der Insel hielt, ließ sich zu so großen Gesten hinreißen, dass Tove das Rotweinglas von ihr wegrückte, und bemerkte dann, dass sie vor lauter Freude italienisch gesprochen hatte. Das schien aber weder Tove noch Fietje zu stören, weil sie ihrem Redefluss in der ersten halben Stunde nach ihrem Erscheinen sowieso selten folgen konnten, auch dann nicht, wenn sie deutsch sprach. Erst wenn die Wiedersehensfreude überstanden war, fanden die drei zu einer Form der Unterhaltung, die jedem von ihnen etwas brachte.

Wenn Mamma Carlotta aus Käptens Kajüte zurückkehrte, dachte sie manchmal darüber nach, ob sie Erik ihre Besuche bei Tove Griess gestehen sollte. So schlimm, wie ihr Schwiegersohn immer sagte, konnte der Wirt gar nicht sein! Dass er gelegentlich wegen Unterschlagungen, kleinerer Diebstähle oder wüster Schlägereien in den Knast gekommen war, lag doch nur daran, dass er oft nicht genug Geld zum Leben und leider ein leicht erregbares Naturell hatte. Und dass Fietje häufig Ärger mit der Polizei bekam, weil er gern in fremde Schlafzimmer guckte und sich nachts auf fremden Grundstücken herumtrieb, war doch verzeihlich, schließlich kam niemand dabei zu Schaden. Und eigentlich war es traurig, dass Fietje darauf angewiesen war, am Leben teilzunehmen, indem er das Leben anderer beobachtete. Ob Erik das einsehen würde, wenn sie es ihm gründlich auseinandersetzte?

Aber immer, wenn Mamma Carlotta eine Weile über diese Frage nachgedacht hatte, kam sie zu der Ansicht, dass er es wohl nicht einsehen würde. Besser, sie schwieg über ihre Bekanntschaft mit Tove Griess und Fietje Tiensch, dann würde Erik sie kein weiteres Mal auffordern, Käptens Kajüte und die Gesellschaft dieser beiden zu meiden, und sie würde niemals gezwungen sein, seiner ausdrücklichen Bitte zu widersprechen oder ihn sogar belügen zu müssen. Vielleicht hatte er ja auch recht? Wie sollte Erik damit fertigwerden, dass er einen Mann in eine Gefängniszelle sperrte, der extra für seine Schwiegermutter Wein aus Montepulciano bezog? Nein, das war ihm wohl wirklich nicht zuzumuten.

Sie schob sich auf einen Barhocker, rutschte eine Weile darauf herum, bis sie eine erträgliche Sitzposition gefunden hatte, dann legte sie die Unterarme auf die Theke und sah sich zufrieden um. »Allora! Was ist mit Käptens Kajüte passiert? Ich habe sie kaum erkannt!«

»Wurde auch Zeit«, brummte Tove, »dass sich hier mal was ändert. Ich werde alles umgestalten.«

Mamma Carlotta war sofort für das Wort »umgestalten« entflammt, das sie noch nicht kannte und gleich mehrfach anwendete, während sie Vorschläge machte, was nach ihrer Meinung bei der Umgestaltung berücksichtigt werden müsse. Währenddessen zapfte Tove für Fietje ein neues Jever, ohne dazu aufgefordert worden zu sein, und stellte ihm, ebenfalls unaufgefordert, einen Köm daneben. Mamma Carlotta stellte fest, dass die Freundschaft zwischen den beiden sich anscheinend vertieft hatte, was nur bedeutete, dass sich die Abneigung, die die beiden füreinander hegten, allmählich in Akzeptanz verwandelte.

Die Tür öffnete sich erneut, Mamma Carlotta drehte sich

erstaunt um. Schon wieder ein Gast? Konnte es wirklich sein, dass das veränderte Äußere der Imbiss-Stube bereits für Zulauf sorgte, den es sonst nur im Sommer gab? Verdutzt beobachtete sie den gut gekleideten Herrn, der in der Tür stehen blieb, sich in Käptens Kajüte umsah und dann mit Tove einen Blick wechselte, den Mamma Carlotta nicht zu deuten wusste. Der Mann war in den Fünfzigern, trug einen teuren Ledermantel, darunter einen eleganten Einreiher. Er ging zum anderen Ende der Theke, als fürchtete er Mamma Carlottas Nähe, legte seinen Mantel sorgfältig auf den vorletzten Barhocker und schob sich selbst auf den letzten.

»Eine Tote Tante!«, sagte er zu Tove. »Eine doppelte!«

Mamma Carlotta erstarrte. Tote Tante? »Madonna!«, flüsterte sie, sodass nur Fietje es hören konnte. Was war nur mit Käptens Kajüte geschehen? Was hatte es damit auf sich, wenn jemand zu Tove kam, der viel zu elegant war für diesen Imbiss, und nach einer Toten Tante fragte?

Dass sich etwas verändert hatte, etwas Grundlegendes, erkannte sie auch daran, dass Tove sie nicht ansah. Und als er zu Fietje sagte: »Du solltest die Signora ein bisschen unterhalten!«, hatte sie sogar den Verdacht, dass sie abgelenkt werden sollte. Wovon?

Fietje hielt sich erstaunlicherweise an Toves Anweisung und machte sich daran, Mamma Carlotta zu unterhalten, indem er ihr erklärte, dass es sich bei einer Toten Tante um ein Gemisch aus Schokolade, Sahne und Rum handle und sie sich keine Sorgen zu machen brauche, dass hier eine nahe Verwandte ihr Leben lassen müsse.

Mamma Carlotta beugte sich interessiert zu Fietje. Sie tat so, als hinge sie an seinen Lippen und folge mit größtem Interesse seinen Ausführungen, ließ dabei aber Tove und seinen eleganten Gast nicht aus den Augenwinkeln. Während sie »si, si« und »no, no« murmelte, hörte sie sich an, dass Fietje Besuch von seinem Kollegen Uwe bekommen habe, der in List als Strandwärter arbeite. Auch ihm habe er eine Tote Tante angeboten, weil Uwe derart durchgefroren gewesen sei, dass er etwas brauchte, was ihn erwärmte. »Und da ist Rum immer das Beste.«

Der elegante Herr bekam seine Tote Tante vorgesetzt, drehte Mamma Carlotta ein paar Augenblicke den Rücken zu, griff in die Innentasche seines Jacketts und zog einen Umschlag heraus, den Tove blitzschnell hinter der Theke verschwinden ließ.

»Uwe hat gesagt, heute Mittag, an dem Neubau in List, da war was los. Haben Sie schon von dem großen Hotel gehört, das in List gebaut wird, Signora?«

»No, no.«

»Da muss heute was gefunden worden sein. Was sehr Merkwürdiges, jawoll!«

»Davvero?«

Tove bückte sich und öffnete einen Schrank unter der Theke, in dem er die Flaschen mit dem Hochprozentigen aufbewahrte.

»Uwe sagt, ein Freund von ihm arbeitet dort. Und der hat ihm erzählt, dass ein Gerippe gefunden worden ist.«

»Si, si.«

Als er sich wieder aufrichtete, hatte Tove ein längliches Päckchen in der Hand, das er dem eleganten Herrn hinschob, ohne ihn anzusehen.

»Ihr Schwiegersohn soll ja da gewesen sein. Der hat das Gerippe angeguckt, sagt Uwe.«

Der elegante Herr nahm das Päckchen mit einer schnellen Bewegung an sich und legte es sich zunächst auf den Schoß. So, als wollte er nicht, dass es, für jeden sichtbar, auf der Theke liegen blieb. Dann drehte er sich wiederum halb von Mamma Carlotta weg und schob es in die Innentasche seines Jacketts. Dorthin, wo vorher der Umschlag gesteckt hatte, der jetzt hinter Toves Theke lag.

»Uwe sagt, sein Kumpel hätte erst gemeint, das wäre ein Tier. Aber dann hat sich rumgesprochen, dass das Menschenknochen gewesen sind.«

Nun stand der elegante Herr auf, nickte Tove zum Abschied zu und verließ Käptens Kajüte wieder. Und das, ohne seine Tote Tante getrunken und ohne sie bezahlt zu haben.

Mamma Carlotta starrte Tove an. Wie der wohl darauf reagieren würde? Aber Tove blieb erstaunlich gelassen. Dabei hatte Carlotta schon einmal erlebt, dass er einen Zechpreller zurückgezerrt und dessen Kopf so lange gegen seinen eigenen geschlagen hatte, bis ein Krankenwagen geholt werden musste. Für den Zechpreller wohlgemerkt, nicht für Tove Griess, der einen harten Schädel hatte.

Nun aber stellte er ohne ein Wort die Tote Tante hinter die Theke, griff nach einem Löffel und aß die Sahne herunter, die er in Form einer kunstvollen Rosette aufgesprüht hatte.

»Ein Gerippe in List!«, sagte er dann. »Davon habe ich auch gehört. Das muss vor ein paar Jahren verbuddelt worden sein. Wer das getan hat, konnte nicht damit rechnen, dass gerade dort mal gebaut wird.«

Mamma Carlotta merkte plötzlich, dass sie von beiden Männern fragend angesehen wurde. Man erwartete etwas von ihr. Einen Kommentar, weil Tove und Fietje darauf hofften, dass sie aufgrund ihrer verwandtschaftlichen Verhältnisse mehr wusste als alle anderen.

»Gerippe?«, fragte sie. »Aber das war doch nur ... nur un scherzo!« Gerade wollte sie auch Tove und Fietje von ihrem Lehrer erzählen, der das Skelett aus dem Biologieunterricht in seinem Ehebett vorgefunden hatte, da wurde ihr mit einem Schlage klar, dass sie Erik und Sören vorhin nicht aufmerksam zugehört hatte. Die beiden hatten tatsächlich von einem menschlichen Gerippe gesprochen. Aber sie hatte an nichts anderes gedacht als an ihre neuen Aufgaben im Modeatelier, war so stolz darauf gewesen, demnächst Mode für die reife und mollige Frau vorzuführen, dass die Berichte über das schauerliche Skelett an ihr vorbeigerauscht waren, ohne sie zu berühren. Und sie hatte Erik keine Unterstützung angeboten nach diesem entsetzlichen Erlebnis! Auch ein Mann wie er, der von Berufs wegen ständig mit Mord und Totschlag zu tun hatte, brauchte emotionalen Halt, wenn ihm etwas so Schreckliches widerfahren war!

Mamma Carlottas Gewissen krümmte sich, als ihr klar wurde, dass sie Erik allein gelassen hatte, als er sie dringend brauchte. Und nicht nur er! Auch Sören hätte sicherlich gern die Last des Tages bei Mamma Carlotta abgeladen. Und was hatte sie getan? Sie hatte den beiden nur ein paar Reste aufgetischt, die sie nicht satt gemacht hatten, und ihnen etwas von

Mode für reife und mollige Frauen erzählt. Wie egoistisch von ihr! Dabei war sie doch nach Sylt gekommen, um der Familie ihrer verstorbenen Tochter beizustehen! Hatte Erik es nicht schon schwer genug mit seiner Trauer um Lucia, mit seiner Rolle als alleinerziehender Vater? Und nun war seine Schwiegermutter da, um ihm einen Teil der Last abzunehmen, aber was machte sie? Sie ließ ihn mit den Gedanken an ein gruseliges Skelett allein und kümmerte sich um Mode. Mamma Carlotta verstand sich selbst nicht mehr.

Sie trank entschlossen ihr Glas leer und schüttelte den Kopf, als Tove nachschenken wollte. Nein, das Allerschlimmste wäre, wenn Erik am Abend feststellen müsste, dass sie eine Fahne hatte! Sie musste wiedergutmachen, was sie angerichtet hatte, und das war am besten mit einem exzellenten Abendessen zu schaffen.

Eilig zog sie ihre Jacke über. Nun war sie zwar leider nicht dazu gekommen, Tove und Fietje von ihren Neuigkeiten zu erzählen, aber das ließ sich ja zum Glück später nachholen.

Es wurde trotz der Gewissensbisse ein schöner Abend. Carlotta hatte bei Feinkost Meyer eingekauft, als stünde eine längere Hungersnot bevor. Ein Essen sollte es geben, bei dem Erik und Sören vergessen mussten, wie gedankenlos sie gewesen war. Als Vorspeise würde sie Melone mit Schinken servieren, danach Cannelloni mit Ricotta-Spinat-Füllung, als Secondo ein Meeresfrüchterisotto und schließlich, als krönenden Abschluss, ihr berühmtes Maronenparfait. Das Menü war exakt so zusammengestellt, wie es Eriks Vorlieben entsprach.

Dann jedoch schien es so, als wären ihre Sorgen vergeblich gewesen. Erik und Sören waren frei von jedem Vorwurf, als sie im Süder Wung eintrafen, lächelten dankbar, als sie feststellten, welche Mühe Mamma Carlotta sich mit dem Essen gegeben hatte, behaupteten beide, dass das nicht nötig gewesen sei, und versicherten einmütig, es hätte ihnen nicht das Geringste ausgemacht, einen Teil des Mittagessens Frau Kemmertöns zu opfern.

Erik ergänzte sogar: »Man soll nachbarschaftliche Beziehungen pflegen. Wer mir im Winter meine gefüllte Artischocke wegisst, wird im Frühling nicht von mir verlangen, das Unkraut aus den Gehwegplatten zu kratzen.«

Von dem Gerippe, das in List gefunden worden war und das Mamma Carlotta nur mit einem banalen Scherz kommentiert hatte, ließ weder Erik noch Sören eine Silbe verlauten. Mamma Carlotta atmete auf. Das konnte nur bedeuten, dass es sich vielleicht doch um ein Tier gehandelt hatte oder tatsächlich um ein Skelett, das im Biologieunterricht benutzt worden war!

Sie lächelte dankbar, als Carolin hereinkam, mit einer Auswahl an Stoffen in der Hand, von denen sich Sören den schönsten aussuchen durfte. Während Mamma Carlotta die Melone zerteilte, überlegte Sören lange hin und her, dann entschied er sich für das dezenteste Muster und die unauffälligste Farbe. Carolin war zufrieden, erklärte aber in aller Deutlichkeit, dass sie sich ins Design nicht reinreden lassen wolle. »Das wird ein Hemd, wie Sie noch nie eines besessen haben!«

Sören sah aus, als befürchtete er genau das, gab sich aber Mühe, frohgemut dreinzublicken. Nur ganz vorsichtig gab er zu verstehen, dass seine Kollegen in der Polizeistation und auch seine Angehörigen und seine Freunde eher konservativ seien und er daher möglicherweise nicht oft Gelegenheit haben werde, das Designerhemd zu tragen.

Aber Carolin beruhigte ihn: »Machen Sie sich keine Sorgen! Geraldine Bertrand sagt, man muss ausgefallenem Design praktischen Tragekomfort geben.«

Sören konnte sich augenscheinlich darunter nicht viel vorstellen, nickte aber, als sei er nun restlos überzeugt von Carolins Fähigkeiten und dem Nutzen, den er davon haben würde.

Erik schien beides schon wieder vergessen zu haben. »Weißt du, was deine Chefin heute in der Mittagspause gemacht hat, Caro? Ich meine Geraldine Bertrand.«

Carolin sah ihn verblüfft an. »Warum willst du das wissen?«

»Ich glaube, ich habe sie in List gesehen.«

»Dann weißt du ja, was sie gemacht hat.«

»Gibt es in List jemanden, mit dem das Modeatelier zusammenarbeitet?«

»Keine Ahnung.«

»Oder geht sie gern spazieren?«

»Woher soll ich das wissen?«

»Sie könnte ja in Westerland am Strand spazieren gehen.«

»Und du könntest aufhören, komische Fragen zu stellen!«

Mamma Carlotta fand, dass dies ein guter Augenblick war, endlich ihre Neuigkeit loszuwerden, von der bisher nur Carolin etwas wusste. Doch gerade, als sie ansetzen wollte, ging die Türklingel. Ein Schwall kalter Luft drang bis in die Küche, als Erik öffnete. Und mit dem Wind stürmte die Stimme des Besuchers herein.

»Ich dachte, ich schaue auf dem Nachhauseweg kurz bei Ihnen vorbei, Wolf! Sicherlich warten Sie schon auf das Ergebnis meiner ersten Untersuchung.«

Augenblicke später erschien Dr. Hillmot in der Küchentür, so breit, dass er sie komplett ausfüllte. »Signora!«, rief er erfreut und warf einen kurzen, aber ausdrucksvollen Blick auf den gedeckten Tisch. »Ich habe gehört, dass Sie unsere Insel zurzeit beehren.«

Eriks breites Grinsen entging Mamma Carlotta nicht. Es zeigte deutlich, dass er durchschaute, warum der Gerichtsmediziner ihm ein Untersuchungsergebnis ins Haus brachte, das durchaus bis morgen Zeit gehabt hätte.

»Ich hab genug eingekauft, Dottore. Es wird auch für Sie reichen«, erklärte Mamma Carlotta.

Dr. Hillmot versprach, sich notfalls zurückzuhalten, was ihm aber keiner abnahm. »Höchstens ein klitzekleines Häppchen…«

Was er ein klitzekleines Häppchen nannte, hätte bei Erik vermutlich eine akute Gastritis hervorgerufen, aber da seine Schwiegermutter nichts von der Nervosität erkennen ließ, die jede Hausfrau befällt, wenn sie Angst hat, das Essen könnte nicht reichen, freute er sich darüber, einen weiteren Gast am Tisch sitzen zu haben. Er legte sogar eigenhändig das sechste Gedeck auf und bat Dr. Hillmot, Platz zu nehmen.

Hochzufrieden holte Mamma Carlotta die zweite Hälfte der riesigen Melone aus dem Kühlschrank, die es bei Feinkost Meyer auch im Februar gab, und den Rest des Parmaschinkens. Wieder hatte sie voller Genugtuung festgestellt, dass

Lucia viele der Nahrungsmittel, an die sie gewöhnt gewesen war, auch auf Sylt hatte einkaufen können! Über die glitschigen Rollmöpse und die eingelegten Bratheringe mit der verschrumpelten Haut, aus denen der saure Sud tropfte, wenn sie angehoben wurden, musste man eben beim Einkauf hinwegsehen.

Dr. Hillmot war Junggeselle und genoss den gedeckten Tisch, an dem sechs Leute saßen und auf den niemals Fastfood kam, solange Mamma Carlotta auf Sylt war. Sie durchschaute seine Empfindungen sofort und erzählte ihm lachend, dass an ihrem Tisch in Umbrien früher zu jeder Mahlzeit mindestens zehn Leute zusammengekommen waren. »Mein Dino und ich, unsere sieben Kinder und der Nonno!«

»Und alle zehn Italiener«, ergänzte Erik grinsend, »die schrecklich laut, furchtbar schnell und vor allem alle gleichzeitig reden.«

Mamma Carlotta verpasste ihm für diese freche Bemerkung einen kleinen Stüber, aber in Wirklichkeit freute sie sich darüber. Denn es zeigte ihr, dass es auch Erik gefiel, wenn an seinem Tisch jeder Stuhl besetzt war, so wie es häufig der Fall gewesen war, als Lucia noch lebte. Er verlieh seiner Freude eben auf andere Weise Ausdruck! Nicht mit vielen »buono!« und »belissima!«, sondern auf seine Art. Und weil Mamma Carlotta noch immer darauf bedacht war, Erik versöhnlich zu stimmen, verzichtete sie darauf, ihn dafür glücklich ans Herz zu drücken und ihm zu zeigen, dass sie von der Emotionalität seiner Bemerkung durchaus erreicht worden war. Sie wusste ja, dass es ihm dann in den nächsten Tagen prompt darum gegangen wäre, sich so kühl und schlecht gelaunt zu geben wie ein Dutzend Friesen zusammen.

Während sie die Cannelloni mit dem Ricotta-Spinat-Gemisch füllte und mit der Käsesoße übergoss, berichtete Dr. Hillmot von den Untersuchungen, die er angestellt hatte. Als Mamma Carlotta die Cannelloni in den Ofen geschoben hatte, warf sie ihren Enkeln einen besorgten Blick zu. Dr. Hillmot würde die beiden doch nicht mit unappetitlichen Einzelheiten erschrecken? Zwar sagte sie sich, dass bei einer Leiche, die bereits skelettiert war, der schaurige Vorgang der Verwesung abgeschlossen und damit eindeutig das Schlimmste überstanden war, doch sie wusste aus Erfahrung, dass es Dr. Hillmot im Zusammenhang mit seiner Arbeit häufig an Feingefühl mangelte. Wahrscheinlich, weil er wenig Umgang mit Kindern pflegte, denn seine einzige Verwandte war eine kinderlose Schwester, die in einem Fischladen ihr Geld mit dem Ausnehmen von Heringen verdiente. So was musste nach Mamma Carlottas Ansicht über kurz oder lang zur totalen Verrohung führen.

»Hat die KTU etwas gefunden«, erkundigte sich Dr. Hillmot, »was wichtig sein könnte?«

»KTU?«, fragte Mamma Carlotta. »Was ist das?«

»Kriminaltechnische Untersuchungsstelle«, antwortete Erik. »Vetterich und seine Leute.« Er wandte sich wieder Dr. Hillmot zu. »Es ist nicht einmal sicher, ob der Fundort auch der Tatort ist. Und selbst wenn er es ist ... anscheinend gibt es keine Spuren mehr. Vetterich meint, die Leiche liegt seit ungefähr fünf Jahren dort.«

»Vier bis sechs Jahre«, bestätigte Dr. Hillmot. »Zu dieser Ansicht bin ich auch gekommen.« Er warf den Kindern einen schnellen Blick zu und verzichtete dann zu Mamma Carlottas Erleichterung auf die Einzelheiten, die zu dieser Ansicht geführt hatten.

»Mann oder Frau?«, fragte Sören.

»Ich tippe auf eine Frau.«

»Woran können Sie das erkennen?«, mischte sich Felix ein.

»Am Schädel«, erklärte Dr. Hillmot. »Die Kieferform ist bei Männern anders als bei Frauen. Der Kiefer eines Mannes steht weiter vor als bei einer Frau. Außerdem erkennt man es am Jochbogen.«

»Was ist das denn?«, fragte Felix.

Dr. Hillmot griff sich hinter die Ohren. »Fühlst du diese Knochen? Die sind bei Frauen kleiner als bei einem Mann.«

Erik beugte sich gespannt vor. »Und das Alter der Frau?«

»Sie war noch relativ jung. Die Rückenwirbel sind nur wenig abgenutzt. Und auch die Kanten der Rippen sind noch ziemlich glatt. Später werden sie uneben, buckliger. Ich schätze, dass sie noch in den Dreißigern war.«

Carolin erhob sich und sah in den Backofen, um den Zustand der Cannelloni zu überprüfen. Sie wollte Abstand gewinnen von dem schrecklichen Ende der unbekannten Toten, während Felix beide Unterarme auf den Tisch legte und den Gerichtsmediziner gebannt anstarrte.

Wie erwartet machte Dr. Hillmot sich keine Gedanken über die Wirkung seiner Worte, vor allem kam er nicht auf die Idee, dass es jemandem den Appetit verschlagen könnte, wenn bei Tisch über Mord und Totschlag geredet wurde. Eriks unauffälliger Hinweis, dass laufende Ermittlungen nicht vor den Ohren seiner Kinder diskutiert werden sollten, verstand er jedoch sofort. So wechselte er sprunghaft das Thema und redete zunächst lang und breit von dem möglichen Zeitpunkt seiner Pensionierung und seinen Hobbys, für die er dann Zeit haben würde. Nachdem er ausgiebig von seiner Briefmarkensammlung erzählt hatte, baten die Kinder darum, ihr Essen mit in ihre Zimmer nehmen zu dürfen, weil sie unbedingt dabei sein wollten, wenn Tine Wittler die Wohnung einer Sylter Familie renovierte, deren Kinder in dieselbe Schule gingen wie Felix und Carolin. Mamma Carlotta hatte erstaunlicherweise nichts dagegen einzuwenden. Obwohl ihr die Mahlzeiten eigentlich heilig waren, erklärte sie sich hier bereit, eine Ausnahme zu machen. Informationen über die unbekannte Tote von List waren noch wichtiger als die Einhaltung von Erziehungsprinzipien.

»Sie wurde umgebracht?«, fragte Erik, kaum dass seine Kinder die Treppe hochstiegen.

Dr. Hillmot nickte. »Die Schädelverletzungen sind erheblich. Da hat jemand mit voller Wucht zugeschlagen. Mit einem stumpfen Gegenstand, würde ich sagen, vielleicht mit einem Hammer.«

»Ein Hammer«, wiederholte Sören nachdenklich. »Also ein männlicher Täter?«

Erik gab mit einer ungeduldigen Handbewegung zu verstehen, dass Sören sich mit solchen Vermutungen in den Bereich der Spekulation begab. »Auch Frauen wissen inzwischen mit einem Hammer umzugehen.«

»Die Person muss jedenfalls mehrmals von hinten auf die

Frau eingeschlagen haben, und das mit großer Wucht«, meinte Dr. Hillmot. »Der Einschlag auf der Schädeldecke ist deutlich zu erkennen, davon gehen sternförmig mehrere Risse aus. Das heißt, es wurde viel Kraft aufgewendet.«

Erik wandte sich an Sören: »Morgen früh werden wir nachsehen, welche dreißig- bis vierzigjährigen Frauen vor vier bis sechs Jahren als vermisst gemeldet wurden. Wenn wir wissen, wer die Tote ist, können wir uns auf die Suche nach ihrem Mörder machen.«

Dann erkundigte sich Erik nach dem Zustand der Cannelloni. Als Mamma Carlotta nickte, erhob er sich und trug zu ihrer Verblüffung die Teller zur Spüle. Nun konnte sie tatsächlich sicher sein, dass er ihr nichts nachtrug, diese paar Handgriffe bewiesen es eindrucksvoll. Mamma Carlotta war sehr erleichtert. Wenn sie jetzt noch ein paar Worte des Mitgefühls für die arme Frau fand, die ein finsterer Mörder in List erschlagen und vergraben hatte, würde sich ein geschmeidiger Übergang finden zur Verkündigung ihrer großen Neuigkeit.

Doch in dem Moment, als Mamma Carlotta die Auflaufform mit den überbackenen Canelloni auf den Tisch stellte, sagte Erik zu Dr. Hillmot: »Wissen Sie eigentlich, dass meine Schwiegermutter unter die Models gegangen ist?«

Für ein gutes Essen war Dr. Hillmot zu allem fähig. Über sein Gesicht zuckte nicht das kleinste Lächeln. »Das wundert mich nicht. Ich frage mich schon lange, warum diese Models so blutjung und so schrecklich dünn sein müssen!«

Von da an bekam er den Löwenanteil von allen Gerichten. Sechs Cannelloni bekam er aufgelegt, während Erik nur drei erhielt und Mamma Carlotta sich mit zwei begnügte. Beim Meeresfrüchterisotto verhielt es sich ähnlich. Da Mamma Carlotta der Preis für die Shrimps zu hoch erschienen war, hatte sie sie knapp bemessen, aber dieses Wenige erhielt Dr. Hillmot beinahe vollständig zugeteilt. Währenddessen erzählte sie mit leuchtenden Augen von ihren Erfahrungen als Model und ihrer Freude auf die bevorstehende Modenschau, und sie vergaß auch nicht, Carolins besonderes Talent auf diesem Gebiet herauszustreichen.

Damit war sie erst fertig, als das Maronenparfait aufgetragen wurde und sie zu Eriks Freude gleichzeitig zu ihrem Gerechtigkeitssinn zurückfand. Ihm wurde genauso viel auf den Teller gehäuft wie Dr. Hillmot. Der hörte sich nun interessiert an, dass Mamma Carlotta dieses Maronenparfait ebenfalls serviert hatte, als Erik um Lucias Hand angehalten hatte. Und er amüsierte sich beim Espresso köstlich über die Geschichte von dem Handelsvertreter, der eine Ehefrau in Assisi hatte und eine Geliebte, mit der er in ihrem Dorf gern Urlaub machte. Jedenfalls bis zu dem Tag, an dem seine Ehefrau, die endlich mal mit ihrem Geliebten ein paar Tage in völliger Abgeschiedenheit verbringen wollte, auf dieselbe Idee kam. Und der Gerichtsmediziner fiel, während Erik die Grappaflasche auf den Tisch stellte, vor Lachen fast vom Stuhl, als Mamma Carlotta von dem Olivenbauern erzählte, der seine tote Mutter so lange ins Fenster gesetzt hatte, bis ihre nächste Rente fällig war.

Kurz bevor er sich verabschiedete, erzählte sie ihm noch schnell die Geschichte von der Frau des Tankstellenbesitzers, die sich nach einem Streit mit ihrem Mann einfach in das Auto des nächsten Kunden gesetzt hatte, mit ihm weggefahren und seitdem nie wieder gesehen worden war. »Jedes Jahr schickt sie eine Ansichtskarte aus Lugano. Aber keiner weiß, was sie dort macht.«

Erst als Dr. Hillmot und Sören gegangen waren, die Kinder im Bett lagen und Erik sich gerade ins Bad verzogen hatte, fiel ihr ein, dass sie noch immer nicht dazu gekommen war, die Neuigkeit zu verbreiten, die schon seit Stunden aus ihr herauswollte.

Erik hatte Sören zwar versprochen, nicht immer wieder nach dem Ergebnis seiner Nachforschungen zu fragen, aber es fiel ihm schwer, an seinem Schreibtisch zu sitzen und zu warten. Vier bis sechs Jahre nach dem Verschwinden dieser Frau sollte es zwar auf eine Stunde mehr oder weniger nicht ankommen, trotzdem war Erik nach Dr. Hillmots Besuch von der Unruhe ergriffen worden, die ihn immer erfasste, wenn er der Lösung eines Falls auf die Spur kam.

Davon konnte zwar noch keine Rede sein, aber seit er

wusste, dass sie eine vor vier bis sechs Jahren verschwundene Frau zwischen dreißig und vierzig Jahren suchten, war aus dem Skelett plötzlich eine Tote geworden, etwas, das einmal ein Mensch aus Fleisch und Blut gewesen war. Eine Frau, die gelebt und geliebt hatte und die Angehörige besaß, die sie vermissten.

Er dachte an seine Verzweiflung, als er Lucia im Leichenschauhaus zum letzten Mal gesehen und berührt hatte, und an die tiefe Trauer, die ihn auch heute noch überkam, wenn er an ihrem Grab stand. Doch so schrecklich das auch war, viel schrecklicher wäre es gewesen, wenn Lucia verschwunden wäre und er bis heute nicht wüsste, was mit ihr geschehen war.

Die Menschen, die dieser Frau nahegestanden hatten, taten ihm leid. Es würde schwer sein, ihnen die Nachricht zu überbringen, dass die Ehefrau, Mutter, Tochter oder Schwester gefunden worden war. Aber es würde auch Erleichterung bringen. Möglich, dass es noch eine kleine Hoffnung gab, aber Erik war dennoch sicher, dass die traurige Gewissheit irgendwann leichter zu ertragen sein würde als diese quälende Hoffnung.

Plötzlich fiel ihm etwas ein, was als Grund herhalten könnte, in Sörens Zimmer zu gehen, ohne ungeduldig zu erscheinen. Es konnte ja ohnehin nicht mehr lange dauern, bis sein Assistent sämtliche Dateien der Landeskriminalämter und des Bundeskriminalamtes mit den Fakten ihres Vermisstenfalls verglichen hatte. Er betrat Sörens Zimmer, als wüsste er mit seiner Zeit nichts anzufangen, und ignorierte geflissentlich dessen griesgrämige Miene und sein undeutliches Gemurmel, das deutlich genug war, um es unterdrücktes Fluchen nennen zu können.

»Stellen Sie sich vor, was meine Schwiegermutter heute vorhat! Sie hat's mir beim Frühstück verraten.«

»Einkaufen? Kochen?«, fragte Sören, ohne den Blick vom Bildschirm zu nehmen.

»Nein! Arbeiten!«

»Sag ich doch!«

»So nicht! Richtig!«

»Wie? Richtig? Ist Kochen etwa keine Arbeit? Das lassen Sie Ihre Schwiegermutter bloß nicht hören.«

»Ich meine berufliche Arbeit. Geld verdienen!«

»Die Signora?« Noch immer nahm Sören den Blick nicht vom Bildschirm, und jetzt hackte er sogar so wütend auf die Tastatur ein, dass Eriks Hoffnung auf ein baldiges Ergebnis schwand.

»Yvonne Perrette hat sie gebeten, bei ihr zu arbeiten.«

»Als Model, ich weiß.«

»Das meine ich nicht. Sie soll beim Nähen helfen, weil sie sich gut damit auskennt. Knöpfe annähen, Kragen bügeln, vielleicht auch mal die eine oder andere gerade Naht ... Im Modeatelier ist jemand ausgefallen. Meine Schwiegermutter hat noch nie eigenes Geld verdient. Sie ist total aus dem Häuschen.« Dann gab er es auf, Sören etwas vorzumachen, der ihn vermutlich sowieso durchschaute. »Was ist? Haben Sie endlich was gefunden?«

Sören schob wütend die Tastatur zurück und warf sich gegen seine Stuhllehne. »Nichts!«

»Gar nichts?«

»In der fraglichen Zeit ist auf Sylt keine Frau vermisst gemeldet worden.«

»Dann müssen Sie den Zeitraum länger fassen.«

»Habe ich. Fehlanzeige!«

»Dann weiten Sie Ihre Suche aus. Auf ganz Deutschland. Es kann jemand sein, der nicht auf Sylt wohnte, aber hier Urlaub gemacht hat. Und währenddessen verschwand.«

»Trotzdem kein Ergebnis! Keine einzige Vermisstenmeldung, die auf unseren Fall passt! Alle haben sich auf die eine oder andere Weise erledigt.« Er klopfte so zornig auf die Returntaste, als könnte er den Computer zwingen, ein Ergebnis zu melden.

»Das kann doch nicht sein«, sagte Erik. »Jeder Mensch wird vermisst, wenn er verschwindet. Eine junge Frau in den Dreißigern! Die hat Familie, Angehörige, Freunde, Kollegen ...«

»Trotzdem finde ich nichts.«

Sie sahen sich ratlos an, dann sagte Erik: »Schauen Sie sich bei den männlichen Vermissten um. Vielleicht hat Dr. Hillmot sich geirrt.«

Sören war für kurze Zeit versöhnt. Doch schon bald musste er feststellen, dass diese Suche ebenso vergeblich gewesen war wie die erste. »Wenn wir die Identität der Toten nicht kennen, wie sollen wir dann ihren Mörder finden?«

Auf diese Frage hatte Erik keine Antwort. Er war noch vollauf mit der Frage beschäftigt, wie ein Mensch verschwinden konnte, ohne dass er von jemandem als vermisst gemeldet wurde. »Können Sie sich vorstellen, dass es Menschen gibt, die ganz ohne soziale Kontakte sind?«

Sören schüttelte den Kopf. »Jeder lebt von irgendwas. Sie muss eine Arbeit gehabt haben. Also auch Kollegen und Vorgesetzte.«

»Sie könnte freiberuflich tätig gewesen sein. Freie Journalistin, Schriftstellerin ...«

»Und niemandem fällt auf, wenn sie plötzlich nichts mehr liefert? Keine Texte? Keinen neuen Roman?«

Erik ging zum Fenster und sah hinaus. »Man versucht sie zu erreichen, spricht ihr auf die Mailbox, aber da sie nicht zurückruft, wird sie vergessen.«

»Oder sie war arbeitslos.«

»Und nachdem sie sich nicht mehr beim Arbeitsamt gemeldet hat, wurden die Zahlungen eingestellt. Basta!«

»Das würde immer noch bedeuten, dass sie darüber hinaus keinerlei Sozialkontakte hatte.«

»Oder nur lose. Keine Familienangehörigen, keine wirklichen Freunde.« Erik starrte einer leeren Bierdose nach, die über den Kirchenweg sprang, auf der Flucht vor einer heftigen Bö. »Gibt's so was?«

Sören schüttelte den Kopf. »Was ist mit ihrer Wohnung? Da stehen ihre Möbel, in den Schränken liegen ihre Sachen.«

»Die Miete wird fällig.«

»Und nicht gezahlt.«

»Was tut der Vermieter, wenn die Miete nicht kommt?«

»Sie kommt, wenn ein Dauerauftrag eingerichtet wurde.«

»Aber irgendwann ist kein Geld mehr da, und die Bank sperrt das Konto.«

»Das kann dauern. Wenn viel Geld auf dem Konto ist, mehrere Monate. Vielleicht länger.«

»Aber dann …«

»Dann muss dem Vermieter auffallen, dass die Miete nicht mehr kommt.«

»Das dauert keine vier bis sechs Jahre.«

Enno Mierendorf, Polizeimeister des Reviers, kam herein und wollte sich eigentlich nur nach seinem Locher umsehen, den er vermisste. Aber er kam gerade recht, um die Frage zu beantworten, auf die Erik und Sören keine Antwort wussten. »Gibt's das, dass jemand verschwindet, und keiner merkt es?«

Mierendorf kratzte sich lange am Kopf, musste dann aber die Antwort schuldig bleiben. Und Obermeister Rudi Engdahl, Mierendorfs Kollege, war genauso ratlos, als er von dem neuesten Fall des Kommissariats hörte. »Ein Mensch, der nicht vermisst wird? Von niemandem? Traurig ist so was.«

Carlotta Capella ging zur Arbeit! Das war noch nie vorgekommen. Bisher hatte sich die Arbeit vor ihr erhoben, sich ihr vor die Füße gelegt oder war in Gestalt kleiner Kinder hinter ihr hergelaufen. Nun jedoch wartete die Arbeit in einer Schneiderwerkstatt auf sie und würde etwas wert sein, was sich mit einer Zahl ausdrücken ließ. Yvonne Perrette hatte ihr einen Stundenlohn angeboten, den in Carlottas Dorf nicht einmal die Haushälterin des Pfarrers bekam. Eine völlig neue, geradezu überwältigende Erfahrung!

Beim Frühstück endlich hatte sie Erik von der Neuigkeit berichten können, die ihr schon so lange auf den Nägeln brannte, und er war tatsächlich beeindruckt gewesen. Seine Sorge, dass sie ihn und die Kinder darüber vergessen könnte, hatte sie gerührt. »No, Enrico! Ich kann kommen, wann ich will, und immer nur, wenn ich Zeit habe. Das habe ich mit Signora Perrette so vereinbart. La famiglia steht an erster Stelle! Naturalmente!«

Selbstverständlich hatte sie zunächst das Frühstücksgeschirr weggeräumt, Felix pünktlich in die Schule geschickt und das Tomatenpüree für das Ravioli-Gratin gekocht, das es mittags geben sollte, ehe sie ins Modeatelier aufgebrochen war, wo Carolin schon seit zwei Stunden an ihrer Karriere als Modeschöpferin arbeitete.

Der Wind kam vom Meer, die Insel schien sich unter ihm zu ducken. Die großen Heideflächen zwischen der Norderstraße und den Dünen schienen vom Wind niedergedrückt zu werden, und sogar die Möwen flogen tiefer an diesem Tag. Mamma Carlotta war froh, als sie den schnurgeraden Teil der Norderstraße hinter sich gebracht hatte, wo es keinen Schutz vor dem Wind gab. Als sie in die Steinmannstraße eingebogen war, richtete sie sich im Windschatten der Häuser auf. Nun würde sie den beiden Mode-Schwestern zeigen, wie fix sie mit einem Reißverschluss oder einem handgenähten Saum fertig wurde!

Schon von Weitem sah sie die Rollstuhlfahrerin, die gegen den Wind anzukämpfen hatte. Mit der linken Hand drehte sie verzweifelt am Rad ihres Rollstuhls, mit der rechten schien sie etwas abwehren zu wollen. Nein, sie kämpfte nicht gegen den Wind, sie kämpfte ... gegen einen Mann! Mamma Carlotta sprang erschrocken vom Rad. Der Blick auf den Mann war ihr durch einen Lieferwagen versperrt worden, jetzt aber konnte sie beobachten, wie er nach dem Rollstuhl griff und an ihm rüttelte.

Mamma Carlotta ließ das Fahrrad zu Boden fallen und rannte los. Erleichtert stellte sie aus den Augenwinkeln fest, dass sie nicht die Einzige war, die der Rollstuhlfahrerin zu Hilfe eilen wollte. Eine Frau im weißen Kittel kam aus dem Eingang des Seniorenheims gelaufen und rief: »Herr Lürsen! Sie sollen doch nicht immer weglaufen!«

»Großes Geheimnis«, sagte der alte Mann, der diesmal nicht in Unterhosen auf die Straße gelaufen war, sondern immerhin eine Jogginghose trug und dazu die klobigen karierten Hausschuhe. »Großes Geheimnis«, wiederholte er ein ums andere Mal.

Mamma Carlotta beugte sich über die Rollstuhlfahrerin, während Herr Lürsen ins Seniorenheim zurückgeführt wurde. »Soll ich Sie nach Hause bringen?«

»Danke, nicht nötig«, kam es zurück. »Wenn mich keine Verrückten aufhalten, komme ich gut alleine klar.«

»Müssen Sie noch weit?«

Die Frau zeigte auf das größte Haus in der Steinmannstraße, an dem der Name seines Besitzers prangte. *Wilko Tadsen – Baustoffhandel und Baumarkt.* »Da wohne ich.«

»Ich muss ins Nachbarhaus«, sagte Mamma Carlotta erfreut und ergänzte voller Stolz: »Ich arbeite für das Modeatelier.«

»So, so!« Das war das Einzige, was sie zur Antwort bekam. Energisch griff die Frau in die Räder ihres Rollstuhls und bewegte ihn so zügig vorwärts, dass Mamma Carlotta Mühe hatte, ihr zu folgen. Als sie ihr Fahrrad vom Boden aufgehoben und die Frau eingeholt hatte, war die schon an der Einfahrt zum Parkplatz der Firma Tadsen angekommen. Dort drehte sie den Rollstuhl mit einer schnellen Bewegung ihrer rechten Hand um und sah Mamma Carlotta nun endlich ins Gesicht. »Herr Lürsen war mal mein Lehrer. Schrecklich, was aus ihm geworden ist!«

»Davvero?«, rief Mamma Carlotta, die sich umgehend an dem neuen Schicksal erwärmte.

»Aber bei mir ist ja auch nicht alles geblieben, wie es war.«

Mamma Carlotta war inzwischen aufgegangen, dass sie Marikke Tadsen vor sich hatte, von der Frau Kemmertöns ihr erzählt hatte. Die bedauernswerte Frau, die durch die Schuld ihres Mannes im Rollstuhl saß. Ihr Alter war schwer einzuschätzen, vielleicht Mitte vierzig, möglicherweise aber auch erst Ende dreißig. Vermutlich war sie jünger, als sie aussah, die Verbitterung hatte tiefe Linien in ihr Gesicht gegraben.

Mamma Carlottas Herz floss über vor Mitleid. Diese arme Frau! An den Rollstuhl gefesselt! Und von dem Mann, der ihr das angetan hatte, auch noch betrogen! Gab es Schlimmeres?

Nun lächelte Marikke Tadsen, und prompt sah sie hübsch aus mit den Grübchen in ihren runden Wangen und den leuchtenden blauen Augen. Mit einer anmutigen Bewegung strich sie sich das glatte blonde Haar aus dem Gesicht, das der Wind jedoch gleich wieder vor ihre Augen pustete. »Sie sind Italienerin?«, fragte sie. »Ich liebe Italien. Früher sind wir oft in die Toskana gefahren. Als ich noch …« Sie schlug mit beiden Handballen auf die Armlehnen ihres Rollstuhls. »Als ich noch nicht auf dieses Ding angewiesen war!«

Mamma Carlotta war hocherfreut, jemanden vor sich zu haben, der ihr Land liebte, und sah über Marikkes Bitterkeit hinweg. Im Schnellverfahren gab sie ihr einen Überblick über ihr Leben und über den Grund ihres Aufenthaltes auf Sylt. »Die Familie meiner verstorbenen Tochter braucht mich!«

Während sie oft die Erfahrung machen musste, dass die Sylter nur schwer mit einer Schilderung zurechtkamen, die mehr als fünf Sätze umfasste, war Marikke Tadsen in keiner Weise irritiert. Im Gegenteil! Sie schien die Unterhaltung mit Mamma Carlotta nun sogar zu genießen.

»Wann müssen Sie im Modeatelier anfangen?«, fragte sie mit einem Blick auf die Uhr.

Mamma Carlotta winkte generös ab. »Das kann ich machen, wie ich will. Yvonne Perrette lässt mir völlig freie Hand.«

»Dann kommen Sie doch auf einen Kaffee zu mir rein«, bot Marikke an. »Sie können auch einen Espresso haben.«

Mamma Carlotta bedankte sich herzlich. So anziehend noch vor wenigen Minuten die Arbeit im Modeatelier gewesen war, so verlockend war es nun, mehr von dem Schicksal Marikke Tadsens zu erfahren. Ob sie ihren Mann noch liebte? Ob sie ihm verziehen hatte? Ob sie wusste, dass er sie betrog? Vielleicht war dies die Gelegenheit, es herauszufinden. Freudig folgte sie Marikke Tadsen ins Haus und bewunderte die Geschicklichkeit, mit der sie ihre Jacke auszog und an den Haken hängte, in die Küche rollte und dort die Kaffeemaschine bediente.

Bald kamen sie auf Jannes Pedersen zu sprechen. »Er ist der Freund meines Mannes«, erklärte Marikke beim Espresso, »aber ich verstehe nicht, dass Wilko ihn seinen Freund nennt. Doch er meint, sie wären schon als Kinder befreundet gewesen, und deshalb würde es so bleiben. Egal, was Jannes tut.«

»Und was tut er?«, wollte Carlotta wissen.

»Würden Sie jemanden einen Freund nennen wollen, der seine Frau schlägt?«, fragte Marikke zurück. »Aber Wilko sagt immer, das ginge uns nichts an. Außerdem wäre eine Frau, die sich das bieten lässt, selber schuld. Und überhaupt – Jannes hätte ja schon die Quittung bekommen für sein Verhalten. Elske hat ihn verlassen, und Yvonne wird es vermutlich auch nicht mehr lange bei ihm aushalten.« Marikke beugte sich so weit vor wie möglich, als wollte sie leise sprechen, damit niemand es hörte. »Sang- und klanglos ist Elske verschwunden. Weil sie natürlich Angst hatte, dass er versuchen würde, sie zu halten.« Dann flüsterte sie: »Mit Gewalt, versteht sich.«

Marikke seufzte tief, ehe sie weitersprach: »Ich kann sie verstehen. Sie verzichtet lieber auf Unterhalt, ehe sie noch einmal was mit Jannes zu tun haben muss. Seit fünf Jahren hat sie nichts von sich hören lassen. Auch bei uns hat sie sich nicht gemeldet. Aber das habe ich auch nicht erwartet. Wilko hätte Jannes verraten, wo Elske ist, das wusste sie.«

Verständnisinnig sahen sich die beiden an, und dann erzählte Mamma Carlotta noch von dem Schornsteinfeger ihres Dorfes, der seine Frau oft geschlagen und sich irgendwann mit gebrochenem Genick am Fuß der Kellertreppe wiedergefunden hatte. Dass er gestolpert und hinabgestürzt war, hatte niemand geglaubt, aber es war auch keiner bereit gewesen, es öffentlich anzuzweifeln. »Schließlich wusste ja jeder, dass er es verdient hatte«, sagte Mamma Carlotta und verabschiedete sich herzlich von Marikke Tadsen, die sie bat, sie bei nächster Gelegenheit wieder zu besuchen.

Als Sören ihm den Telefonhörer reichte, fürchtete Erik für einen kurzen Moment, einem seiner Kinder sei etwas zugestoßen. Sörens Blick war derart besorgt, dass Erik mit dem Schlimmsten rechnete. So war er geradezu erleichtert, als er die Stimme der Staatsanwältin hörte. Ihr Anruf oder gar ihr Besuch zählte zwar auch zu dem Schlimmsten, was dem Kommissariat Westerland widerfahren konnte, aber als persönlicher Schicksalsschlag wurde beides dann doch nicht eingestuft. Obwohl Erik oftmals dicht dran war …

Frau Dr. Speck klang klar und ausgeschlafen wie immer, sie schien stets Wert darauf zu legen, dass man sie für eine dynamische Person hielt, die ihren Job im Handumdrehen erledigte, doppelt so viel schaffte wie ein Mann und dabei erheblich belastbarer war. Dass sie sich Hauptkommissar Wolf haushoch überlegen fühlte, daran ließ sie nie einen Zweifel.

»Es hat gestern Abend einen Zwischenfall gegeben«, begann sie, ohne sich mit Höflichkeiten aufzuhalten. »Im letzten Zug, der über den Hindenburgdamm fuhr. Haben Sie davon gehört?«

Erik war bisher nichts zu Ohren gekommen, aber da er fürchtete, das könnte ihm als schuldhaftes Verhalten ausgelegt werden, antwortete er nur mit einem vagen Brummen.

»Ein Mann ist gestorben, der anscheinend heute auf Sylt einen Deal plante.«

»Ermordet?«, fragte Erik erschrocken.

»Nein, er ist eines natürlichen Todes gestorben. Herzinfarkt! Der Arzt sagt, es gibt keinen Zweifel. Anscheinend wäre der Typ besser Beamter geworden. Das aufregende Leben als Krimineller war wohl zu viel für sein Herz.« Frau Dr. Speck stieß etwas aus, was wohl ein Lachen sein sollte. Aber Erik konnte sich nicht entschließen, aus Höflichkeit einzustimmen, obwohl er aus Erfahrung wusste, dass der Umgang mit der Staatsanwältin leichter war, wenn man sich auf ihren Humor einließ.

»Was für einen Deal meinen Sie?«, fragte er vorsichtig.

»Er hatte einen Koffer voller Uhren dabei. Und zwar nicht irgendwelche Uhren! Luxusuhren! Keine unter zehntausend Euro. Was der mit sich rumtrug, war locker eine halbe Million wert. Kein Wunder, dass ihm das auf die Pumpe geschlagen ist.«

Wieder dieses stoßweise Lachen, und diesmal gelang es Erik, ein wohldosiertes Haha zurückzugeben.

»Was wollte er mit den Uhren auf Sylt?«, fragte er dann. »Und wie hieß der Mann?«

»Keine Ahnung! Er trug keine Papiere bei sich und sah aus, als wäre er osteuropäischer Herkunft. Ein Handy hatte er auch nicht dabei. Also ein durch und durch unbeschriebenes Blatt. Dass er nichts bei sich trug, was ihn identifizieren konnte, ist sicherlich kein Zufall. Ich habe sofort einen

Abgleich mit der Vermisstendatei machen lassen, aber leider ohne Erfolg.«

»Hat ein Mitreisender mit ihm gesprochen?«, fragte Erik.

»Fehlanzeige! Ob er überhaupt deutsch sprach, ob gebrochen oder mit Akzent, ist also völlig unklar.«

»Die Uhren sind vielleicht gut gemachte Plagiate?«, schlug Erik vor.

»Halten Sie mich für eine Dilettantin?«, fauchte die Staatsanwältin. »Natürlich habe ich die Uhren heute Morgen gleich von einem Fachmann überprüfen lassen. Keine Plagiate! Mal schauen, ob die irgendwo vermisst werden. Vielleicht hat es einen Einbruch in einem Juweliergeschäft gegeben. Aber das ist nicht Ihr Problem, Wolf. Sie halten die Augen offen! Klar?«

»Natürlich.«

»Versuchen Sie herauszufinden, was der Typ auf Sylt mit den Uhren anstellen wollte. Nicht dass dort ein schwunghafter Handel entsteht, und wir wissen nichts davon.«

Ganz offenbar hielt sie es für möglich, dass so etwas vor seiner Nase geschah, ohne dass er es mitbekam.

»Aber der Mordfall geht natürlich vor«, fügte sie hinzu. »Wissen Sie, was es mit diesem Skelett auf sich hat, das auf Sylt gefunden wurde?«

»Ich habe ebenfalls einen Abgleich mit der Vermisstendatei machen lassen, auch ohne Erfolg.«

»Na, dann suchen Sie mal schön weiter! Und halten Sie mich auf dem Laufenden.«

Sören schob ihm einen Riegel Trauben-Nuss-Schokolade hin, als Erik das Gespräch beendet hatte. »Hier! Nervennahrung!« Erik brach dankbar ein Stück ab und ließ es so lange auf der Zunge zergehen, bis er nur noch eine Rosine und eine Haselnuss im Mund hatte. Während dieses Prozesses brachte er Sören auf den neuesten Stand.

»Fragen Sie mal bei den Beherbergungsbetrieben nach, ob irgendwo ein Gast erwartet wurde, der ausgeblieben ist«, schloss er. »Mehr können wir nicht tun. Wir wissen zu wenig. Informieren Sie auch Engdahl und Mierendorf. Und natürlich die Kollegen von der Verkehrssicherheit.«

Mamma Carlotta war hochzufrieden, als sie nach Hause fuhr. Der Wind konnte ihr nichts anhaben, sie war viel zu erfüllt von den Erlebnissen, von dem Interessanten, das ihr zu Ohren gekommen war, von dem Neuen, das sie erfahren hatte. So voll war sie davon, dass sie anscheinend schwerer geworden war. So jedenfalls kam es ihr vor, denn der nach wie vor starke Wind konnte nicht mehr mit ihr machen, was er wollte.

In Gedanken schritt sie noch einmal über den Läufer und präsentierte sich. Yvonne Perrette hatte an diesem Tag zwei weitere Models kommen lassen: Vanessa, ein Mädchen, das Carolins Figur hatte und mit ihr zusammen die junge Mode vorführen würde, dazu die Frau eines Angestellten der Firma Tadsen, die sich ebenso zu den reifen und molligen Frauen zählen durfte wie Mamma Carlotta. Kirsten hieß sie und war sehr hübsch mit ihren blonden Locken und den großen blauen Augen. In ihr Kinn grub sich ein drolliges Grübchen, ihr herzförmiger Mund sah ständig so aus, als lächelte er. Sie war blass, aber anscheinend hatte Geraldine sie gerade deswegen ausgewählt. Zufrieden hatte sie Mamma Carlotta und Kirsten betrachtet. »Hell und dunkel! Der perfekte Gegensatz! Très bien!«

Diesmal hatten sie geübt, möglichst schnell die Kleidung zu wechseln, damit die Modenschau ohne Verzögerungen über die Bühne gehen konnte. Jede von ihnen hatte ein Modellkleid des Modeateliers in die Hand gedrückt bekommen und musste nun üben, möglichst schnell vom eigenen Kleidungsstück in das Designermodell zu kommen und wieder heraus. Und das so, dass die Frisur erhalten blieb und das Makeup ebenso.

»Wehe, es findet sich nach der Modenschau eine Make-up-Spur an einem der Kleider«, hatte Geraldine Bertrand gedroht und sich damit den Rest der Sympathie verscherzt, die Mamma Carlotta noch in sich hatte. Sich von einer Frau einschüchtern lassen, die mit einem verheirateten Mann ein Verhältnis hatte? Wenn Mamma Carlotta sich nicht schon ausgemalt hätte, wie ihre Kinder und Nachbarn staunen würden, wenn sie von ihren Modelerfahrungen hörten, hätte sie Geraldines respektlose Drohung vielleicht sogar mit fristloser Kündigung beantwortet. So aber schluckte sie ihren Ärger herunter und tat so, als hätte sie jede Menge Erfahrung mit der Vermeidung von Make-up-Spuren an ihrer Kleidung.

Und dass es ausgerechnet Geraldines Aufgabe war, den Models beim Umziehen zu helfen, war Mamma Carlotta gar nicht recht. Überhaupt hätte sie gerne vorher Bescheid gewusst, dass sie sich ihrer Kleidung entledigen sollte. Wenn sie zum Arzt ging, wusste sie ja auch, was auf sie zukam, und zog die Unterwäsche an, die sie für solche Gelegenheiten ganz hinten im Schrank liegen hatte. Auch in diesem Fall hätte sie sich natürlich mehr Mühe gegeben und nicht den warmen, weiten Schlüpfer mit dem langen Bein gewählt, den Felix respektlos Liebestöter nannte.

Sie war froh, dass Kirsten sich in ihrer Miederhose offenbar genauso unwohl fühlte wie Mamma Carlotta. Aber zum Glück verhielt sich Geraldine sehr diskret, schaute nur hin, wenn es nicht zu umgehen war, und erwähnte sogar am Rande, dass Unterwäsche für eine Modenschau nicht reizvoll, sondern zweckmäßig sein müsse. »Vor allem darf sie sich unter dem Modell nicht abzeichnen.«

Das erlaubten sich zum Glück weder die Miederhose noch der Liebestöter.

Bei der nächsten Probe, so hatte Geraldine Bertrand versprochen, würde die Kosmetikerin dabei sein, die sich ein Bild davon machen wollte, wie die Models am besten zu schminken seien. Madonna, wie aufregend das Leben sein konnte!

Mamma Carlotta bog in die Norderstraße ein, ohne sich vor der langen Geraden und dem leichten Anstieg zu fürchten. Es war wirklich ein erfolgreicher Vormittag gewesen! Auch von ihren Nähfähigkeiten hatte sie die beiden Mode-Schwestern schnell überzeugt. Selbstverständlich hatte sie gewusst, wovon die Rede war, als es um den geraden und den schrägen Saumstich ging, und auch beim Überwendlichstich keine Sekunde gezögert, nachdem sie sich diese Fachbegriffe ins Italienische übersetzt hatte.

Mamma Carlotta hatte sich gerade darangemacht, die Abnäher einer Bluse flach zu bügeln, da öffnete sich die Tür, die vom Schneideratelier in die Wohnräume führte, und Jannes Pedersen trat ein. Er war ein untersetzter Mann mit kurzen Gliedmaßen und kräftiger Muskulatur. Mamma Carlotta schauderte es, als sie sich vorstellte, wie er die Hand gegen die zarte Yvonne Perrette erhob.

Schlagartig veränderte sich die Atmosphäre im Atelier: Yvonnes Miene wurde ängstlich, Geraldines Körperhaltung zeigte Abwehr und Trotz, die beiden jungen Mädchen hörten auf zu kichern, und Kirsten fiel ein, dass sie eigentlich nach Hause musste, weil die Wäsche noch in der Maschine steckte und dringend in den Trockner befördert werden musste. Jannes Pedersen tauchte auf wie der Störenfried bei einem Kindergeburtstag, der beim Topfschlagen nicht mitmachen oder immer der Erste sein will.

»Na? Sind die Damen mit der Vorbereitung der Modenschau beschäftigt?«, rief er jovial. Als die positive Resonanz ausblieb, die er anscheinend erhofft hatte, wandte er sich an Yvonne: »Ich fahre aufs Festland. Pidder bringt dir den Kassenschlüssel, wenn er Feierabend macht.«

»Kommst du heute Abend noch zurück?«, fragte Yvonne.

»Mal sehen.«

Als sich die Tür hinter ihm geschlossen hatte, entspannte sich die Lage spürbar. Yvonne beugte sich wieder über ihre Nähmaschine, Carolin vertiefte sich erneut in ein Schnittmuster, und Mamma Carlotta hatte in Windeseile sämtliche Abnäher flach gebügelt.

Geraldine ging in den Laden und warf über die Schulter zurück: »Würde es Ihnen was ausmachen, Signora, mit mir die Sonderangebote auszuzeichnen?«

Normalerweise hätte es Mamma Carlotta etwas ausgemacht, denn sie fühlte sich in Yvonnes Gegenwart wohler und war vor allem der Ansicht, dass sie für die Erledigung von Näharbeiten angestellt worden war und nicht, um Geraldine zur Hand zu gehen, wenn die keine Lust hatte, die Waren umzuzeichnen. Trotzdem nickte sie und folgte Geraldine bereitwillig in den Laden. An der Schaufensterscheibe drückten sich gerade zwei Touristinnen die Nasen platt, aber im Laden gab es keine einzige Kundin.

Geraldine Bertrand holte die Kleidungsstücke von einem

Ständer, die zu lange im Angebot waren und nun im Preis reduziert werden sollten, um doch noch einen Käufer zu finden.

Während Mamma Carlotta mit dem Rotstift die Preise durchstrich, brachte sie das Gespräch auf Jannes und fragte nach seiner Frau Elske. Natürlich ließ sie kein Wort darüber verlauten, dass Marikke Tadsen ihr bereits einiges anvertraut hatte. Es war immer gut, sich einen Sachverhalt aus zwei verschiedenen Perspektiven schildern zu lassen. Erstens ließ sich dann der Wahrheitsgehalt überprüfen, und zweitens konnte man die ganze interessante Sache gleich zweimal genießen. Geraldine schien zwar nicht zu denen zu gehören, die so begeistert Auskunft gaben wie Marikke Tadsen, aber sie wies Mamma Carlottas Fragen auch nicht von sich. »Die Ehe war schon lange nicht mehr gut«, erzählte sie. »Die beiden hatten keine Kinder, Elske interessierte sich nicht fürs Geschäft. Sie hatten sich bald nichts mehr zu sagen.«

»Woher wissen Sie das?«, fragte Mamma Carlotta.

»Ich habe Elske kennengelernt«, antwortete Geraldine, »da gingen wir beide noch zur Schule. Wir waren Brieffreundinnen. Elske lernte in der Schule Französisch und ich Deutsch. Unsere Lehrer legten größten Wert darauf, dass jeder eine Brieffreundschaft mit einem gleichaltrigen Kind im Ausland unterhielt.«

»Sie haben sich nur geschrieben?«, fragte Mamma Carlotta interessiert. »Nie gesehen?«

»Später haben wir uns persönlich kennengelernt. Elske war zu Besuch in Avignon und ich auf Sylt. Na ja, und dann …«

Geraldine nahm ein Cocktailkleid genauer unter die Lupe und stellte fest, dass eine Seitennaht sich löste. Sie brachte es in die Werkstatt, damit es dort ausgebessert wurde.

»Und dann?«, nahm Mamma Carlotta, kaum dass sie zurückgekehrt war, den Faden wieder auf.

»Dann hat Elske geheiratet, und ich bekam nur noch selten Post von ihr. Und wenn, dann klagte sie darüber, dass sie keine Kinder hatte und dass ihre Ehe immer schlechter wurde. Hätte ich Yvonne nur nicht gebeten, Elske zu besuchen, als sie auf Sylt Urlaub machte!«

Mamma Carlotta ließ den Rotstift sinken. »Soll das heißen … Ihre Schwester hat Elske Pedersen den Mann ausgespannt?«

Geraldine bedachte sie mit einem Blick, unter dem Mamma Carlotta ein weiteres Mal an sofortige Kündigung dachte. Aber da sie dann nie das Ende dieser interessanten Geschichte erfahren hätte, verzichtete sie auch diesmal darauf, Geraldine und damit vor allem sich selbst zu bestrafen.

»Yvonne würde so was nie tun«, fuhr Geraldine fort. »Nein, nein, als sie auf Sylt ankam, war Elske gerade verschwunden. Jannes war verzweifelt, weil seine Frau ihn sang- und klanglos verlassen hatte. Jedenfalls tat er so, als wäre es schwer für ihn, über den Verlust hinwegzukommen.«

»Sie glauben nicht daran?«, fragte Mamma Carlotta schnell, damit Geraldine Gelegenheit hatte, diesen unterhaltsamen Aspekt ein wenig zu vertiefen.

Aber leider wollte sie sich derart konkret nicht äußern, sie fuhr einfach fort, als hätte sie Mamma Carlottas Frage nicht gehört. »Ich kann Elske verstehen. Jannes ist kein Mann, mit dem man über Trennung, Vermögensausgleich und Unterhalt reden kann. Der wäre ausgerastet, wenn Elske ihm damit gekommen wäre. So hat sie es vorgezogen, einfach ihre Sachen zu packen und bei Nacht und Nebel zu verschwinden. Nur einen Brief hat sie Jannes zurückgelassen. Er soll nicht nach ihr suchen.« Geraldine stieß ein kurzes Lachen aus. »Hätte er sowieso nicht getan! Warum sollte er sich darum reißen, sein Vermögen mit Elske zu teilen und ihr Unterhalt zu zahlen?«

Mamma Carlotta war zufrieden. Was Marikke ihr erzählt hatte, stimmte haargenau mit dem überein, was Geraldine zu berichten hatte. Yvonne hatte Elske besuchen wollen, aber nur Jannes vorgefunden, als sie auf Sylt angekommen war. Und anscheinend hatte sie den verlassenen Ehemann so lange getröstet, bis er ihr anbot, auf Sylt eine Schneiderwerkstatt einzurichten.

»Wie gut, dass Madame Perrette eine Schwester hat, mit der sie reden kann«, sagte Mamma Carlotta diplomatisch. »Eine unglückliche Beziehung ist viel leichter zu ertragen, wenn man jemanden hat, dem man sein Herz ausschütten kann.«

»Sie hat sich auf Jannes eingelassen«, gab Geraldine zurück, »und muss nun sehen, dass sie mit ihm klarkommt.« Sie grinste spöttisch. »Außerdem hat sie ja Wilko, um sich auszuweinen. Der kennt Jannes am besten, von dem fühlt Yvonne sich verstanden.«

»Wilko Tadsen? Der mit der Frau verheiratet ist, die im Rollstuhl sitzt?«

Nun wurde Geraldine ernst, Spott und Zynismus fielen von ihr ab. »Der hat es genauso schwer mit seiner Frau wie Yvonne mit Jannes. Kein Wunder, dass Yvonne sich ständig bei Wilko ausheult.« Sie ließ das Kleidungsstück sinken, das sie gerade zur Hand genommen hatte, und sah nachdenklich vor sich hin. »Vier Jahre sind wir nun schon auf der Insel, Yvonne und ich«, seufzte sie. »Im nächsten Jahr müssen wir unbedingt das fünfjährige Bestehen des Modeateliers groß feiern.« Ohne Mamma Carlotta anzusehen, fügte sie an: »Falls Yvonne es noch so lange bei Jannes aushält.« Ihr Blick wurde plötzlich blind, ihre Augen starrten das nächste Kleidungsstück an, ohne es zu sehen. »Fünf Jahre!«, murmelte sie und schüttelte den Kopf.

Eigentlich wollte Mamma Carlotta gerade auf den skandalösen Teil der Erzählung, auf Jannes' Gewalttätigkeit, eingehen, da fiel ihr auf, dass Geraldine in Gedanken weit weg war. Sie schien vergessen zu haben, dass sie Hilfe beim Auszeichnen hatte, strich mit ihrem dicken Rotstift energisch die Zahl zweihundertvierzig durch und setzte eine Fünf daneben. Entgeistert sah Mamma Carlotta zu, wie Geraldine Anstalten machte, den Pullover, der mal zweihundertvierzig Euro kosten sollte, zum unglaublichen Sonderpreis von fünf Euro ins Schaufenster zu legen. »Fünf?«, fragte sie ungläubig.

»Ja, ja, fünf Jahre«, antwortete Geraldine zerstreut. »Vor fünf Jahren ist Elske abgehauen, und ein Jahr später haben Yvonne und ich das Modeatelier eröffnet.«

Fünf! Welche Bedeutung hatte diese Zahl für Geraldine Bertrand? Sie schien plötzlich an nichts anderes zu denken als an die Fünf. Dass sie wirklich die Absicht gehabt hatte, den Pullover für fünf Euro zu verschleudern, war ausgeschlossen.

Mamma Carlotta wollte Geraldine gerade auf den Irrtum

aufmerksam machen, da fiel ihr auf, dass auch in ihrem Kopf die Zahl Fünf kreiste. Vor fünf Jahren verschwunden! Wo hatte sie das nur zuletzt gehört? Sie dachte fieberhaft nach, aber die Erinnerung wollte sich partout nicht einstellen.

In diesem Augenblick öffnete sich die Ladentür, und Wilko Tadsen trat ein. Ein großer, gut aussehender Mann mit dunklen, kurz geschnittenen Haaren und einem markanten Gesicht. Er war schlank, trug eine enge Jeans, darüber ein konservatives Jackett und ein Hemd, dem man den Designer ansah. Ein Mann, in den sich eine Frau verlieben konnte! Und ein Mann, neben dem eine Frau wie Marikke nur unglücklich werden konnte.

Mamma Carlotta schob sämtliche Erinnerungen beiseite und konzentrierte sich auf die höchst brisante Gegenwart. Wie begrüßten sich Geraldine und Wilko? Wie sahen sie sich in die Augen? Welchen Code benutzten sie, um sich zu sagen, was der andere verstehen, aber sonst niemandem etwas verraten würde?

Beinahe war Mamma Carlotta enttäuscht, dass es so einfach war. Das durchschaute ja jedes Kind! Selbst wenn Frau Kemmertöns sie nicht in das Verhältnis von Wilko Tadsen und Geraldine Bertrand eingeweiht hätte, wäre ihr sofort klar gewesen, dass die beiden etwas verband, was niemand wissen durfte. Und was konnte es anderes sein als eine verbotene Liebe? Genauso hatte in ihrem Dorf der Pfarrer die junge Nonne angesehen, bevor die beiden gemeinsam über alle Berge gingen. Jeder Blick war eine geheime Botschaft gewesen, jede Geste hatte sie verraten. Merkwürdig, dass zwei erwachsene Menschen, die einerseits klug und gebildet waren, andererseits trotzdem nicht merkten, wie leicht durchschaubar ihre verschleierten Hinweise waren!

»Marikke schickt mich«, sagte Wilko Tadsen mit einem kurzen Seitenblick auf Mamma Carlotta. Er machte keinen Hehl daraus, dass ihre Anwesenheit ihn störte, aber Carlotta machte ebenso wenig einen Hehl daraus, dass sie bleiben würde, solange sie nicht ausdrücklich weggeschickt wurde. Und da sie davon ausging, dass Geraldine und Wilko sich einen Rest von Intelligenz bewahrt hatten, der heimlichen Liebespaaren oft erschreckend schnell und durchgreifend verloren ging, blieb sie.

»Ich soll fragen, ob du die Bluse schon geändert hast.«

Mamma Carlotta schüttelte missbilligend den Kopf. Sie war zwar nur zur Aushilfe hier, aber dass das Modeatelier keine Änderungsschneiderei war, wusste sie trotzdem.

»Noch nicht«, antwortete Geraldine und sorgte dafür, dass Mamma Carlotta ihr Gesicht nicht sah. »Aber ich kann sie ihr vorbeibringen, wenn sie fertig ist. Wie wär's mit morgen Nachmittag gegen vier? Hat Marikke dann Zeit?«

Keine Frage, sie bot Wilko ein Treffen an, das merkte ein Blinder. Immer, wenn der Pfarrer der jungen Nonne ein gemeinsames Gebet vorgeschlagen hatte, war sein Wagen kurz darauf in einer Waldschneise zu sehen gewesen. Und dass er dort mit der Nonne betete, hatte Mamma Carlotta keinen Augenblick geglaubt.

»Morgen Nachmittag ist Marikke beim Arzt«, gab Wilko zur Antwort.

Aha, er teilte seiner Geliebten verblümt mit, dass die Ehefrau nicht zu Hause sein würde und ihr Schäferstündchen nicht stören konnte.

»Macht nichts«, gab Geraldine zurück. »Ich bringe die Bluse trotzdem vorbei. Dann kann sie sie später ganz in Ruhe anprobieren. Und wenn was nicht passt, ändere ich sie noch einmal.«

Für Mamma Carlotta war sonnenklar, dass Wilko Tadsen am nächsten Nachmittag seine Geliebte in seinem Haus empfangen würde. Glaubten die beiden wirklich, dass sie nicht durchschaut wurden? Und ging Wilko Tadsen tatsächlich davon aus, dass Mamma Carlotta seine zärtliche Geste nicht bemerkte? Und auch nicht den Blick, den er zurückwarf, ehe er in die Werkstatt ging?

»Ich schau mal bei Yvonne rein. Die Terracottafliesen für das neue Bad sind gekommen. Drei Sorten! Sie soll sich eine aussuchen. Jannes sagt, er verlässt sich voll auf Yvonnes guten Geschmack.«

»Aber bitte erst nach Ladenschluss«, entgegnete Geraldine bestimmt. »Ich kenne sie! Eine Viertelstunde braucht sie, um die Fliesen auszusuchen, und drei Stunden, um dir was vorzujammern.«

»Ich bin nun mal Jannes' ältester Freund. Ist doch kein Wunder, dass sie sich bei mir ausweint. Ich kann Jannes am besten beurteilen.«

Auch dass Geraldine kurz die Lippen spitzte, ehe Wilko verschwand, entging Mamma Carlotta nicht. Dilettanten waren die beiden! Blutige Anfänger! Da waren ja der Pfarrer und die Nonne um Klassen besser gewesen, obwohl man den beiden weit weniger Übung unterstellen durfte!

Mittlerweile passierte Mamma Carlotta die ersten Häuser Wenningstedts. Aber da die Norderstraße sehr breit war und die Häuser alle sehr niedrig waren, boten sie kaum Schutz vor dem Wind. Mamma Carlotta fasste die Einfahrt zum Süder Wung fest ins Auge, um nicht ihr Ziel und die Motivation zu verlieren, und überlegte währenddessen, ob sie Marikke Tadsen raten sollte, am nächsten Nachmittag auf den Besuch bei ihrem Arzt zu verzichten.

Doch noch ehe sie diese Entscheidung getroffen hatte, fiel ihr ein, dass sie vergessen hatte, Geraldine auf den Pullover aufmerksam zu machen. Ob der mittlerweile für fünf Euro verkauft worden war, weil eine Kundin darauf bestanden hatte, nicht mehr als den Preis zu bezahlen, der dick mit Rotstift auf dem Etikett stand?

Aber Mamma Carlottas Schuldgefühle waren schnell bewältigt. Das hatte Geraldine nun davon, dass sie in Gedanken bei ihrem Geliebten gewesen war! Und da sie seiner bedauernswerten Ehefrau den Mann wegnahm, geschah ihr dieser finanzielle Verlust auch ganz recht. Dass er eigentlich die Ladenbesitzerin traf, die mit einem prügelnden Lebensgefährten eigentlich schon genug gestraft war, vergaß Mamma Carlotta der Einfachheit halber. Seit jeher gelang es ihr, mit simplen Mitteln nicht an der Ungerechtigkeit der Welt zu verzweifeln.

Zwei Schulkinder überholten sie, tief über die Fahrradlenker gebeugt. »Windstärke fünf!«, schrie der eine, und der andere brüllte gegen den Wind zurück: »Das ist doch nur ein laues Lüftchen!«

Fünf! Da war sie schon wieder, die magische Zahl. Vor fünf

Jahren hatte Elske Pedersen ihren Mann verlassen und war seitdem nie wieder gesehen worden. Aber was hatte das mit Carlotta Cappella zu tun? Nichts! Eigentlich …

Erik sah seine Schwiegermutter besorgt an, als er in die Küche trat. »Du siehst abgehetzt aus. Warst du wieder den ganzen Morgen im Modeatelier?«

Mamma Carlotta nickte flüchtig. Ihr selbst schien die Eile weit weniger auszumachen als Erik, dem schwindelig wurde, während er beobachtete, wie sie zwischen Tisch, Herd und Spüle hin und her hetzte, den einen Handgriff noch nicht erledigt hatte, während sie schon mit dem zweiten begann, und mit der Linken eine Tomate vom Boden aufhob, während sie mit der Rechten an den Schaltern des Herdes herumdrehte.

»Wir haben heute das Umkleiden geübt. Damit es hinterher bei der Modenschau reibungslos klappt! Und dann habe ich noch beim Nähen geholfen! Und beim Umzeichnen der Waren auch!«

Erik betrachtete sie lächelnd und Sören sogar mit unverhohlener Bewunderung. Wie hielt sie nur dieses Tempo aus?

Die Auflaufform mit dem Ravioli-Gratin landete derart schwungvoll im Backofen, dass Erik hören konnte, wie sie an dessen Rückseite schlug. Der Kabeljau hatte auch nichts zu lachen, als er so grob aufgespießt wurde, als sollte ihm langes Leiden erspart bleiben. Erik konnte gar nicht hinsehen, wie Mamma Carlotta mit den gefährlichen Spießen hantierte.

Sören schien es genauso zu gehen. »Passen Sie auf, Signora! Dass Sie sich nur nicht verletzen!«

Aber Mamma Carlotta winkte ab. »Fisch-Tomaten-Spieße habe ich schon hundertmal gemacht. Nie habe ich mich dabei verletzt.«

Tatsächlich ging auch diesmal alles gut. Erik und Sören atmeten erleichtert auf, als die Spieße mit den Kabeljaustücken, den Cocktailtomaten, Scampi und Zucchinischeiben in der Pfanne schmurgelten und Mamma Carlotta sich an die relativ risikolose Aufgabe machte, die Sahne für die Schokoladencreme zu schlagen. »Holst du den Rum, Enrico? Vier Esslöffel brauche ich.«

Erik runzelte die Stirn. »Alkohol? Auch für die Kinder?«

»Das ist kein Alkohol, das ist in diesem Fall Würze. Die Schokoladencreme schmeckt ohne Rum nur halb so gut.«

Erik gab sich geschlagen und ging ins Wohnzimmer, um nach der Rumflasche zu suchen. Als er in die Küche zurückkehrte, hatte Sören sich angeboten, die Zartbitterschokolade zu reiben. Anscheinend mochte sein Assistent nach wie vor nicht darauf vertrauen, dass bei Mamma Carlottas Tempo das Hantieren mit spitzen und scharfen Gegenständen ohne schreckliche Folgen bleiben würde. Erik war froh darüber. Gewissenhaft zählte er vier Esslöffel in die Schokoladencreme, ohne sich von den nervösen Händen seiner Schwiegermutter antreiben zu lassen, der das alles viel zu langsam ging. Sie hätte vermutlich einen kräftigen Schuss in die Creme gegeben und später behauptet, das seien höchstens dreieinhalb Esslöffel gewesen. Mit genauem Abmessen und Wiegen hatte sie sich noch nie abgegeben.

Energisch schob sie Erik zur Seite, nahm ihm die Flasche aus der Hand und fügte der Creme noch einen weiteren Schuss Rum hinzu. »Du hast die Löffel nicht richtig voll gemacht.«

Erik wollte protestieren, aber da ihm klar wurde, dass es zu spät war, weil der Rum längst in der Creme war, ließ er sich neben Sören am Küchentisch nieder und wartete darauf, dass das Essen fertig wurde.

»Wieso seid ihr überhaupt schon so früh zu Hause?«, fragte Mamma Carlotta nervös, die die Familie am liebsten mit einem fertigen Essen erwartete, das nur noch auf den Tisch gestellt werden musste. »Sonst bist du immer sehr beschäftigt, Enrico, wenn es einen neuen Mordfall gibt! Aber wenn ein Opfer schon so lange tot ist, hat die Aufklärung wohl keine Eile?«

Erik zuckte mit den Schultern. »Wir kommen nicht recht weiter«, gab er dann zu und blickte zum Küchenfenster, damit er nicht zusehen musste, wie Mamma Carlotta der Schokoladencreme einen weiteren Schuss Rum hinzufügte. »Es gibt keine Person, die vor vier bis sechs Jahren als vermisst gemeldet wurde.«

»Vier bis sechs Jahre«, wiederholte Mamma Carlotta nachdenklich. Dann fuhr sie derart heftig herum, dass Erik und Sören sie erschrocken anstarrten. »Man könnte auch sagen ... cinque anni? Ich meine ... fünf Jahre?«

Erik nickte. »Ungefähr vor fünf Jahren wurde die Frau in List verscharrt. So genau lässt sich das nicht mehr sagen. Dr. Hillmot hat es uns doch gestern erklärt.«

Von Carlotta war plötzlich die Eile abgefallen. »Jetzt weiß ich, woran es mich erinnert hat, was Geraldine Bertrand mir erzählt hat. Und Marikke Tadsen auch.«

Erik hätte gern gefragt, wie die Bekanntschaft zwischen Mamma Carlotta und Marikke Tadsen zustande gekommen war, aber da ihm selten ein Einwurf gelang, wenn seine Schwiegermutter eine Neuigkeit loswerden wollte, machte er gar nicht erst den Versuch, dahinterzukommen.

»Wie kannst du sagen, Enrico, dass vor fünf Jahren keine Frau vermisst wurde? Ich weiß von einer Frau, die vor fünf Jahren verschwand! Man hat nie wieder etwas von ihr gehört.«

Erik starrte in ihre sprühenden Augen, in ihr Lächeln, das eine Frage anlocken wollte, und fühlte, wie der Ärger in ihm aufstieg. Einerseits kam es ihm zwar entgegen, wenn sie nicht gleich mit der Pointe herausplatzte, dann hatte er Zeit, ihren schnellen Gedanken hinterherzukommen, andererseits konnte er die Dramaturgie ihrer Erzählungen nicht leiden und verbot es sich, die Spannung zu zeigen, die sie erzeugen wollte, indem sie den Höhepunkt absichtlich hinauszögerte.

»Willst du uns sagen, um wen es sich handelt«, fragte er so gleichmütig wie möglich, »oder lieber erst nachsehen, ob das Ravioli-Gratin schon fertig ist?«

Aber Mamma Carlotta schien das Mittagessen gleichgültig zu sein. Und das machte Erik stutzig. Was sie zu sagen hatte, schien wirklich wichtig zu sein.

»Elske Pedersen!«, brach es aus Mamma Carlotta hervor. »Hast du etwa nie von ihr gehört, Enrico?«

Sören winkte schon ab, ehe Erik es tun konnte. »Es geht um eine Frau, die vermisst gemeldet wurde, Signora. Den Fall Elske Pedersen kenne ich. Die ist nicht verschwunden, die hat ihren Mann verlassen. Also wurde sie auch nicht als vermisst gemeldet.«

»Das behauptet er!«, gab Mamma Carlotta zurück. »Aber stimmt das auch? Diesem fürchterlichen Jannes Pedersen traue ich alles zu. Wer seine Frau schlägt, bringt sie womöglich auch um.«

Erik sah erstaunt zwischen Sören und Mamma Carlotta hin und her. »Jannes Pedersen hat seine Frau geschlagen?«

»Und seine Lebensgefährtin hat er auch schon verprügelt«, antwortete Mamma Carlotta.

Erik starrte Mamma Carlotta mit offenem Munde an. Wie um alles in der Welt erfuhr sie in wenigen Tagen etwas, wovon er selbst nach vielen Jahren nichts wusste?

Sören übernahm es, Mamma Carlotta aufzuklären. »Elske Pedersen hat einen Brief hinterlassen. Daraus ging hervor, dass sie ihren Mann verlassen wollte. Sie hat alles mitgenommen, was ihr wichtig war, und ist gegangen.« Nun hob er sogar den Zeigefinger, um seinen Worten Nachdruck zu verleihen. »Freiwillig!«

»Wer sagt, dass das stimmt?«, fragte Mamma Carlotta hitzig.

»Hat jemand den Brief gesehen?«, mischte Erik sich ein.

Sören nickte. »Ich selbst natürlich nicht. Aber ich habe gehört, dass Pedersen ihn rumgezeigt hat. Im Freundeskreis und unter seinen Mitarbeitern. Mein Vater hat damals gerade ein Fahrrad bei ihm gekauft. Er hat mir erzählt, dass Wilko Tadsen in den Laden kam und Jannes ihm den Brief gezeigt hat.«

Anhaltendes Schrillen unterbrach ihr Gespräch. Felix hatte mal wieder seinen Schlüssel vergessen und den Daumen auf die Klingel gesetzt, damit hinter der Haustür alles so schnell wie möglich in Bewegung geriet. Während Mamma Carlotta im Flur deswegen ausgiebig mit ihm schimpfte, flüsterte Sören seinem Chef zu: »Vielleicht sollten wir der Sache wirklich nachgehen.«

»Haben Sie jemanden in Verdacht?«, fragte Erik ebenso leise. »Glauben Sie, dass der Brief gefälscht war?«

Sören schüttelte den Kopf. »Vielleicht gibt es ihn noch,

dann können wir das überprüfen. Aber selbst wenn es ihn gibt – ist er ein Beweis? Es mag ja sein, dass Elske Pedersen tatsächlich die Absicht hatte, ihren Mann heimlich zu verlassen, und deswegen den Brief geschrieben hat. Aber er hat sie vielleicht dabei erwischt, als sie sich mit Sack und Pack aus dem Haus schleichen wollte. Und dann ...«

»... dann hat er ihr den Schädel eingeschlagen?«, fragte Erik ungläubig. »Warum sollte er das tun?«

»Wut! Gekränkte Eitelkeit! Jähzorn! Jannes Pedersen ist einer, dem ich das zutraue. Wir sollten uns im Kommissariat mal seine Akte ansehen. Der hat einiges auf dem Kerbholz.«

Die beiden verstummten schlagartig, als Felix in die Küche stürmte. Mamma Carlotta folgte ihm, während sie lauthals forderte, dass eine Kopfbedeckung an den Garderobenhaken gehöre, und Felix sein Käppi ebenso lauthals verteidigte.

»Felice! Du wirst nichts vom Ravioli-Gratin bekommen, wenn du nicht auf deine Nonna hörst!«

Aber Felix lachte nur und stimmte sogar feixend ein, als sie sämtliche Heiligen anrief, die für die Besserung missratener Kinder zuständig waren. Vor lauter Eifer nahmen beide nicht zur Kenntnis, dass Carolin mit einem leisen »Moin« die Küche betrat.

Erik atmete auf. Wie froh war er doch, dass seine Tochter vom Erbteil ihrer italienischen Vorfahren verschont geblieben war! Angesichts dieser erfreulichen Tatsache war es gar nicht so schlimm, dass sie schon wieder darauf zu sprechen kam, wie einfallslos sein Bekleidungsstil sei und wie dringend eine fachkundige Hand sich um seine Garderobe kümmern müsse.

Mamma Carlotta pflichtete ihrer Enkelin bei, obwohl Erik sicher war, dass sie die Farbe Lila am Körper eines Kriminalhauptkommissars so unpassend fand wie er selbst. Aber sie pflichtete ihren Enkeln grundsätzlich bei, weil Kinder in allem bestärkt werden mussten, was nicht ausdrücklich pädagogisch unerwünscht war. Erik sagte nichts dazu. Hauptsache, seine Schwiegermutter hatte das Verschwinden von Elske Pedersen und die Entdeckung des Skeletts vergessen. Damit sich daran nichts änderte und sie sich keine Hoffnungen machte, dass ihr Hinweis der Polizei eventuell zweckdienlich gewesen sein könnte, sagte Erik zu Sören, als sie nach dem Essen das Haus verließen: »Dann wollen wir uns mal um die geschmuggelten Luxusuhren kümmern.«

»Einverstanden, Chef!«, gab Sören zurück, der allmählich zu lernen schien, wie mit einer italienischen Schwiegermutter am leichtesten umzugehen war.

Carolin hatte die Mittagspause dazu genutzt, den konventionellen Schnitt von Herrenhemden zu revolutionieren, damit Sören demnächst etwas am Leibe hatte, was ihn aus dem blauweiß gestreiften Heer der Oberhemdenträger heraushob. Seit sie sich selbst auf Yvonnes Anraten einen gelben Wollstoff gekauft hatte, um daraus einen Minirock zu nähen, ging sie mit ihren Mitmenschen plötzlich so um wie früher ihre Mutter mit ihr. Lucia hatte ihre Tochter mehrmals täglich angefleht, andere Farben als Grau, Beige und Jeansblau an sich heranzulassen und gewagtere Formen als Five-Pocket und V-Ausschnitt. Immer vergeblich! Nun aber war Carolin eine angehende Modedesignerin und urplötzlich allen Trends gegenüber sehr aufgeschlossen. Vor allem aber, wenn es darum ging, sie anderen zu verpassen.

Mit frischem Mut und neuen Ideen, von denen Sören nichts wusste und die er sich vermutlich nicht mal im Traum ausmalte, war sie wieder zum Modeatelier aufgebrochen, während Felix sich schon vorher der Frage entzogen hatte, wann er seine überdimensionale Jeans endlich einem neuen Style opfern wolle.

Mamma Carlotta saß am Küchentisch, lauschte in die Stille des Hauses und wusste, dass sie sie nicht lange ertragen würde. Was sollte sie tun? Ins Modeatelier fahren? Oder besser mit Frau Kemmertöns Tee trinken und ein weiteres Mal den skandalösen Umstand erörtern, dass Geraldine Bertrand ein Verhältnis mit einem verheirateten Mann hatte? Oder aber dem Satz nachgehen, mit dem Erik das Haus verlassen hatte. Geschmuggelte Luxusuhren …

Mamma Carlotta dachte an die Form des Päckchens, das Tove über die Theke geschoben hatte, und wusste, dass sie ihm auf den Zahn fühlen musste. Sofort!

Als sie zehn Minuten später vom Fahrrad stieg und Toves neuen Wohlstand betrachtete, war sie sich noch sicherer als vorher. Er schien vollends vom rechten Wege abgekommen zu sein, auf dem er sich selten genug aufhielt. Sie musste ihn unbedingt dorthin zurückzerren, ehe Erik ihm auf die Schliche kam.

Aber Tove hatte gerade mit einer Gruppe Amerikaner zu tun, die anscheinend glaubten, dass deutsche Gemütlichkeit ausgerechnet in Käptens Kajüte zu finden sei. Sie wollten bei Tove die typische norddeutsche Küche ausprobieren und verlangten nach Heringsstipp und Labskaus. Mamma Carlotta hätte gern für die Wahlheimat ihrer Tochter eine Lanze gebrochen, indem sie den Wanderern aus den Staaten verriet, dass sie es hier nicht mit typisch deutscher Gastlichkeit, sondern eher mit deren schlimmster Form zu tun hatten. Da aber plötzlich Ausrufe wie »Wonderful!« und »How lovely!« an ihr Ohr drangen und sie Blicke aus leuchtenden Augen auffing, verzichtete sie darauf, Toves Ruf als Gastwirt zu diffamieren. Sie wunderte sich in Umbrien ja auch oft darüber, dass es Touristen gab, die die Höhle von Signora Alberti für eine anrührend ursprüngliche Taverne hielten, seit die auf die Idee gekommen war, ein paar Tische davor aufzustellen und selbst gebackenes Brot anzubieten. Mamma Carlotta hatte japanische Reisende beobachtet, die sich über die angeschlagenen Teller köstlich amüsiert und kein böses Wort über die schmutzige Toilette verloren hatten, weil sie sich in einer fremden Welt befanden, in der es umso interessanter war, je fremder sie ihnen begegnete.

Mamma Carlotta schob sich neben Fietje an die Theke, der dort wie immer über seinem Jever hockte und die Unterhaltung der amerikanischen Gäste belauschte, als könnte er ihr folgen.

»Klar kann ich das!«, bestätigte er. »Schließlich habe ich mal das Gymnasium besucht. Ist natürlich schon eine Weile her.«

Mamma Carlotta fragte sich, wie so oft, welcher Lebensweg Fietje in Käptens Kajüte geführt haben mochte. Dass er einen ganz anderen Start ins Leben gehabt hatte als Tove, davon war sie längst überzeugt. Aber wie er als Strandwärter auf Sylt landen konnte, das schien niemand genau zu wissen. Erst recht nicht, wie es dazu kommen konnte, dass Fietje nur noch Zaungast des Lebens war, sich in Käptens Kajüte die Illusion kaufte, noch immer dazuzugehören, und sich dort, wo das nicht möglich war, in das Leben fremder Menschen schlich, indem er sie heimlich beobachtete.

Mamma Carlotta beschloss, nicht lange um den heißen Brei herumzureden. Sie zeigte auf den Köm, der neben Fietjes Jever stand, und fragte geradeheraus: »Wie kommt es, dass Sie in Käptens Kajüte nicht mehr bezahlen müssen?«

Er lächelte nur vielsagend und antwortete: »Das kommt, weil wir neuerdings so gute Freunde sind.«

»Tove Griess und Sie?« Mamma Carlotta sah lange in Fietjes blaue Augen, dann zu Tove, der aus einem Plastikeimer den Heringsstipp löffelte und dabei ein Auge auf den grünlichen Brei hatte, den er als hausgemachtes Labskaus verkaufte.

Mamma Carlotta fand, dass ihr erster Schuss ins Blaue mitten im Ziel gelandet war, und beschloss, gleich den nächsten abzufeuern. »Habe ich Ihnen schon erzählt, dass ich neuerdings im Modeatelier von Westerland arbeite?«

Fietje machte große Augen. »Bei den beiden Französinnen?«

»Genau! Sie nähen wunderbare Kleider. Alle selbst entworfen. Und jedes ein Unikat!«

Fietje war zwar aufs Thema Mode nicht sonderlich erpicht, aber dass Mamma Carlotta eine neue Vokabel gelernt hatte, interessierte ihn. »Unikat! Donnerschlag! Sie schnacken ja mittlerweile, als wären Sie auf Sylt geboren! Jawoll!«

Mamma Carlotta war entzückt. Komplimente waren das Salz in der Suppe des Lebens, sie machten sie sorglos, zutraulich und redselig sowieso. Während sie Fietje ausgiebig von ihren Erfahrungen als Model erzählte und jeder Abnäher, den sie am Morgen flach gebügelt hatte, Erwähnung fand, fiel ihr wieder ein, dass sie mit einem anderen Ziel in die Imbiss-Stube gekommen war, und setzte endlich zu ihrem zweiten Schuss ins Blaue an: »Yvonne Perrette ist die Lebensgefährtin von Jannes Pedersen. Wussten Sie das?«

Fietje nickte. Natürlich wusste er das. Ohne rot zu werden, behauptete Mamma Carlotta, Pedersen sehr gut zu kennen und schon viele interessante Gespräche mit ihm geführt zu haben. Diese Lüge ging ihr noch ziemlich glatt über die Lippen. Für die nächste allerdings musste sie ihren ganzen Mut zusammennehmen. »Er trägt eine teure Uhr. Und er hat mir verraten, dass er sie von Tove bekommen hat. Hier! In Käptens Kajüte!«

Fietje hatte gerade den Kopf in den Nacken gelegt und den Mund geöffnet, aber der Köm erreichte seine Lippen nicht. Entgeistert stellte er ihn zurück und sah Mamma Carlotta an, als hätte sie ihm mit Gefängnis gedroht.

Sie sah sich schon in ihren schlimmsten Befürchtungen bestätigt, da begann Fietje plötzlich zu lachen. »Das vergessen Sie mal ganz schnell wieder! Der Pedersen kauft hier nichts.«

»Ich habe ihn aber gestern aus Käptens Kajüte kommen sehen.«

»Warum nicht? In einer Imbiss-Stube geht's rein und raus.« Er warf Tove einen verächtlichen Blick zu. »Zumindest sollte es so sein.«

»Wollen Sie mir weismachen, er hätte hier Kaffee getrunken?«

»Schon möglich.«

»Oder vielleicht doch eher ... eine Tote Tante?«

Das Lachen fiel so plötzlich aus Fietjes Gesicht, wie es entstanden war. Er schob seine Bommelmütze noch tiefer in die Stirn und starrte wieder in sein Bier. Währenddessen schoben die amerikanischen Gäste sich gegenseitig ihre Teller zu. Zwar verstand Mamma Carlotta kein Wort, aber sie war sicher, dass darüber beraten wurde, ob dies wirklich deutsche Hausmannskost war oder ein Grund, sich zu beschweren.

Da hob Fietje den Kopf wieder und sah Mamma Carlotta ernst an. »Ich sag Ihnen nur eins, Signora! Sie sind auf dem falschen Dampfer.«

Die amerikanischen Touristen einigten sich darauf, dass das Essen ungenießbar sei, wagten aber unter Toves finsterem Blick nicht, das Bezahlen zu verweigern.

Während der Wirt zufrieden das Geld einstrich und den

großen Eimer heranholte, in dem er das Essen entsorgte, das auf den Tellern geblieben war, ergänzte Fietje: »Besser, Sie reden mit Ihrem Schwiegersohn nicht darüber.«

Sören wartete nicht, bis Erik das Auto abgeschlossen hatte. Er lief schon ins Kommissariat, während Erik noch neben dem Wagen stand und sich mit dem Reißverschluss seiner Winterjacke abmühte. Als er Sören endlich gefolgt war, hörte er ihn schon in seinem Zimmer mit einem Sylter Zahnarzt telefonieren.

Erik lauschte, aber der Anruf schien vergeblich zu sein. Dann schnappte er den Namen seines eigenen Zahnarztes auf, der in Westerland praktizierte. Am Ende jedoch standen auch hier Sörens bedauernde Worte: »Trotzdem danke für die Auskunft.«

Erik merkte, dass er nervös wurde. So unwahrscheinlich ihm der Hinweis Mamma Carlottas einerseits erschienen war, so war er doch andererseits zurzeit der einzige Weg, der zur Identifizierung der Toten führen konnte. Einen anderen sah er in diesem Augenblick nicht. Und da Elske Pedersen auf Sylt zu Haus gewesen war, hatte sie sich sicherlich von einem Sylter Zahnarzt behandeln lassen. Die Chance, durch einen Gebissabgleich zur Gewissheit zu kommen, war also sehr groß. Schließlich ging heutzutage jeder Mensch irgendwann in seinem Leben zum Zahnarzt, wo sich meist ein Bissabdruck oder ein Röntgenbild fand. Wenn nicht, war es über fehlende Zähne, Brücken oder Füllungen möglich, einen Toten mit absoluter Gewissheit zu identifizieren.

»Polizeidienststelle Westerland, Kommissar Kretschmer!«, hörte er da Sörens Stimme erneut. »Wurde in Ihrer Praxis jemals eine Frau namens Elske Pedersen behandelt?«

Kurz darauf erschien Sören vor Eriks Schreibtisch. »Elske Pedersen war Patientin bei dem alten Dr. Diemeler«, verkündete er. »Schon seit ihrem zehnten Lebensjahr! Dr. Diemeler hat Röntgenaufnahmen von ihrem Gebiss.«

Erik nickte zufrieden. »Dann wissen wir also bald Bescheid.«

»Ich werde Dr. Hillmot Beine machen«, meinte Sören grinsend. »Notfalls drohe ich ihm damit, Ihrer Schwiegermutter zu erzählen, dass er unsere Arbeit behindert. Und dass er dann nie wieder Pfefferfleisch bekommt!« Sören stand auf und ging zur Tür. »Wäre das in Ordnung?«

»Vollkommen in Ordnung!«

»Darf ich ihm auch versprechen, dass er noch einmal in den Genuss der italienischen Küche kommt, wenn er zügig arbeitet?«

»Auch das ist in Ordnung. Meine Schwiegermutter wird entzückt sein, wenn sie hört, was ihre Kochkunst so alles bewirkt.«

Aber natürlich würde er ihr kein Sterbenswörtchen davon verraten, sonst würde es wieder diese überdimensionale Beglückung geben, die sie nicht selten an ihrem Schwiegersohn ausließ, der sich dann von ihr herzen und küssen lassen musste. An vieles hatte Erik sich mittlerweile gewöhnt, aber wenn Mamma Carlotta vor Glück überschäumte, hielt er sich nicht gern in ihrer Gegenwart auf.

Die Tür öffnete sich, und Polizeiobermeister Rudi Engdahl trat ein. In Händen hielt er ein Fax, auf dem der Kopf der Staatsanwaltschaft prangte. »Frau Dr. Speck hat eine Liste geschickt mit den Einbrüchen in Juweliergeschäfte im letzten halben Jahr.« Er legte Erik das Fax auf den Tisch. »Per Mail bekommen Sie Fotos von den Uhren, die gestohlen worden sind.«

Erik las das Fax der Staatsanwältin zweimal, dann strich er sich erst einmal ausgiebig seinen Schnauzer glatt. Er grinste leicht, als er zu Rudi Engdahl sagte: »Ihre neue Uhr ist übrigens höchst verdächtig. Zeigen Sie mal her. Die Staatsanwältin möchte, dass ich Menschen auf die Spur komme, die gestohlene Luxusuhren tragen.«

Rudi Engdahl hielt Erik sein Handgelenk hin. »Eine Rolex!«

»Eine Rolex? Bei Ihrem Gehalt?«

Engdahl lachte kaum hörbar, wie es seine Art war. »Ein Plagiat natürlich. Hat mir ein Freund aus New York mitgebracht.«

»Kann ja jeder sagen«, meinte Erik.

Und Sören ergänzte: »Wie soll man das auf den ersten Blick erkennen?«

Nun wurde Engdahl ärgerlich. »Wenn nicht auf den ersten, dann eben auf den zweiten. Ich habe jedenfalls keine geschmuggelte Luxusuhr am Arm.« Er ging zur Tür und drehte sich dort um. »Übrigens … die Staatsanwältin kommt übermorgen nach Sylt. Das soll ich Ihnen ausrichten. Faxen und mailen reicht ihr anscheinend nicht. Angerufen hat sie auch noch.«

Erik fuhr hoch. »Übermorgen ist Biikebrennen!«

»Deswegen kommt sie«, gab Engdahl zurück. »Sie hat Verwandte auf Sylt. Einen Schwager. Der hat sie zum Biikebrennen eingeladen. Bei dieser Gelegenheit will sie mit Ihnen reden.«

Als die Tür hinter Rudi Engdahl ins Schloss gefallen war, sahen Erik und Sören sich deprimiert an. »Ich habe noch nie gehört«, sagte Erik, »dass die Staatsanwältin Verwandtschaft auf Sylt hat.«

Sören stöhnte auf. »Vielleicht sind sie erst kürzlich nach Sylt gezogen?«

»Oder haben sich hier eine Ferienwohnung gekauft.«

»Die sie der Staatsanwältin womöglich zur Verfügung stellen, wenn sie billig Urlaub machen will?«

»Das würde ja bedeuten, dass wir sie, wenn sie Urlaub macht, noch öfter sehen als sonst.«

Erik strich sich seinen Schnauzer glatt, Sören kippelte mit seinem Stuhl. Und beide sahen so unglücklich aus, als hätte die Staatsanwältin angekündigt, von nun an jeden Morgen mit ihnen frühstücken zu wollen.

Carolin war mit der Empfehlung von Yvonne Perrette nach Hause gekommen, den Entwurf von Sörens Hemd noch einmal zu überdenken. »Sie meint, es wäre besser, komplett vom üblichen Design der Herrenhemden abzuweichen«, sagte Carolin. »Schon deswegen, weil die konservativen Kragen und Manschetten für eine Anfängerin viel zu schwer zu nähen sind. Ein Hemd ohne Kragen, aber mit einem kleinen Steg am Hals und einer gerüschten Ärmelkante ist ja auch viel ausgefallener.«

»Rüschen?« Mamma Carlotta schüttelte den Zweifel ab,

der sie überkam, und bestätigte alles, was Madame Perrette gesagt hatte, während sie die getrockneten Tomaten, die marinierten Zucchinischeiben und die gegrillten Auberginen anrichtete und alles mit blättrig geschnittenen Knoblauchzehen überstreute. »Ecco! Man soll sich nicht überfordern. Ich habe meinen Kindern früher erst Hosen mit Gummizug in der Taille genäht, bevor ich es gewagt habe, einen Reißverschluss einzusetzen. Es ist ganz richtig, erst das Einfache zu beherrschen, bevor man sich an etwas Kompliziertes traut.«

»Das sagt Madame Perrette auch«, erwiderte Carolin.

»Sie ist eine kluge Frau«, betonte Mamma Carlotta. »Und sie weiß, was junge Männer wollen. Sören freut sich schon sehr darauf, endlich mal was Modernes anzuziehen.«

Kein Hauch der Verlegenheit stieg in ihre Wangen, während sie das sagte. So etwas hatte nichts mit Lüge oder Wahrheit zu tun, sondern mit Pädagogik. Kinder mussten ermuntert und bestärkt werden, und Erwachsene hatten dafür gelegentlich etwas auf sich zu nehmen, was sie unter anderen Umständen weit von sich gewiesen hätten.

Carolin sah auf die Uhr. »Ich muss los! Biike sammeln!«

Mamma Carlotta sprach ihr das Wort nach, das sich einfach nicht in ihren Sprachschatz einfügen wollte. »Biike?«

Carolin wurde ungeduldig. »Du weißt doch: Übermorgen ist Biikebrennen. Vorher tragen alle Jugendlichen die Biikezweige zusammen. Wir treffen uns bei einer Klassenkameradin am Hochkamp. Von dort geht's los!« Sie holte sich ihren dicken Schal und wickelte ihn so oft um ihren Hals, bis sie aussah, als wäre sie akut an Mumps erkrankt. »Felix ist schon unterwegs.«

Mamma Carlotta war empört. »Felice kommt nicht zum Abendessen nach Hause? Niemand hat mir gesagt, dass ich heute für zwei Personen weniger kochen soll!«

Carolin ging zu ihr und drückte ihr einen Kuss aufs Ohr. »Nonna, wir haben dir schon vor einer Woche gesagt, dass zwei Tage vor dem Biikebrennen fürs Feuer gesammelt wird. Wir holen uns Bratwürste aus Käptens Kajüte.«

Mamma Carlotta sah ihre Enkelin erschrocken an. »Dein Vater möchte nicht, dass ihr in dieser ... in dieser ...«

»Kaschemme, ich weiß! Aber wir wollen uns da nicht reinsetzen, sondern nur ein paar Bratwürste rausholen. Dagegen hat niemand was.«

Kopfschüttelnd stand Mamma Carlotta am Herd und betrachtete ihre Vorbereitungen fürs Abendessen. Dieses merkwürdige Biikebrennen! Wie gut, dass es das nur einmal im Jahr gab. Und wenn es nicht hielt, was es zumindest den Syltern Jahr für Jahr versprach, dann würde sie nie wieder Ende Februar auf die Insel kommen.

Als Erik und Sören die Küche betraten, hatte das Ciabattabrot gerade den Ofen verlassen und Platz gemacht für die Lasagne. Kurz darauf klingelte es an der Tür.

Sören grinste. »Wetten, dass Dr. Hillmot sich beeilt hat, pünktlich zum Abendbrot mit dem Gebissabgleich fertig zu werden?«

Er hatte recht. Und Mamma Carlottas Freude über den unvorhergesehenen Gast war genauso überschwänglich, wie Erik es vorausgesagt hatte. »Dottore! Welche Freude! Setzen Sie sich! Greifen Sie zu! Was hätten Sie gern? Pomodori secchi? Oder lieber Prosciutto?« Schon steckte ihr Kopf im Kühlschrank, wo sie einen Rest Parmaschinken vermutete, der die Vorspeisenplatte im Nu ergänzte.

»Nur gut, dass Carolina und Felice heute Abend nicht mit uns essen«, sagte sie freundlich zu Dr. Hillmot. »So wird wohl reichen, was ich vorbereitet habe.«

Dass Erik versuchte, Dr. Hillmot auf sich aufmerksam zu machen, um von dem Ergebnis des Gebissabgleichs zu erfahren, bemerkte sie nicht. Und der Gerichtsmediziner schien es nicht eilig damit zu haben. Er lobte ausführlich das appetitliche Arrangement der Antipasti-Platte und erwähnte mehrmals, dass Lasagne zu seinen Leibspeisen zählte. Erst als er sich die Serviette vor den Bauch gespannt hatte, wandte er sich Erik und Sören zu, von denen die Spannung längst abgefallen war. Dr. Hillmot war jemand, der stolz auf seine Ergebnisse war, der sie gern präsentierte, vor allem, wenn sie so ausgefallen waren, dass sie die Ermittlungen voranbrachten. Dann wartete er damit keinen Augenblick länger als nötig. Dass er sich stattdessen ausgiebig mit den Antipasti und der Aussicht auf Lasagne beschäftigte, konnte nur eins bedeuten: Die Tote von List war nicht identifiziert.

»Ich hoffe, Sie haben wenigstens irgendwelche besonderen Merkmale gefunden, die uns weiterhelfen können«, sagte Erik.

Dr. Hillmot blickte ihn erstaunt an. »Wozu brauchen Sie besondere Merkmale? Der Zahnstatus hat es zweifelsfrei ergeben: Die Tote ist Elske Pedersen.«

Sören war schlecht gelaunt. »Warum haben Sie es so eilig? Nach fünf Jahren kommt es doch auf eine Stunde auch nicht mehr an. Wenigstens die Lasagne hätten wir noch essen können.«

»Die Befragung wird vermutlich nicht lange dauern«, entgegnete Erik. »Dann werde ich meine Schwiegermutter bitten, Ihnen den Rest aufzuwärmen, ehe Sie nach Hause fahren.«

»Rest?«, maulte Sören. »Wo Dr. Hillmot am Tisch sitzt, gibt es keine Reste.«

Als sie das Ortsschild passierten, schien Sören sich damit abgefunden zu haben, dass seine Portion von Dr. Hillmot vertilgt werden würde. Er wandte sich nun endlich dem Fall zu, statt dem Abendessen hinterherzujammern.

»Zuzutrauen wäre es Jannes Pedersen schon«, sagte er. »Vergewaltigung, versuchte Vergewaltigung, mehrere Körperverletzungen, einmal sogar gefährliche. Seiner Akte kann man entnehmen, dass er ein brutaler, rücksichtsloser Kerl ist. Was er haben will, holt er sich. Notfalls eben mit Gewalt. Wer ihm in die Quere kommt, kriegt einen drüber, und wer sich mit ihm anlegt, erst recht.«

»Und wer sich von ihm trennen will, wird umgebracht?«, versuchte Erik zu provozieren.

»Warum nicht?«, fragte Sören zurück. »Wenn Gefühle im Spiel sind, werden Gewalttäter noch gewalttätiger.«

Erik schwieg, bis er seinen Wagen vor dem Geschäftshaus in der Steinmannstraße zum Stehen brachte. »Aber wie sollen wir das beweisen?«, fragte er schließlich. »Nach fünf Jahren?«

Sören wollte von seiner Mutlosigkeit nicht angesteckt werden. Er stieg aus und sah sich angriffslustig um. Der Verkaufsraum des Modeateliers war in das dämmrige Licht der Nachtbeleuchtung getaucht, die mit dem Verschließen der Ladentür eingeschaltet wurde, und auf der anderen Seite des Hauses, im Fahrradladen, sah es nicht anders aus. Im Februar waren kurz vor acht die meisten Ladentüren verschlossen.

Erik und Sören traten auf die Haustür zu, die in die Privaträume von Jannes Pedersen führte. Ein Namensschild gab es nicht neben der Klingel, anscheinend war das nicht nötig. Dass hier Jannes Pedersen wohnte, wusste jeder, und auf Yvonne Perrette und Geraldine Bertrand kam es anscheinend nicht an.

Erik drückte auf den unteren der beiden Klingelknöpfe, aber nichts geschah. Hinter den Fenstern, die zur Straße gingen, blieb es dunkel. Er machte einen Schritt zurück und blickte in die erste Etage hoch. Dort war ein schwaches Licht zu sehen, und er meinte sogar, eine Bewegung hinter der Gardine auszumachen.

Entschlossen drückte er auf den oberen Klingelknopf, und tatsächlich surrte kurz darauf der Türöffner. Sie traten ein und standen in einem Flur, an dessen Ende sich eine geschlossene Wohnungstür befand. Eine Treppe führte in die erste Etage. Die Beleuchtung flammte auf, und die Tür oben öffnete sich.

»Ja, bitte?«

Erik starrte mit leicht geöffnetem Mund auf die schlanken Beine, die auf der obersten Treppenstufe standen, auf den kurzen Rock, der knapp über den Knien endete, und dann in das hübsche, runde Gesicht, das sich ihm entgegenbeugte.

»Wollen Sie zu mir?«

Sören hatte vergeblich auf eine Reaktion seines Chefs gewartet, deshalb war er es, der antwortete: »Kriminalpolizei! Wir möchten zu Herrn Pedersen.«

Wie immer und überall tat auch hier das Wort Kriminalpolizei seine Wirkung. Eilig kam die Frau die Treppe herunter. Als sie vor Erik stand, war sie noch attraktiver, und ihre großen Augen raubten ihm den Atem.

Sören schien sie zu kennen. »Madame Bertrand, wissen Sie, wo Herr Pedersen sich aufhält?«

Sie drehte sich zu der Tür um, die in die Erdgeschosswohnung führte. »Keine Ahnung. Aber was ist mit meiner Schwester? Ist sie nicht zu Hause?«

Das also war die Frau, über die Mamma Carlotta kein freundliches Wort verlor! Erik fand mühsam zu seiner Sprache zurück. »Sieht so aus. Es hat niemand geöffnet.«

Geraldine überlegte kurz. »Yvonne wollte am Abend zu Wilko. Fliesen für das neue Bad aussuchen.« Sie machte eine vage Geste in die Richtung, in der Wilko Tadsens Baustoffmarkt lag.

»Kann es sein, dass sie immer noch bei Wilko Tadsen ist?«, fragte Sören.

»Der Laden hat auch schon geschlossen«, antwortete Erik an Geraldines Stelle.

Sie schenkte ihm ein winziges Lächeln. »Kann schon sein, dass Yvonne noch auf ein Glas bei den Tadsens geblieben ist.«

»Sie kennen sich privat?«

»Wir sind Nachbarn. Jannes und Wilko sind uralte Freunde.«

Erik wandte sich zum Gehen. »Dann werden wir es nebenan versuchen.«

Geraldines Blick verlor nun die Freundlichkeit. »Darf ich fragen, was das alles soll? Was wollen Sie von Jannes und von meiner Schwester?«

Erik antwortete schnell. »Nur eine Zeugenaussage! Aber für uns sehr wichtig.«

Geraldine schien diese Auskunft nicht zufriedenzustellen. Sie antwortete unwirsch: »Jannes ist heute Nachmittag in die Werkstatt gekommen und hat gesagt, er müsse aufs Festland. Er wusste nicht, ob er am Abend zurückkommen würde.«

»Aufs Festland?« Erik runzelte die Stirn. »Wohin genau?«

»Das hat er nicht gesagt.«

»Und Sie können es sich nicht vorstellen?«

Geraldine lachte spöttisch. »Jannes gehört nicht zu den Männern, die sagen, wohin sie gehen und woher sie kommen.«

Erik beließ es dabei. Er zog eine Visitenkarte aus seiner

Jackentasche und reichte sie Geraldine. »Herr Pedersen soll mich anrufen, sobald er zurück ist. Würden Sie ihm das bitte ausrichten?«

»Selbstverständlich!« Geraldine nahm die Visitenkarte entgegen und warf einen kurzen Blick darauf. »Ich werde es ihm sagen, Herr Wolf. Schön, dass ich bei der Gelegenheit Carolins Vater kennenlerne«, ergänzte sie. »Ihre Tochter ist übrigens sehr begabt.«

Erik lächelte verlegen. »Finden Sie wirklich?«

Geraldine nickte. »Und Ihre Schwiegermutter ist uns eine große Hilfe.«

Ehe Erik etwas erwidern konnte, ging Sören dazwischen, dem eine Frage auf den Nägeln brannte: »Gehen Sie öfter in List spazieren?«

Geraldine sah ihn ungehalten an. »Was soll die Frage?«

»Wir haben Sie gestern dort gesehen. Auf dem Gelände des Hotelneubaus. Wollen Sie uns sagen, was Sie dort gemacht haben?«

»Ich interessiere mich für Baustellen. Mein Vater war Bauunternehmer und Architekt.«

»Und warum unbedingt die Baustelle in List?«

»Weil ich dort gelegentlich zu tun habe. Wir planen eine Zusammenarbeit mit Gosch.« Nun wurde ihr Blick herausfordernd. »Und Sie? Was haben Sie auf der Baustelle in List gemacht?«

»Mein Vater war auch Bauunternehmer«, behauptete Sören, ohne auf Eriks empörten Blick zu achten, der genau wusste, dass Sörens Vater Kellner im Kliffkieker von Wenningstedt war.

»Gute Nacht, Madame Bertrand«, fügte Sören mit so höflicher Miene an, dass Geraldine die Frage herunterschluckte, ob er sich über sie lustig machen wolle.

Erik verbot es sich, einen Blick zurückzuwerfen, als sie zum Nachbarhaus gingen. Leise fragte er Sören: »Was haben Sie mit Ihren Fragen bezweckt?«

»Glauben Sie etwa, dass eine Frau wie Geraldine Bertrand Interesse an Baustellen hat?«

»Was sollte ich Ihrer Meinung nach glauben?«

»Dass sie sich auf der Baustelle umgesehen hat, weil sie wissen wollte, ob Elske Petersen dort ausgebuddelt wird.«

Erik blieb stehen und starrte Sören mit offenem Munde an. »Sie wollen behaupten, Geraldine Bertrand hat Elske Pedersen umgebracht?«

Von Sören fiel die fröhliche Spitzfindigkeit ab. »Das nun nicht. Aber sie könnte davon wissen.«

»Sie war vor fünf Jahren noch nicht auf Sylt.«

»Stimmt.« Sören sah plötzlich so aus, als schämte er sich für die Fragen, die er Geraldine Bertrand gestellt hatte. »Und wenn sie wüsste oder auch nur den Verdacht hätte, dass Jannes Pedersen seine Frau umgebracht hat, hätte sie längst bei uns auf der Matte gestanden.«

Erik nickte zufrieden. »Na, also!« Er ging auf das Haus der Tadsens zu. »Was wissen Sie eigentlich über Madame Bertrand? Meine Schwiegermutter mag sie nicht.«

Sören zuckte mit den Schultern. »Ich kenne sie nur flüchtig. Über Jannes Pedersen dagegen wurde schon immer viel geredet, und als seine Frau verschwand, erst recht. Jeder hat es ihm gegönnt, anscheinend hatte keiner damit gerechnet, das Elske tatsächlich den Mut aufbringt, ihn zu verlassen. Aber dann wieder haben sich alle geärgert, dass er so leicht davongekommen ist.«

»Was meinen Sie damit?«, fragte Erik, während er neben der dunklen Haustür der Tadsens nach der Klingel suchte.

»Dass sie keine Ansprüche gestellt hat. Aus lauter Angst vor ihm, hieß es damals.« Sören nahm seinem Chef, der immer noch an der falschen Stelle nach dem Klingelknopf suchte, das Läuten ab. »Nun wissen wir ja, dass es andere Gründe gab.«

Wilko Tadsen öffnete die Haustür und sah die beiden Männer erstaunt an. »Die Polizei? Habe ich was verbrochen?« Er lachte verlegen und gleichzeitig wachsam. Wie so oft in solchen Situationen fragte sich Erik, warum die Polizei selten als Freund und Helfer empfangen wurde, sondern bei jedem noch so unbescholtenen Bürger zunächst für Angst sorgte.

»Wir suchen Yvonne Perrette«, sagte er besonders freundlich, um Wilko Tadsen seine Sorge zu nehmen. »Ihre Schwester sagt, sie wäre bei Ihnen.«

»Sie *war* hier.« Wilko Tadsen blickte auf seine Uhr. »Aber nur kurz.« Er trat ihnen einen winzigen Schritt entgegen, als wollte er sie zurückdrängen. »Ist was mit Yvonne?«

Erik schüttelte den Kopf. »Nichts Wichtiges«, behauptete er. »Nur eine Zeugenaussage. Die hat Zeit bis morgen.« Er tat so, als wollte er gehen, dann drehte er sich noch einmal um. »Wissen Sie zufällig, ob Yvonne Perrette noch was vorhatte, als sie Sie verließ?«

Wilko Tadsen zuckte mit den Schultern. »Nein, ich dachte, sie geht wieder nach Hause.«

In diesem Moment öffnete sich eine Tür, und Marikke Tadsen rollte auf den Flur. Prompt fiel Erik der Unfall ein, den Wilko Tadsen vor einigen Jahren in der Nähe von Hamburg verschuldet hatte. Dabei war seine Frau so schwer verletzt worden, dass sie seitdem im Rollstuhl saß.

»Guten Abend«, sagte Marikke. »Kommen Sie doch rein. Es ist kalt draußen. Und der Wind dringt bis ins Wohnzimmer.«

Erik entschuldigte sich, während Wilko seiner Frau hastig erklärte, dass die beiden Herren von der Polizei es eilig hätten. »Sie wollen nicht zu uns, sondern zu Yvonne.«

Marikke nickte. »Sie war hier. Ich habe ihre Stimme gehört.« Sie zeigte in die erste Etage. »Gesehen habe ich sie aber nicht. Meine Physiotherapeutin war da.«

»Sie ist nur kurz geblieben«, sagte Wilko Tadsen, dann wurde sein Blick nachdenklich. »Sie war irgendwie komisch«, sagte er schließlich. »So fahrig. Gar nicht richtig bei der Sache.«

»Wie meinen Sie das?«, fragte Erik.

»Sie ist eigentlich sehr pingelig«, erklärte Wilko. »Ich hatte mich darauf eingestellt, dass sie Stunden braucht, um die passenden Fliesen auszusuchen. Aber dann hat sie nur einen kurzen Blick auf die drei Muster geworfen, hat sich für eins entschieden und ist wieder gegangen.«

»Was schließen Sie daraus?«

Wilko Tadsen zuckte mit den Schultern. »Gar nichts! War nur ... ungewöhnlich.« Dann lachte er. »Nicht, dass ich mich beschweren will! Ich wollte, alle Kundinnen wären so.«

Erik bedankte sich für die Auskünfte, entschuldigte sich noch einmal für die Störung und versicherte ein letztes Mal, der Grund ihres Besuchs sei eine Lappalie gewesen. Dann ging er mit Sören zum Auto zurück. Und er schaffte es sogar einzusteigen, ohne einen einzigen Blick zu den Fenstern von Geraldine Bertrands Wohnung zu werfen.

Mamma Carlotta stand am Wohnzimmerfenster und sah hinaus. Die Nacht war schwarz, schmuddeliges Mondlicht wischte gelegentlich eine Wolkenlücke frei, dann zeigte sich der Wind, der die Baumkronen hin und her schlug und abgerissene Zweige jagte.

»Ich verstehe dich nicht, Enrico«, klagte sie und betrachtete ärgerlich das Bild, das sich in der Fensterscheibe spiegelte.

Erik, der sich unbeobachtet glaubte, saß hinter ihr auf dem Sofa und gähnte herzhaft. Ihn schien die Sorge seiner Schwiegermutter nicht zu berühren. Wie konnte er nur so unbekümmert sein? Ein junges Mädchen in dieser eisigen Nacht allein auf die Straße zu lassen, das war doch verantwortungslos!

»Bei dieser Kälte und diesem Sturm!«, versuchte sie es noch einmal.

»Im Februar ist es immer kalt«, gab Erik gleichmütig zurück, »und was du einen Sturm nennst, ist nur ein kleiner Wind. Ganz normal für diese Jahreszeit.«

Für Mamma Carlotta war der Begriff Sturm noch nicht klar definiert, deswegen blieb sie bei dem, was offensichtlich war. »Diese Dunkelheit! Und morgen muss das Kind früh raus.«

Erik gähnte noch einmal. »Sie muss nicht zur Schule. Wenn sie müde im Modeatelier erscheint, ist das nicht schlimm.«

Aber Mamma Carlotta gab noch immer nicht auf. »Felice ist um zehn nach Hause gekommen. Warum darf Carolina bis Mitternacht wegbleiben?«

»Weil sie zwei Jahre älter ist als Felix. Ihre Freundinnen dürfen auch bis Mitternacht.«

»Du könntest sie wenigstens abholen.«

»Sie würde drei Tage kein Wort mit mir wechseln.« Erik stand auf und rückte seine geliebten grünen Sofakissen zurecht. »Ich habe das früher auch schon so gemacht, das ist eine alte Tradition. Die Jugendlichen sammeln die Biikezweige und bringen sie zu dem Platz, an dem das Biikefeuer abgebrannt wird. Und anschließend sitzen sie bei einem heißen Getränk zusammen, um sich aufzuwärmen.« Erik ging zur Tür. »Ich vertraue Caro. Sie wird pünktlich zurück sein. Vom Hochkamp ist es nicht weit, und sie wird nicht allein unterwegs sein.«

»Und wenn doch? So einem jungen Mädchen kann alles Mögliche passieren. Mitten in der Nacht!« Die Sicherheit, in der er sich wiegte, erschien Mamma Carlotta mehr als fahrlässig. »Es gibt überall üble Kerle, die hinter jungen Mädchen her sind.«

»Sie hat mir versprochen, mit Dennis und Christopher zurückzufahren, die wohnen am Dorfteich.« Erik zeigte deutlich, dass er keine weiteren Diskussionen über seinen Erziehungsstil wollte. »Ich gehe schlafen.«

»Ich warte auf Carolina.«

»Meinetwegen. Gute Nacht.«

»Buona notte.«

Eriks Schritte entfernten sich, dann hörte sie das Klappen der Badezimmertür, anschließend herrschte Stille. Mamma Carlotta starrte weiter aus dem Fenster. Kein Licht da draußen, nur diese wolkenverhangene Schwärze. Und keine Stimmen, kein Rufen, kein Gelächter, wie es in ihrem Dorf immer irgendwo zu hören war, auch während der Nacht. Auf Sylt waren zwar nach Einbruch der Dunkelheit noch die Autos auf der Westerlandstraße zu hören, aber auf menschliche Stimmen lauschte man vergeblich. Nur der Wind pfiff und heulte, klapperte mit den Fensterläden und den Gerätschaften, die nicht ordentlich verstaut waren. Manchmal schien es, als trüge er die Geräusche des Meeres in den Süder Wung, dann wieder nahm er jeden Laut mit sich und trug ihn zum Meer.

Mamma Carlotta schüttelte ärgerlich den Kopf, löste sich vom Fenster und sah auf die Uhr. Beinahe elf! Noch eine Stunde am Fenster stehen und warten? Nein, das hielt sie nicht aus. Jedenfalls nicht, wenn sie während des Wartens niemanden hatte, mit dem sie reden, alle nächtlichen Gefahren erwägen und gemeinsam überlegen konnte, wie ihnen zu begegnen sei.

Sie ging in den Flur, schlüpfte aus ihren Pantoletten und zog die modischen Sneakers an, die ihr ganzer Stolz waren. Früher hatte sie so etwas Turnschuhe genannt, aber Carolin hatte ihr den Unterschied zwischen Sneakers und Turnschuhen genau erklärt. Verstanden hatte Carlotta zwar nichts, aber sie wusste nun, dass sie etwas an den Füßen hatte, was sogar von jungen Mädchen bevorzugt wurde. Das machte sie so stolz, dass sie kaum noch etwas anderes trug, wenn sie das Haus verließ.

Sie warf sich die winddichte Jacke über, die Erik ihr zur Verfügung stellte, wenn sie auf Sylt war, und zog sich ein Paar von Carolins Handschuhen an. Vielleicht noch eine der Strickmützen, von denen es auf jedem Garderobenhaken eine gab? Mamma Carlotta stülpte sich eine über und sah befremdet in den Spiegel. Noch nie hatte sie etwas anderes auf dem Kopf getragen als ein großes schwarzes Tuch, wenn sie in die Kirche ging, und ein kleines buntes Kopftuch, wenn sie sich während der Gartenarbeit vor der Sonne schützen wollte. Jetzt starrte sie ihr Spiegelbild an und kam sich unter der grauen Strickmütze, die so aussah wie die Kaffeewärmer ihrer Tante Rosella, sehr fremd vor. Aber umso besser! Dann würde Carolin, wenn sie sich begegneten, vielleicht gar nicht auf sie aufmerksam werden. Wenn ihre Enkelin nicht abgeholt, nicht beschützt und erst recht nicht beaufsichtigt werden wollte, dann konnte diese Strickmütze nur von Vorteil sein. Notfalls würde sie heimlich über Carolin wachen und ihr unbemerkt vom Hochkamp zum Süder Wung folgen, damit ihr nichts geschah.

Erik war mittlerweile ins Schlafzimmer gegangen, er würde nicht mitbekommen, dass seine Schwiegermutter das Haus verließ. Zum Glück konnte sie gerade noch verhindern, dass der Wind ihr die Tür aus der Hand riss und ins Schloss warf. Sie schlich die Treppenstufen hinab, die zum Bürgersteig führten, duckte sich gegen den Wind und drückte die Mütze auf den Kopf, damit sie nicht davonflog.

Das Haus, in dem Carolins Mitschülerin wohnte, war schon von Weitem zu erkennen. Unzählige Fahrräder standen davor, hinter allen Fenstern brannte Licht. Plötzlich erschien Mamma

Carlotta ihre Sorge übertrieben. War es doch ein Fehler gewesen, herzukommen, um über Carolins Sicherheit zu wachen? Unsicher machte sie ein paar Schritte auf den Eingang von Käptens Kajüte zu. Vermutlich hatten Carolin und ihre Klassenkameraden längst ihre Bratwürste vertilgt, also könnte sie eigentlich dort auf einen Schlummertrunk einkehren, ohne gesehen zu werden. Jetzt, wo sie schon mal da war ...

Dann sah sie, dass es hinter den Fenstern der Imbiss-Stube dunkel war. Tove Griess hatte die Eingangstür wohl schon verschlossen, nach elf waren keine Gäste mehr zu erwarten.

Gerade wollte sie sich wieder abwenden, da entdeckte sie den Lieferwagen. Wenn der vor der Tür stand, war Tove noch in seiner Imbiss-Stube. Und selbst wenn er sie schon geschlossen hatte, würde er ihr noch einen Rotwein aus Montepulciano eingießen, wenn sie nur lange genug an sein Fenster klopfte!

Sie nahm den Wagen genauer in Augenschein. Er hatte eine neue Lackierung erhalten, was Tove schon lange geplant, aber aus Geldmangel nie in die Tat umgesetzt hatte. Sogar alle Buchstaben von »Käptens Kajüte« prangten wieder an der Seite. Ob er ihr beim Rotwein aus Montepulciano verraten würde, warum er mit einem Mal Geld für solche Maßnahmen hatte? Und warum Fietje sein Jever nicht zu bezahlen brauchte und seinen Köm auch nicht?

Sie trat ans Fenster. Durch die Tür, die hinter der Theke in die Küche führte, fiel ein schmales senkrechtes Licht. Tove hielt sich also in der Küche auf, vermutlich, um aufzuräumen. Wie sollte sie ihn auf sich aufmerksam machen?

Schräg gegenüber, in dem Haus, in dem die Jugendlichen sich nach dem Biikesammeln aufwärmten, öffnete sich eine Tür, und zwei Jungen traten heraus. Kurz darauf glimmten zwei rote Punkte auf, die beiden hatten sich Zigaretten angezündet. Ob sie zu Käptens Kajüte herüberblickten, konnte Mamma Carlotta nicht ausmachen, aber besser war es, sich unauffällig zu verhalten.

Sie blieb also hinter dem Lieferwagen stehen und verzichtete vorerst darauf, so laut an ein Fenster zu klopfen, dass Tove es in der Küche hören konnte. Als ein Wagen in den Hochkamp einbog, machte sie einen vorsichtigen Versuch, denn das Motorengeräusch gab ihr Schutz, aber sie hatte wohl nicht laut genug geklopft. In Käptens Kajüte regte sich nichts.

Erschrocken duckte sie sich, als das Brummen des Motors direkt hinter Toves Lieferwagen erstarb. Die Fahrertür öffnete sich, jemand stieg aus.

Mamma Carlotta kam sich vor wie ein Dieb in der Nacht, obwohl sie doch gar nichts Böses vorhatte. Wenn man mal davon absah, dass sie Rotwein in einer Spelunke trinken wollte, vor der Erik sie mehr als einmal gewarnt hatte. In welche Situation hatte sie sich nur hineinmanövriert? Sie musste unbedingt ungesehen wieder auf die Straße gelangen und dann zügig zurück in Richtung Westerlandstraße gehen. So, als wäre sie eine Altenpflegerin, die sich um einen Patienten gekümmert, oder eine Kellnerin, die soeben Feierabend gemacht hatte.

Dann aber sah sie etwas, was sie an ihren Platz nagelte. Der Fahrer des Wagens drehte sich mit einer winzigen Bewegung in Mamma Carlottas Blickfeld. Breitbeinig stand er da, stark, muskulös, grob. Sie konnte sehen, wie er ein Handy aus seiner Hosentasche zog und eine Nummer wählte. Kurz darauf ertönte irgendwo hinter dem Gemäuer von Käptens Kajüte ein schwaches Signal. Der Mann sagte: »Ich bin da!«, und legte auf.

Jannes Pedersen hatte seinen Namen nicht genannt, aber Mamma Carlotta erkannte ihn trotzdem. Und Tove schien auf seinen Anruf gewartet zu haben. Nur wenige Augenblicke später drehte sich ein Schlüssel in der Tür der Imbiss-Stube. Jannes öffnete wortlos den Kofferraum seines Wagens und nahm zwei Pakete heraus, von denen er eines Tove in die Hand drückte. Dann verschwanden beide in Käptens Kajüte.

In Mamma Carlottas Kopf kreiste nur eine Frage: Was machte Jannes Pedersen bei Tove Griess? Vorsichtig ging sie um die Imbiss-Stube herum, nachdem Tove Griess und Jannes Pedersen in der Küche verschwunden waren. Früher hatte es hinter Käptens Kajüte jede Menge Gerümpel gegeben, ausrangierte Möbelstücke, leere Bierfässer, verklebte Ölkanister und bündelweise Altpapier. Nun aber standen nur ein paar Mülltonnen dort, einige Blumentöpfe und Plastikstühle, die wohl im Sommer zum Einsatz kommen sollten. Alles andere, was schon lange zum wertlosen Plunder gehört hatte, war verschwunden. Tove schien wirklich ernst zu machen mit der Renovierung. Aber zum Glück gab es im Hof noch keine Beleuchtung. So konnte Mamma Carlotta es wagen, zum Küchenfenster zu schleichen und einen langen Hals zu machen. Sie sah die beiden Männer am Tisch sitzen. Tove öffnete gerade mit selbstgefälligem Grinsen eine Flasche Rotwein. Als er eingoss, erkannte sie, dass es der Rotwein aus Montepulciano war. Diese Enttäuschung hätte beinahe ihre Neugier besiegt. Der Rotwein aus Montepulciano war besonderen Gästen vorbehalten, das hatte Tove häufig zu ihr gesagt, und nun schenkte er ihn Jannes Pedersen ein! Sie fragte ihren Stolz, ob sie unter diesen Umständen überhaupt wissen wollte, in welche krummen Geschäfte Tove verwickelt war. Der jedoch paktierte unverzüglich mit ihrer Neugier und wollte von vorzeitigem Rückzug nichts wissen.

Also blieb sie, wo sie war. Sie wollte nun endlich herausfinden, wie Tove zu Geld gekommen war. Dass Jannes Pedersen etwas damit zu tun hatte, stand für sie außer Frage. Was mochte in den beiden Paketen sein, die sie achtlos auf dem kalten Herd abgestellt hatten? Vielleicht diese langen, schlanken Päckchen, die über die Theke gingen, wenn jemand eine doppelte Tote Tante bestellt hatte?

Doch die beiden Männer machten keine Anstalten, die Pakete zu öffnen. Sie tranken das zweite und dritte Glas Rotwein, redeten leise, lachten dafür umso lauter. Mamma Carlotta begann zu frieren. Erik behauptete zwar seit ihrer Ankunft, sie habe Glück, der Februar sei ziemlich mild, aber sie spürte, wie die Kälte vom Boden in ihre Sneakers stieg und ihre Füße umklammerte. Dann kroch sie unter ihrer Hose, die sie bis dahin für ein wärmendes Kleidungsstück gehalten hatte, an den Beinen hoch. Die Sorge begann sie zu quälen, dass sie alles, was sie den Kindern jeden Morgen prophezeite, in dieser Nacht selbst ereilen würde: Blasenentzündung, Ohrenschmerzen, Lungenentzündung. Zum Glück war sie hinter Käptens Kajüte vor dem eisigen Wind geschützt, aber sie spürte doch, dass sie es in dieser Kälte nicht mehr lange aushalten würde. Sie musste aufgeben, kapitulieren. Die Kälte war stärker als Carlotta Capella!

Vorsichtig löste sie sich von der Hauswand und machte einen zaghaften Schritt zurück. Ihre Beine waren steif gefroren, ihre Füße unbeweglich geworden. Hatte sie so etwas jemals in Umbrien erlebt? Gefröstelt hatte sie dort nach Sonnenuntergang auch schon, sogar gefroren, wenn im Winter die Heizung nicht funktionierte, aber das war alles nichts gegen diese Kälte auf Sylt. Lucia hatte oft davon berichtet, dass sie steif gefroren von einem Spaziergang nach Hause gekommen war und erst durch einen heißen Tee oder ein Getränk, das sie Grog nannte, wieder aufgetaut war.

Sie versuchte einen weiteren Schritt. Ihre Beine waren ohne Gefühl, ihre Füße unfähig, sich so behutsam voranzubewegen, dass kein Geräusch entstand. Prompt stieß sie an einen leeren Blumentopf, der ihr vorher nicht aufgefallen war. Sie erschrak, geriet ins Straucheln, drohte zu stürzen ... und hielt sich an dem fest, was ihr in die Hände kam. Es war die Rückenlehne eines Plastikstuhls, der nachgab und mit einem rauen Quietschen an der Hauswand entlangrutschte. Mamma Carlotta folgte der Schwerkraft und polterte dem Stuhl hinterher. Zum Glück konnte sie sich im letzten Moment am Fenstersims festhalten und auf diese Weise verhindern, dass sie bäuchlings auf dem umgekippten Stuhl landete. Im Nu schoss ihr die Flamme der Angst vom Kopf bis in die Füße, Hitze breitete sich in ihr aus, ihre Beweglichkeit war augenblicklich wiederhergestellt.

Tove und Jannes Pedersen waren drinnen in der Küche aufgesprungen und starrten durchs Fenster. Als ihre Schritte ertönten, hatte Mamma Carlotta sich längst hinter eine Mülltonne geduckt. Mucksmäuschenstill saß sie da, wagte kaum zu atmen, fürchtete, dass ihr lauter Herzschlag an die Ohren der beiden Männer dringen könnte, die vor der weißen Hauswand zu erkennen waren. Eine Taschenlampe flammte auf, Mamma Carlotta hoffte inständig, dass kein Zipfelchen von ihr hinter der Mülltonne hervorlugte. Sie machte sich so klein wie möglich, rührte sich nicht, hielt den Atem an und lauschte.

Satzfetzen drangen bis in ihr Versteck. »Nur der Wind ... eine Katze, die auf den Stuhl gesprungen ist ...« Und schließlich: »Wer wird schon annehmen, dass hier was zu holen ist?«

Dann war der Spuk vorbei. Die Schritte entfernten sich wieder, die Tür, die aus der Küche in den Hof führte, schlug zu. Tove Griess und Jannes Pedersen waren verschwunden. Und Mamma Carlotta hatte gemerkt, dass sich der Schlüssel nicht im Schloss gedreht hatte. Die Tür musste noch offen sein.

Ob sie es wagen konnte? Neben der Küche, das wusste sie, gab es einen Vorratsraum, in dem sich Bier- und Weinkisten stapelten und große Mayonnaise-, Senf- und Ketchupspender herumstanden. Zwischen der Küche und der Theke gab es auch einen schmalen Gang, der in einen winzigen Toilettenraum führte, den sie nur ein einziges Mal benutzt hatte. Danach hatte sie sich vorgenommen, dass das nie wieder nötig sein durfte.

Aber mussten, wenn der Wahrheit zum Sieg verholfen werden sollte, nicht Opfer gebracht werden? Erik würde natürlich von ihrer ständigen Neugier reden, aber eigentlich sollte er froh sein, wenn sie ihm hier die Arbeit abnahm. Und Tove konnte ebenfalls froh sein, wenn sie und nicht ihr Schwiegersohn die verdächtigen Pakete fand. Also würde sie, wenn sie ihren kühnen Entschluss in die Tat umsetzte, nur Gutes tun. Niemand würde zu Schaden kommen, höchstens sie selbst, wenn es Tove einfallen sollte, die Toilette zu benutzen, oder gar Jannes Pedersen. Was von einem Mann zu erwarten war, der seine Frau geschlagen hatte und sich auch an einer so reizenden Person wie Yvonne Perrette vergriff, mochte sie sich nicht vorstellen. Also ließ sie es bleiben und dachte daran, dass sie mit einer heldenhaften Tat der Gerechtigkeit zum Sieg verhelfen konnte. Dass diese Gerechtigkeit Tove ins Gefängnis bringen würde, diesen Gedanken schob sie ebenso schnell beiseite. Gerechtigkeit war Auslegungssache, das lernte in Italien schon jedes Kind. Sie hatte nicht unbedingt etwas mit Recht und Gesetz zu tun.

Als das Licht in der Küche gelöscht wurde und stattdessen im Thekenraum anging, wagte sie sich hinter der Mülltonne hervor und huschte auf die Tür zu, die in die Küche führte. Vorsichtig bewegte sie die Klinke. Tatsächlich! Tove hatte sie nicht abgeschlossen. Und sie ließ sich sogar fast geräuschlos öffnen. Als sie die Tür leise wieder hinter sich zuzog, hörte sie die Stimmen der beiden Männer aus dem Thekenraum. »Geh vorsichtig mit der Kohle um«, sagte Jannes gerade. »Sonst bist du sie schneller wieder los, als du Rolex sagen kannst.«

»Für den Umbau habe ich lange sparen müssen«, sagte Tove. »Das weiß hier jeder, dass ich schon lange renovieren will.«

Sie hörte ein Lachen von Tove, das ihr neu war, es klang auf unangenehme Weise selbstbewusst. »Pass du nur auf, Jannes, dass du nicht zu oft an der Fähre gesehen wirst.«

»Soll mir mal einer sagen, dass ich im Lister Hafen was anderes tu, als bei Gosch ein Fischbrötchen zu essen!«

»Und deine Alte?«

»Die weiß nie genau, wo ich bin. Und auch nie, wann ich zurückkomme!«

»Du hast die Weiber im Griff! Das muss man dir lassen!«

Wieder stieß Tove ein Lachen aus, das Mamma Carlotta neu war. Diesmal war es kumpelhaft und sogar ein bisschen bewundernd. In Mamma Carlotta stieg heiße Empörung hoch. Wie konnte Tove einen Kerl wie Jannes Pedersen bewundern? Es wurde wirklich Zeit, dass sie ein Auge darauf hatte, dass Tove nicht zu weit vom rechten Weg abkam!

Mamma Carlotta schlich durch die Küche dem Licht entgegen, das aus dem Thekenraum drang, aber sie merkte schnell, dass ihr der Weg in den Toilettenraum versperrt war. Er führte nämlich an der geöffneten Tür vorbei, der Tove zwar den Rücken zukehrte, Jannes Pedersen aber nicht. Er saß an der Theke wie ein Gast und würde, wenn er aufmerksam war, Mamma Carlotta vorbeihuschen sehen. Dieses Risiko konnte sie auf keinen Fall eingehen.

Blieben also nur die Küche oder der Vorratsraum. Sie sah sich hektisch um, denn an der Theke wurden Abschiedsworte gewechselt, und Schritte bewegten sich zur Tür. Ein eisiger Wind fegte durch Käptens Kajüte, dann donnerte die Tür hinter Pedersen ins Schloss, als hätte der Wind sie Tove aus der Hand gerissen.

Mamma Carlotta entschied sich für den Vorratsraum. Dass Tove dort erscheinen würde, bevor er Käptens Kajüte verließ, kam ihr unwahrscheinlich vor. Doch plötzlich wurde ihr klar, dass der Vorratsraum das unauffälligste Versteck für etwas Brisantes war, auf das niemand aufmerksam werden sollte. Dort standen so viele Kartons herum, dass kein Mensch auf die Idee kommen würde, dass in zwei weiteren etwas anderes steckte als Fisch- oder Gemüsekonserven. Und wenn Tove dort die beiden Pakete unterbringen würde, die Jannes ihm gebracht hatte, war sie geliefert!

Also war doch die Toilette das bessere Versteck? Mamma Carlotta versuchte, in den Thekenraum zu spähen, konnte Tove aber nicht erkennen. Sein Schatten verriet ihr, dass er wieder hinter der Theke stand, was bedeutete, dass er ihr den Rücken zukehrte. Sie konnte es also riskieren. Insbesondere, als sie hörte, dass er sich mit Geld beschäftigte, auf das er sich vermutlich mit allen Sinnen konzentrierte. Ein scharfes, rhythmisches Geräusch ertönte: Er zählte Geldscheine, indem er sie an seinem Daumen vorbeischnellen ließ. Viele Scheine! Dann ein Pochen auf der Theke! Die Scheine wurden zu einem ordentlichen Päckchen zurechtgeklopft.

Bis Tove damit fertig war, hatte Mamma Carlotta sich in den Toilettenraum verdrückt und flehte die Heiligen an, die für den Schutz unschuldig Verfolgter zuständig waren, von Tove das menschliche Rühren fernzuhalten, das ihn in diesen erbärmlichen Raum führen könnte, in dem sie selber kaum Platz hatte.

Aber sie schien Glück zu haben. Tove sonderte zwar laut und deutlich etwas ab, was möglicherweise einen Besuch dieser Örtlichkeit einleitete, aber zum Glück blieb es dabei. Sie verbot sich sogar die Missbilligung, die in ihr aufsteigen wollte. Nein, was sie gehört hatte, durfte sie Tove nicht vorwerfen, schließlich wähnte er sich allein. Sie konnte ihm nicht vorhalten, sich in Gegenwart einer Dame schlecht benommen zu haben.

Nun hörte sie, wie er in die Vorratskammer ging, ein paar Kartons hin und her räumte, und dankte dem Schutzpatron ihres Dorfes, der dafür zu sorgen hatte, dass alle Bewohner unversehrt in ihre Heimat zurückkehrten. Nicht auszudenken, was geschehen wäre, wenn Tove sie im Vorratsraum entdeckt hätte.

Sie war immer noch mit dem lautlosen Dank an den heiligen Adone di Arezzo beschäftigt, da drehte sich schon der Schlüssel in der Küchentür, die nach draußen führte. Kurz darauf erlosch das Licht, und auch die Eingangstür wurde gründlich verriegelt.

Aber erst als der Motor von Toves Lieferwagen ansprang, traute Mamma Carlotta sich aus ihrem Versteck. Zunächst ging sie an alle Fenster und vergewisserte sich, dass sich niemand in der Nähe der Imbiss-Stube aufhielt. Dann betrat sie die Küche, knipste dort das winzige Licht über dem Herd an und sah sich um. Die beiden Kartons waren tatsächlich verschwunden!

Sie ging in die Vorratskammer, in der Tove herumgekramt hatte, und es dauerte nicht lange, bis sie fand, was sie suchte. In einer Kiste, die angeblich Flaschen mit Zigeunersauce enthielt, entdeckte sie den ersten Karton, in einer anderen mit der Aufschrift ›Getrocknete Salatkräuter‹ den zweiten.

Während sie sie öffnete, wurde es laut auf dem Hochkamp. Die Sammler der Biikezweige waren anscheinend vor die Tür gesetzt worden. Es war also kurz vor Mitternacht, sie musste sich beeilen. Hastig öffnete sie den ersten Karton. Er enthielt viele längliche Pakete, die aussahen wie das, was Tove dem eleganten Herrn über die Theke geschoben hatte. Als sie eins davon öffnete, wusste sie, warum Tove es sich leisten konnte, Käptens Kajüte umzubauen. Und dass er Gefahr lief, demnächst von Erik verhaftet zu werden, wusste sie nun auch.

Sie starrte die Uhr an, die sie in Händen hielt. Luxusuhren, hatte Sören gesagt. Was mochte diese Uhr wert sein?

Mamma Carlotta schüttelte den Kopf. Ein Päckchen nach dem anderen öffnete sie, aber kein einziges gab Aufschluss darüber, welchen Wert sie in Händen hielt. Mühsam buchstabierte sie die Namen, die auf den Ziffernblättern standen: Cartier, Breitling, Seiko, Rolex … Sie machten Mamma Carlotta nicht schlauer, obwohl sie bis zu diesem Moment geglaubt hatte, sich gut mit Uhren auszukennen. Schließlich bekam jedes Enkelkind von ihr eine Armbanduhr zur Kommunion geschenkt. Und sie war immer großzügig gewesen! Jedes Kind hatte sich die Uhr aussuchen dürfen, die ihm gefiel. Selbst dann, wenn sie hundert Euro kostete! Rolex oder Breitling hatte jedoch auf keinem der Ziffernblätter gestanden, das wusste sie genau! Vermutlich irgendwelche deutschen Hersteller, die in Italien niemand kannte.

Einem Impuls folgend schob sie eins der schmalen Päckchen in ihre Jackentasche. Wenn Tove ihr später mit faulen Ausreden kommen würde, dann konnte sie ihm diesen Beweis unter die Nase halten. Und wenn diese Uhr über hundert Euro kostete oder gar zweihundert, dann geschah es Tove ganz recht, wenn er durch diesen schweren Verlust lernte, dass mit schmutzigem Geld niemand glücklich wurde!

Entschlossen zog sie den Reißverschluss ihrer Jacke bis zum Kinn, dann machte sie sich auf den Weg zur Küchentür. Besser, sie verließ Käptens Kajüte durch den Hinterausgang, damit sie sicher sein konnte, dass Carolin sie nicht dabei beobachtete.

Als sie an der Klinke rüttelte, stellte sie fest, dass die Tür nicht mehr die alte war. Und mit ihr hatten sich anscheinend auch Toves Gewohnheiten erneuert. Der Schlüssel steckte nicht mehr im Schloss, so wie früher, die Tür war von innen nicht zu öffnen. Und bei der Eingangstür war es genauso.

»Allora! Dann eben durchs Fenster!«

Aber auch die waren erneuert worden. Und nachdem Carlotta jeden Riegel hin und her bewegt hatte, ohne dass sich etwas tat, entdeckte sie die kleinen Schlösser, die auf jedem Riegel angebracht waren. Tove hatte seinen neuen Wohlstand gut gesichert und nicht nur die Türen abgeschlossen, sondern sogar die Fenster. Mamma Carlotta lehnte sich schwer atmend gegen die Fensterbank. Sie saß in der Falle!

Es war der 20. Februar, ein Tag vor dem Biikebrennen!

Erik schloss die Badezimmertür und lauschte. Plötzlich wurde ihm bewusst, dass ihm schon beim Aufstehen etwas anders vorgekommen war. Im Haus war es beinahe so still, als wäre Mamma Carlotta nicht zu Besuch. Zwar hatte er schon die Espressomaschine zischen hören, aber das lebhafte Hin und Her fehlte ihm, das Klirren und Poltern, die kleinen Ausrufe, das Schimpfen mit den Gegenständen, die zu Boden gefallen waren, die Selbstgespräche, die schnellen Schritte. Jetzt drang nicht mehr als leises Geschirrklappern aus der Küche und dann ... ein schwerer Seufzer.

Erik fing an, sich Sorgen zu machen. Ging es seiner Schwiegermutter nicht gut? Noch nie hatte er sie krank erlebt und unpässlich nur, wenn es einen guten Grund dafür gab. Also immer dann, wenn viele Rotweingläser zu spülen und mehrere leere Flaschen nach draußen zu tragen waren. Aber krank war sie niemals gewesen. Nicht einmal an eine schwere Erkältung konnte er sich erinnern oder an Magenbeschwerden, wie sie ihn selbst gelegentlich überfielen. Bisher hatte er sie für leistungsfähiger gehalten als sich selbst, aber er musste wohl doch ein Auge auf sie haben. Sie machte ihm den Haushalt, während sie auf Sylt war, kochte und sorgte für die Kinder, arbeitete nun sogar im Modeatelier und hatte in der vergangenen Nacht vermutlich bis zwölf auf Carolin gewartet. Er musste darauf achten, dass sie sich nicht zu viel zumutete.

»Buon giorno, Enrico!« Tatsächlich machte Mamma Carlotta einen übermüdeten Eindruck, als er die Küche betrat. Zwar sprang sie sofort auf und beeilte sich, einen Espresso für ihn zu kochen, den Schinken zu würfeln, das Öl in der Pfanne zu erhitzen und die Eier hineinzuschlagen – aber das alles wirkte nicht so dynamisch wie sonst. Und dass sie gelegentlich ein bis zwei Minuten an einem Stück schwieg, verstärkte Eriks Unruhe noch.

»Bist du aufgeblieben, bis Carolin nach Hause gekommen ist?«, fragte er vorsichtig.

»Certo«, kam es zurück.

»Musst du heute auch ins Modeatelier?«

»Certo!«

»Aber erst später, hoffe ich.«

»Si! Carolina muss natürlich um neun da sein. Aber ich kann ja kommen, wann ich will.«

»Willst du nicht mal einen Tag ausspannen?«

»No, no! Madame Perrette verlässt sich auf mich. Die Modenschau! Wir müssen noch viel vorbereiten bis Sonntag.

Es sind ja nicht mal alle Kleidungsstücke fertig, die vorgeführt werden sollen. Madonna! Ich werde noch viele Nähte ausbügeln müssen!«

Erik lehnte sich zurück und sah Mamma Carlotta dabei zu, wie sie das Rührei in der Pfanne bewegte. Gemächlich schwappte es hin und her, während sonst ein guter Teil auf der Herdplatte landete, der später unter vielen Verwünschungen abgekratzt werden musste.

»Wie viel Schlaf hast du in der letzten Nacht eigentlich bekommen?«, fragte Erik aufs Geratewohl.

»Genug«, kam es wie aus der Pistole geschossen zurück.

Dass Mamma Carlotta ihn dabei nicht ansah, konnte Erik sich nicht erklären.

Aber bevor er der Sache auf den Grund gehen konnte, klingelte das Telefon. Mit einem begehrlichen Blick auf die Pfanne erhob er sich. »Das wird Jannes Pedersen sein«, sagte er, ehe er die Küche verließ. »Oder Yvonne Perrette. Ihre Schwester weiß, dass ich die beiden sprechen will.«

Aber als er abnahm, meldete sich am anderen Ende weder Jannes Pedersen noch Yvonne Perrette. Es war Geraldine Bertrand, die sich keine Zeit für eine Begrüßung ließ. »Meine Schwester ist verschwunden!«

Von Mamma Carlotta war die Müdigkeit abgefallen, als Erik in die Küche zurückkehrte. »Signora Perrette ist verschwunden?«

Prompt verschloss sich Eriks Gesicht, der es gar nicht leiden konnte, wenn Fragen auf ihn abgeschossen wurden, sodass er nur noch die Hände hochnehmen und sie beantworten konnte. »Yvonne Perrette ist erwachsen«, brummte er. »Wenn die mal eine Nacht nicht nach Hause kommt, ist sie nicht verschwunden. Dann hat sie nur was Besseres vorgehabt.«

Mamma Carlotta blieb vor Empörung der Mund offen stehen. »Willst du damit sagen, Signora Perrette hätte ...«

Erik nahm ihr das Ende des Satzes ab, das ihr nicht über die Lippen kommen wollte. »Wenn sie die Nacht in einem fremden Bett verbracht hat, dann ist das kein Fall für die Polizei, sondern ihre Privatangelegenheit.«

»Und warum ruft Geraldine Bertrand dich an?«

Dass Erik keine Antwort auf diese Frage gab, erbitterte sie. Wollte er ihr etwa weismachen, das ginge seine Schwiegermutter nichts an? Das war doch die Höhe! Immerhin war Yvonne Perrette quasi ihre Arbeitgeberin!

In diesem Augenblick stellte Sören sein Fahrrad am Gartenzaun ab, Carolin betrat die Küche, und Felix drängte sich gleich hinterher und forderte lautstark, man solle ihm nicht vorwerfen, dass er bei seiner Morgentoilette nicht übers Zähneputzen hinausgekommen war. »Caro hat sich stundenlang die Wimpern getuscht! Bei verschlossener Tür!«

Mamma Carlotta blieb nichts anderes übrig, als ihren Zorn an den Eiern auszulassen, mit deren Schonzeit es vorbei war. Sie spritzten wieder wie eh und je auf die Herdplatte, und Erik sah so aus, als wäre er heilfroh darüber.

»Ich habe gestern Abend noch mit Tante Alessandra telefoniert«, sagte Carolin, während Sören eintrat und es mal wieder für angebracht hielt, so zu tun, als sei er völlig überrascht, dass man mit ihm gerechnet hatte und ein Teller vor dem letzten freien Stuhl stand.

»Ich kam gerade nach Hause, als sie anrief«, ergänzte Carolin und bedachte alle, die am Tisch saßen, mit einem Augenaufschlag, der den Beweis erbringen sollte, dass Wimperntusche zu ganz neuer Anerkennung führte. Mamma Carlotta, die immer als Erste bemerkte, dass ein Enkelkind um Zuspruch warb, war in diesem Fall nicht ganz bei der Sache. Der Anruf ihrer jüngsten Tochter lenkte sie von Carolins kohlschwarz umrahmtem Blick ab. »Alessandra? Was wollte sie?«

Auch Erik entging das neue dekorative Äußere der zukünftigen Modeschöpferin. Er verdrehte die Augen. »Dass die Capellas immer nachts telefonieren müssen! Hat es sich bis Umbrien noch nicht rumgesprochen, dass man auf Sylt früher schlafen geht?«

»Sie hätte dich gern gesprochen«, sagte Carolin zu ihrer Großmutter und spielte mit den Spitzen ihrer fliegenbeingleichen Wimpern, »aber ich wollte dich nicht wecken.«

Dass Carolin darauf verzichtet hatte, sie ans Telefon zu holen, erleichterte Mamma Carlotta derart, dass sie sich mit einem Mal so fühlte, als hätte sie in der vergangenen Nacht tief und fest geschlafen und als passierte auf Sylt nichts Schreckliches, was nur Carlotta Capella in Ordnung bringen konnte. Etwas, was niemand wissen durfte, vor allem kein Kriminalhauptkommissar.

Vorsichtshalber beschäftigte sie sich intensiv mit den Panini und dem Honig, während Carolin berichtete, dass Tante Alessandra frisch verliebt und eine baldige Verlobung nicht ausgeschlossen sei.

Der Honig tropfte auf den Tellerrand und von dort auf die Tischplatte, ohne dass Mamma Carlotta es bemerkte. Erik versuchte, sie darauf aufmerksam zu machen, aber sie nahm seine hektischen Gesten nicht einmal zur Kenntnis. »Alessandra hat sich schon wieder verliebt?«, fragte sie ungläubig. »Zu Weihnachten hat sie uns noch Michele vorgestellt, der angeblich endlich der Richtige war.«

»Mit Giusto hat sie ihn vielleicht gefunden!« Strahlend sah Carolin in die Runde, als läge ihr das Glück ihrer jüngsten Tante sehr am Herzen. Dann aber rückte sie damit heraus, was wirklich hinter ihrer großen Freude steckte: »Sie hat gesagt, ich darf ihr Verlobungskleid entwerfen, wenn es soweit ist«, verkündete sie. »Ist das nicht toll?«

Sörens Begeisterung fiel besonders stürmisch aus, weil er anscheinend fix begriffen hatte, dass die künftige Modedesignerin keine Zeit für die Aktualisierung seiner Garderobe haben würde, wenn sie mit dem Verlobungskleid ihrer Tante beschäftigt war. »Mein Hemd hat Zeit«, sagte er großzügig. »Ein Verlobungskleid ist wichtiger.«

Das fand Carolin auch. »Aber leider kennt sie diesen Giusto erst seit vier Wochen. Das mit der Verlobung kann noch etwas dauern.« Freundlich lächelte sie Sören an. »Sie brauchen sich also keine Sorgen zu machen. Zuerst ist Ihr neues Hemd dran. Ich hab's Ihnen doch versprochen.«

»Wie schön«, brachte Sören heraus und vermied es, seinen Chef anzusehen, der ihn grinsend betrachtete.

Carolin trank hastig ihren Tee aus, schob sich ein Panino in den Mund und verkündete kauend: »Ich fahre ins Modeatelier. Ich will die Abnäher schon mal anzeichnen.« Sie sah ihre

Großmutter bittend an. »Hilfst du mir dann beim Zuschneiden der Taschen, Nonna?«

»Certo, Carolina!«

»Aufgesetzte Taschen«, erklärte Carolin in Sörens Richtung. »Aber asymmetrisch! Damit es nicht spießig aussieht!«

»Das kriegen wir hin«, sagte Mamma Carlotta, ohne auf Sörens ängstlichen Blick zu achten.

Erik mischte sich ein. »Die Nonna hat schon genug zu tun. Eigentlich ist sie doch auf Sylt, um Urlaub zu machen.«

»Dummes Zeug! Ich habe noch nie in meinem Leben Urlaub gemacht, da brauche ich nicht ausgerechnet damit anzufangen, wenn Carolina mich braucht. Außerdem ist Nähen keine Arbeit, sondern ein Vergnügen. Und wo Sören sich doch so auf sein neues Hemd freut...«

Tatsächlich fühlte sie sich von Minute zu Minute besser, die Schrecken der letzten Nacht fielen allmählich von ihr ab. Und wenn sie nach dem Mittagessen eine kleine Siesta einschieben konnte und am Abend früher zu Bett ging als sonst, würde sie am nächsten Morgen nichts mehr davon spüren, dass sie erst kurz vor dem Frühstück nach Hause gekommen war.

Sie folgte Carolin zur Tür, sorgte dafür, dass sie die Mütze tief genug in die Stirn zog, die Jacke fest genug schloss, die Kapuze aufsetzte und die Handschuhe nicht vergaß. »Willst du nicht die gefütterten Schuhe anziehen, Carolina? Diese Kälte!«

Aber Carolin bewies mal wieder, dass sie Eriks Tochter war. Sie nahm Anmerkungen dieser Art einfach nicht zur Kenntnis. »Sei pünktlich zur Probe da, Nonna! Heute wird der komplette Ablauf der Modenschau geprobt. Auch die Moderation! Die wird Madame Perrette übernehmen.«

»Si, si!« Mamma Carlotta zog Carolins Jacke hinten so weit wie möglich herab und redete so lange von einer Blasenentzündung, bis Madame Perrette und ihre Moderation vergessen waren. Sollte Yvonne Perrette tatsächlich verschwunden sein, würde Carolin früh genug davon erfahren. Aber es bestand ja immer noch die Möglichkeit, dass die hübsche Französin im Bett eines anderen Mannes übernachtet hatte. Carlotta seufzte tief auf. Dann würde sie sich damit abfinden müssen, dass Yvonne Perrette eine genauso unmoralische Person war wie ihre Schwester, und brauchte nur noch dafür zu sorgen, dass Carolin nichts davon erfuhr. Eine Sechzehnjährige musste noch an die Liebe glauben und sollte nichts wissen von Untreue und Ehebruch.

Mamma Carlotta versuchte auch Felix davon zu überzeugen, dass nur die richtige Kleidung ihn vor dem sicheren Erfrierungstod bewahren würde. Doch er blieb bei seinem Käppi und behauptete, er würde lieber Ohrenschmerzen in Kauf nehmen, als auszusehen wie ein Weichei.

Als Carlotta in die Küche zurückkam, meinte Sören gerade: »Yvonne Perrette ist erwachsen, sie kann die Nacht verbringen, wo sie will. Und vielleicht sitzt sie längst wieder an ihrer Nähmaschine, wenn wir in Westerland ankommen.«

»Ihr wollt als Erstes ins Modeatelier?« Mamma Carlotta setzte sich wieder zu Erik und Sören an den Tisch. »Jannes Pedersen weiß also immer noch nicht, dass er kein verlassener Ehemann, sondern Witwer ist?«

»Er war gestern Abend nicht zu Hause«, erklärte Sören. »Mal sehen, ob wir ihn heute Morgen antreffen.«

Erik gab ihm einen Wink, und die beiden standen auf. Auch Mamma Carlotta sprang von ihrem Stuhl hoch. Ihre Müdigkeit war wie weggeblasen. Eilig beförderte sie alles in den Kühlschrank, was in den nächsten Stunden unter Qualitätsverlust leiden konnte, Geschirr und Besteck landeten unter großem Gepolter in der Spüle. »Es ist besser, wenn ich auch schon aufbreche. Heute ist viel zu tun im Modeatelier.«

»Aber du hast doch gesagt ...«, begann Erik.

»Ich habe vergessen, dass Signora Perrette mich gebeten hat, Biesen für eine Bluse zu nähen. Wenn die bei den Proben für die Modenschau getragen werden soll, dann muss ich mich beeilen. Übrigens hat Signora Perrette extra ein Wörterbuch für mich angeschafft. Biesen! Ich könnte sie mit geschlossenen Augen nähen. Aber die Vokabel kannte ich bisher nicht.«

Erik warf seiner Schwiegermutter einen Blick zu, der alles verriet, was er dachte. Doch Mamma Carlotta hielt ihm stand. Solange sie nicht laut und deutlich sagte, dass sie vor Neugier platzte und unbedingt dabei sein wollte, wenn Jannes Pedersen von der Ermordung seiner Frau erfuhr, konnte ihr niemand was nachweisen!

Geraldine Bertrand schloss gerade die Ladentür auf, als Erik auf das Gebäude zufuhr.

»Gehen wir erst mal zu Madame Bertrand«, sagte Erik und stieg aus.

Sören sah ihn erstaunt an. »Wollen wir nicht nach Jannes Pedersen fragen? Der muss endlich erfahren, dass seine Frau gefunden wurde.«

»Auf eine halbe Stunde kommt es nicht an.« Erik ging auf Geraldine zu, die auf sie aufmerksam geworden war und in der Ladentür auf sie wartete. Sie hatte ihre dunklen, halblangen Haare mit Kämmen zurückgesteckt und trug eine weiße Bluse zu einem hellgrauen schmalen Rock, der mit einem so breiten Bündchen abschloss, das es beinahe wie ein Mieder aussah. Mehrere Ketten, die sich auch im Schaufenster des Modeateliers fanden, sorgten dafür, dass die Schlichtheit nicht langweilig wirkte.

Sie gönnte den beiden Polizeibeamten nur eine knappe Begrüßung, dann drehte sie sich um, ging in den Laden zurück und sah Erik und Sören entgegen, die zögernd eintraten. Sie lehnte sich an die Theke und kreuzte die Arme vor der Brust. »Sie kommen wegen Yvonne?«

Erik verzichtete auf eine Antwort. »Erzählen Sie noch mal in aller Ruhe, was heute Morgen geschehen ist.«

Geraldine sah durchs Schaufenster auf die Straße, als langweilte es sie, Erik noch einmal zu berichten, was sie ihm schon am Telefon auseinandergesetzt hatte. »Ich wollte zu Yvonne und Jannes und ihnen sagen, dass Sie gestern Abend da waren. Yvonne steht immer sehr früh auf.«

»Jannes Pedersen nicht?«

»Er lag im Wohnzimmer auf dem Sofa, als ich kam.«

»Er hat nicht in seinem Bett geschlafen?«, fragte Erik. »Warum nicht?«

»Das fragen Sie ihn am besten selber«, kam es kurz angebunden zurück. »Ich bin an der geöffneten Wohnzimmertür vorbeigeschlichen, damit er nicht aufwacht, und habe in die Küche gesehen. Ich war sicher, dass ich meine Schwester dort vorfinden würde.«

»Aber sie war nicht in der Küche?«

»Nein, und im Schlafzimmer auch nicht. Ihr Bett war unberührt.«

»Daraufhin haben Sie mich angerufen?«

Geraldine antwortete mit einem Nicken.

»Sie haben also einen Schlüssel für die Wohnung Ihrer Schwester?«, fragte Sören.

»Für die Wohnung von Jannes Pedersen, in der meine Schwester lebt«, korrigierte Geraldine.

Aber Sören beachtete ihren Einwand nicht. »Und es ist üblich, dass Sie die Wohnung betreten, ohne zu klingeln?«

»Ja.«

Erik öffnete seinen Mantel, ihm wurde warm. »Weiß Herr Pedersen, dass wir ihn sprechen wollen?«

Geraldine nickte. »Ich habe ihm vor ein paar Minuten gesagt, dass Sie gestern da waren und heute wiederkommen wollen.« Sie stieß sich von der Theke ab, ging aufs Schaufenster zu und drehte sich dort um. »Und was ist mit meiner Schwester?«

Erik zögerte. »Ein Erwachsener hat das Recht, frei über seinen Aufenthaltsort zu bestimmen.«

»Und wenn ihr etwas zugestoßen ist?«

»Wie kommen Sie darauf?« Erik beachtete Geraldines Erregung nicht. »Ihre Schwester ist erwachsen. Sie kann sich entschlossen haben, die Nacht woanders zu verbringen.«

»Das würde sie niemals tun! Schon deswegen nicht, weil sie Angst vor Jannes hat. Wie der reagieren würde, wenn Yvonne ihm Hörner aufsetzt ...« Was sie befürchtete, kam ihr anscheinend nicht über die Lippen. »Dann könnte sie ihn auch gleich verlassen.«

»Vielleicht hat sie ja genau das getan«, meinte Erik, ohne wirklich daran zu glauben. »Vielleicht hat sie heute Nacht ihre Sachen gepackt und ist ausgezogen. Wäre doch möglich.«

Geraldine sah aus, als wollte sie sich an die Stirn tippen. »Sie meinen, Yvonne hat es so gemacht wie Jannes' Frau?

Heimlich verschwinden, damit es keine Auseinandersetzungen gibt?«

Erik antwortete nicht. Er hatte vollauf damit zu tun, ihren wachsamen Gesichtsausdruck zu deuten, diese schneidende Frage, die in ihren großen, runden Augen stand. Warum war sie auf der Baustelle gewesen? Wusste sie von dem Gerippe, auf das man in List gestoßen war? Ahnte sie, dass Elske Pedersens Schicksal dahintersteckte? Oder wusste sie es sogar?

Sie griff zum Telefon, drückte eine einzige Taste und sagte in den Hörer: »Bist du endlich fertig, Jannes? Dann komm rüber. Die Polizei wartet hier auf dich.«

Erik machte eine ablehnende Bewegung, aber es war zu spät. Geraldine legte den Hörer bereits wieder auf.

Doch sie schien seine Abwehr bemerkt zu haben. »Sie wollen doch mit Jannes sprechen, oder?«

Erik nickte. Er wollte allerdings nicht im Modeatelier mit ihm reden, in dem Carolin arbeitete und in dem seine Schwiegermutter jeden Augenblick auftauchen konnte.

»Sie haben gestern Abend gesagt, es ginge nur um eine Zeugenaussage.« Geraldine sah Erik aufmerksam an. »Stimmt das etwa nicht?«

Nun machte sich wieder die Müdigkeit in ihr breit. Die Beine wurden ihr schwer und die Lider ebenfalls. Hatte die kalte, klare Luft sie anfangs noch belebt, so fiel ihr jetzt das Treten schwer, und den Kampf gegen den Wind, der nie Ruhe gab, hätte sie am liebsten verloren gegeben. Aber was dann? Den Daumen ausstrecken und einen freundlichen Autofahrer bitten, sie zum Süder Wung zu fahren? Oder an den Straßenrand setzen und ausruhen? Nein, völlig undenkbar bei dieser Kälte.

Mamma Carlotta entschied sich fürs Absteigen. Vielleicht half es ihr, wenn sie während der nächsten paar Hundert Meter das Fahrrad schob und ihre Kräfte schonte.

Dino hatte früher oft prophezeit, mit ihrer Neugier würde es noch ein böses Ende nehmen. Sie hatte sich dann stets damit verteidigt, dass neugierige Menschen mehr erfahren und am Ende klüger sind als andere. Jetzt allerdings war sie geneigt, Dino recht zu geben.

Wenn sie nicht so schrecklich gern wüsste, wie Jannes Pedersen auf die Ermordung seiner Frau reagierte und wo Yvonne Perrette die Nacht verbracht hatte, könnte sie jetzt bequem auf dem Sofa liegen und den verlorenen Schlaf nachholen. Und noch besser würde sie sich natürlich fühlen, wenn sie in der vergangenen Nacht nicht so schrecklich gern erfahren hätte, was in Käptens Kajüte vorging. Dann wäre sie tatsächlich gegen Mitternacht wieder zu Hause gewesen und hätte ein paar Stunden Schlaf bekommen, statt sich gerade in dem Augenblick ins Haus zu schleichen, in dem Eriks Wecker ging. Keine Minute zu früh!

Was für ein Glück, dass niemand ihr Zimmer betreten und gesehen hatte, dass ihr Bett unberührt geblieben war! Sie stöhnte auf. Alles in allem konnte sie wirklich zufrieden sein. Wenn sie nur wüsste, was sie mit ihrer Entdeckung in Käptens Kajüte anfangen sollte.

Anscheinend hatte die Wut Jannes Pedersen ins Modeatelier getrieben. Erik wollte gerade die Ladentür öffnen, um ihm entgegenzugehen und ihn dorthin zu lotsen, wo sie vor Zeugen sicher waren, da kam er auch schon hereingestürmt. Dass er Sören die Tür an den Kopf stieß, schien ihn nicht zu kümmern, die Anwesenheit der beiden Polizeibeamten nahm er einfach nicht zur Kenntnis. Und die italienische Mama, die vor dem Laden ihr Fahrrad abstellte, erst recht nicht.

»Wo ist deine Schwester?«, fuhr er Geraldine an. »Du weißt, wo sie ist! Wetten?«

Erik hätte den rasenden Pedersen gern in seine Schranken verwiesen, aber er hatte genug damit zu tun, seinen Blick in den seiner Schwiegermutter zu bohren, damit sie merkte, dass sie sich unauffällig zu verhalten hatte.

Tatsächlich schien sie die Sprache seiner Augen zu verstehen. Mit einem unbefangenen »Buon giorno!« betrat sie den Laden und ließ nicht einmal erkennen, dass sie gekränkt war, als niemand ihren Gruß erwiderte.

»Hätte ich die Polizei verständigt«, fragte Geraldine mit scharfer Stimme zurück und wies auf Erik und Sören, »wenn ich wüsste, wo Yvonne ist?«

Jannes stockte und schien plötzlich zu begreifen, dass die beiden keine Kunden waren. »Sie sind wegen Yvonne hier?«, fuhr er sie an, als wollte er sich im selben Atemzug verbitten, dass sie sich in seine Angelegenheit mischten.

Vermutlich hätte er es auch getan, wenn Sören ihm nicht mit abwehrenden Gesten klargemacht hätte, dass es etwas Wichtigeres gab als Yvonnes Verschwinden. Erik hingegen stellte beunruhigt fest, dass Mamma Carlotta wie angewurzelt stehen geblieben war und höchst interessiert von einem zum anderen sah. Sören, der merkte, mit welchem heimlichen Dialog Erik beschäftigt war, übernahm das Antworten: »Wir sind aus einem anderen Grund gekommen.«

»Und aus welchem, wenn ich fragen darf?«

Es war Pedersen anzusehen, dass noch immer die Wut in ihm brodelte und er sich Mühe geben musste, den beiden Polizeibeamten einigermaßen höflich und ruhig zu begegnen.

»Das würden wir gern in aller Ruhe mit Ihnen besprechen.«

Pedersen kniff die Augen zusammen und sah Sören misstrauisch an, während Erik seiner Schwiegermutter mit winzigen Kopfbewegungen die Richtung wies, in die sie sich jetzt am besten entfernen sollte.

Zum Glück kam ihm Geraldine Bertrand zu Hilfe. »Fangen Sie bitte schon mal mit der Rüsche für die dunkelgrüne Bluse an, Signora! Zugeschnitten ist sie, aber der Kräuselstich fehlt noch. Sie erinnern sich? Ich weiß leider nicht mehr, wie das auf Italienisch heißt. Kräu-sel-stich! Eine doppelte Reihe an der oberen Kante!«

Mamma Carlotta warf ihr einen beleidigten Blick zu. Anscheinend hatte sie eine – selbst für eine Hobbyschneiderin – überflüssige Erklärung erhalten. Doch dann wandte sie sich tatsächlich ab und verschwand mit hoheitsvoller Miene in der Werkstatt. Dass sie die Tür offen ließ, entging Erik, der sich nun endlich wieder auf seine Arbeit konzentrieren konnte.

»Bevor wir auf den eigentlichen Grund unseres Besuchs kommen«, begann er umständlich, »wüsste ich gerne, ob ein konkreter Verdacht besteht, dass Madame Perrette etwas zugestoßen ist.« Er warf Geraldine einen schnellen Blick zu. »Oder ist sie sogar suizidgefährdet?«

»Nein, sie ist abgehauen«, gab Jannes Pedersen zur Antwort.

»Warum sind Sie da so sicher?«, fragte Erik.

»Weil sie alles mitgenommen hat! Ihre Klamotten, ihre Papiere, ihr Handy, ihre Handtasche ... was man eben so mitnimmt, wenn man nicht die Absicht hat zurückzukommen.«

»Hat sie eine Nachricht hinterlassen?«, fragte Sören. »Eine Erklärung, warum sie sich von Ihnen trennt?«

Pedersen schüttelte den Kopf. »Nein! Nichts!«

Erik wandte sich an Geraldine. »Und hier in der Werkstatt? Fehlen irgendwelche persönlichen Dinge Ihrer Schwester?«

Sie zuckte nur mit den Schultern. »Wir bewahren hier im Laden nichts Privates auf.«

»Keine Zeugnisse? Ein Meisterbrief oder so was?«

Geraldine wurde unsicher. »Okay, ich sehe nach«, sagte sie.

Sören stand schon an der Tür. »Können wir dann?«

Pedersen zeigte auf die Tür, die in die Schneiderwerkstatt führte. »Dort lang ist es kürzer.«

Er ging ihnen voran in die Werkstatt, wo Carolin und Mamma Carlotta ihnen mit großen Augen entgegensahen. Dass sie ihr Gespräch unterbrochen hatten, war zu spüren. Als Erik den Raum verließ, sah er, dass seine Schwiegermutter bereits Anstalten machte, zu Geraldine Bertrand in den Laden zu gehen, um mehr zu erfahren, als Erik bereit gewesen wäre, ihr zu verraten.

Carlotta Capella war deprimiert. So etwas kam bei ihr selten vor. Negative Gefühle nannte sie Wut oder Enttäuschung, und gegen beides konnte man etwas unternehmen. Eine Depression jedoch war wie eine Ohrfeige des Schicksals, die man nicht zurückgeben konnte. Dass Geraldine Bertrand unter diesen Umständen die Probe der Modenschau abgesagt hatte, war so eine Ohrfeige, der man nur die Wange hinhalten konnte. Mit Wut und Enttäuschung war da nichts zu machen. Es war verständlich, dass Geraldine nun etwas anderes im Kopf hatte. Man musste sogar damit rechnen, dass sie nicht nur diese Probe, sondern die ganze Modenschau absagte. Geraldine war von ihrer Schwester einfach alleingelassen worden! So ungern Mamma Carlotta für sie Partei ergriff, so blieb ihr doch nichts anderes übrig, als Mitleid für sie aufzubringen. Nur gut, dass sie selbst nun im Modeatelier noch dringender gebraucht wurde als vorher. Geraldine hatte sie geradezu angefleht, ihr in den nächsten Tagen beizustehen, damit die fälligen Aufträge pünktlich erledigt werden konnten.

Mamma Carlotta hatte ihre liebe Mühe gehabt, Geraldine davon zu überzeugen, dass sie an diesem Morgen einfach zu müde zum Arbeiten war. Eingesehen hatte Madame Bertrand es erst, als sie die Rüsche in Augenschein genommen hatte, die nicht besonders gut gelungen war. »Okay, gehen Sie nach Hause! Wenn Sie sich nicht wohlfühlen, liefern Sie keine vernünftige Arbeit ab.« Ärgerlich hatte sie die Rüsche betrachtet, mit der Mamma Carlotta selbst nicht zufrieden war.

Sie hörte auf, sich gegen den Wind zu stemmen, als die Bäckerei in Sicht kam. Es war genug Brot im Haus, aber vermutlich konnte es nicht schaden, einen kurzen Besuch bei Bäckermeister Arfsten zu machen. Wie gut, dass während ihrer letzten Aufenthalte auf Sylt ein so freundschaftliches Verhältnis zwischen ihnen entstanden war! Carlotta hatte sich gern die lange Geschichte seiner Schwester angehört, die in der Türkei verheiratet war, hatte seine Sorgen zu ihren eigenen gemacht und ebenso wie der Bäcker daran gezweifelt, dass eine Sylterin in der Türkei glücklich werden konnte.

Er hatte ihr das Rezept für den Couscous-Salat seiner Schwester besorgt, sie hatte ihm als Dank dafür das Rezept für die Pizza Florentina aufgeschrieben, das er seiner Schwester mit vielen lieben Grüßen von der Schwiegermutter des Hauptkommissars in die Türkei schicken wollte. Dass Mamma Carlotta außerdem über die Schulschwierigkeiten des Bäckersohnes genauestens Bescheid wusste, verstand sich von selbst, und dass daran dessen Frau schuld war, die vor zehn Jahren das Weite gesucht hatte, bestätigte sie natürlich jederzeit gern.

Deswegen hatte sie es auch gewagt, Herrn Arfsten auf sich aufmerksam zu machen, als er frühmorgens die frischen Brötchen in Käptens Kajüte ablieferte. Keinen Augenblick hatte sie geschlafen bis zu diesem Zeitpunkt. Wie auch? Auf dem harten Stuhl in der Küche? Auf einem Barhocker mit dem Kopf auf der Theke? Versucht hatte sie es, aber die Körperhaltung, die sich zum Erzählen und Rotweintrinken bestens eignete, war zum Schlafen alles andere als bequem. Sogar mit dem Küchentisch hatte sie es versucht, weil sie sich darauf wenigstens ausstrecken konnte, aber da es nichts gab, was sie sich unterlegen konnte, hatte sie auch dort kein Auge zugetan. Sie hatte sogar darüber nachgedacht, ein Fenster einzuschlagen, aber nichts gefunden, was gegen die neue Sicherheitsverglasung ankam.

Am Ende war sie einfach auf dem Stuhl sitzen geblieben, hatte dafür gesorgt, dass sie nicht runterfiel, wenn ihr die Augen zuklappten, und sich überlegt, wie sie Tove ihre Anwesenheit erklären konnte, wenn er Käptens Kajüte öffnete, und wie sie Erik begreiflich machen sollte, warum sie die Nacht außer Haus verbracht hatte. Weder zu dem einen noch zu dem anderen Problem war ihr eine Lösung eingefallen, als sie die Geräusche an der Küchentür wahrnahm. Erleichtert, aber auch voller Unbehagen war sie aufgestanden und auf die Tür zugegangen, in der sich ein Schlüssel im Schloss drehte. Kurz darauf schwang sie auf, Carlotta machte sich auf Toves wütende Miene gefasst … aber es war der Bäcker, der auf der Schwelle erschien, vor dem Bauch einen großen Korb mit duftenden Brötchen!

Die Geschichte, die Mamma Carlotta einfiel, war nicht besonders überzeugend, das wusste sie selbst, aber tatsächlich schien Herr Arfsten ihr zu glauben, dass sie ihren Schlummertrunk bei Tove eingenommen hatte, dass ihr dann schlecht geworden war und sie die Toilette aufsuchen musste und dass Tove dann wohl vergessen hatte, dass sich noch ein Gast in seiner Imbiss-Stube aufhielt, als er die Tür verriegelte und Carlotta Cappella damit einschloss.

Herr Arfsten nickte zu allem, was er erzählt bekam, und nickte sogar, als Mamma Carlotta ihn bat, nichts davon in Gegenwart ihres Schwiegersohns zu wiederholen. Anscheinend war die Schwiegermutter des Hauptkommissars für den Bäcker über jeden Zweifel erhaben. Und einer Frau aus dieser Misere herauszuhelfen, die ihm als Einzige glaubte, dass sein

Sohn hochbegabt war, hielt er für seine Pflicht. Nein, von ihm würde kein Mensch erfahren, dass die Schwiegermutter von Hauptkommissar Wolf die Nacht in der übelsten Spelunke von Wenningstedt verbracht hatte.

»Nur gut, dass ich den Schlüssel habe!«, sagte er. »Als die Türen erneuert wurden, wollte Tove ihn mir eigentlich nicht mehr anvertrauen.« Bäcker Arfsten lachte spöttisch. »Als gäbe es hier irgendwas, was mich in Versuchung führen könnte! Aber ich habe gesagt: Ganz, wie du willst, Tove! Stell ich dir die Brötchen eben vor die Tür! Dass er sie nicht mehr backofenwarm, sondern gefroren bekam, war nicht mein Problem. Als er mir dann nicht glauben wollte, dass der Wind zwanzig von den dreißig Brötchen über den Hochkamp geweht hatte, habe ich gesagt: Such dir einen anderen Bäcker, Tove!«

Herr Arfsten hatte an seiner schwarz-weiß karierten Bäckerhose herumgezerrt, die unter seinem gewaltigen Bauch nur schwer Halt fand und immer so aussah, als wollte sie ihm jeden Moment auf die Füße fallen.

»Da hat er mir dann wieder einen Schlüssel ausgehändigt. Ist ja nur gut, Signora, dass ich Sie befreien konnte!«

Dieser Ansicht war Mamma Carlotta auch. Und damit sich an der Loyalität des Bäckers nichts änderte, wollte sie die freundschaftlichen Bande mindestens so lange pflegen, bis diese Sache in Vergessenheit geraten war.

Die duftende Wärme, die sie empfing, tat ihr gut. Und dass sie nicht nur auf den Bäcker traf, sondern auch auf Frau Kemmertöns, die gerade ein Schwarzbrot in ihren Einkaufsbeutel steckte, gefiel ihr ebenfalls. »Buon giorno!«

Vergessen waren Yvonne Perrettes Verschwinden und die in Gefahr geratene Modenschau! Jedenfalls so lange, bis sie sich ausgiebig über die Kälte und den Wind beklagt hatte. Dann fiel ihr auf, dass Frau Kemmertöns und Herrn Arfsten etwas auf der Seele lag. Der Bäcker beugte sich über die Theke, als gäbe es eine weitere Person im Laden, die nichts von der Frage mitbekommen sollte, die unbedingt aus ihm herauswollte, und Frau Kemmertöns trat nahe an ihn heran, damit ihr nichts entging.

»Stimmt es, dass das Gerippe, das in List gefunden wurde, Elske Pedersen ist? Sie sitzen an der Quelle, Signora!«

»Hier hat gerade jemand eingekauft«, ergänzte Frau Kemmertöns, »der vorher bei Zweirad-Pedersen war.«

Herr Arfsten warf ihr einen ärgerlichen Blick zu. Anscheinend war er der Meinung, dass in seinem eigenen Laden er derjenige sein musste, der über die Kunden redete. »Der hat gesagt, Jannes hätte wie ein Stier rumgebrüllt. Es solle niemand behaupten, er hätte seine Frau umgebracht. Wer das wagt, würde ihn kennenlernen!«

»Hat Ihr Schwiegersohn Ihnen etwas erzählt?«, fragte Frau Kemmertöns. »Hat Jannes seine Frau auf dem Gewissen?«

Mamma Carlotta dachte kurz darüber nach, ob sie zur Verschwiegenheit verpflichtet war. Aber da Erik ihr nicht ausdrücklich untersagt hatte, über den Fall zu sprechen, sah sie keinen Grund, die Fragen unbeantwortet zu lassen. So erfuhren der Bäcker und die Nachbarin also aus erster Hand, dass es sich bei dem Skelett in List tatsächlich um Elske Pedersen handelte, und waren entsprechend beeindruckt. Auch die Frage nach dem Täter beantwortete Mamma Carlotta mit großer Sicherheit. »Wer soll es sonst gewesen sein? Einem Mann, der seine Frau schlägt, ist alles zuzutrauen!«

Frau Kemmertöns schloss sich unverzüglich dieser Meinung an, der Bäcker erinnerte jedoch an den Brief, den Elske Pedersen hinterlassen hatte.

»Der war natürlich gefälscht!«, erklärte Mamma Carlotta.

Dem Bäcker wurden bei der Konfrontation mit dieser Möglichkeit die Bauchmuskeln schlaff, sodass er eilig zu seinem Hosenbund griff und alles wieder zurechtrückte, was unterhalb seines Nabels in Unordnung zu geraten drohte. »Das hat niemand gemerkt«, bestätigte Herr Arfsten aufgeregt, »weil keiner den Brief kontrolliert hat.«

»Jeder dachte ja, Elske Pedersen ist freiwillig verschwunden«, fügte Frau Kemmertöns atemlos hinzu.

»Und das wäre so geblieben«, bekräftigte der Bäcker, »wenn nicht ausgerechnet dort gebaut würde, wo Jannes seine Frau verbuddelt hat.«

»Und jetzt ist auch noch Yvonne Perrette verschwunden!«,

triumphierte Mamma Carlotta, der gerade eingefallen war, dass sie dem Bäcker für seine Verschwiegenheit noch einiges schuldete und deshalb mit keiner interessanten Neuigkeit hinter dem Berg halten sollte. Außerdem war sie auch hier nicht um Diskretion gebeten worden. Warum auch? Hier handelte es sich offensichtlich nicht um einen Fall, den Erik zu lösen hatte.

Prompt wies Herr Arfsten auf einen der Stehtische, die hinter dem Schaufenster der Bäckerei standen. »Ich gebe einen Kaffee aus. Ist ja gerade nicht viel los.«

Frau Kemmertöns war nicht weniger erfreut als Mamma Carlotta, das typisch Friesische war angesichts der überwältigenden Neuigkeiten zu einem großen Teil von ihr abgefallen. »Er hat also das Gleiche auch mit Elskes Nachfolgerin gemacht?«, fragte sie aufgeregt.

Aber Mamma Carlotta winkte zu Frau Kemmertöns' größtem Bedauern ab. »Nein, Yvonne ist abgehauen«, erklärte sie. »Sie hat alles Wichtige mitgenommen, sagt Jannes Pedersen.«

»Das ist kein Beweis«, meinte der Bäcker, während er den Kaffee servierte. »Vielleicht hat Jannes alles verschwinden lassen, was jemand, der abhaut, normalerweise mitnimmt. Damit niemand an Mord glaubt! So wie bei Elske!«

Mamma Carlotta starrte ihn mit offenem Mund an. Dann stieß sie hervor: »Sie haben recht! So könnte es sein!«

»Nun muss Ihr Schwiegersohn das nur noch beweisen«, sagte der Bäcker. »Und ohne Leiche ist das schwer«, ergänzte er fachmännisch, denn er gehörte zu denen, die sich gut auskannten in der Ermittlungsarbeit der Polizei. Schließlich guckte er regelmäßig *Tatort* und *Polizeiruf 110*!

Erik und Sören sahen sich um. Jannes Pedersen hatte sie in einen kleinen Raum geführt, der schon lange nicht mehr benutzt worden war. »Meinetwegen gucken Sie sich alles an«, hatte er gesagt, selbst aber keinen Schritt in den Raum gesetzt. »Das war früher Elskes Zimmer. Hier hat sie rumgekleckst.« Mit einem hässlichen Grinsen hatte er auf die Staffelei gezeigt und auf die Bilder, die an der Wand lehnten. »Das Geschäft hat sie ja nicht interessiert. Sie fühlte sich zur Künstlerin berufen.« Er wies zu einem dunklen Schrank. »Ihre Klamotten habe ich in die Kleidersammlung gegeben, alles andere liegt da drin.«

»Auch der Brief, den sie zurückgelassen hat?«

Jannes Pedersen schüttelte den Kopf. »Der ist woanders.«

»Dann holen Sie ihn bitte«, gab Erik zurück.

»Meinetwegen«, sagte Pedersen und ließ die beiden Polizeibeamten allein.

»Komisch, dass er dieses Zimmer so gelassen hat, als lebte seine Frau noch«, meinte Sören.

»Stimmt.« Erik öffnete den Schrank und griff nach einem Fotoalbum. »Warum er das wohl aufbewahrt? Nostalgie traue ich Jannes Pedersen nicht zu.«

»Schuldgefühle aber auch nicht«, ergänzte Sören.

»Was für Schuldgefühle?«

»Ist ja möglich, dass er seine Frau nicht umbringen wollte. Dass es ein Handgemenge gegeben hat, dass er sie hindern wollte, ihn zu verlassen, dass er wütend war und zugeschlagen hat. Dann ist sie vielleicht unglücklich gestürzt und ...« Sören führte seine Handkante am Hals vorbei.

»Schon komisch, wie er reagiert hat, als er hörte, dass seine Frau tot ist. Es kommt mir vor, als reagierte er immer nur mit Wut. Wo andere traurig sind, enttäuscht, verzweifelt, da ist Jannes Pedersen immer wütend.«

Erik war erschrocken gewesen, als Pedersen aufgesprungen, zur Tür des Wintergartens gelaufen war und mit zwei, drei Faustschlägen dagegengetrommelt hatte. Dann war er herumgefahren und hatte die beiden Polizeibeamten angefunkelt, als hätten sie ihn schwer beleidigt. »Tot? Wieso ist sie tot? Sie hat mich verlassen! Vor fünf Jahren! Wieso wird sie jetzt auf einer Baustelle gefunden?«

»Wir sind hier, um das herauszufinden«, hatte Erik gesagt.

Aber Jannes' Zorn war so leicht nicht zu besänftigen. Mit einer heftigen Armbewegung hatte er eine Schale von einem Regal gefegt. Dann, ohne sich um das zu kümmern, was er angerichtet hatte, war er zum Tisch zurückgekommen, an dem Erik und Sören saßen und ihn erschrocken anstarrten.

»Wie ist sie in dieses Loch gekommen? Wie – zum Henker?!«

Erik schüttelte die Erinnerung an Jannes' befremdliches Benehmen ab und blätterte in Elskes Fotoalbum. »Wenn es ein Unglücksfall war, warum hat er seine Frau dann verschwinden lassen?«

»Weil ihm niemand geglaubt hätte, dass keine Absicht dahintersteckte«, antwortete Sören.

»Und nachdem er für den Tod seiner Frau verantwortlich war, wollte er nicht auch noch das vernichten, was sie zurückgelassen hat?« Erik machte eine knappe Armbewegung, die alles umfasste, was es in diesem kleinen Raum gab.

Sören schüttelte den Kopf. »So zartbesaitet ist der nicht.«

»Außerdem ist es für solche Mutmaßungen zu früh«, sagte Erik ärgerlich. »Nichts spricht dafür, dass Jannes Pedersen der Täter ist.« Er zog ein Blatt aus dem Fotoalbum, auf das jemand in Schönschrift ein Gedicht geschrieben hatte. »Ich will's dem blauen Himmel sagen, ich will's der dunklen Nacht vertrau'n ...«

Sören sah auf. »Was soll das?«

»Ein Liebesgedicht. Hoffmann von Fallersleben.«

»Das hat sie in ihrem Fotoalbum aufbewahrt? Also ... von Jannes Pedersen hat sie das nicht geschenkt bekommen.«

»Wer weiß! Vielleicht war er mal ganz anders.« Erik lächelte. »Nein, eine so schöne Handschrift traue ich Pedersen nicht zu. Die Schrift einer Frau, würde ich sagen.«

Sören warf einen Blick auf das Blatt. »Aber nicht ihre eigene.« Er tippte auf einen handgeschriebenen Lebenslauf, den er gerade in einer Mappe entdeckt hatte.

»Ist ja auch egal.« Erik las weiter. »In meinem Herzen sollst du leben, sollst haben, was sein Liebstes ist ... Schön, nicht?«

Sörens Begeisterung hielt sich in Grenzen. »Eine Erinnerung an ihre erste Liebe vielleicht?«

»Vermutlich.« Langsam und mit leiser Stimme wiederholte Erik: »In meinem Herzen sollst du leben, sollst haben, was sein Liebstes ist ...« Dass er an Lucia dachte, verriet er nicht. Und dass er bereute, ihr nie ein Gedicht geschenkt zu haben, ließ er erst recht nicht verlauten.

Sören sah ihn an, als machte er sich Sorgen um seinen Chef, dann seufzte er auf und nahm sich eine Dokumentenmappe vor, die Elskes Schulzeugnisse enthielt. »Sind eigentlich die Sachen gefunden worden, die Elske Pedersen angeblich mitgenommen hat, als sie ihren Mann verließ?«

Erik schüttelte den Kopf. »Vetterich hat die ganze Baustelle umgegraben. Außer dass er die Bauleitung zur Verzweiflung gebracht hat, ist nichts dabei herausgekommen.«

»Wer weiß, wo sie umgebracht wurde«, überlegte Sören. »Vermutlich nicht in List. Dort ist sie nur begraben worden, weil der Täter glaubte, dass die Leiche dort nicht gefunden wird.«

»Ihre Sachen liegen vermutlich dort, wo sie gestorben ist.«

»In einem Müllcontainer am Bahnhof, wo sie auf den Zug wartete, der sie aufs Festland bringen sollte? Ein Container, der bereits vor fünf Jahren geleert wurde?«

»Oder in einem Müllcontainer im Lister Hafen, weil sie mit der Fähre nach Römö übersetzen wollte?«

»Egal! Der wurde ebenfalls vor fünf Jahren geleert.«

Sören blätterte Mappe für Mappe durch, während Erik die Fotoalben, denen er sich eigentlich widmen wollte, stehen ließ und sich umsah. »Schön ist dieses Zimmer nicht gerade«, sagte er nach einer Weile. »Wenn man bedenkt, wie großzügig und teuer der Rest des Hauses eingerichtet ist.«

»Vielleicht ist das die Handschrift der schönen Französin«, meinte Sören achselzuckend.

Erik zuckte mit den Schultern. »Aber in diesem Zimmer durfte sie vielleicht nichts erneuern?«

»Oder sie wollte nicht.«

»Dieser hässliche Schrank! Die uralten Gardinen! Sehen Sie sich diesen fleckigen Teppichboden an!« Erik schüttelte den Kopf. »Und die altmodischen Tapeten! Ich glaube, die hängen schon seit fünfzig Jahren an der Wand!«

Sören nickte. »Ich weiß, dass Pedersen das Haus renovieren ließ, als seine Eltern gestorben waren. Sieht so aus, als hätte er dieses Zimmer vergessen.«

»Oder als hätte der Aufwand für seine Frau nicht gelohnt.«

Wieder nickte Sören. »Sie haben ja gehört, was er sagte:

Elske hat sich nie fürs Geschäft interessiert. Kinder hat sie auch nicht bekommen. Da durfte sie wohl auch keine Ansprüche stellen. Aquarellmalerei gehörte sicherlich nicht zu den Leistungen, die Jannes honoriert hat.«

Erik hob ein Bild vom Boden auf. Mit ausgestreckten Armen hielt er es vor sich hin. Er verstand zu wenig von Malerei, um die Qualität beurteilen zu können. Nur dass ihm das Bild nicht gefiel, konnte er sagen. Elske hatte den Ausblick festhalten wollen, der sich ihr bot, wenn sie aus dem Fenster schaute. Aber die Dünen sahen aus wie grüne Hügel, die es auch im Sauerland geben mochte, und der Himmel darüber konnte sich über jedem x-beliebigen Landstrich wölben. Das Bild verriet nichts von den Gefühlen der Malerin. Auch über das Besondere der Landschaft sagte es nichts aus. Dass Elske diese Aussicht nicht geliebt hatte, entdeckte Erik erst, als er ein weiteres Bild in Augenschein nahm. Auch dieses zeigte den Ausblick auf die Dünen, aber er war durch ein filigranes Gitternetz verstellt worden. War dieses Zimmer für Elske Pedersen ein Gefängnis gewesen? Dieses Haus? Ihre Ehe?

Die Tür öffnete sich, und Jannes Pedersen erschien auf der Schwelle. Wieder blieb er stehen, als traute er sich nicht in das Zimmer hinein. Er reichte Erik den Brief, den Elske ihm hinterlassen hatte. »Hier!«

Sören entnahm einem Aktenordner ein Blatt. »Ein Lebenslauf! Handgeschrieben!« Er reichte ihn Erik, der steckte ihn zu dem Brief in eine Klarsichthülle und legte sie beiseite.

»Was wollen Sie damit?«, fragte Jannes und tastete sich Schritt für Schritt wieder zur Tür.

»Wir werden ein grafologisches Gutachten in Auftrag geben«, erklärte Erik, »damit wir wissen, ob dieser Abschiedsbrief wirklich von Ihrer Frau geschrieben wurde.«

»Und wenn Sie wissen, dass sie ihn geschrieben hat? Hören Sie dann auf, mich anzusehen, als hätte ich sie umgebracht?«

»Das tun wir doch gar nicht«, behauptete Erik schnell. So schnell wie jemand, der bei einem Gedanken ertappt wird, für den er sich schämt.

»Ich habe kein Motiv!«, erklärte Jannes. »Warum hätte ich Elske umbringen sollen?«

»Waren Sie glücklich verheiratet?«

»Wer ist das schon? Zoff gibt's überall!«

»Also keine glückliche Ehe?«

»Eine Ehe wie viele andere. Jedenfalls ... jedenfalls habe ich meine Frau geliebt.«

»Waren Sie ihr treu?«

»Warum fragen Sie mich nicht, ob meine Frau mir treu war?«

»Ich frage Sie beides.«

»Und ich beantworte Ihnen beide Fragen nicht.«

»Sie sind nicht besonders kooperativ.«

»Nicht, solange Sie mich behandeln, als wäre ich ein Mörder.«

»Dann helfen Sie mir, der Wahrheit auf die Spur zu kommen.«

»Das ist nicht mein Job. Dafür sind Sie zuständig.«

Erik betrachtete Jannes Pedersen, den bulligen Körper, die derben Hände, die sich nervös öffneten und schlossen, den kurzen Hals, den breiten Schädel. Trotz seiner Grobschlächtigkeit war er nicht ohne Attraktivität. Sein Gesicht war markant, seine Augen von einem hellen Braun, das ihnen einen sanften Ausdruck verlieh und in denen die Wut, die ständig in ihm brodelte, häufig wie Verzweiflung aussah. Sein Mund war sogar sehr schön, mit vollen, klar umrandeten Lippen. Die Frage, warum eine Frau wie Yvonne Perrette sich in ihn verlieben konnte, hatte Erik sich damit beantwortet. Die Frage, ob eine Frau mit einem Mann wie Jannes Pedersen glücklich werden konnte, brauchte er sich gar nicht zu stellen. Sicherlich gehörte er zu den Männern, die viel versprachen und wenig hielten. Eine Frau, die sich für ihn entschied, hatte eine Sicherheit gewählt, die sich später gegen sie richten konnte.

»Kennen Sie jemanden, der ein Motiv hatte, Ihre Frau umzubringen?«, fragte Erik nun.

»Nein!«

Erik sah sich hilflos um, dann wies er auf die breite Fensterbank, die die richtige Höhe hatte, um sich darauf niederzulassen. Den einzigen Stuhl, den es im Raum gab, hatte Sören besetzt, und Erik selbst wollte stehen bleiben, während er mit Jannes Pedersen sprach.

Aber der schüttelte den Kopf. »Wenn Sie mit mir reden wollen, okay. Aber nicht hier!«

»Warum nicht?«

»Weil ich dieses Zimmer nicht leiden kann. Und weil Elske nie wollte, dass ich es betrete.« Pedersen drehte sich um und ging. »Ich muss in den Laden. Ich warte im Wintergarten auf Sie!«

Nun war sie wieder da, diese bleierne Müdigkeit! Während Frau Kemmertöns, die vermutlich eine ruhige Nacht hinter sich hatte, in der warmen Bäckerei geradezu aufgeblüht war, ging Mamma Carlottas Leistungskurve steil nach unten. Sie brauchte Schlaf! Wenigstens ein oder zwei Stunden! Während sie ihr Fahrrad neben Frau Kemmertöns herschob, konnte sie an nichts anderes denken. Die Mutmaßungen der Nachbarin, die immer verwegener wurden, rauschten an ihr vorbei, sie war unfähig, sie zu bestätigen, zurückzuweisen oder auszuschmücken, wie sie es getan hätte, wenn sie auf der Höhe gewesen wäre. Leben kam erst wieder in Mamma Carlotta, als Frau Kemmertöns erwähnte, dass sie mit Marikke Tadsen gesprochen hatte.

»Wissen Sie, was sie sagt? Dass auch Geraldine hinter Yvonnes Verschwinden stecken könnte.«

Mamma Carlotta starrte sie aus glasigen Augen an. »Geraldine Bertrand? Wieso?«

»Die hat Jannes zwar nie leiden können, aber sie wollte auch nicht, dass Yvonne sich von ihm trennt. Weil dann vielleicht Schluss gewesen wäre mit dem tollen Modeatelier!«

»Ja, aber …« Mamma Carlotta schüttelte den Kopf. »Was hat das mit Yvonnes Verschwinden zu tun?«

»Angenommen, Yvonne hat zu Geraldine gesagt: Ich habe die Nase voll von Jannes und von meinem Leben auf Sylt. Ich packe meine Sachen und haue ab. Was aus dem Modeatelier wird, ist mir egal!«

Mamma Carlotta stellte es sich vor, kam aber zu keiner aufschlussreichen Erkenntnis.

Frau Kemmertöns half ihr auf die Sprünge. »Marikke meint, Geraldine wäre es zuzutrauen, dass sie lieber ihrer Schwester einen über den Schädel gibt, als auf die Arbeit im Modeatelier zu verzichten.«

Nun waren sie vor dem Hause Wolf angekommen, und Mamma Carlotta stellte erleichtert das Fahrrad ab. Wenn sie auch im Augenblick alles andere als fix im Denken war, so erkannte sie doch schnell, dass Frau Kemmertöns' These reichlich gewagt war. »Geraldine konnte doch nicht damit rechnen, dass sie das Modeatelier übernehmen darf, wenn Yvonne nicht mehr da ist. Jedenfalls nicht zu den guten Konditionen! Mietfrei!«

»Es stimmt zwar, dass Jannes keine Miete verlangt hat, aber die beiden Mode-Schwestern mussten ihm einen Teil ihres Gewinns abgeben. Das weiß ich von Marikke.«

»Davvero?« Mamma Carlotta versuchte, darüber nachzudenken, ob diese Tatsache eine neue Sichtweise auf die Ereignisse warf, aber sie merkte, dass sie zu müde war zum Kombinieren. Später! Das musste warten!

»Geraldine Bertrand traue ich alles zu!«, beharrte Frau Kemmertöns. »Vielleicht hatte sie ja einen Grund, von dem wir nichts wissen! Womöglich hat das mit dem Modeatelier gar nichts zu tun.«

»Ja, zwischen Schwestern gibt es häufig Probleme«, bestätigte Mamma Carlotta nachdenklich. »Oft von klein auf. Ich brauche nur an die Schwestern Birillo in meinem Dorf zu denken! Ein Leben lang war eine auf die andere eifersüchtig. Und als sich dann beide in denselben Mann verliebten ...«

»Sie meinen, Yvonne hatte auch ein Verhältnis mit Wilko Tadsen?« Frau Kemmertöns fiel vor Aufregung die Brötchentüte aus der Hand.

Nein, das hatte Mamma Carlotta nicht gemeint. Aber die Idee war auf so wunderbare Weise ungeheuerlich, dass sie vergaß, Frau Kemmertöns beim Aufsammeln der Brötchen zu helfen. Durch ihre bleierne Müdigkeit fuhr ein kleiner Blitz, und in dieser kurzen Helligkeit erkannte sie eine mögliche Lösung des Falls. »Vielleicht hat Geraldine Bertrand ja auch Elske Pedersen umgebracht!«

»Aber …« Frau Kemmertöns bewies, dass sie in der vergangenen Nacht besser geschlafen hatte. »Vor fünf Jahren war sie noch gar nicht auf Sylt.«

Mamma Carlotta erkannte, dass sie sich zu viel zugemutet hatte. Unfähig, ihre Idee, die sie trotzdem für brisant hielt, weiterzuverfolgen, verabschiedete sie sich von der Nachbarin, die so aussah, als wartete sie auf eine Einladung zum Mittagessen. Sie hätte sicherlich eine bekommen, wenn Carlotta Capellas Sensibilität noch wach gewesen wäre. Aber die war schon eingeschlafen, bevor sich ihr Köper endlich auf dem Sofa ausstrecken konnte.

Jemand hatte in der Zwischenzeit die Scherben vom Boden gefegt, es roch nach einem Putzmittel, als wäre auch gewischt worden. Der Wintergarten schien der zentrale Ort der Wohnung zu sein. Er verband die Schneiderei mit der Fahrradwerkstatt durch ein gläsernes Dach und nahm die Helligkeit auf, die im Garten herrschte. Die ausladenden Korbmöbel waren mit hübschen bunten Kissen bestückt, auf dem flachen Couchtisch lagen einige Zeitschriften, in einem kleinen Weinregal steckten ein paar Rotweinflaschen.

Jannes Pedersen war nicht zu sehen, als Erik und Sören den Wintergarten betraten. Sie sahen sich achselzuckend an.

»Wo geht's denn hier in den Fahrradladen?«, fragte Sören.

Erik nickte zu einer Tür. »Da lang wahrscheinlich.«

Aber keiner von ihnen überwand die Hemmung, eine Tür in einem fremden Haus zu öffnen, von der sie nicht wussten, wohin sie führte. Erik entschloss sich nach ein paar Augenblicken, in die Schneiderwerkstatt zu gehen. Eine Tür zu öffnen, durch die er bereits gegangen war, kostete ihn keine Überwindung.

Dort traf er Carolin an, die über einem Schnittmuster saß, das ihr augenscheinlich Schwierigkeiten machte. »Du bist allein?«, fragte Erik überrascht.

Carolin hob unglücklich die Schultern. »Die Nonna ist schon nach Hause gefahren. Sie war müde und wollte sich hinlegen.«

Erik versuchte, sich seine Beunruhigung nicht anmerken zu lassen. Er konnte sich nicht erinnern, seine Schwiegermutter schon einmal so müde erlebt zu haben, dass sie sich am hellen Vormittag hinlegte.

»Sie wird doch nicht krank sein?«, fragte er vorsichtig. »Sie wirkte beim Frühstück regelrecht übernächtigt.«

Carolin sah ihn erstaunt an. »Die Nonna? Krank?«

Erik musste lächeln. »Ich weiß, sie war noch nie krank. Aber das muss nicht immer so bleiben. Ich glaube, wir sollten ihr mehr Freizeit und Entspannung gönnen, Caro. Sie arbeitet zu viel, wenn sie auf Sylt ist. Und ich glaube, sie hat in der letzten Nacht schlecht geschlafen. Sonst schläft sie doch immer wie ein Stein. Überall und in jeder Lebenslage!«

Carolins Gesicht wurde ängstlich. »Meinst du wirklich, ihr geht es nicht gut? Ich dachte, das liegt an ihrer Sorge.«

»Was für eine Sorge?«

»Wer weiß, ob Madame Bertrand unter diesen Umständen die Modenschau macht! Die Nonna hatte sich so darauf gefreut!« Carolin schluckte und ergänzte unglücklich: »Ich auch.«

Erik nickte mitfühlend. »Das tut mir leid.«

»Andererseits ist die Modenschau schon überall angekündigt worden«, machte Carolin sich Mut. »Sogar in der Zeitung. Und seit Tagen hängt ein Schild im Schaufenster. Es sind auch schon mehrere Eintrittskarten verkauft worden.«

Erik mochte ihre Hoffnung nicht bestätigen. »Wie soll Madame Bertrand das schaffen ohne ihre Schwester?« Er sah sich um. »Wo ist sie überhaupt?«

»Vorn im Laden.« Carolin stieß einen Ellbogen auf das Schnittmuster und stützte ihren Kopf auf. »Im Moment hilft mir niemand. Am liebsten würde ich auch nach Hause gehen. Dann könnte ich mit der Nonna an Sörens Hemd arbeiten. Die würde mir helfen.«

»Das kannst du nicht machen«, mahnte Erik. »Du bist nicht zum Vergnügen hier, sondern weil du dein Schulpraktikum machst. Außerdem kannst du Madame Bertrand nicht auch noch im Stich lassen. Es ist schon schrecklich genug für sie, dass ihre Schwester einfach auf und davon ist.«

Carolin richtete sich auf. »Ja, ich weiß! Aber das Hemd schaffe ich nicht ohne Hilfe.«

»Vielleicht ist die Nonna ja wirklich nur ein bisschen müde und morgen schon wieder so fit wie eh und je.« Erik vergewisserte sich mit einem Blick über die Schulter, dass sein Assistent ihm nicht gefolgt war. Dann erst sagte er: »Sören freut sich schon sehr auf das neue Hemd.«

In diesem Moment ertönte Pedersens Stimme im Wintergarten.

»Versuch, Madame Bertrand zu helfen, Caro«, sagte Erik. »Sie hat es jetzt nicht leicht. Und wer weiß ... vielleicht überlegt Madame Perrette es sich anders und kommt zurück. Oder es war alles nur ein Missverständnis. Sie ist verreist und hat nur vergessen, eine Nachricht zu hinterlassen. Oder sie hat eine hinterlassen, und die ist versehentlich im Papierkorb gelandet. Oder ...«

»Das glaubst du doch selbst nicht, Papa!« Carolin sah Erik vorwurfsvoll an, dann ergänzte sie flüsternd: »Außerdem hat Madame Bertrand gesagt, Yvonne dürfe sich hier nicht mehr blicken lassen. Jannes Pedersen würde sie eher umbringen, als sie wieder bei sich aufzunehmen.«

»Umbringen?« Erik warf einen beunruhigten Blick zur Tür, die in den Laden führte. »Hat sie das wirklich gesagt?«

Carolin nickte. »Sie kennt ihn gut.«

Erik beließ es bei einer besänftigenden Geste, dann ging er Jannes Pedersens aufgeregter Stimme entgegen.

Der Fahrradhändler stand breitbeinig im Raum, die Fäuste in die Seiten gestemmt. Auf seinem Handrücken zuckte es, er zwang sich zur Ruhe, indem er seinen Aufruhr zwischen den Fäusten zerdrückte.

Erik versuchte, die unterschwellige Aggression nicht zur Kenntnis zu nehmen. Ruhig setzte er sich, nahm sich die Zeit, seine Cordhose an der nicht vorhandenen Bügelfalte in die Höhe zu zupfen, straffte seinen Pullunder über dem Bauch und strich ausgiebig seinen Schnauzer glatt. Tatsächlich erreichte er auch hier, was er mit dieser Verzögerung immer bezweckte. Es kehrte Ruhe ein, Pedersens Fäuste lösten sich, und er setzte sich ebenfalls.

»Erzählen Sie uns von dem Tag, an dem Ihre Frau verschwand«, bat Erik so freundlich, wie er nur konnte.

»Das ist fünf Jahre her!«, brauste Pedersen prompt auf.

»Ich weiß«, entgegnete Erik und zwang sich zu einem kleinen Lächeln. »Aber da dieser Tag Ihr Leben verändert hat, werden Sie sich sicherlich noch gut an ihn erinnern können.«

Jannes Pedersen kapitulierte. Er lehnte sich zurück und sagte: »Es war ein Tag wie jeder andere. Ich war auf dem Festland. Als ich am Abend zurückkam, war Elske weg.«

Erik runzelte ärgerlich die Stirn. »Geht's ein bisschen genauer? Wann haben Sie das Haus verlassen? Wie hat Ihre Frau sich verhalten, als Sie sich von ihr verabschiedeten?«

Jannes Pedersen verdrehte die Augen, als wollte er Erik unbedingt zeigen, wie lästig ihm die Fragen waren. »Ich war mit einem Freund verabredet. In Ellund.«

»Name? Adresse?« Sören zückte sein Notizbuch.

»Sam Steiner«, gab Jannes zurück, dann zog ein Grinsen über sein Gesicht. »Und die Adresse: Friedenshügel in Flensburg.«

»Das ist der Friedhof«, sagte Sören.

»Stimmt«, meinte Pedersen. »Sam lebt nicht mehr. In fünf Jahren sterben eben viele weg. Sam hat's vor zwei Jahren erwischt.«

»Wo wohnte er vor seinem Tod?«, fragte Sören.

»In der Haftanstalt Flensburg. Die Luft da scheint schlecht zu sein. Vorher war er noch kerngesund.«

»Woher kannten Sie ihn?«, fragte Sören, gab aber die Antwort gleich selbst: »Aus dem Knast? Wir wissen, dass Sie wegen Vergewaltigung gesessen haben.«

»Was sollen diese Fragen?«, fuhr Petersen auf. »Glauben Sie mir etwa nicht?«

»Das ist reine Routine«, versuchte Erik ihn zu beruhigen.

Aber so leicht war Pedersen nicht zu beruhigen. »Muss ich etwa ein Alibi haben?«

Erik sah ihn ohne eine Regung an. »Haben Sie eins?«

»Ja!«, brüllte Pedersen. »Sam Steiner!«

»Der ist tot.«

Pedersen wollte wütend aufspringen, aber Erik schaffte es, ihn mit einer Handbewegung zu besänftigen. »Wann sind Sie nach Hause gekommen nach Ihrem Besuch in Ellund?«

Pedersen zuckte mit den Schultern. »Gegen acht, glaube ich.«

»Haben Sie gleich bemerkt, dass Ihre Frau nicht mehr da war?«

»Zunächst nicht. Es war ruhig im Haus, aber das war es immer. Auch wenn Elske da war. Meist war sie in ihrem Zimmer und malte. Ich wollte in der Küche nachsehen, ob sie wenigstens was zu essen gemacht hat, da sah ich den Brief. Er lag auf dem Tisch.«

»Würden Sie im Nachhinein sagen, dass ihr Entschluss, Sie zu verlassen, zu erwarten gewesen war?«, fragte Erik. »Hatten Sie Streit vorher? War Ihre Frau anders als sonst? Wie war sie, als sie sich am Morgen von Ihnen verabschiedete?«

»Als ich ging, schlief sie noch. Sie hat immer lange geschlafen. Hatte ja nicht viel zu tun. Ein bisschen Haushalt und ein bisschen Malen. Ein schönes Leben.«

»Trotzdem wollte sie es nicht mehr, dieses schöne Leben«, meinte Erik. »Können Sie sich denken, warum?«

Jannes Pedersen starrte auf den Punkt, an dem kurz vorher die Schale zerschellt war. »Komisch war sie schon seit Langem. Und seit zwei, drei Wochen noch komischer.«

»Komisch? Können Sie das konkretisieren?«, fragte Erik.

»Na, komisch eben! Seit sie mit dem Malen angefangen hat, bin ich gar nicht mehr an sie rangekommen. Ständig hatte sie was an mir auszusetzen, und wenn ich mich gewehrt habe, hat sie sich in ihr Zimmer zurückgezogen. In den letzten paar Wochen hat sie kaum noch mit mir geredet.«

»Gab es dafür einen besonderen Grund?«

»Mir ist keiner eingefallen.«

»Und Sie haben keine Ahnung, wohin sie gehen wollte?«, erkundigte sich Sören.

Jannes Pedersen schüttelte den Kopf. »Verwandte hatte sie keine mehr. Ihre Eltern waren tot, Geschwister gab es nicht.«

»Und Freunde?«

»Die leben alle hier auf Sylt.«

»Was hat sie mitgenommen?«, fragte Sören. »Haben Sie das kontrolliert?«

»Klar!« Jannes Pedersen stand nun auf, steckte die Hände in die Hosentaschen und sah in den Garten. »Ein paar Klamotten, aber nur das Nötigste. Ihre Papiere, ihr Handy, ein Adressverzeichnis, ihr Portemonnaie ...«

»Viel Geld?«

»Das Haushaltsgeld! Tausend Euro vielleicht.«

»Sie muss also vorgehabt haben, sich eine Arbeit zu suchen«, sagte Sören. »Wie erklären Sie sich, dass sie ihre Zeugnisse dagelassen hat?«

»Woher soll ich das wissen?«

Nun schaltete sich Erik wieder ein. »Sie können sich nicht vorstellen, wer Ihrer Frau nach dem Leben getrachtet hat?«

»Vielleicht ist sie einem Perversen in die Hände gefallen. Oder einem Drogensüchtigen, der Kohle brauchte.« Jannes Pedersen drehte sich nun um und sah Erik und Sören an. »Könnte doch sein, dass sie mit jemandem ins Gespräch gekommen ist, der gemerkt hat, dass sie tausend Euro bei sich hat. Es sind schon Leute wegen weniger umgebracht worden.«

»An einen Zufallstäter glauben wir aber nicht«, antwortete Erik. »Das Gepäck, das Ihre Frau dabeihatte, wurde nicht gefunden.«

»Das kann nur bedeuten«, ergänzte Sören, »der Täter wollte auf jeden Fall verhindern, dass die Leiche, wenn sie gefunden wird, identifiziert wird. Und wenn es einem Täter darauf ankommt, ist davon auszugehen, dass er sein Opfer kannte.«

Jannes Pedersen stand auf und starrte in den Garten, dann drehte er sich um und nahm wieder die Haltung ein, mit der er Erik empfangen hatte: breitbeinig, die Fäuste in die Hüften gestemmt.

Ehe er etwas sagen konnte, fragte Erik: »Wie sah das Gepäck Ihrer Frau aus? Haben Sie nachgesehen, ob ein Koffer fehlt?«

Die Fäuste lösten sich, Pedersen machte ein paar Schritte hin und her. »Sie hatte eine Sporttasche mitgenommen. Marikke hat Elske gesehen. Sie ist vor dem Haus hergegangen, mit der Sporttasche in der Hand. Marikke hat gedacht, Elske wollte ins Fitness-Studio. Sie hat sich noch gewundert, dass sie zu Fuß war. Sonst hat sie immer das Fahrrad genommen, wenn sie ins Fitness-Studio fuhr.« Erik und Sören fuhren zusammen, als Jannes Pedersen unerwartet losbrüllte: »Und nun macht Yvonne denselben Mist! Was denken sich die Weiber eigentlich?«

Auf dem Gehweg drehte Erik sich um und betrachtete das große Geschäftshaus. Er kannte es seit vielen Jahren, war tausendmal achtlos daran vorbeigefahren. Nie war ihm aufgefallen, wie gepflegt es war, mit welcher Sorgfalt es erhalten wurde und auch mit welchem finanziellen Aufwand. Erik hatte vor ein paar Wochen den Weg zu seiner Haustür neu pflastern lassen und wusste, was dieses Mosaik-Basalt-Pflaster kostete, das ein sorgfältiger Pflasterer in Schuppenbögen verlegt hatte. Nun fiel ihm auch auf, dass das Haus neue Eingangstüren erhalten hatte und hübsche Holzsprossenfenster, die es vor ein paar Jahren noch nicht gegeben hatte. Das Ziegeldach war saniert und mit teuren kupfernen Dachrinnen versehen worden, neue Fenstergauben hatten die alten Dachflächenfenster ersetzt.

»Dass dieser Fahrradhandel so viel abwirft«, murmelte er und drehte sich zu Sören um. »Oder hat Jannes Pedersen so viel von seinen Eltern geerbt?«

Sören zuckte mit den Schultern. »Der alte Pedersen hat sein Geld zusammengehalten. Möglich, dass er eine Menge auf der hohen Kante hatte.«

Erik schloss umständlich den Reißverschluss seiner Jacke, ohne den Blick von der frisch gereinigten Verklinkerung des Hauses zu nehmen, den soliden Fahrradständern und dem nagelneuen Lieferwagen, der neben dem Haus stand. »Sorgen Sie dafür, Sören«, sagte er, »dass Rudi gleich morgen früh die Liste abholt. Und wehe, Pedersen hat sie nicht fertig! Wir müssen mit allen Freunden reden, denen Elske Pedersen sich anvertraut haben könnte. Vielleicht hat sie jemandem einen Hinweis gegeben, der uns weiterhilft.«

»Was könnte das sein?«, fragte Sören.

Erik strich sich ausgiebig den Schnauzer glatt, ehe er antwortete: »Wir sollten Pedersens wirtschaftliche Lage überprüfen. Vielleicht geht es ihm so gut, weil er nicht vor krummen Touren zurückschreckt. Seine Frau hat das herausbekommen, es kam zum Streit, sie hat gedroht, ihn auffliegen zu lassen …«

»… und er hat sie dann gezwungen, einen Abschiedsbrief zu schreiben«, ergänzte Sören trocken, »damit er sie umbringen konnte, ohne dass es auffällt?«

Erik wehrte ärgerlich ab. »Er könnte die Situation genutzt haben. Vielleicht hat er den Brief früher gefunden, als er vorgibt. Er hat seine Frau noch erwischt und hat sie umgebracht, weil er fürchten musste, dass sie ihn anzeigt.«

»Wenn sie ihn anzeigen wollte, brauchte sie ihn nicht bei Nacht und Nebel zu verlassen. Dann wäre er eingebuchtet worden, und sie hätte in aller Seelenruhe ihre Trennung vorbereiten können. Ein Typ wie Jannes Pedersen kommt nicht mit einer Bewährungsstrafe davon.«

»Je nachdem, was er auf dem Kerbholz hat.«

»Wenn er dafür seine Frau umbringt, muss es schon was Kapitales sein.« Sören trat von einem Bein aufs andere und hauchte seinen warmen Atem in die gewölbten Hände. »Sie halten also nach wie vor den Ehemann für den Hauptverdächtigen?«

Erik antwortete nicht, auf solche klaren Aussagen wollte er sich noch nicht einlassen. Sören kannte das und bestand deshalb nicht darauf, dass seine Frage beantwortet wurde. Er drehte sich um und steuerte auf Eriks Wagen zu.

Doch die Stimme seines Chefs hielt ihn zurück. »Moment mal, Sören! Lassen Sie uns einen Besuch bei den Tadsens machen. Die dürften auf der Liste von Elske Pedersens Freunden ganz oben stehen. Wo wir schon mal hier sind …«

Das Gebäude der Firma Tadsen stand auf einem Eckgrundstück. Drei Wagen standen vor der Schranke, die auf den Parkplatz führte, zwei Pkw und ein Lieferwagen mit der Aufschrift »Käptens Kajüte«.

Erik machte Sören darauf aufmerksam. »Tove Griess hat tatsächlich seinen Wagen auf Vordermann bringen lassen.«

Sören warf dem Lieferwagen einen flüchtigen Blick zu. »Die Imbiss-Stube scheint besser zu laufen als sonst. Tove Griess baut sogar um.«

»Wirklich? Das wundert mich.« Erik lächelte. »Bei ihrem ersten Besuch hat meine Schwiegermutter entdeckt, dass in Käptens Kajüte Rotwein aus Montepulciano ausgeschenkt wird. Es hätte nicht viel gefehlt und sie wäre dort eingekehrt.«

Sören lachte. »Bei einem unserer besten Kunden?«

Für die private Nutzung war dem Gebäude der Firma Tadsen eine schmale Scheibe mit einem separaten Eingang abgeschnitten worden. Sie erstreckte sich über drei Etagen, weil den Verkaufsflächen wohl so wenig wie möglich genommen werden sollte. Als Erik den Finger auf die Klingel setzte, fragte er sich, wie Marikke Tadsen mit ihrer Behinderung in diesem Haus zurechtkam.

Sie sah überrascht aus, als sie den beiden Polizisten die Tür öffnete. »Ist Yvonne etwas zugestoßen?«, fragte sie besorgt.

Erik schüttelte den Kopf. »Wir kommen wegen Elske Pedersen.«

Marikke Tadsen fasste sich in Geduld, obwohl ihr anscheinend einige Fragen auf den Lippen lagen. Aber sie bat Erik und Sören zunächst herein, sorgte dafür, dass sie ihre Jacken ablegten, und rollte ihnen ins Wohnzimmer voran.

Sie betraten einen düsteren Raum, der vermutlich in den Sechzigerjahren sein Gesicht erhalten hatte. Dunkle Holzvertäfelungen kleideten ihn aus, die massiven Schränke waren ebenfalls dunkel, aus braunem Velours die Sitzmöbel.

Marikke Tadsen erschrak, als sie hörte, dass Elske Pedersens Leiche gefunden worden war.

»Ob mir was an ihr aufgefallen ist?« Sie zupfte nervös die Tischdecke zurecht. »Mein Gott! Ich habe sie noch insgeheim bewundert, weil sie einen Weg gefunden hatte, aus ihrem Leben rauszukommen!« Dann erst richtete sie den Blick auf Erik und beantwortete seine Frage. »Elske und ich, wir waren keine wirklichen Freundinnen. Mir hat sie nichts anvertraut. Unsere Männer sind befreundet, und wir waren Nachbarinnen. Das hat uns verbunden, aber keine Freundschaft.«

»Also ist Ihnen nichts aufgefallen an ihr? Keine Veränderungen, kurz bevor sie verschwand?«

Marikke dachte nach. »Doch, in den Wochen vorher war sie anders als sonst. Irgendwie ... freier, unbeschwerter. Nach ihrem Verschwinden dachte ich mir, dass sie sich vermutlich schon befreit gefühlt hat, als sie den Entschluss gefasst hatte, Jannes zu verlassen. Aber nun ...« Sie sah Erik fragend an. »Sie wollte ihn gar nicht verlassen?«

»Vielleicht wollte sie es und wurde daran gehindert«, antwortete Erik. »Die Frage ist nur: von wem?«

»Das kann nur Jannes gewesen sein. Der ist dazu fähig.«

»Hatte er ein Motiv?«, fragte Erik.

»Sein Motiv ist immer Jähzorn. Wenn er wütend ist, ist er zu allem fähig.«

»Was redest du da?«

Weder Erik noch Sören hatte gehört, dass Wilko Tadsen eingetreten war. Die beiden standen auf, um ihn zu begrüßen.

»Ich habe gerade erfahren, dass man Elske gefunden hat. Jannes hat es mir erzählt!« Wilko setzte sich, dann ergänzte er: »Jannes kann es nicht fassen. Er ist völlig fertig.«

Erik sah ihn zweifelnd an. »Als wir ihn verließen, wirkte er nicht besonders deprimiert.«

»Bei Jannes äußert sich das anders«, entgegnete Wilko. »Er wird wütend, wenn er traurig ist. Auch wenn er verzweifelt ist, enttäuscht oder mit den Nerven runter. Jannes ist nun mal so. Jeder konnte verstehen, dass Elske sich heimlich davongemacht hat.«

»Sie ist nicht weit gekommen«, erinnerte Sören.

Wilko Tadsen nickte bekümmert. Während er versuchte, Verständnis für seinen Freund zu wecken, kam Erik nicht umhin, ihn für seine Loyalität zu bewundern.

Es gefiel ihm, dass Wilko zu seinem Freund stand, obwohl er seine Gewalttätigkeit nicht guthieß. »Wir sind Blutsbrüder«, erklärte Wilko mit einem schiefen Grinsen. »Wir haben uns als Kinder geschworen, immer zusammenzuhalten. Egal, was passiert.«

Sören teilte Eriks Bewunderung nicht. »Heißt das, Sie trauen Ihrem Freund zu, seine Frau ermordet zu haben?«

»Natürlich nicht«, erklärte Wilko mit großer Entschiedenheit. Er fuhr sich durch die kurzen, lockigen Haare, als wüsste er nicht, ob er sich für diese Antwort entschuldigen musste. »Jannes ist jähzornig«, begann er vorsichtig, »manchmal weiß er nicht, was er tut. Aber er hat Elske geliebt. Auf seine Weise ...«, fügte er an.

»Eine schöne Liebe ist das«, fiel Marikke ihm ins Wort.

Er schenkte ihr ein Lächeln, als habe sie etwas Wichtiges gesagt. »Du hast ja recht. Ich darf mich nicht ständig vor Jannes stellen, am Ende setze ich mich selbst damit ins Unrecht.«

»Was heißt das?«, fragte Erik. »Dass Sie Ihrem Freund zutrauen, seine Frau erschlagen zu haben?«

Wilko Tadsen stand auf, machte ein paar Schritte hin und her. Erik betrachtete seine schlanke, durchtrainierte Figur, den perfekten Sitz seiner dunklen Jeans, das offene Hemd, dessen Ärmel er aufgeschlagen hatte. Dann wanderte sein Blick zu Marikke, die klein und unscheinbar in ihrem Rollstuhl saß. Wilko schien tatsächlich ein Mann zu sein, der zu seinem Wort stand. Wenn er sich zu einem Menschen bekannt hatte, dann blieb es dabei. Ob es sich um einen Freund oder um seine Frau handelte.

Wilko Tadsen blieb stehen und sah Erik an, als hätte er einen weitreichenden Entschluss gefasst. »Ich möchte diese Frage nicht beantworten«, erklärte er. »Nicht mit Ja. Aber ... auch nicht mit Nein.«

Erik war zufrieden. »Das reicht mir als Antwort.« Wenn sogar Wilko Tadsen daran glaubte, dass Jannes Pedersen zu einem Mord fähig war, dann mussten sie wirklich das Augenmerk auf ihn lenken. Aber wie sollte seine Schuld nach fünf Jahren bewiesen werden?

Erik zögerte. »Waren Sie auch mit Elske befreundet?«, fragte er dann.

Wilko schien sich über diese Frage zu wundern. »Ja, irgendwie schon«, antwortete er. »Andererseits ... es war eine Freundschaft, die abgeleitet war von meiner Freundschaft zu Jannes.«

»Wie ich eben schon sagte«, mischte sich Marikke ein. »Die Freundschaft der beiden Männer hat uns vier verbunden.«

»Gilt das Gleiche für Yvonne Perrette?«

»Mein Fall ist sie nicht«, antwortete Marikke. »Die hat nur Mode im Kopf.«

Wilko betrachtete seine Frau mit sanftem Tadel. »Marikke hat sich nie die Mühe gemacht, Yvonne näher kennenzulernen. Nein, sie hat nicht nur Mode im Kopf. Allerdings war ihr das Geschäft sehr wichtig. Ist das nicht verständlich?«

»Trotzdem ist sie einfach gegangen.«

Wilko Tadsen nickte. »Sie hat es mit Jannes nicht mehr ausgehalten. Mehr als einmal hat sie mir gesagt, dass sie hier nicht glücklich ist.«

»Sie hat sich ständig bei meinem Mann ausgeheult«, sagte Marikke.

Wilko warf ihr einen weiteren tadelnden Blick zu. »Sie brauchte jemanden, dem sie ihr Herz ausschütten konnte. Ihrer Schwester durfte sie nicht damit kommen, die kann Jannes nicht leiden und hätte kein Verständnis für Yvonnes Klagen gehabt. Ich kenne Jannes am besten, ich konnte Yvonne verstehen. Und oftmals konnte ich ihr auch erklären, wie sie am besten mit ihm umgeht. Und dass er es nicht immer so meint, wenn er ...«

»... ihr ein blaues Auge verpasst?«, ergänzte Sören, dem anzusehen war, wie wenig es ihm gefiel, dass Wilko Tadsen um Verständnis für seinen Freund warb.

»Sie haben ja recht.« Wilko Tadsen nickte Sören zu, als wollte er sich dafür entschuldigen, dass er mit einem Mann wie Jannes Pedersen befreundet war. »Ich habe Jannes immer verteidigt, schon, als wir noch Kinder waren. Ich bin daran gewöhnt, mich vor ihn zu stellen.« Unglücklich sah er auf seine Füße. »Mag sein, dass es nicht richtig ist. Vielleicht sollte ich einfach schweigen, wenn es um Jannes geht.«

Seufzend erhob Erik sich. »Bitte überlegen Sie sich, ob Ihnen noch etwas einfällt, was wichtig für uns sein könnte.« Er ging in den Flur, holte seine Jacke, zog eine Visitenkarte aus seiner Innentasche und legte sie auf den Tisch. »Jede Kleinigkeit kann von Bedeutung sein.«

Endlich war es so weit: Es war der 21. Februar, der Tag des Biikebrennens! Die Kinder freuten sich auf den Abend, Erik und Sören sahen mit gemischten Gefühlen dem Eintreffen der Staatsanwältin entgegen, und Mamma Carlotta hoffte, dass ihr Schwiegersohn bald das Haus verlassen würde.

Sie fühlte sich beobachtet. Genau genommen wurde sie seit dem Mittag des vergangenen Tages beobachtet. Seit ihr das Missgeschick widerfahren war, schlafend auf dem Sofa gefunden zu werden. Noch nie war etwas Derartiges vorgekommen, und sie selbst war mindestens genauso erschrocken darüber gewesen wie Erik und Sören. Nur ein halbes Stündchen hatte sie sich aufs Ohr legen wollen, in der sicheren Erwartung, dass gegen zwölf ihre innere Uhr schrillen und sie an den Herd holen würde. Aber die war nach der schlaflosen Nacht auf Toves Küchenstuhl offenbar in Unordnung geraten. Mamma Carlotta hatte große Mühe, ihren Schwiegersohn daran zu hindern, einen Arzt zu verständigen, und ihn davon zu überzeugen, dass sie keinesfalls den Rest des Tages mit einer Wärmflasche im Bett verbringen wollte. Sie war auch ganz sicher, dass ihr das Klima auf Sylt, die Kälte und der Wind gut bekamen, dass ihr die Arbeit im Modeatelier nicht zu viel wurde, dass sie lediglich ein wenig müde gewesen war. So etwas kam bei jedem Menschen mal vor.

»Aber nicht bei dir!«, hatte Erik gesagt und damit natürlich vollkommen recht gehabt.

Selbstverständlich war sie schleunigst aufgesprungen, als jemand ihre Hand berührt hatte und sie begriff, was geschehen war. Und wurde nicht jedem schwindelig, der aus dem Tiefschlaf geholt wurde und sich nicht die Zeit nahm, richtig wach zu werden? Da musste Erik nicht gleich von einem schwachen Kreislauf reden oder sogar von ihrem Alter! Und ihr mit nachlassender Leistungsfähigkeit zu kommen, das war wirklich die Höhe! Am liebsten hätte sie ihren Schwiegersohn gefragt, wie er wohl eine solche Nacht überstanden hätte!

Trotz Eriks warnender Worte war sie sofort in die Küche gelaufen, hatte die Antipasti aus dem Kühlschrank geholt und die Grissini aus dem Schrank, obwohl sie eigentlich vorgehabt hatte, frische Panini zu backen. Dass sie die Grissini-Packung unten aufriss, obwohl sie oben schon offen war, hatte natürlich auch nichts mit ihrem Blutdruck zu tun, sondern mit ihrer Eile. Und dass Sören unbedingt ihren Puls messen wollte, nachdem sämtliche Grissini auf der Erde lagen, war reichlich übertrieben. Zwar hatten es beide nett gemeint, als sie Mamma Carlotta davon abhielten, die Grissini eigenhändig aufzuheben, den Handstaubsauger hervorzuholen und die Krümel aufzusaugen, aber sie hätte das wirklich lieber selber erledigt. Dann wäre jedenfalls ruck-zuck alles wieder in Ordnung gewesen. So aber dauerte es dreimal so lange, bis Sören die Grissini aufgesammelt, Erik den Handstaubsauger endlich gefunden und Carlotta ihm erklärte hatte, wie er funktionierte. Wurde nicht jede Hausfrau nervös, wenn wohlmeinende, aber ungeübte Familienmitglieder ihr zur Hand gehen wollten, mit deren Hilfe alles noch länger dauerte? Auch das hatte selbstverständlich nichts mit einem erhöhten Puls zu tun oder gar mit einer manischen Depression, was immer das bedeuten mochte.

Aber seitdem wurde sie beobachtet. Erik hatte sie während der improvisierten Mittagsmahlzeit nicht aus den Augen gelassen und ihr sogar so lächerliche Arbeiten wie das Umrühren der Suppe oder das Zerpflücken der Salatblätter abnehmen wollen. Es war schwer gewesen, ihm begreiflich zu machen, dass das Kochen keine Anstrengung für sie war und dass ihr Blutdruck nicht weiter beansprucht wurde, wenn sie hurtig aus den übrig gebliebenen Nudeln vom Vortag Spaghetti con aglio e olio machte, was eine Sache von wenigen Minuten war. Selbst dann, wenn die Petersilie noch gehackt werden musste. Aber auch das wollte Erik unbedingt übernehmen, um ihre Kräfte zu schonen, sodass die Spaghetti mindestens eine Viertelstunde später auf den Tisch kamen, als wenn Mamma Carlotta allein dafür verantwortlich gewesen wäre.

Und dann noch die verstörten Gesichter der Kinder, als Erik ihnen ernst erklärt hatte, dass ihre Nonna von nun an unterstützt werden müsse! Nie zuvor war den beiden der Gedanke gekommen, dass die Arbeit, die ihre Großmutter für sie verrichtete, sie entkräften könnte. Und damit hatten sie ja vollkommen recht! Wenn etwas an Mamma Carlottas Kräften zehrte, dann war das Hilfe, die sie nicht haben wollte, und

Familienmitglieder, die bei ihrer gut gemeinten Unterstützung nur im Weg herumstanden.

Mamma Carlotta war voller Hoffnung, dass Erik am Morgen vergessen hätte, was am Vortag geschehen war. Aber sie hatte sich getäuscht. Noch immer beobachtete er jeden ihrer Handgriffe und sah ihr derart aufmerksam ins Gesicht, dass ihr bereits die Mundwinkel wehtaten vom vielen Lächeln, das ihn davon überzeugen sollte, dass es ihr gut ging.

Sie war froh, als Sören auftauchte und Erik sich nicht mehr ausschließlich um ihr Wohlergehen, sondern vor allem um seine dienstlichen Pflichten kümmerte. Sören erkundigte sich zwar auch ausführlicher nach Mamma Carlottas Gesundheitszustand, als ihr lieb war, gab sich aber zum Glück schnell mit der Auskunft zufrieden, dass alles in Ordnung sei. »Tutto bene!«

Erik erinnerte ihn daran, dass die Staatsanwältin auf Sylt erwartet wurde. »Die will bestimmt wissen, wie weit wir im Mordfall Elske Pedersen sind.«

Sören setzte eine widerspenstige Miene auf. »Erst mal soll sie sich darüber freuen, dass wir die Tote so schnell identifiziert haben. Wie schwer es ist, einen Mordfall nach fünf Jahren aufzuklären, weiß sie selbst. Es gibt keine Spuren, keine Verdächtigen, kein Motiv ...« Er unterbrach sich und sah Erik fragend an. »Oder meinen Sie, wir können ihr Jannes Pedersen als möglichen Täter präsentieren?«

»Dem ist das zuzutrauen«, ging Mamma Carlotta dazwischen. »Madonna! Dieser Mann kann einem wirklich Angst machen!«

Aber Erik nahm den Einwand seiner Schwiegermutter nicht zur Kenntnis. »Was haben wir für Indizien? Er ist gewalttätig, ja. Er ist kriminell, auch richtig. Und er ist jähzornig. Aber ist er deshalb verdächtig? Und welches Motiv könnte er haben? Kränkung, weil seine Frau ihn verlassen wollte? Besonders überzeugend ist das nicht.«

Sören nickte deprimiert. »Aber seine Lebensgefährtin ist nun ebenfalls verschwunden«, versuchte er es noch einmal. »Auf die gleiche Weise! Abgehauen bei Nacht und Nebel!«

»Sie sagen es: abgehauen! Nicht umgebracht!«

»Bis vor drei Tagen hat es auch geheißen, Elske sei abgehauen. Sie hatte sogar einen Abschiedsbrief hinterlassen.«

»Pedersen sagt aber, Yvonne habe alles Wichtige mitgenommen.«

»Wenn er sie umgebracht hat, würde ich das an seiner Stelle auch behaupten.«

Erik sah zu, wie seine Schwiegermutter ihm das Rührei auf den Teller häufte, ohne danach zu fragen, ob ihr das Rühren der Eier vielleicht zu viel geworden sein könnte. Mamma Carlotta schöpfte Hoffnung. Vielleicht würde er sie nun endlich wieder so behandeln wie immer.

»Er könnte sich gesagt haben: Was mit Elske geklappt hat, wird auch mit Yvonne funktionieren.«

»Aber es hat nicht geklappt mit Elske.«

»Das wusste er noch nicht! Yvonne war schon weg, als er erfahren hat, dass seine tote Frau gefunden worden ist.«

Mamma Carlotta hatte nun lange genug geschwiegen. »Warum versucht ihr nicht, Yvonne zu finden?«, fragte sie. »Wenn sie noch lebt, muss sie irgendwo sein.«

Erik liebte es zwar gar nicht, wenn seine Schwiegermutter sich in seine Arbeit einmischte, aber da er sie schonen wollte, wies er sie nicht darauf hin, sondern sagte zu Sören: »Wir sollten mit ihrer Schwester darüber reden, wohin Yvonne sich gewandt haben könnte, als sie Sylt verließ.«

»Vermutlich ist sie schon in Frankreich«, stöhnte Sören. »Das macht die Sache nicht leichter.«

Erik schob den leeren Teller weg, dann fiel sein Blick auf das Schneidebrettchen, das neben dem Herd stand. Darauf lag der gewürfelte Schinken, der eigentlich kross gebraten werden sollte, ehe das Rührei in die Pfanne kam. Wieder traf Mamma Carlotta ein besorgter Blick.

Ärgerlich versuchte sie sich zu rechtfertigen. »Das kommt davon, wenn du mich so verrückt machst mit deinem Gerede von meinem Kreislauf.«

Erik enthielt sich eines Kommentars und schenkte ihr nur ein verständnisvolles Lächeln. Es war nicht auszuhalten! Er behandelte sie wie eine alte, kranke Frau! Doch bevor sie ihm demonstrieren konnte, dass sie noch voll auf der Höhe war, wandte Erik sich wieder an seinen Assistenten: »Die Staatsanwältin wird uns auch fragen, ob wir was über die gestohlenen Uhren herausbekommen haben.«

Mamma Carlotta, die sich gerade zu den beiden an den Tisch setzen wollte, fuhr herum, packte den gewürfelten Schinken zur späteren Verwendung in den Kühlschrank und kümmerte sich lange um die sorgfältige Reinigung der Pfanne. Hauptsache, sie brauchte Erik nicht anzusehen! Nur gut, dass er sich nicht für ihre Näharbeiten interessierte. In dem Nähkästchen, in dem Lucia die Schneiderkreide, ihre Maßbänder, die Fingerhüte und Nadelkissen aufbewahrte, würde er die Uhr, die sie aus Käptens Kajüte mitgenommen hatte, niemals finden.

»Ihr Besuch ist privat«, erinnerte Sören. »Die Staatsanwältin kommt zum Biikebrennen, weil sie hier Verwandte hat.«

Erik seufzte. Er schien sich nicht vorstellen zu können, dass ein Besuch der Staatsanwältin auf der Insel ohne Folgen für das Kommissariat Westerland bleiben könnte. Dann machte er Anstalten, sich zu erheben. »Kommen Sie, Sören! Sorgen wir dafür, dass wir Frau Dr. Speck irgendwelche Ergebnisse präsentieren können.« Er sah seine Schwiegermutter eindringlich an. »Und du passt auf deine Gesundheit auf! Versprochen?«

Diese Aufforderung würdigte Mamma Carlotta keiner Antwort. Sieben Kinder hatte sie zur Welt gebracht und aufgezogen und zwanzig Jahre ihren Mann gepflegt – war sie während dieser Zeit jemals ermahnt worden, auf ihre Gesundheit achtzugeben? Und hatte sie sich auch nur ein einziges Mal so schwerfällig vom Tisch erhoben wie Erik? Eine scharfe Entgegnung lag ihr auf der Zunge, aber in diesem Moment waren Carolins Schritte auf der Treppe zu hören, und Mamma Carlotta schluckte die Anmerkung herunter, dass sie sich stärker und leistungsfähiger fühlte als Erik. Jedenfalls nach einer Nacht, in der sie in einem weichen Bett gelegen und ungestört geschlafen hatte!

Der Abend war eisig. Mit der Dämmerung war die Kälte heraufzogen, und als es dunkel wurde, begann sie zu klirren. Erik betrachtete seine Schwiegermutter besorgt. Hoffentlich erkältete sie sich nicht! Die Sorge, nachdem er sie am helllichten Tage schlafend auf dem Sofa vorgefunden hatte, wollte ihn nicht verlassen. Da mochte Mamma Carlotta noch so oft behaupten, sie sei voll auf der Höhe, er konnte ihr einfach nicht glauben.

»Willst du nicht lieber in der warmen Stube bleiben?«, fragte er vorsichtig. »Wir könnten dich nach dem Biikebrennen abholen zum Grünkohlessen.«

Aber wie erwartet wies Mamma Carlotta dieses Ansinnen empört zurück. »Seit Tagen redet ihr von diesem Biikebrennen, als wäre es interessanter als Weihnachten und Ostern zusammen. No, no! Ich will dabei sein!«

Erik hatte nichts anderes erwartet. »Und du bist wirklich warm genug angezogen?«

Sie hielt ihm die Hände hin, damit er ihre dicken Handschuhe begutachten konnte, und wies dann mit einer drolligen Geste zu ihrem Gesicht, das aus einem mehrfach um den Hals geschlungenen Schal herausschaute. Auf ihrem Kopf saß eine Wollmütze, darüber hatte Carolin noch fürsorglich die Kapuze gestülpt. »Ich kann mich kaum bewegen, so dick bin ich angezogen.«

»Dann ist es genau richtig«, gab Erik zurück. »Auf der freien Fläche neben der Norddörfer Halle gibt es keinen Schutz vor dem Wind.«

»Aber diese riesigen Feuer, von denen ihr gesprochen habt, werden uns doch wärmen!«

Erik verzichtete darauf, ihr zu erklären, dass die Hitze des Feuers schnell in den Himmel stieg, dass seine Glut zwar die Gesichter erhitzte, wenn man sie dem Feuer zuwandte, dass aber die Füße auf dem gefrorenen Boden kalt blieben. Das Biikebrennen bedeutete Frieren in der Hitze. »Hast du dicke Socken an?«

Mamma Carlotta wurde ungeduldig. »So dick, dass ich kaum in meine Schuhe passe.«

Zufrieden drückte Erik ihr eine Wachsfackel in die Hand und reichte auch den Kindern ihre Fackeln. »Wir haben früher noch unseren Schmokpott selbst gemacht«, erzählte er lächelnd, »und uns nicht diese Wachsfackeln gekauft.«

»Schmokpott?« Mamma Carlotta schien sich zu fragen, ob sie sich diese neue Vokabel wirklich merken musste.

»Für den Schmokpott brauchte man eine leere Konservendose«, erklärte Erik, »einen Drahtbügel und einen Stock, um sie aufzuhängen.« Er öffnete die Haustür und schob seine Familie auf die Straße. Die Kinder liefen voran, die Erinnerungen ihres Vaters hatten sie sich schon oft anhören müssen, nun waren sie froh, dass es jemanden gab, der tatsächlich an ihnen interessiert war. »Die Dose wurde mit Lumpen, Wachs, Teer und Öl oder Petroleum gefüllt«, erzählte Erik, während sie den Süder Wung hinabgingen. »An der Seite gab es Luftlöcher für den besseren Durchzug. Und dann wurde der Inhalt der Dose angesteckt.« Erik erwärmte sich an seinen Erinnerungen. »War das ein Gestank und ein Qualm! Viele nannten den Schmokpott auch Stinkepott.«

Mamma Carlotta, die Feste liebte und in ihrer Heimat kein einziges versäumte, sah ihn zweifelnd an. »Komische Feste feiert ihr auf Sylt.«

»Das Biikebrennen ist eine alte Tradition«, verteidigte Erik seine Insel. »Früher versammelten sich die Seeleute zum Biikebrennen, bevor sie zum Walfang aufbrachen. Das Biikebrennen war das letzte gemeinsame Fest. Und außerdem war damit der Winter zu Ende. Er wurde im Biikefeuer verbrannt.«

»Zu Ende?«, fragte Mamma Carlotta. »Ich habe im April noch gefroren, als ich zum ersten Mal auf Sylt war. Aber ihr redet ja schon vom Frühling, wenn man nicht mehr am Boden festfriert.«

Wieder lachte Erik. Ihm machte der Unmut seiner Schwiegermutter Spaß, die nicht glauben mochte, dass ein Fest gefeiert werden konnte, wenn man sich dafür so dick anziehen musste, dass man nicht tanzen konnte, und die Lippen so steif vor Kälte waren, dass sich mit ihnen kaum lachen, reden und küssen ließ.

»Zu einem Fest gehören Tanzen, Singen und Amore«, behauptete sie. »Aber dafür muss es warm sein.«

»Getanzt wird beim Biikebrennen tatsächlich nicht«, bestätigte Erik. »Aber die Liebe wird trotzdem nicht vergessen. Liebespaare können gemeinsam über die niedergebrannte Biikeglut springen, das soll ihrer Liebe Glück bringen.«

Dieser Aspekt gefiel Mamma Carlotta. Für sie hatte jedes Fest auch etwas mit heimlichen Küssen, begehrlichen Blicken und dichtem Gebüsch zu tun, hinter dem sich Liebespaare verstecken konnten. Das machte in Italien auch den Alten noch Spaß, wenn sie längst Zaungäste der Liebe geworden waren.

»Außerdem«, fuhr Erik fort, »soll das Biikefeuer Krankheiten heilen.« Er warf Mamma Carlotta einen Blick zu. »Es kann also nicht schaden, wenn du dicht ans Feuer gehst.«

Mamma Carlotta erwiderte seinen Blick nicht. »Bei mir gibt es nichts zu heilen«, entgegnete sie gereizt.

Aber als auf dem Osterweg der Strom der Sylter immer dichter wurde, sah Erik doch Vorfreude in ihrem Gesicht. Ihre Augen begannen zu leuchten, wie immer, wenn sie etwas Neues sah, die Neugier sprach aus ihnen, die diese Augen jung und strahlend erhalten hatte.

Die ersten Wachsfackeln wurden angezündet, und schließlich kam eine lange Lichterkette an der Norddörfer Halle an, hinter der die riesige Biike wartete. Die Sylter Jugend hatte alles zusammengetragen, was brennen konnte: Altpapier, Zeitungen, Kartons, trockene Zweige und vor allem Weihnachtsbäume. In jedem Haus wurde der Weihnachtsbaum so lange in irgendeiner Ecke des Gartens aufbewahrt, bis er für die Biike abgeholt wurde.

Erik hielt die Fackel von sich weg, als sollte sein Gesicht im Dunkeln bleiben. Mamma Carlotta wusste nicht, dass er seit Lucias Tod nie wieder beim Biikebrennen gewesen war. Fest hielt er seine Fackel in beiden Fäusten, so fest, dass die Erinnerung an Lucias kleine, weiche Hand verging. Und er ließ Mamma Carlottas Stimme an sein Ohr prallen, die sich über alles wortreich wunderte, was sie zu sehen bekam, damit er Lucias Stimme nicht hören musste. Nach dem Biikebrennen musste er nur noch das Grünkohlessen in der Norddörfer Halle durchstehen, dann war es geschafft. Vielleicht würde er im nächsten Jahr nicht mehr daran denken, wie Lucia ihr Gesicht verzogen hatte, als ihr der Teller mit dem Grünkohl vorgesetzt wurde. Und wie sie zur Seite geblickt hatte, damit sie nicht sehen musste, wie die Kinder sich die fetten Kohlwürste einverleibten. Beim nächsten Biikebrennen würde dann alles viel weniger wehtun.

Hinter einer Fackel, ein paar Meter vor ihm, leuchtete Geraldines Gesicht auf. Erik überlegte, ob er sich zu ihr durchdrängen sollte, ließ es dann aber. Dem Telefongespräch, das sie am Vormittag geführt hatten, war ja nichts mehr hinzuzufügen.

Sie hatte nur kurz ihren Namen genannt und dann gleich weitergeredet: »Ich habe überall nach Yvonnes Zeugnissen gesucht und noch einmal alle geschäftlichen Unterlagen und Akten durchgesehen, aber ich habe sie nicht gefunden.«

Erik hatte sich so lange seinen Schnauzer glatt gestrichen, bis ihm einfiel, dass Geraldine es nicht sehen konnte und sich vielleicht über sein langes Schweigen wunderte. »Also können wir wirklich davon ausgehen«, sagte er schnell, »dass Ihre Schwester Jannes Pedersen verlassen hat.«

»So wie Elske?«, kam es herausfordernd zurück.

»Ja, so wie Elske«, hatte Erik mit fester Stimme bestätigt. »Ihr Entschluss, Jannes zu verlassen, und ihre Ermordung müssen aber keineswegs im Zusammenhang stehen.«

»Sie werden meine Schwester also nicht suchen lassen?«

»Ich kann es nicht«, hatte er betont, »solange kein Verdacht besteht, dass sie einem Verbrechen zum Opfer gefallen ist.«

»Reicht es nicht, dass sie mit einem Schläger zusammen war?«

»Alles spricht dafür, dass sie gegangen ist, weil sie das Leben an Pedersens Seite leid war. Und sie wollte Diskussionen, Drohungen und jeder Gewaltanwendung entgehen.«

»Genau wie Elske?« Der Spott in Geraldines Stimme war nicht zu überhören gewesen.

»Ja, genau wie Elske«, hatte Erik auch diesmal bestätigt. Er musste sich bemühen, seiner Stimme einen überzeugenden Klang zu geben. »Am besten, Sie warten einfach ab. Ihre Schwester wird sich bei Ihnen melden und Ihnen erklären, warum sie gegangen ist. Vermutlich schon in den nächsten Tagen.«

»Sie hätte mir eine Nachricht hinterlassen.«

»Kann es sein, dass Sie eine solche Nachricht übersehen haben? Oder dass sie versehentlich weggeworfen wurde?«

Geraldine hatte kurz geschwiegen, als dächte sie über seine Frage nach, dann antwortete sie: »Das glaube ich nicht. Ich will Ihnen sagen, was ich glaube: Jannes Pedersen hat meine Schwester umgebracht. Genauso, wie er seine Frau umgebracht hat.«

Erik hatte sein Bestes getan, die Leidenschaft in ihrer Stimme mit einer besonders sachlichen Antwort auszugleichen. »Haben Sie einen Beweis? Oder mindestens ein schwerwiegendes Indiz?«

Geraldine hatte trotzig gesagt: »Wie Sie meinen! Dann werde ich also weiterhin versuchen, Yvonne auf ihrem Handy zu erreichen. Vielleicht geht sie ja beim hundertsten Mal dran.«

»Ja, tun Sie das!« Erik hatte gemerkt, dass Geraldine das Gespräch damit für beendet hielt, deswegen fragte er schnell: »Haben Sie sich überlegt, wohin sie gegangen sein könnte? Vielleicht zurück nach Frankreich? Zu Verwandten oder alten Freunden?«

»Ich habe überall angerufen. Sie hat sich nirgendwo gemeldet. Allerdings ... ich kenne nicht alle ihre Freunde. Yvonne und ich waren zwar beruflich ein gutes Team, aber privat ...« Geraldine hatte gezögert, dann fuhr sie fort: »Privat gab es viele Probleme zwischen uns. Wenn wir nicht zusammen im Modeatelier arbeiteten, würden wir uns ein- oder zweimal im Jahr besuchen und uns telefonisch zum Geburtstag gratulieren. Mehr nicht!«

»Sie hatten Streit?«, hatte Erik überrascht gefragt.

»Mir gefiel nicht, dass Yvonne sich so viel von Jannes gefallen ließ. Ihr gefiel nicht, dass ich mein Leben so führe, wie ich es will. Also hat sich jede von uns aus dem Leben der anderen herausgehalten. Sonst hätten wir uns beruflich am Ende nicht mehr verstanden.« Mit großer Bitterkeit ergänzte sie: »Ich war Yvonnes Angestellte. Am Ende hätte sie mir gekündigt, wenn ich den Mund zu weit aufgemacht hätte.«

Erik hatte geschwiegen und über Geraldines Worte nachgedacht. Bevor er eine Antwort auf die Frage gefunden hatte, warum sich zwei Schwestern, die sich privat nicht gut verstanden, beruflich verbanden, hatte Geraldine gesagt: »Genau genommen haben die Probleme zwischen uns auf Sylt begonnen. Als ich merkte, was Jannes für ein Typ war! Ich habe nie verstanden, dass Yvonne sich ausgerechnet in diesen Fiesling verliebt hat. Später begriff sie es selber nicht mehr, aber trotzdem hat sie nie zugegeben, dass sie sich für den falschen Mann entschieden hat. Sie wollte mir einfach nicht recht geben.«

»Dann ist es kein Wunder«, hatte er entgegnet, »dass Ihre Schwester sich davongemacht hat, ohne Ihnen eine Erklärung für ihr Verschwinden zu liefern.«

Diesmal war das Schweigen auf der anderen Seite der Leitung entstanden. Und Geraldines Stimme war sehr leise, als sie antwortete: »Dafür muss ich wohl Verständnis haben. Ich hätte ihr entweder ins Gesicht gelacht oder ihr gesagt, dass sie nun auslöffeln soll, was sie sich eingebrockt hat.«

Der Lichterzug wurde langsamer. Die Ersten versuchten bereits, sich einen guten Platz zu sichern, von dem aus sie die große Strohpuppe im Auge hatten, die den Winter darstellte, der im Biikefeuer sein Ende finden sollte. Vielen ging es auch darum, in der Nähe des Bürgermeisters zu sein, um seine Ansprache gut verstehen zu können.

Mamma Carlottas Blick blieb an Geraldines Gesicht hängen, das im Schein ihrer Fackel gut zu erkennen war. Unbeweglich starrte die schöne Französin in die hoch aufgeschichtete Biike. Sie schien in Gedanken versunken zu sein. Ob sie an ihre Schwester dachte? Oder an Elske Pedersen?

Mamma Carlotta fragte sich, wie sie Erik davon erzählen sollte, was sie entdeckt hatte. Er musste es erfahren, schließlich war es ein wichtiges Indiz. Aber wie? Sollte sie ihm etwa gestehen, dass sie etwas durchforstet hatte, was nicht für ihre Augen bestimmt gewesen war? Was ihr nicht gehörte und sie auch nichts anging? Nein! Erik würde ihr noch im Hochsommer Vorwürfe machen!

Bestimmt hatte Geraldine angenommen, Mamma Carlotta bekäme nichts davon mit, wie sie den großen Einbauschrank öffnete, der die gesamte Außenwand der Schneiderwerkstatt bedeckte. Viele Fächer enthielt er, in denen sich Schnittmuster, Stoffreste und Fotos von Modellen stapelten, die das Modeatelier angefertigt hatte, und unzählige Schubladen mit Nadeln und Garnrollen in sämtlichen Farben. Und es gab rechts oben zwei abschließbare Fächer, in denen immer die Schlüssel steckten. Dort standen Akten mit den Buchungsunterlagen, mit Anfragen von Kunden und Großhändlern, mit Rechnungen und Angeboten, mit Prospekten und Werbematerial.

Mamma Carlotta hatte sich mit großem Eifer der Aufgabe gewidmet, die Geraldine ihr übertragen hatte. Carlotta wusste, dass ihr unter anderen Umständen niemals etwas so Wichtiges und Schwieriges anvertraut worden wäre wie das Ärmelbündchen einer festlichen Bluse. Die pure Not war es gewesen, die Geraldine dazu bewogen hatte, einer Hobbyschneiderin wie Mamma Carlotta diese Arbeit zu übertragen. Die Bluse musste fertig werden, die Auftraggeberin wollte sie in den nächsten Tagen abholen.

Als Mamma Carlotta aufgegangen war, dass Geraldine offenbar etwas sehr Wichtiges suchte, hatte sie das Ärmelbündchen sinken lassen und sie beobachtet. Intuitiv erkannte sie, dass es nicht um ein Stück Stoff oder ein Schnittmuster ging. Geraldine hatte sich eine Trittleiter geholt, um das obere Regalbrett zu erreichen, auf dem eine Reihe Aktenordner stand. Mit einem der Ordner in der Hand war sie wieder hinabgestiegen, hatte ihn auf einem der Zuschneidetische aufgeschlagen und langsam und gründlich Seite für Seite umgeblättert. Anscheinend erfolglos, denn nach einer Weile stützte sie sich mit der flachen Hand auf eine aufgeschlagene Seite und starrte nachdenklich vor sich hin. Dass sie aufmerksam betrachtet wurde, schien Geraldine nicht aufzufallen. Erst als ihre Augen plötzlich hochschnellten, wurde Mamma Carlotta klar, dass sie sich getäuscht hatte. Geraldine hatte ihren forschenden Blick durchaus bemerkt und wollte sie auf frischer Tat ertappen.

Wenn sie Mamma Carlotta beschämen wollte, dann war es ihr gelungen. Erschrocken hatte sie sich wieder über ihre Näharbeit gebeugt, damit Geraldine Bertrand glauben konnte, sie habe gedankenverloren und rein zufällig in ihre Richtung geblickt, weil sie sich Gedanken über den nächsten Stich machte. Sie wartete auf eine unfreundliche Bemerkung, aber Geraldine sagte nichts. Wortlos ging sie in den Laden, wo gerade die Türglocke geschrillt hatte, und später hörte Mamma Carlotta sie telefonieren. Wenn sie sich nicht täuschte, sprach sie mit Erik.

Diese Gelegenheit ließ Mamma Carlotta sich nicht entgehen. Flink sprang sie auf, legte den Ärmel, dem sie das Bündchen anfügen sollte, zur Seite und huschte zu dem Aktenordner, der noch immer aufgeschlagen auf dem Zuschneidetisch lag.

Carolin, die in ihre Näharbeit vertieft war, sah erst auf, als sie leises Papierrascheln hörte. »Nonna! Was machst du da?«

Diese Frage konnte Mamma Carlotta nicht beantworten, deswegen behauptete sie einfach: »Ich helfe deinem Vater!«

Dass sie tatsächlich etwas fand, was Erik helfen konnte, wunderte sie nur kurz. Und dass sie sofort das Besondere an dem scheinbar unbedeutenden Dokument erkannte, überraschte sie kein bisschen. Hatte nicht sogar der Pfarrer ihres Dorfes sie besonders schlau genannt, als sie den Dieb der Sonntagskollekte entlarvte, der sich als harmloser Tourist getarnt hatte? Auch da hatte sie auf ihre Intuition gehört, denn der Mann war ihr auf Anhieb unsympathisch gewesen.

Erik hatte ihr zwar schon oft erklärt, dass fehlende Sympathie kein wirkliches Indiz sei, aber wenn sie auf einen einzigen Blick etwas so Überzeugendes erkannte wie in diesem Fall, dann würde auch er nicht mehr an ihrer Intuition zweifeln. Nur ein kleines Problem gab es noch: Wie sollte sie ihm erzählen, was sie wusste, ohne gleichzeitig zu bekennen, dass sie so neugierig gewesen war, wie Erik es ihr gelegentlich vorwarf?

Carolin sah ihre Großmutter ängstlich an. »Wenn Madame Bertrand das sieht! Was suchst du überhaupt in diesem Ordner?«

»Nichts! Gar nichts!«, behauptete Mamma Carlotta und huschte an ihren Arbeitsplatz zurück. »Ich wollte nur mal gucken, wo Signora Bertrand früher gearbeitet hat.«

Carolin hatte nicht das geringste Verständnis für die Neugier ihrer Großmutter. »Das geht dich nichts an, Nonna!«

»Ecco, Carolina! Du hast ja recht.«

Stille senkte sich über die Schneiderwerkstatt. Carolin widmete sich wieder dem Rocksaum, an dem sie arbeitete, Mamma Carlotta tat so, als hätte sie mit dem Ärmelbündchen zu tun, während Geraldines Stimme gedämpft durch die geschlossene Tür drang.

Mamma Carlotta dachte so fieberhaft nach, dass sie sich den Rückstich, auf den es jetzt ankam, nicht zutraute. Hatte sie Jannes Pedersen etwa zu Unrecht verdächtigt? Nun wusste sie jedenfalls, dass auch Geraldine die Gelegenheit gehabt hatte, Elske zu ermorden. Zwar war sie vor fünf Jahren nicht auf Sylt gewesen, aber das Arbeitszeugnis einer Firma in Flensburg bewies, dass sie sich in der Nähe aufgehalten hatte, als Elske verschwand.

Immer dichter drängten sich die Menschen ans Biikefeuer, aber der Strom derer, die mit ihren Fackeln von der Straße zur Norddörfer Halle einbogen, riss noch nicht ab. Erik hatte Geraldine inzwischen aus den Augen verloren, und seitdem fragte er sich, warum sie überhaupt gekommen war. Machte es ihr wirklich Freude, unter den derzeitigen Umständen an einem Volksfest teilzunehmen? Erik spürte, dass ein winziger Widerwille in ihm rumorte. Aber dann sagte er sich, dass sie sich wohl ablenken wollte von ihren persönlichen und beruflichen Sorgen. Und vermutlich wollte sie sich auch ihren Kundinnen zeigen, damit niemand auf die Idee kam, dass sich an den Leistungen des Modeateliers etwas änderte, nur weil eine der beiden Chefinnen nicht mehr an der Nähmaschine saß.

Die Feuerwehrleute nahmen Aufstellung, sie durchbrachen hier und da die dichten Reihen. In einer dieser Lücken sah er Geraldine wieder. Sie sprach mit Wilko und Marikke Tadsen. Bis sich jemand davorschob, konnte Erik erkennen, wie Wilko versuchte, den Rollstuhl seiner Frau in eine Position zu schieben, in der Marikke das Biikefeuer ungehindert betrachten konnte.

Gerade als sich die Lücke wieder geschlossen hatte und Geraldine nicht mehr zu sehen war, tippte ihm jemand auf die Schulter. »Moin, Wolf! Da sehen wir uns ja schon wieder!«

Die Staatsanwältin reichte Erik lächelnd die Hand, sie schien guter Laune zu sein. Schon am Vormittag, als sie einen Besuch im Kommissariat Westerland gemacht hatte, war sie erstaunlich jovial gewesen. Widerwillig musste er anerkennen, dass sie gut aussah mit den straff zurückgekämmten Haaren, um die sie ein wollenes Tuch gebunden hatte. Sie hatte ihr leichtes Übergewicht im Griff, indem sie sich in dunkle Stoffe kleidete, häufig längs gestreifte Kleidung trug und sich immer für Schnitte entschied, die ihre Figur streckten. Mit Vorliebe trug sie sehr hohe Absätze, selbst zum Biikebrennen war sie in hochhackigen Stiefeletten erschienen.

Erik sah sich unruhig nach seiner Schwiegermutter um. Er war froh, als er sah, dass sie soeben Frau Kemmertöns begrüßte und keine Notiz von der Staatsanwältin nahm. Sie wusste ganz genau, dass Erik häufig Probleme mit Frau Dr. Speck hatte, dass er sie nicht leiden konnte, genauso wenig, wie sie ihn leiden konnte, und dass er von ihr oft ungerecht behandelt wurde. Auf keinen Fall wollte er, dass Mamma Carlotta auf die Staatsanwältin traf. Er wusste doch, wie sie reagierte, wenn sie witterte, dass ein Familienangehöriger nicht so beurteilt wurde, wie er es verdiente. Ein Kind wurde dann bei seinem Lehrer über den grünen Klee gelobt, bis der einsah, dass es eine bessere Note verdiente, den potenziellen Schwiegersöhnen, die unentschlossen wirkten, wurden die Töchter angepriesen und den künftigen Ausbildern die Söhne der Capellas, die angeblich so fleißig und willig waren wie sonst keine. Erik fürchtete, dass Mamma Carlotta, wenn sie begriff, dass sie die Staatsanwältin vor sich hatte, sämtliche Vorzüge ihres Schwiegersohns aufzählen und dabei vor keiner Übertreibung haltmachen würde.

»Mein Schwager Stefan Lürsen«, stellte Frau Dr. Speck ihren Begleiter vor, »der Mann meiner Schwester.«

Ein attraktiver Mann lächelte Erik an, elegant und teuer gekleidet, das war auf den ersten Blick zu erkennen. Auch der Hund, den er an der kurzen Leine führte, sah elegant und teuer aus. Ein Rhodesian Ridgeback, der Erik aus ruhigen, aufmerksamen Augen anblickte und ihm über die Hand leckte, als er den Kopf des Tieres streichelte.

»Hoffentlich macht ihm das Prasseln des Biikefeuers keine Angst«, meinte Erik.

Aber Stefan Lürsen schüttelte den Kopf. »Henri ist lammfromm. Den regt so schnell nichts auf.«

»Sind Sie im Laufe des Tages weitergekommen?«, erkundigte sich die Staatsanwältin. »Haben die Befragungen etwas gebracht?«

Als hätte er auf sein Stichwort gewartet, drängte sich Rudi Engdahl zu Erik durch. Erschrocken blieb er vor der Staatsanwältin stehen und sah so aus, als würde er am liebsten wieder kehrtmachen. Aber es war zu spät.

»Vor einer halben Stunde habe ich die letzte Person auf meiner Liste besucht«, berichtete er und vermied es, die Staatsanwältin anzusehen. »Eine frühere Klassenkameradin, mit der Elske Pedersen bis zu ihrem Tod Kontakt pflegte.«

»Und?«, fragte Erik freundlich. »Haben Sie was Interessantes erfahren? Irgendetwas, was uns weiterbringt?«

Ehe Rudi Engdahl antworten konnte, veranschaulichte die Staatsanwältin, wie sie sich Eriks Frage vorgestellt hätte und sich Engdahl Antwort wünschte: kurz und bündig! »Konkrete Ergebnisse?« Sie hielt ihre rechte Hand hoch, die in einem dünnen ledernen Fingerhandschuh steckte, und zeigte Daumen, Zeige- und Mittelfinger. »Erstens, zweitens, drittens!«

Engdahl kam mit dem zackigen Sprachstil der Staatsanwältin genauso schlecht zurecht wie Erik. Und ihm fiel so schnell nicht ein, wie das, was er zu berichten hatte, in Gliederungspunkte zu unterteilen war. Also stotterte er verlegen: »Nichts! Also, ich meine … erstens: nichts!«

»Und zweitens?«

»Auch nichts. Elske Pedersen hat niemandem etwas von ihren Plänen verraten. Die meisten sagen aber aus, dass sie in den Wochen vor ihrem Verschwinden verändert war. Entspannter, fröhlicher.«

Erik nickte. »Sie hatte sich endlich entschlossen, Jannes zu verlassen. Wahrscheinlich hat sie sich jahrelang mit dieser Entscheidung herumgequält und fühlte sich schon besser, als sie endlich wusste, wie es mit ihrem Leben weitergehen sollte.«

»Irgendwelche Feinde?«, fragte die Staatsanwältin.

Rudi Engdahl schüttelte den Kopf. »Angeblich hatte sie keine.« Die Konfrontation mit der Staatsanwältin schien ihm von Minute zu Minute weniger zu gefallen, seine Augen baten darum, entlassen zu werden.

Erik tat ihm den Gefallen. »Vielen Dank, dann lassen Sie sich nachher den Grünkohl gut schmecken!«

Rudi Engdahl bedankte sich erleichtert und fühlte sich dermaßen befreit, dass er vor der Staatsanwältin sogar eine Verbeugung andeutete. »Die Sache dürfte jetzt die Runde machen«, sagte er noch, und seine Stimme hörte sich nun viel sicherer an. »Menno Koopmann wird uns bald auf die Nerven gehen.«

»Das ist sein Job«, entgegnete die Staatsanwältin scharf, die mit dem Chefredakteur des Inselblattes befreundet war.

Rudi Engdahl, der gerade noch geglaubt hatte, sich einen guten Abgang verschafft zu haben, sah nun ein, dass er seine Lage nur verbessern konnte, wenn er schleunigst verschwand. Mit einem kurzen Gruß zog er sich ans andere Ende der Biike zurück, wo er vor der Staatsanwältin sicher war.

»Das wird schwierig«, sagte Erik, damit die Staatsanwältin bloß nicht glaubte, dieser Fall sei in wenigen Tagen zu lösen.

Aber sie schien am Biikefeuer hauptsächlich Privatperson zu sein und reagierte unerwartet freundlich. »Klar, das wird nicht leicht«, bestätigte sie. »Sehen Sie irgendwo ein Motiv?«

»Nicht wirklich«, gab Erik zurück. »Der Ehemann ist gewalttätig, er kommt also als potenzieller Täter in Betracht.«

»Alibi?« Da war er wieder, der minimalistische Sprachstil.

Erik hob die Schultern und ließ sie wieder fallen. »Er sagt, er war an dem Tag, als seine Frau verschwand, mit einem gewissen Sam Steiner zusammen. Aber der lebt nicht mehr.«

Erik wollte gerade ergänzen, dass er bereits alles in die Wege geleitet hatte, um mehr über diesen Sam Steiner zu erfahren, als plötzlich der Hund unruhig wurde. Er hatte offenbar einen kleinen Artgenossen gewittert, der in der Nähe an einer langen Leine gehalten wurde.

»Gib Henri auch mehr Leine«, sagte die Staatsanwältin und wies auf den Ridgeback, der ungeduldig an seinem Halsband zerrte.

Die Leine gehörte zu denen, die sich automatisch entrollten, wenn der Hund entsprechenden Zug ausübte. In der dichten Menschenmenge hatte Stefan Lürsen diese Automatik gestoppt, nun aber löste er sie und gab Henri damit mehr Freiheit. Sofort drängte der Hund sich zwischen den Beinen der Umstehenden hindurch, die Leine straffte sich, wenn es irgendwo einen Widerstand gab, und lief dann mit einem Mal so schnell aus der Hand seines Besitzers, dass der sie aufgeregt zurückholen wollte. Doch das war nicht möglich. Bei jedem Versuch schrie in der Nähe jemand auf, schimpfte auf die Leine, die sich um Beine und Kinderwagenräder wickelte, sodass Lürsen gezwungen war, ihr wieder Spiel zu geben. Er tat es sichtlich ungern, denn er hatte den Hund nicht mehr im Blick. Und das Tempo, mit dem der Ridgeback sich entfernte, ließ darauf schließen, dass er aufgeregt war.

In diesem Augenblick trat Stille ein. Der Bürgermeister von Wenningstedt setzte zu seiner Rede an.

»Wie schon seit Generationen entzünden wir Friesen auch dieses Jahr überall an den Küsten unsere Feuer. Früher, um den Winter und die Seefahrer zu verabschieden, heute als eines der letzten lebendigen Zeichen unserer friesischen Wurzeln ...«

Mamma Carlotta hatte entdeckt, wo der Bürgermeister stand, und sich ihm zugewandt. Sogar das Reden hatte sie eingestellt.

»... die Friesen-Traditionen zu bewahren, muss auch in Zukunft unsere Aufgabe sein ...«

Sie sah Carolin, die mit einigen Freundinnen in der Nähe stand und mit ihnen lautlos über einen Scherz lachte, und Felix, der das gelangweilte Gesicht aufsetzte, über das sich sein Mathelehrer schon oft beschwert hatte.

»... die regionalen Besonderheiten sind Grundlage von Heimatverbundenheit und Lebensqualität ...«

Erik sprach mit einer Frau, die, obwohl sie klein war, auf

ihn herabzusehen schien. Das lag wohl daran, dass sie sehr bestimmt redete, ihre Worte mit herrischen Gesten begleitete und auf eine Art und Weise lächelte, wie es der Lehrer in Carlottas Dorf tat, wenn er etwas von seinen Schülern verlangte, was auf keinerlei Anklang stieß. Neben ihr stand ein elegant gekleideter Herr mit einer Hundeleine in der Hand. Er sah sich um, als wartete er darauf, dass die Biike endlich angezündet wurde.

»… es werden immer weniger Kinder auf der Insel geboren, und vielfach führen Beruf und Studium die jungen Erwachsenen, oft für immer, aufs Festland …«

Mamma Carlotta betrachtete den Hundebesitzer aufmerksam. Dieser Mann kam ihr seltsam bekannt vor. Wo hatte sie ihn schon einmal gesehen? Es konnte noch nicht lange her sein, ihre Erinnerung war noch ganz frisch. War sie ihm bei Feinkost Meyer begegnet? Hatte sie an der Kasse ein paar freundliche Worte mit ihm gewechselt? Oder beim Bäcker mit ihm über das Wetter geplaudert?

Es wollte ihr nicht einfallen, was sie sehr bedauerte. Schließlich gab es nichts Schöneres, als aufeinander zuzugehen, sich an eine Gemeinsamkeit zu erinnern, sich über den Zufall zu wundern, der einen wieder zusammengeführt hatte, und das Wiedersehen mit dem schönen deutschen Satz zu beenden, den Mamma Carlotta sehr mochte: »Beim dritten Mal geben Sie einen aus!«

Zwar hatte sie noch nie erlebt, dass dieser Vorsatz in die Tat umgesetzt wurde, dennoch gefiel ihr allein die Aussicht außerordentlich. Sie zeigte, dass auch die kühlen Norddeutschen sich über ein zufälliges Treffen freuen konnten, was sie lange Zeit nicht für möglich gehalten hatte. Aber dieser Mann sah gleichmütig über sie hinweg. Das konnte nur bedeuten, dass sie sich getäuscht hatte oder er sie nicht wiedererkannte.

»… wir müssen wieder lernen, nicht für uns, sondern für das Wohl unserer Insel zu handeln! Sonst wird sie austauschbar mit jedem anderen Urlaubsort sein, ohne Gemeinschaftsgefühl, nur noch profitabel …«

Mamma Carlottas Blick fiel auf Geraldine. Sie stand in der Nähe von Wilko und Marikke Tadsen, schickte gelegentlich einen fragenden Blick zu Wilko und dann einen undurchdringlichen, zweideutigen zu Marikke, der Mamma Carlotta einen Schauer über den Rücken jagte.

»... lassen Sie uns dafür sorgen, dass der Profit unserer Insel nicht ihre Individualität und ihren Charakter nimmt! Wir wollen einen Tourismus, bei dem der Gast nicht nur Kunde ist, sondern Partner und Freund ...«

Marikke sah auf, als hätte sie Geraldines Blick gespürt. Sie gab ihn so abfällig zurück, dass Mamma Carlotta plötzlich glaubte, sie wüsste von der Affäre ihres Mannes mit Geraldine Bertrand. Warum auch nicht? Mamma Carlotta hatte, als die beiden im Modeatelier ihre heimliche Verabredung trafen, auch gleich durchschaut, was sie verband! Und das nicht nur, weil sie schon vorher erfahren hatte, dass die arme Marikke Tadsen auf so schändliche Weise betrogen wurde. Konnte es sein, dass sie Bescheid wusste? Dass sie schwieg, um ihren Mann nicht ganz zu verlieren? Dass sie ihm gönnte, was er brauchte, damit sie nicht verlor, was sie noch dringender nötig hatte? Mamma Carlottas Herz wurde schwer, so voll von Mitleid war es.

»... lassen Sie uns miteinander reden, und fangen wir gleich heute Abend beim leckeren Grünkohl damit an! Und dann, wenn wir satt sind, lassen Sie uns anfangen zu handeln ...«

Grünkohl! Die Aussicht auf diese Mahlzeit lenkte sie von Marikkes schwerem Schicksal ab. Würde sie es schaffen, aus Höflichkeit das Gericht der Sylter zu probieren, das für diese zum Biikebrennen gehörte wie der Weihnachtsbaum zum Heiligen Abend?

Heimlich schüttelte sie sich, als sie daran dachte, wie sie am Nachmittag in Käptens Kajüte eingekehrt und dort in einer Wolke aus verbrauchter Luft und undefinierbaren Kochdünsten gelandet war. Erschrocken hatte sie gefragt, ob Tove etwa eine schmutzige Socke in den Suppentopf geraten war. Aber der hatte mit gekränkter Miene erklärt, dass er Grünkohl koche, weil es am Tag des Biikebrennens in allen Gaststätten Grünkohl gab.

Und dann hatte er Mamma Carlotta genötigt, einen Blick auf die graugrüne Masse zu werfen, die in seinem großen Topf

Blasen warf. Anscheinend hatte Tove es wirklich für möglich gehalten, dass mit dieser Gegenüberstellung Mamma Carlottas Appetit angeregt werden könnte. Doch bei diesem Anblick hatte sogar ihr die Höflichkeit versagt, die allen Italienern heilig war.

Entsetzt hatte sie abgewinkt, als Tove ihr das Angebot machte, ganz unverbindlich und selbstverständlich kostenlos ein paar Gabeln des Grünkohls zu probieren. »Perdio! Ob meine arme Lucia so etwas jemals essen musste?«

Da ihr der Gedanke an den Grünkohl den Magen umdrehte, war in ihr das dringende Bedürfnis entstanden, die winzige Örtlichkeit mit der schlechten Belüftung aufzusuchen, die sie sonst gerne mied. Gegen die aufsteigende Übelkeit hätte es sicherlich auch ein eiskalter Köm getan, den Fietje in allen Lebenslagen als beste Medizin empfahl, aber gegen die Unhöflichkeit, zu der sie sich gezwungen sah, half nur Flucht.

Und in diesem Moment, gerade als das Nationallied angestimmt wurde, fiel ihr ein, wann und wo sie den Mann mit der Hundeleine schon einmal gesehen hatte. Am Nachmittag in Käptens Kajüte! Dort hatte er nach einer Toten Tante verlangt. Nach einer doppelten! Und kurz darauf war er mit Tove in einen Disput geraten. Sie hatte sich in der Toilettentür umgedreht, die Übelkeit war auf der Stelle von ihr abgefallen, und ihr Magen hatte den Grünkohl schlagartig vergessen.

Da sie die Tür hinter sich zuschieben musste, um keinen Verdacht zu erregen, war es ihr leider unmöglich gewesen, das geflüsterte Streitgespräch der beiden weiterzuverfolgen. Als sie jedoch durch den Türspalt sah, dass Tove mit einer ärgerlichen Bewegung die Tote Tante wieder hinter die Theke nahm, war sie nicht mehr sicher, dass dieser Mann mit Tove krumme Geschäfte abwickelte. Womöglich hatte er nur die Qualität der Toten Tante beanstandet und war deswegen ärgerlich gewesen. Blieb nur noch die Frage, warum ein Mann wie er ausgerechnet in Toves Imbiss-Stube eine Tote Tante erwartete, die seinen Ansprüchen gerecht wurde.

Nun, als sie feststellte, dass er sogar mit der Staatsanwältin verwandt war, erschien es ihr allerdings verdächtig, dass ein Mann wie Stefan Lürsen seine Tote Tante in Käptens Kajüte trank und nicht in einem hübschen Café an der Friedrichstraße.

Mamma Carlotta horchte nur kurz auf das Nationallied, das gerade angestimmt wurde und »Unser Sylter Land« besang. Nein, das war kein Gesang, wie sie ihn kannte, wie er in Italien zu einem Fest gehörte. Mühsam wurde hier ein Ton hinter den anderen gesetzt! Und wenn die Melodie in die Höhe ging, folgten ihr nur wenige, sodass der Gesang noch kümmerlicher wurde. Wo blieb da die Fröhlichkeit, das Jubilieren? Und dann noch diese Sprache! Erik hatte sie schon vorbereitet auf das Friesische, und so machte sie gar nicht erst den Versuch zu verstehen, was gesungen wurde. »›Üüs Söl'ring Lön‹«!

Aber verstanden hätte sie vermutlich auch dann nichts, wenn die Sylter Hochdeutsch gesungen hätten, so verlegen, wie sie die Melodie herausdrucksten, statt jedes Wort, jeden Vokal in den Himmel zu jubeln!

Doch schließlich war es überstanden, und der Ruf erscholl, auf den alle warteten: »Tjen di Biiki ön!«

Auch darauf hatte Erik sie vorbereitet. Die Biike wurde angezündet, schon schossen die ersten Flammen in die ausgetrockneten Zweige der entnadelten Weihnachtsbäume. Nach und nach wurden die Wachsfackeln in die Biike geworfen, ein Raunen ging durch die Menge, ein Lachen, als ein flacher Karton vom Druck des Feuers emporgetragen wurde. Und dann ... dann sah Mamma Carlotta den Hund. Es war ein großer, schöner Hund! Er kümmerte sich nicht um das Knistern und Prasseln, um die züngelnden Flammen, um die Glut, die sich zu den Zweigen fraß, an denen er schnupperte und herumzerrte. Nun versuchte er den rechten Vorderlauf zu heben, aber vergeblich. Hatte er sich etwa verfangen? Konnte er sich nicht aus den Zweigen lösen?

»Madonna! Il cane!«

Mamma Carlotta stürzte auf den Hund zu, verfolgt von warnenden Stimmen. Ein Feuerwehrmann rannte ihr nach, versuchte, sie zurückzuziehen. Aber das Feuer hatte zum Glück zunächst andere Nahrung gefunden. Die Zweige, an denen der Hund noch immer aufgeregt herumschnupperte, waren frischer als die Weihnachtsbäume, sie würden der zweite Happen des Feuers werden, wenn der erste verschlungen war.

»Stopp!«, schrie der Feuerwehrmann.

Aber Mamma Carlotta war nicht zu halten. Schon griff sie nach dem Halsband des Hundes, da sah sie, dass seine Leine sich tatsächlich verfangen hatte. Ein kurzes Lockern, ein verzweifeltes Zerren, und schon löste sich die Leine vom Halsband, der Hund war frei. Doch er lief nicht zurück, wie Mamma Carlotta es erwartet hatte. Aufgeregt schnüffelte er weiter herum, und da ... da sah Mamma Carlotta es. Etwas Schreckliches! So grauenhaft, dass sie eine Weile brauchte, um es zu begreifen.

Dann aber schrie sie den Feuerwehrmann an: »Löschen! Sofort löschen!«

Und Mamma Carlotta stand immer noch da und starrte die Hand an, die unter den Biikezweigen hervorsah.

Dass er nicht so flott war wie seine Schwiegermutter, wusste Erik längst, dass nun aber auch die Staatsanwältin schneller reagierte als er, erbitterte ihn. Frau Dr. Speck würde ihm seine Schwerfälligkeit noch jahrelang vorhalten, wenn sie gemerkt hätte, dass er als Letzter dort angekommen war, wo Mamma Carlotta den Hund gerettet und gleichzeitig eine Entdeckung gemacht hatte. Beides wäre anscheinend in Flammen aufgegangen, wenn sie nicht zur Stelle gewesen wäre.

»Löschen! Löschen!«, hörte er seine Schwiegermutter rufen.

Der Feuerwehrmann, der auf sie aufmerksam geworden war, schien immer noch an einen üblen Scherz zu glauben. Erst als die Staatsanwältin mit funkelnden Augen zu ihm herumfuhr, begriff er, dass tatsächlich Handlungsbedarf bestand.

»Wasser marsch!«, ertönte sein Ruf. Und er setzte sich fort: »Wasser marsch!« So lange, bis ein langer Schlauch entrollt worden war, dessen Spitze auf die Stelle gelenkt wurde, von der Mamma Carlotta sich Schritt für Schritt entfernte, weil die Flammen ihr immer näher kamen und die Hitze unerträglich wurde. Aber immer noch wies sie auf die Stelle, wo eine Hand unter den Biikezweigen hervorsah. Stefan Lürsen hielt seinen Hund am Halsband fest und trat zur Seite, Mamma Carlotta jedoch schien zu glauben, dass sie den Ort des Grauens erst verlassen durfte, wenn jeder gesehen hatte, was sich dort unter den Biikezweigen verbarg.

Erik warf nur einen kurzen Blick auf die schmale, weiße Hand, dann griff er nach Mamma Carlottas Arm und schob sie zur Seite. »Zurück!«, schrie er. »Das Feuer! Das Löschwasser …!«

Die letzte Warnung kam zu spät. Aber immerhin sorgte sie dafür, dass seine Schwiegermutter sich mit einem Sprung, der für ihr Alter beachtlich war, in Sicherheit brachte. So traf der Wasserstrahl der Feuerwehrmänner sie nicht mit voller Wucht. Auch deswegen nicht, weil sie instinktiv hinter Eriks Rücken Schutz gesucht hatte, der auch hier mal wieder langsamer gewesen war. Er stand da wie ein begossener Pudel, und die Umstehenden, die noch nicht begriffen hatten, worum es ging, begannen schadenfroh zu lachen.

Erik schüttelte das Wasser von seiner Jacke, die zum Glück nicht nur wind-, sondern auch wasserdicht war, und drängte Mamma Carlotta weiter vom Feuer weg. Allmählich setzte sich die Einsicht durch, dass etwas Schlimmes geschehen war, denn noch nie war es vorgekommen, dass das Biikefeuer, das gerade erst entfacht worden war, wieder gelöscht wurde. »Zurück!«, kommandierte Erik und war froh, dass seiner Anweisung Folge geleistet wurde.

Als allerdings die Welle des Zurückweichens zu denjenigen schwappte, die weiter von der Biike entfernt standen, wurde Unmut laut. »Was soll das? Wieso wird gelöscht?«

Erik zog sein Handy aus der Tasche und wählte die Nummer des Kommissariats. »Alle verfügbaren Kräfte zur Norddörfer Halle!«, ordnete er an. »Der Platz muss geräumt werden. Wir brauchen Unterstützung! Sofort!«

Dann sah er sich nach der Staatsanwältin um, konnte sie aber nirgendwo entdecken. Was hatte sie vor? Wo war sie hingelaufen?

Aber er hatte keine Zeit, sich darum zu kümmern. Aufgeregt wies er dem Feuerwehrmann, der ihm am nächsten stand, die Stelle, die unbedingt vom Feuer verschont bleiben musste. »Löschen!«, stöhnte er. »So schnell wie möglich!«

Der Feuerwehrmann schien nun begriffen zu haben, worauf es ankam. Er war sogar so energisch, diejenigen, die an die Gefahr nicht glauben wollten, mit einem kurzen Umlenken des Wasserstrahls davon abzuhalten, ihn bei seiner Aufgabe zu stören.

Erik starrte auf das Glühen und Züngeln, merkte, wie er die Fäuste ballte, als der Rauch die Stelle verhüllte, auf die es ankam. Gerade erst waren die Flammen in die Höhe geschossen, hatten die abgeplatzten Tannennadeln in den Himmel gejagt, da sollte es schon ein Ende haben mit dem Prasseln und Knistern und der aufschießenden Hitze? Weißer Qualm entstand dort, wo kurz vorher noch die Flammen gezüngelt hatten, schwarz färbte er sich, wo das Feuer aufzugeben schien, glühte dann aber wieder dunkelrot, wo es sich durchzusetzen versuchte. Unnachgiebig drückte der Wind die Flammen zu der Stelle, wo sich die schmale weiße Hand durch die Biikezweige geschoben hatte.

Als eine Bö einen lodernden Karton in die Höhe trieb, konnte Erik für ein paar Augenblicke nicht mehr darauf vertrauen, die Leiche so vorzufinden, wie sie unter die Biikezweige gelegt worden war. Hilflos ballte er die Fäuste. Was für ein perfider Plan! Ein Mordopfer unter den Biikezweigen zu verstecken, hieß, sie für immer verschwinden zu lassen. Was am nächsten Tag vom Biikebrennen zurückblieb, wurde achtlos zusammengekehrt und weggebracht. In den Resten des Feuers auf etwas zu stoßen, was zu einem menschlichen Körper gehörte, war mehr als unwahrscheinlich. Wenn der Hund nicht gewesen wäre und wenn Mamma Carlotta nicht seine Leine aus dem Gezweig befreit und die leblose Hand gesehen hätte…

Der Feuerwehrmann unterbrach seine Gedanken: »Ich glaube, wir haben's geschafft! Jetzt müssen Sie nur noch dafür sorgen, Herr Hauptkommissar, dass die Leute Ihnen nicht alles zertrampeln.«

In diesem Augenblick ertönte die Stimme der Staatsanwältin. Sie hatte dem Bürgermeister das Mikrofon abgenommen und versuchte nun, Ordnung in das Volksfest zu bringen, das keins mehr war. Ihre Anweisungen waren kurz und knapp, so wie immer, und diesmal war Erik dankbar für ihre Sprache, die derart unmissverständlich war, dass jeder den Aufforderungen unverzüglich Folge leistete.

»Ich bitte Sie, die Umgebung der Norddörfer Halle unverzüglich zu verlassen«, gellte ihre Stimme über die Weite des Platzes. »Und zwar in Richtung Golfplatz oder über den Dolingsön zur Braderuper Straße. Das Biikebrennen ist vorbei!«

Nun gab es anscheinend Beschwerden, weil der Grünkohl in der Norddörfer Halle wartete, aber die Stimme der Staatsanwältin war unerbittlich. »Die Halle ist gesperrt. Das Grünkohlessen findet nicht statt!«

Lautes Geschrei drang zu Erik herüber, der Bürgermeister, der das Mikrofon wieder an sich genommen hatte, versuchte, seine Bürger zu besänftigen. Ein Kapitalverbrechen sei geschehen, berichtete er, was zwar die lauten Stimmen zum Schweigen brachte, aber auch den Strom der Abziehenden deutlich verlangsamte. Von einem Verbrechen wollte natürlich jeder mehr erfahren.

Zum Glück waren nun die ersten Martinshörner zu vernehmen. Die Streifenwagen hielten neben der Norddörfer Halle, schon sprangen die Beamten heraus und stürmten auf das Feld, über das dichter Qualm wehte. Die Feuerwehrmänner hatten ganze Arbeit geleistet. Die Biike war zwar noch nicht gelöscht, aber das Feuer war daran gehindert worden, sich auszubreiten, darauf kam es an. Nun musste die Stelle, die Mamma Carlotta entdeckt hatte, nur noch ausgekühlt und zugänglich gemacht werden.

Erik hustete in sein Taschentuch. Der Qualm wurde dichter und beißender. Was würde er zu sehen bekommen, wenn er die Zweige zur Seite schob? Er zwang sich, keine voreiligen Schlüsse zu ziehen, aber eigentlich war ihm klar, in welches Gesicht er blicken würde.

Wieder zog er sein Handy aus der Tasche und alarmierte diesmal den Gerichtsmediziner und die kriminaltechnische Untersuchungsstelle. »Vergesst die Scheinwerfer nicht!«

Die Rufe der Polizisten entfernten sich allmählich, wurden immer schwächer. »Weiter, meine Herrschaften! Weiter! Bitte nicht stehen bleiben! Verlassen Sie das Gelände zügig!«

In unmittelbarer Nähe wurde es ruhiger, die Polizisten hatten mit rot-weiß gestreiften Bändern und Stangen den Weg markiert, den die Schaulustigen nehmen sollten, damit der Fundort der Leiche unversehrt blieb.

Ein Verkehrspolizist trat zu Erik. »Die Rollstuhlfahrerin hat Schwierigkeiten durchzukommen. Ist es okay, wenn sie den Weg zurück nimmt, den sie gekommen ist?«

Erik nickte und sah Marikke Tadsen entgegen, deren Rollstuhl von ihrem Mann geschoben wurde. Wilko hielt den Blick gesenkt, als wollte er nichts sehen, als hätte er Angst vor dem, was geschehen war. Neben den beiden ging Geraldine Bertrand. Bleich sah sie aus, ihre Augen waren unnatürlich groß. Sie zeigte auf die Biikezweige, von denen der Rauch aufstieg. »Haben Sie meine Schwester gefunden?«

Erik beantwortete ihre Frage nicht. Sanft griff er nach ihrer Schulter und schob sie weiter. »Fahren Sie nach Hause! Warten Sie dort! Ich komme zu Ihnen, sobald ich kann.«

»Ich will nicht weg! Ich warte hier!«

»Nicht an dieser Stelle«, sagte Erik mit aller Bestimmtheit. »Meinetwegen können Sie in der Halle warten. Aber das kann dauern, bis wir hier fertig sind.«

Ihre Gestalt war noch lange vor den Scheinwerfern der Streifenwagen zu erkennen. Sie wurde erst verschluckt, als Geraldine sich durch die Wagen hindurchgedrängt hatte.

Dass Mamma Carlotta noch in der Nähe war, bemerkte Erik erst jetzt. »Wieso bist du nicht mit den Kindern nach Hause gegangen?«, fragte er ärgerlich. »Was machst du noch hier?«

»Ich habe die Leiche entdeckt«, entgegnete seine Schwiegermutter empört. »Ich bin eine Zeugin! Da kann ich doch nicht einfach gehen!«

Dazu hätte Erik gern einiges gesagt, aber in diesem Augenblick trat die Staatsanwältin zu ihm. Und da sie Mamma Carlotta einen fragenden Blick zuwarf, kam er nicht umhin, ihr seine Schwiegermutter vorzustellen. Etwas, was er unbedingt hatte vermeiden wollen.

»Sie waren es, die die Leiche entdeckt hat?«, fragte die Staatsanwältin und sah tatsächlich beeindruckt aus.

Erik mochte sich nicht vorstellen, wie oft er sich demnächst würde anhören müssen, dass Carlotta Cappella etwas gelungen war, was einer Staatsanwältin imponiert hatte. Seine Schwiegermutter war ohnehin leicht zu beeindrucken, ganz besonders von gebildeten Menschen und erst recht von Frauen mit akademischer Bildung, die es noch dazu zu einem hohen Rang gebracht hatten. Mamma Carlotta genoss für ein paar Augenblicke ihre Bedeutung in vollen Zügen. Doch dann erinnerte sie sich anscheinend daran, welchen Ärger Erik schon mit der Staatsanwältin gehabt hatte. Er atmete heimlich auf. Einer Frau, die ihrem Schwiegersohn Angst machen konnte, vertraute sie zum Glück nicht ihre Lebensgeschichte an und erwähnte auch mit keiner Silbe den entfernten Verwandten, der ein Theologiestudium hinter sich gebracht hatte und nun an einer römischen Universität lehrte. Er war der bei Weitem erfolgreichste Verwandte Mamma Carlottas, sein Name wurde sonst gern eingeflochten, wenn Eriks Schwiegermutter es mit Menschen zu tun hatte, die ihr imponierten. Wenn sie nun noch darauf verzichtete, mit vielen Worten zu schildern, welche Angst sie gehabt hatte, dass der arme Hund ein Opfer des Biikefeuers werden würde, und ihr Entsetzen zu beschreiben, als sie die Hand unter den Biikezweigen gesehen hatte, würde Frau Dr. Speck morgen vielleicht vergessen haben, dass Erik zurzeit Besuch von seiner italienischen Schwiegermutter hatte.

Mamma Carlotta ärgerte sich. Darüber vergaß sie sogar für Augenblicke das schreckliche Ende Yvonne Perrettes. War sie es nicht gewesen, die die Leiche entdeckt hatte? War es nicht ihr zu verdanken, dass der Hund wohlbehalten aus dem Biikefeuer herausgefunden hatte? Und gerade sie wurde nach Hause geschickt, ehe die Leiche geborgen werden konnte!

Kurz vorher hatte sie die Staatsanwältin noch angeschwärmt und sich gefragt, warum Erik mit dieser beeindruckenden Frau nicht zurechtkam. Nun gab sie ihm in allen Punkten recht! Jemand, der die wichtigste Person in einem Mordfall – wenn man mal von der Leiche absah – wegschickte, besaß keinerlei Taktgefühl! Mamma Carlotta hatte fest damit gerechnet, dass man sie um viele Auskünfte bitten und dass es auf ihre Mutmaßungen ankommen würde. Stattdessen hatte die Staatsanwältin zu ihrem Schwager gesagt: »Kannst du die Signora schon mal nach Hause fahren, Stefan? Sie kann unmöglich zu Fuß gehen, und den Hauptkommissar brauchen wir hier!«

Ihre Fürsorglichkeit hatte Mamma Carlotta gar nicht gefallen. War sie etwa eine alte Frau, der man nicht zumuten konnte, bei der Identifizierung einer Leiche dabei zu sein? Schlimm genug, dass Erik sich so besorgt gab, seit er sie schlafend auf dem Sofa erwischt hatte! Und nun auch noch diese Staatsanwältin! Stefan Lürsens überschwänglicher Dank, weil Mamma Carlotta seinen Hund gerettet hatte, konnte an ihrer Verärgerung nichts mehr ändern. Nur unter leisem Protest war sie ihm gefolgt und hätte am liebsten wieder kehrtgemacht, als sie Geraldine Bertrand in der Tür der Norddörfer Halle stehen sah. Die durfte in der Nähe warten und Mamma Carlotta nicht? Unerhört!

Das Einzige, was ihr dabei half, diesen Affront zu überwinden, war die Aussicht, eine Viertelstunde mit Stefan Lürsen allein zu sein. Vielleicht fand sie in dieser kurzen Zeit etwas heraus, was von Bedeutung war. Zum Beispiel, ob Lürsen wirklich nur in Käptens Kajüte eingekehrt war, um eine doppelte Tote Tante zu trinken. Sie würde sich beeilen müssen. Im Auto war der Weg von der Norddörfer Halle zum Süder Wung schnell zurückgelegt.

Alle einleitenden Höflichkeiten erledigte sie deshalb schon, bevor sie in Lürsens Wagen einstieg. Wie nett es war, dass der Schwager der Staatsanwältin sie nach Hause brachte! Wie reizend, dass er sich diese Umstände machte! Und sein Auto, so elegant! Sogar mit Sitzheizung? »Madonna! Was es alles gibt!«

Als der Wagen vom Parkplatz der Norddörfer Halle rollte, überhörte sie elegant Lürsens Frage, ob sie die Tote gekannt habe, und kam unverzüglich zu der Bemerkung, die sie sich sorgfältig zurechtgelegt hatte: »Sehr schick, Ihre Armbanduhr! Mein Schwiegersohn hat nächsten Sonntag Geburtstag, und ich möchte ihm eine Uhr schenken. Können Sie mir diese Marke empfehlen?«

Lürsen sah Mamma Carlotta verblüfft an. »Das ist eine Rolex.«

Mamma Carlotta nickte, als hätte sie jede Menge Sachverstand. »Ich habe gehört, dass man die auf Sylt billiger kriegen kann.«

Sie war froh, dass die Ampel, die rechts nach Wenningstedt hineinführte, grün war und Stefan Lürsen auf ein paar Radfahrer achten musste, die geradeaus fahren wollten. So konnte er ihr nicht die Frage von den Augen ablesen, die dort möglicherweise in Großbuchstaben geschrieben stand: Gehören Sie zu denen, die bei Tove teure Uhren für wenig Geld kaufen?

Als Stefan Lürsen antwortete, drehte sie sogar den Kopf zur Seite, damit er ihr nicht ins Gesicht sehen konnte. »Sie scheinen Ihren Schwiegersohn besonders gern zu haben, Signora, wenn Sie ihm eine Rolex zum Geburtstag schenken wollen!« Er hielt seinen linken Arm hoch und ließ die Armbanduhr blitzen. »Diese hier kriegen Sie nicht unter zwanzigtausend!«

Hätte es nicht auch in Italien eine Währungsumstellung gegeben, hätte Mamma Carlotta angenommen, es sei von Lire die Rede. Am liebsten wäre sie herumgefahren, um in Lürsens Gesicht den Beweis zu suchen, dass er einen Scherz mit ihr machte, und ihm zu sagen, dass mit einer Großmutter, die jedem Enkel eine Armbanduhr zur Kommunion schenkte, nicht zu spaßen war. Oder war es möglich, dass Stefan Lürsen die Wahrheit sagte? Sie starrte so lange aus dem rechten Seitenfenster, bis sie ihre Gesichtszüge wieder unter Kontrolle hatte. Zwanzigtausend Euro? Bedeutete das etwa, dass sie in Lucias Nähkästchen ein Vermögen versteckt hatte?

Erik starrte in das Gesicht Yvonne Perrettes, als es von den Biikezweigen befreit worden war. Ihr Körper war zuerst freigelegt worden, die Füße in den zierlichen Stiefeletten, die Beine in der schmalen, eleganten Hose, die helle Winterjacke, die geöffnet war und einen kunterbunten Pulli zeigte, dessen fröhliche Farben sich geradezu obszön vom wachsbleichen Gesicht abhoben, von dem Erik vorsichtig einen Zweig nahm, der sich in den Haaren verfangen hatte. Es war ein schrecklicher Moment, als er sich nicht lösen wollte und Erik schon glaubte, er müsse ihn aus den Haaren der Toten winden. Aber zum Glück ließ er sich dann doch zur Seite legen und gab das Gesicht frei.

Es schien so, als sei sie unverletzt. Ihre Augen waren geschlossen, Todesblässe überzog das Gesicht, das aber dennoch nicht leblos wirkte. Yvonne Perrette sah aus, als sei sie während einer lebhaften Geste, eines Gesprächs, vielleicht sogar bei einem Lachen unvermittelt aus dem Leben gestoßen worden. In diesem Eindruck wurde Erik bestätigt, als Dr. Hillmot die Tote umdrehte und sich eine klaffende Wunde am Hinterkopf zeigte. Ja, Yvonne Perrette war augenscheinlich auf einen Angriff nicht vorbereitet gewesen.

»Hinterrücks erschlagen!«, murmelte der Gerichtsmediziner, der kein Freund des Biikebrennens war, sondern zu Hause gewesen war und deswegen sofort zum Fundort kommen konnte. Auf Vetterich hatte Erik länger warten müssen, denn der hatte in Hörnum während des Sylter Nationalliedes sein Handy zunächst nicht gehört. Auch Sören war vom Biikefeuer weggeholt worden. Mit einigen Freunden und unzähligen Flaschen Bier hatte er südlich von Westerland in den Dünen gestanden, wo die Biike abgebrannt wurde, und sich sofort auf sein Rennrad geschwungen, als Erik ihn angerufen hatte.

Nun stand er neben seinem Chef, den Ridgeback an der Leine, die die Staatsanwältin ihm in die Hand gedrückt hatte. Zum Glück hatte Henri sich mittlerweile an den Anblick der Leiche gewöhnt. Dass er immer noch unruhig war, lag wohl daran, dass er fror und nicht bereit war, sich auf dem kalten Boden niederzulassen, obwohl Frau Dr. Speck ihm mehrfach den Befehl »Sitz!« zugeschrien hatte. Aber leider erfolglos.

»Erschlagen wie Elske Pedersen?«, fragte Sören. »Auch von hinten?«

Dr. Hillmot grunzte ärgerlich. »Fragen Sie mich bitte nicht, ob derselbe Täter am Werke war, der vor fünf Jahren schon einmal zugeschlagen hat.«

Seine Leichenschau am Tatort war schnell beendet. Dr. Hillmot erhob sich mit knirschenden Gelenken und war dankbar, dass Erik ihm den Arm reichte, damit der schwergewichtige Gerichtsmediziner sich in die Höhe wuchten konnte. »Für alle weiteren Untersuchungen muss ich sie auf dem Tisch haben«, sagte er und winkte zwei dunkel gekleidete Männer heran, die mit einem Zinksarg bereitstanden.

Auch Erik drehte sich zu den beiden um – und sah hinter ihnen ein bekanntes Gesicht auftauchen. Menno Koopmann, der Chefredakteur des Inselblattes! Wie immer hatte er am Kampener Biikefeuer gestanden, weil sich dort gelegentlich ein Promi zeigte, der zum Sylter Nationalfest eine Meinung hatte, die dann im Inselblatt abgedruckt wurde. Wie von dem Leichenfund etwas an seine Ohren gedrungen war, konnte Erik sich nicht erklären, aber er wunderte sich auch nicht weiter. Koopmann hatte nicht nur eine Art sechsten Sinn, sondern auch viele gute Bekannte, die dafür sorgten, dass er zu den Ersten gehörte, die etwas erfuhren. Zum Beispiel die Staatsanwältin! Als Erik sah, wie sie Menno Koopmann begrüßte, als hätte sie ihn erwartet, kam ihm sogar der Verdacht, dass sie selbst ihn alarmiert hatte.

Während sich der Sargdeckel über Yvonne Perrette schloss, hörte er, wie die Staatsanwältin von ihrem Verschwinden sprach und sich nicht scheute, einen Zusammenhang zu dem Verschwinden von Elske Pedersen und dem Auffinden ihrer Leiche fünf Jahre später herzustellen.

Erik gab Sören einen Wink und rief der Staatsanwältin zu, ehe er ging: »Die Schwester der Toten befindet sich übrigens in der Norddörfer Halle!«

»Ich komme nach!«, gab die Staatsanwältin zurück. »Ich kann ja in der Halle auf meinen Schwager warten. Der wird bald zurück sein. Oder ist es weit bis zu Ihnen nach Hause, Wolf?«

Erik schüttelte den Kopf. »Nur wenige Minuten. Das kann nicht mehr lange dauern.«

Es sei denn, fügte er in Gedanken hinzu, Stefan Lürsen hatte sich auf Mamma Carlottas Lebenserinnerungen eingelassen und durchblicken lassen, dass er gerne mehr von Carlottas Eltern, Schwiegereltern, Geschwistern, Cousinen und Cousins, von Carlottas Ehemann, Gott hab ihn selig, ihren sieben

Kindern, diversen Schwiegerkindern und den vielen Enkelkindern erfahren würde. Wenn Stefan Lürsen dann noch zu den Menschen zählte, die sich gern mal das eigene Schicksal von der Seele redeten, dann konnte es noch eine Weile dauern, bis er wieder neben seiner Schwägerin und seinem Hund auftauchte.

Mamma Carlotta brauchte mit der Verarbeitung von Stefan Lürsens Mitteilung so lange, bis er in den Süder Wung einbog. Hektisch suchte sie nach den richtigen Worten, um ihm für seine Freundlichkeit zu danken und gleichzeitig noch die Antwort auf eine Frage abzuringen, ohne sie tatsächlich zu stellen. Wenn ein Mann wie Stefan Lürsen in Käptens Kajüte einkehrte, musste das einen Grund haben. Und wenn er keinen Umschlag über die Theke schob und kein langes, schmales Päckchen dafür in Empfang nahm, sondern sich stattdessen ein Wortgefecht mit dem Wirt lieferte, dann musste das ebenfalls einen Grund haben. Und zwar einen, den Mamma Carlotta erfahren wollte! Unbedingt! Schließlich zählte sie Tove Griess zu ihren Freunden, wenn auch nur ganz heimlich, die Staatsanwältin jedoch zu Eriks Feinden und jemanden, der mit ihr verwandt war, selbstverständlich auch. Sie konnte sich reinen Gewissens Informationen verschaffen, die sie objektiv vielleicht nichts angingen, mit denen sie aber genauso objektiv einem Freund und auch ihrem Schwiegersohn helfen konnte. Beides wog selbstverständlich weit schwerer als die angeblich ungehörige Neugier, die Erik ihr so gerne vorwarf.

»Darf ich Sie zum Dank noch zu einem Glas Rotwein einladen?«, fragte sie in der sicheren Erwartung, dass Stefan Lürsen ablehnen würde. »Rotwein aus Montepulciano!«

Der Schwager der Staatsanwältin ersparte ihr zum Glück das Eingeständnis, dass ein solcher Wein gar nicht im Hause war, indem er wie erwartet den Kopf schüttelte und darauf hinwies, dass die Staatsanwältin mit seiner baldigen Rückkehr rechnete. »Von meinen Hund ganz zu schweigen!«

Mamma Carlotta tat trotzdem so, als wollte sie ihn überreden. »Ein guter Wein! Er zählt in meiner Heimat zu den besten. Übrigens wird er auch auf Sylt ausgeschenkt. Sogar in

Wenningstedt. In Käptens Kajüte! Kennen Sie diese Imbiss-Stube?«

Wieder schüttelte Stefan Lürsen lächelnd den Kopf, und Mamma Carlotta war drauf und dran, befreit aufzulachen. Er log! Und das bedeutete, dass er etwas zu vertuschen hatte. Was das war, konnte sie sich vorstellen. Und wenn sie den Beweis gefunden hatte, würde Erik endlich etwas gegen die Staatsanwältin in der Hand haben, die von da an freundlicher mit ihm umspringen würde.

»Außerdem habe ich meinem Vater versprochen«, ergänzte Stefan Lürsen, »noch einen Besuch bei ihm zu machen. Er lebt seit zwei Jahren im Altenheim.«

Mamma Carlotta sah ihn mit offenem Mund an. »In Westerland? In der Steinmannstraße?«, stieß sie aufgeregt hervor.

Lürsen nickte verwundert. »Kennen Sie meinen Vater etwa?«

»Natürlich kenne ich ihn!« Mamma Carlotta war nicht kleinlich, wenn es darum ging, den Grad einer Bekanntschaft zu beschreiben. Jemand, der sie schon einmal vom Fahrrad geschubst hatte, gehörte unbedingt zu den Menschen, die sie gut kannte. »Der alte Herr Lürsen! Dass ich nicht eher darauf gekommen bin!«, rief sie. »Der Mann, der mal Lehrer war und der heute…« Sie stockte, weil ihr der medizinische Ausdruck für den traurigen Zustand des alten Herrn nicht einfiel und sie auf keinen Fall den übersetzen wollte, der in ihrem Dorf in solchen Fällen benutzt wurde.

»…der heute demenzkrank ist«, ergänzte Stefan Lürsen.

»Demenz! Ja, genau! Das wollte ich sagen.« Und dann erzählte sie, wie es zu ihrer Bekanntschaft mit dem alten Herrn Lürsen gekommen war, gab sich allerdings mit einer Kurzfassung zufrieden, weil sie nicht wollte, dass der Sohn sich für seinen Vater schämen musste.

»Vielleicht besuchen Sie ihn mal«, schlug Lürsen vor. »Wenn er sich auch beim zweiten Besuch nicht mehr an den ersten erinnert, er wird sich jedes Mal sehr freuen.«

»Ma certo! Das werde ich tun!« Mamma Carlotta war hocherfreut über die Bitte, die an sie herangetragen worden war. »Ich arbeite zurzeit im Modeatelier an der Steinmannstraße. Nur ein paar Häuser weiter!«

»Wie interessant«, antwortete Lürsen höflich.

Eine Viertelstunde später sah er so aus, als bereute er seine Höflichkeit. Denn so lange dauerte es, bis Mamma Carlotta ihm berichtet hatte, dass sie dort nicht nur als Schneiderin tätig war, sondern sogar mit der Mode für die mollige und reife Dame über den Laufsteg gehen sollte. »Eigentlich«, betonte sie. »Aber ob das jetzt noch was wird …?«

Mamma Carlottas Sorge, dass der tragische Tod von Yvonne Perrette sie um dieses Vergnügen bringen würde, weckte Stefan Lürsens Mitgefühl. Mit so schönen Worten bedauerte er das Ende von Mamma Carlottas Karriere, noch ehe sie begonnen hatte, dass er prompt eine persönliche Einladung zu der Modenschau erhielt. »Wenn sie nach dem Todesfall überhaupt noch stattfindet.«

Der Abschied fiel herzlich aus, und als Mamma Carlotta in der Tür stehen blieb und Stefan Lürsens Wagen nachsah, musste sie sich in aller Deutlichkeit daran erinnern, dass Lürsen mit der Staatsanwältin verwandt war, die Erik nicht leiden konnte, und außerdem ein düsteres Geheimnis hatte, das ihn in Käptens Kajüte trieb. Grund genug, ihn nicht zu mögen. Dass sie das nur nicht vergaß!

Erik sah häufig in den Rückspiegel, während er nach Westerland fuhr. Geraldine war nun ganz ruhig. Sie starrte bewegungslos aus dem Fenster, von ihrem Gesicht war keine Gefühlsregung abzulesen. Sie schwieg. Auf eine belanglose Frage Eriks hatte sie nur genickt, und auf Sörens Versuche, Konversation zu machen, reagierte sie nicht.

In der Norddörfer Halle hatte ihr Blick nervös geflattert, und sie hatte ihm nicht ins Gesicht sehen wollen. An einem der langen Tische hatte sie gesessen, und irgendjemand hatte einen Teller Grünkohl vor sie hingestellt, weil es immer Menschen gab, die der Ansicht waren, dass mit einem guten Essen alles leichter zu ertragen sei.

Erik verhinderte, dass Menno Koopmann sich an ihm vorbeidrängte, um Fotos von Geraldine Bertrand zu machen. Zum Glück war auch die Staatsanwältin der Ansicht, dass eine Kamera in dieser Situation nichts zu suchen hatte.

Schlimm genug, dass sie Menno Koopmann gestattet hatte, sie in die Norddörfer Halle zu begleiten.

Geraldine stand auf, als Erik auf sie zukam. Er griff nach ihrem Arm und drehte sie so, dass Koopmann nur ihren Rücken sehen konnte. Zum Glück waren nur wenige Worte vonnöten, um das zu bestätigen, was sie befürchtete, seit das Biikebrennen abgeblasen worden war.

Sie starrte Erik an, als wäre sie nicht traurig, sondern wütend. »Nehmen Sie den Kerl fest! Hoffentlich ist er noch nicht über alle Berge!«

»Wen meinen Sie?«, fragte Erik, obwohl er genau wusste, von wem Geraldine sprach.

»Jannes natürlich!«

Prompt trat Menno Koopmann einen Schritt vor. Erik wehrte ihn mit einer kleinen Geste ab. »Wenn ich morgen im Inselblatt lese, dass der Täter bekannt ist«, knurrte er Koopmann an, »dann können Sie was erleben.«

Er war auf einen scharfen Hinweis der Staatsanwältin gefasst, doch Frau Dr. Speck schien ausnahmsweise seiner Ansicht zu sein, schob Menno Koopmann zur Seite und flüsterte ihm ein paar mahnende Worte zu.

Als Erik klar geworden war, dass er von Geraldine nichts erfahren würde, was ihm bei seinen Ermittlungen half, bot er ihr an, sie nach Hause zu bringen, denn sie war mit Wilko und Marikke Tadsen zum Biikefeuer gekommen, die ohne sie heimgefahren waren. »Wilko ist zartbesaitet«, hatte Geraldine erklärt, »der wollte nichts sehen und hören. Aber ich konnte nicht weg, ohne zu wissen, ob es wirklich Yvonne ist...«

Als Erik den Wagen vor Zweirad Pedersen zum Stehen brachte, machte sie zunächst keine Anstalten, sich abzuschnallen und auszusteigen. Erik nahm an, dass sie Angst vor dem Abend hatte, der ihr bevorstand, und vor der Nacht, in der sie die Gedanken an ihre Schwester quälen würden.

»Gibt es jemanden, der zu Ihnen kommen kann?«, fragte er, als Geraldine schließlich neben dem Wagen stand. »Soll ich den Tadsens Bescheid sagen? Sie könnten sich um Sie kümmern.«

Aber Geraldine wehrte ab. »Ich brauche niemanden, der

sich um mich kümmert.« Während Erik und Sören sie zur Haustür begleiteten, fragte sie: »Werden Sie ihn verhaften?«

»Nur, wenn sich ein dringender Tatverdacht ergibt.«

»Er war es!«

»Was macht Sie da so sicher?«, fragte Sören.

»Würden Sie Jannes so gut kennen wie ich, wären Sie genauso sicher.«

»Welches Motiv unterstellen Sie ihm?«

Obwohl Sören die Frage gestellt hatte, sah Geraldine Erik an, als sie antwortete: »Yvonne wollte ihn verlassen. Das ist für Jannes ein ausreichendes Motiv.«

»Ist das sicher?«, fragte Erik. »Hat Ihre Schwester mit Ihnen über ihre Pläne gesprochen?«

Geraldine schüttelte den Kopf. »Trotzdem weiß ich, dass sie ihn lieber heute als morgen verlassen hätte. Aber ... das war ja leider nicht so einfach.«

»Sie meinen, wegen des Modeateliers?«

Geraldine nickte und kramte ihren Wohnungsschlüssel aus der Tasche, während Erik den Klingelknopf drückte, auf dem Jannes Pedersens Name stand. Doch niemand öffnete.

Geraldine schloss auf und wandte sich der Treppe zu, die in die erste Etage führte. »Anscheinend ist er nicht da.«

»Wo könnte er sein?«

Sie zuckte mit den Schultern. »Vielleicht in der Werkstatt. Jannes kann nicht gut allein sein. Wenn Yvonne nicht zu Hause war, ist er meist in die Werkstatt gegangen. Oder in das kleine Büro dahinter. Da hat er sich dann mit seiner Buchführung beschäftigt, bis Yvonne zurück war.«

Sie sah in Eriks ratloses Gesicht, dann öffnete sie die Haustür erneut und machte einen Schritt in die Kälte. Ihr Arm, der nach links wies, beschrieb einen Halbkreis. »Auf der rechten Seite des Hauses gibt es eine Tür, die in sein Büro führt. Wenn er da nicht ist, dann sitzt er vermutlich in irgendeiner Kneipe und betrinkt sich. Der wird Augen machen, wenn er hört, dass sein Plan nicht funktioniert hat.«

»Welchen Plan meinen Sie?«

»Yvonne für immer verschwinden zu lassen! Der hätte noch in zehn Jahren davon geredet, dass die böse Yvonne ihn verlassen hat.« Sie stieg die Treppe hinauf. »Schönen Abend noch! Ich werde ja morgen sehen, ob Sie Jannes mitgenommen haben. Sagen Sie Ihrer Schwiegermutter, sie kann morgen eine Stunde später kommen. Ich mache frühestens um zehn auf.«

»Sie wollen den Laden wirklich öffnen?«

»Arbeit lenkt ab.«

Sören stöhnte auf, als Geraldines Wohnungstür ins Schloss gefallen war. »Was für eine kaltschnäuzige Person!«

Erik wollte nicht, dass Sören so über Geraldine Bertrand sprach. »Sie wissen doch, dass jeder Mensch anders reagiert, wenn er einen nahen Angehörigen verliert.«

Sören öffnete die Haustür und trat wieder in die Kälte hinaus. »Ich finde, wir sollten sie ebenfalls überprüfen. Nicht nur Jannes Pedersen.«

Erik trat neben seinen Assistenten. »Warum?«

»Ich will wissen, warum sie an der Fundstelle von Elske Pedersens Leiche auftauchte.«

»Das hat sie uns doch erklärt. Sie ist in List spazieren gegangen, nachdem sie Verhandlungen mit Gosch geführt hat.«

»Gesagt hat sie das. Aber stimmt das? Sie hat auch gesagt, sie interessiert sich für Baustellen, weil ihr Vater Bauunternehmer war.«

Erik zog die Tür hinter sich ins Schloss. »Hoffentlich müssen wir nicht die halbe Nacht auf Pedersen warten.«

»Und hoffentlich ist er nicht sinnlos betrunken, wenn er nach Hause kommt«, ergänzte Sören.

Sie wandten sich nach links und gingen an den Schaufenstern von Zweirad-Pedersen entlang, hinter denen die Nachtbeleuchtung brannte. Bevor sie an der Hausecke angekommen waren, hörten sie plötzlich Stimmen. Die Stimme von Jannes Pedersen und eine weitere. Beide klangen aufgebracht und zornig.

Erik hielt Sören zurück. »Was ist da los?«

»Bist du sicher, dass du richtig zählen kannst?«, hörten sie Pedersens Stimme.

»In dem Karton steckten elf und nicht zwölf!«, brüllte die fremde Stimme zurück. »Hast du gedacht, ich merke das nicht?«

»Ich habe dir zwölf geliefert.«

»Hast du nicht! Und der Kunde war ganz schön stinkig. Er denkt, ich wollte ihn übers Ohr hauen!«

»Vielleicht wolltest du das?«

»Ich habe ihm den Karton so gegeben, wie ich ihn von dir bekommen habe.«

»Da waren aber zwölf drin!«

»Waren es nicht! Und ich lasse mich von dir nicht ...«

Der Rest des Satzes ging in einem Gerangel unter. Als Erik und Sören dazukamen, sahen sie, dass Jannes Pedersen einen Mann an die Hauswand drückte, der etwa so groß war wie er selbst und vermutlich genauso stark. Trotzdem gelang es ihm nicht, sich aus Pedersens Griff zu befreien. Das mochte daran liegen, dass er von dem Angriff überrascht worden war oder dass der Jähzorn Jannes Pedersen stärker gemacht hatte, als er sowieso schon war. Jedenfalls gelang es dem Mann nicht, sich aus der Umklammerung seines Widersachers zu lösen. Und als Pedersen sein rechtes Knie hochschnellen ließ, brach sein Widerstand zusammen. Er schrie auf, sein Oberkörper fiel nach vorn, sein Kopf sackte gegen die Brust seines Angreifers.

Schon stand Erik neben den beiden und zerrte Jannes Pedersen von seinem Opfer weg. »Sind Sie verrückt geworden?«

Pedersen trat einen Schritt zurück, wenn auch sichtlich ungern. »Mischen Sie sich nicht ein. Das geht Sie nichts an.«

Erik wartete, bis Pedersens Opfer sich langsam wieder aufgerichtet hatte. Dann erst erkannte er ihn. »Sieh an! Tove Griess! Mal wieder in eine Schlägerei verwickelt?«

Mamma Carlotta sah Stefan Lürsens Wagen noch nach, als sie im Nebenhaus eine Tür klappern hörte. Neugierig blieb sie auf dem Treppenabsatz stehen. Bestand die Aussicht, dass jemand auf der Bildfläche erschien, mit dem sich eine Unterhaltung beginnen ließ? Ein Gespräch würde ihr jetzt guttun. Sie gehörte zu den Menschen, die sich das Entsetzen von der Seele reden mussten. Aber mit wem sollte sie sprechen? Die Kinder waren noch nicht zu Hause, und Erik würde vermutlich noch lange mit seiner Ermittlungsarbeit zu tun haben. Ein Besuch in Käptens Kajüte war zu riskant, außerdem bestand die Gefahr, dass Tove ihr erneut diesen Grünkohl anbieten würde, dem sie am Nachmittag nur knapp entronnen war. Und wer konnte schon sagen, ob seine Imbiss-Stube überhaupt geöffnet war? Schließlich rechnete Tove an diesem Abend erst in etwa zwei Stunden mit Gästen, die vom Biikefeuer zurückkamen. Nein, sie musste geduldig darauf warten, dass sich jemand zu ihr gesellte, der genauso gern über das schreckliche Ereignis reden wollte wie sie selbst.

Sie machte einen langen Hals, als sie Schritte hörte. Vielleicht war Frau Kemmertöns auf dem Weg zur Mülltonne? Dann würde es womöglich reichen, ihr einen Gruß zuzurufen, damit die Nachbarin herbeigelockt wurde. Anschließend konnten sie dann gemeinsam so lange über all das Schreckliche reden, bis Mamma Carlotta hoffen durfte, dass Yvonne Perrette ihr nicht als unbewältigtes Problem im Traum erschien.

Es kam sogar noch besser, als sie gehofft hatte. Frau Kemmertöns musste nicht ins Haus gelockt werden, sie war auf dem Weg zu Mamma Carlotta. Was für ein Glück, dass auch eine zugeknöpfte Inselbewohnerin von Neugier geplagt wurde, wo es Mamma Carlotta bei ihren ersten Besuchen auf Sylt doch so vorgekommen war, als könnte die Leidenschaftslosigkeit eines echten Friesen durch nichts in Versuchung geführt werden.

Anscheinend aber war Frau Kemmertöns ihre eigene Neugier nicht ganz geheuer. Sie brauchte einen zweiten Grund zur Kontaktaufnahme, einen nachbarlichen Grund, und zwar in Gestalt eines Topfes, den sie feierlich über den Bürgersteig zum Hause Wolf trug. »Ich habe gehört, dass Sie zurückgekommen sind«, rief sie schon von Weitem. »Die Kinder und Ihr Schwiegersohn werden sicherlich auch bald eintreffen.« Nun war sie vor den Stufen angekommen, die zur Haustür hinaufführten. »Und alle hatten sich auf das Grünkohlessen in der Norddörfer Halle gefreut«, fuhr Frau Kemmertöns fort. »Mein Mann will ja immer nur den Grünkohl, den ich selber gekocht habe. Wir hätten unseren Grünkohl also sowieso zu Hause gegessen ...«

Damit hatte sie schneller, mehr und lauter gesprochen, als es eigentlich ihre Art war, und ließ sich erschöpft von Mamma Carlotta über die Schwelle ziehen. Die ahnte, dass ihr ein Akt der Diplomatie bevorstand, der selbst für eine Italienerin nur mit Netz und doppeltem Boden zu bewältigen war. »Treten Sie ein!«

Sie übersah den Topf in Frau Kemmertöns' Händen geflissentlich, den sie unter anderen Umständen mit vielen übertriebenen Jubelrufen entgegengenommen hätte. Doch als sie an der Erkenntnis nicht mehr vorbeikam, dass die Nachbarin ihr Grünkohl gebracht hatte, gelang es ihr immerhin noch, so zu reagieren, dass ein gebürtiger Friese von blankem Entzücken geredet hätte. Und während sie Frau Kemmertöns in die Küche führte, fiel ihr zum Glück ein Grund ein, warum sie das Sylter Nationalgericht nicht umgehend probieren konnte. »Den werde ich aufwärmen, sobald Erik und die Kinder zurück sind. Was werden die sich freuen!«

Frau Kemmertöns war zufrieden und bestand erfreulicherweise nicht darauf, dass Mama Carlotta den Grünkohl in ihrer Gegenwart probierte. Das lag natürlich auch daran, dass er nur ein Vorwand gewesen war, um einen Besuch bei den Wolfs zu machen. Auf den eigentlichen Grund ließ sie Mama Carlotta nicht lange warten. »Warum wurde das Biikebrennen abgebrochen? Stimmt es, dass eine Leiche unter der Biike lag?«

Die nächste halbe Stunde verging wie im Fluge. In der Küche war es warm, durch den eisigen Wind, der ums Haus wehte, und die Kälte, die vor den Fenstern stand, wurde die Wärme noch kostbarer. Und die Finsternis auf dem Süder Wung machte aus dem hell beleuchteten Viereck des Tisches eine Insel der Behaglichkeit. Mamma Carlotta und Frau Kemmertöns waren sich schnell einig, dass ein klarer Schnaps nicht nur nach dem Grünkohlessen für gute Verträglichkeit sorgte, sondern auch prophylaktisch genossen vernünftig war. Dann hatten sie Yvonne Perrettes schreckliches Ende von allen Seiten beleuchtet, sich in sämtlichen Vermutungen ergangen, die einigermaßen vertretbar waren, und vor keiner Verdächtigung haltgemacht. Dass Jannes Pedersen den ersten Platz auf der Liste der potenziellen Mörder einnahm, auch darüber waren sich die beiden schnell einig. Ein längerer Meinungsaustausch war zu Mamma Carlottas Bedauern in diesem Falle nicht vonnöten. Aber zum Glück ließ sich über Geraldines Rolle in diesem Drama lang und breit reden.

»Stellen Sie sich vor«, flüsterte Frau Kemmertöns, als hätte sie Angst vor ihren eigenen Mutmaßungen, »was mir Marikke erzählt hat, bevor das Biikebrennen begann ...«

Mamma Carlotta holte vorsichtshalber ein paar Antipasti aus dem Kühlschrank, weil ihre Lebenserfahrung ihr sagte, dass Sensationen auf nüchternen Magen schwer zu vertragen waren.

Dass Marikke Tadsen am Nachmittag vor Yvonnes Verschwinden ein Gespräch zwischen den beiden Mode-Schwestern belauscht hatte, war mit marinierten Paprikaschoten, eingelegten Mozzarellakugeln und ein paar Artischockenherzen in Tomaten-Vinaigrette eindeutig leichter zu verkraften. Eifrig berichtete Frau Kemmertöns nun, Yvonne habe ihrer Schwester schwere Vorhaltungen gemacht, weil sie dahintergekommen war, dass Geraldine ein Verhältnis mit einem verheirateten Mann hatte, der aber nicht beim Namen genannt worden war. »Marikke muss mit ihrem Rollstuhl ja immer durch den Garten fahren, weil ins Modeatelier zwei Stufen hinaufführen. Die Schwestern haben nicht bemerkt, dass Marikke vor der Terrassentür stand und sie belauscht hat.«

Mamma Carlotta schlug eine Hand vor den Mund. »Madonna! Und die arme Signora Tadsen wusste nicht, dass von ihrem eigenen Mann die Rede war?«

Frau Kemmertöns nickte bekümmert. »Ich war drauf und dran, ihr die Wahrheit zu sagen, das können Sie mir glauben.«

Aber nachdem ein weiterer Schnaps bei der Erörterung der Frage konsumiert worden war, ob in diesem Falle die Wahrheit eventuell besser sei als eine fromme Lüge, stand für die beiden fest: Marikke musste weiterhin ahnungslos bleiben.

»Wahrscheinlich wird ja sowieso bald Schluss sein mit dieser unseligen Affäre«, sagte Frau Kemmertöns geheimnisvoll.

Mamma Carlotta sah sie erstaunt an. »Glauben Sie wirklich?«

»Natürlich! Wenn sie im Knast sitzt!«

Darauf brauchte Mamma Carlotta einen weiteren Schnaps. »Sie meinen, Geraldine hat ihre Schwester umgebracht, damit sie nichts von ihrem Verhältnis mit Wilko Tadsen verrät?«

Frau Kemmertöns schob statt einer Antwort ihr Schnapsglas näher zur Flasche, ein Hinweis, den Mamma Carlotta sofort verstand. Und es war keine Frage, dass sie sich für diese wichtige und äußerst interessante Information revanchieren musste!

Ein paar Minuten später wusste Frau Kemmertöns, dass Geraldine womöglich auch Elske Pedersen auf dem Gewissen hatte, denn das Argument, sie sei zu diesem Zeitpunkt nicht auf Sylt gewesen, zählte nicht mehr. »Sie lebte in Flensburg, als Elske verschwand. Von Flensburg nach Sylt – das ist doch nur ein ... wie sagt man?«

»Katzensprung!«, antwortete Frau Kemmertöns und brauchte für die Verarbeitung dieser Erkenntnis einen weiteren Schnaps.

Es dauerte eine geraume Weile, bis Jannes Pedersen glauben konnte, dass die Polizei nicht wegen seiner Auseinandersetzung mit Tove Griess gekommen war.

»Das war nur eine kleine Meinungsverschiedenheit! Nichts, was die Polizei etwas angeht!« Er baute sich breitbeinig vor der Tür auf und warf Tove, der schleunigst zu seinem Lieferwagen gelaufen war, einen verächtlichen Blick hinterher. Pedersen trug nur einen leichten Pullover, die Hitze seines Streites schien ihn ausreichend zu wärmen. Jedenfalls hatte er nicht das Bedürfnis, so schnell wie möglich ins warme Haus zurückzukehren.

Auf Eriks Wunsch, ihn und Sören einzulassen, schüttelte er energisch den Kopf. »Diese Sache regle ich mit Tove selbst.«

»Worum geht es überhaupt?«, fragte Sören und achtete nicht auf den vorwurfsvollen Blick seines Chefs, der in diesem Fall Pedersens Meinung war: Das ging sie nichts an, ihr Besuch hatte einen viel wichtigeren Grund.

»Um eine Lieferung«, erklärte Jannes Pedersen. »Ich habe ihm ein paar Werkzeuge geliefert. Steckschlüsselsätze! Was man im Fahrradhandel benötigt, kann auch ein Gastronom gebrauchen, der seine Bude auf Vordermann bringen will.«

»Gastronom«, wiederholte Erik spöttisch. »Aber Sie haben recht! Wenn Sie Tove Griess zu wenig geliefert oder zu viel berechnet haben, so ist das wirklich Ihre Sache.«

»Sag ich doch!« Jannes Pedersen kreuzte die Arme vor der Brust und machte sich damit noch breiter.

»Wir müssen Sie sprechen, Herr Pedersen. Lassen Sie uns bitte rein.« Ehe Pedersen protestieren konnte, ergänzte Erik: »Es geht nicht um Tove Griess, sondern um Yvonne Perrette.«

Er beobachtete Pedersen scharf. Wenn er für den Mord an Yvonne Perrette verantwortlich war, dann glaubte er jetzt womöglich, dass das Biikefeuer gerade dabei war, sämtliche Spuren seiner Tat zu verwischen. Dann fühlte er sich sicher.

Allerdings sah Pedersen in diesem Augenblick keinesfalls sicher aus. Zögernd gab er den Weg ins Haus frei und ließ die beiden Polizeibeamten vorausgehen. Sie betraten den kleinen Vorraum der Werkstatt, in dem es einige Spinde für die persönlichen Gegenstände der Mitarbeiter gab, und von dort das noch kleinere Büro. Ein improvisiert eingerichteter Raum, der genauso wenig wie Elskes Zimmer zur teuren Ausstattung des übrigen Hauses passte. Erik hatte einen überheizten Raum erwartet, aber zum Glück empfing ihn angenehme Kühle. Er konnte seine Jacke geschlossen lassen. Das gab ihm die Illusion, hier nur einen kurzen Besuch zu machen, der schnell zu einem Ergebnis führen würde.

Ohne ein Wort wies Jannes Pedersen erst auf seinen Bürostuhl, dann auf einen niedrigen Hocker, der vor einem hohen Regal stand, damit man mit seiner Hilfe an die Akten in den oberen Reihen gelangen konnte. Sören ließ sich bereitwillig darauf nieder, während Erik am Schreibtisch Platz nahm. Er fühlte sich nicht wohl auf diesem Stuhl und hätte sich lieber auf die Fensterbank gehockt, wie Jannes Pedersen es jetzt tat. Indem er dessen angestammten Platz einnahm, fühlte er sich dem Fahrradhändler näher, als er wollte.

Pedersen sah nun sogar ängstlich aus. Wovor fürchtete er sich? Dass sein Plan nicht aufgegangen war? Oder war er nur in Sorge um seine Lebensgefährtin? Erik wollte es nicht gelingen, frei von Vorurteilen an seine Arbeit zu gehen. Hatte er sich nach dem Auffinden von Elske Pedersens Leiche noch sagen können, dass ein gewalttätiger Mann wie Jannes Pedersen nicht unbedingt auch ein Mörder sein musste, fiel es ihm jetzt schwer, an einen anderen Täter zu glauben.

Pedersen sah ihn ungeduldig an. »Was ist mit Yvonne?«

»Das Biikebrennen ist vorzeitig beendet worden«, begann Erik, zog die Beine seiner Cordhose ein wenig in die Höhe und strich seinen Schnauzer glatt, ehe er weitersprach. »Das Biikebrennen neben der Norddörfer Halle meine ich. Die Biike war gerade angesteckt worden, aber dann hat die Feuerwehr sie wieder gelöscht.«

Pedersen sah so aus, als verstünde er kein Wort. Hatte er sich so gut in der Gewalt? »Warum?«, fragte er und nahm seine Hände von der Fensterbank, mit denen er sich abgestützt hatte. Sie hinterließen feuchte Abdrücke auf dem glänzenden Marmor.

»Wir haben leider keine guten Nachrichten. Die Leiche Ihrer Lebensgefährtin wurde unter den Biikezweigen gefunden«, sagte Erik und ergänzte hastig: »Es tut mir leid.«

Jannes Pedersen starrte ihn mit offenem Mund an. Erik beobachtete ihn genau, suchte nach einem verräterischen Zeichen, nach einem Gefühl, das zu opulent war, um ehrlich zu wirken.

Dann erschrak er zu Tode. Jannes Pedersen sprang auf und griff sich mit beiden Händen an den Kopf, als gäbe es dort einen unerträglichen Schmerz. »Yvonne ist tot?«, brüllte er. »Wer war das? Welches Schwein hat das getan?«

Ehe Erik eine Antwort geben konnte, versetzte Jannes einem Blumenhocker einen Fußtritt, auf dem keine Blume, sondern ein Karteikasten stand, der sich kopfüber auf den Fußboden entleerte. Ohne darauf zu achten, trat er gegen seinen Schreibtisch, sodass Erik zusammenzuckte, gegen den Aktenschrank, gegen ein Bein des Hockers, auf dem Sören saß. Er landete derart unvermutet auf der Erde, dass er vor lauter Verblüffung nicht wieder auf die Beine kam. Auch das nahm Jannes Pedersen nicht zur Kenntnis. Nach einem weiteren Tritt gegen das Regal, der eine beängstigende Wirkung auf die obere Reihe der Aktenordner hatte, nahm er seine Fäuste zu Hilfe und hieb derart wütend auf die Schreibtischplatte ein, dass Erik mit seinem Stuhl so weit wie möglich an die Wand rückte. Als Pedersen einen markerschütternden Schrei ausstieß, versuchte Sören gerade, sich in die Höhe zu stemmen, verlor aber vor Schreck das Gleichgewicht wieder und landete erneut auf dem Boden.

Jannes Pedersen gab erst Ruhe, als gut hundert Heftklammern und der Inhalt einer Bleistiftbox auf dem Fußboden lagen, die er vom Schreibtisch gefegt hatte. Schwer atmend stand er nun da und starrte auf das, was er angerichtet hatte. Wie erwachend sah er sich um. Als sei er aus einem Traum aufgeschreckt worden, den er für wahr gehalten hatte.

Erik musste sich gewaltsam aus seiner Erstarrung lösen, um den Augenblick zu nutzen, bis Pedersen wieder hellwach war. »Wo waren Sie vorgestern Abend? Von acht bis gegen drei Uhr morgens?«

Jannes starrte ihn an. »Was soll die Frage?«

»Yvonne Perrette verschwand kurz nach acht und wurde noch vor drei Uhr ermordet. Da ist sich der Gerichtsmediziner sicher.«

»Wollen Sie damit sagen …?« Schon wieder wurde Pedersens Stimme lauter, seine Haltung aggressiv, sein Blick bedrohlich.

Erik antwortete schnell und unüberlegt, ehe Pedersen auf die Idee kam, seine Aggressionen nicht nur auf das Inventar seines Büros, sondern auch auf seine Besucher zu richten. »Solche Fragen müssen wir allen stellen, die im näheren Kontakt zu dem Opfer standen.« Erik erhob sich, weil er sich stehend ein wenig stärker vorkam. »Eine reine Routinefrage! Also: Wo waren Sie vorgestern Abend?«

»Heißt das, dass Sie mich verdächtigen?«

Erik warf einen vielsagenden Blick auf alles, was unter Pedersens Wutausbruch gelitten hatte. »Sie sind vorbestraft, Sie gelten als gewalttätig. Es ist bekannt, dass Sie sowohl Ihre Frau als auch Ihre Lebensgefährtin geschlagen haben. Und dass Sie Ihre Wut schwer beherrschen können, haben Sie gerade eindrucksvoll bewiesen.«

»Was soll das heißen? Es geht nicht nur um Yvonne? Auch um meine Frau? Die soll ich auch umgebracht haben?« Jannes Pedersen schien außerstande zu sein, in gemäßigtem Ton zu reden, wenn er erregt war. Schon wieder dröhnte seine Stimme, an seinen Schläfen pochte eine Ader in einem besorgniserregenden Rhythmus. Er stellte sich in die Tür, als wollte er die beiden Polizisten an der Flucht hindern.

Erik gab seinem Assistenten einen Wink. Sören sollte sich ebenfalls erheben. Dass jemand zu Jannes Pedersen aufsah, erschien Erik mit einem Mal unerträglich. »Wo Sie waren, als Ihre Frau verschwand, wissen wir ja bereits.«

»In Ellund!«

»Bei einem Mann, der Ihr Alibi nicht mehr bestätigen kann.«

»Aha! Endlich nennen Sie es beim Namen! Alibi! Sie glauben also, ich habe vor fünf Jahren Elske umgebracht und vorgestern Yvonne?«

Erik fing einen warnenden Blick von seinem Assistenten auf und schluckte den Zorn herunter, der seine Stimme vielleicht ebenfalls laut und aggressiv gemacht hätte. Sören hatte ja recht. Er durfte Jannes Pedersen nicht wie einen Verdächtigen behandeln. Er war ein Mann, der gerade vom Tod seiner Lebensgefährtin erfahren hatte. Dass er außerdem ein Gewalttäter war, dem Erik einen Mord zutraute, durfte in diesem Moment keine Rolle spielen. Nicht, solange es keine eindeutigen Beweise oder zumindest schwerwiegende Indizien gegen ihn gab. Lieber Himmel, er benahm sich wie ein Anfänger! Er war froh, als Sören erkennen ließ, dass er das Gespräch an seiner Stelle fortsetzen wollte.

»Es ist nicht leicht für Sie, ich weiß«, sagte Sören mit sanfter Stimme, doch sie vertiefte die Wachsamkeit in Pedersens Augen nur noch. »Aber es wäre gut, wenn Sie uns trotz Ihrer Trauer ein paar Fragen beantworten könnten. Sicherlich wollen Sie auch, dass der Mörder Ihrer Lebensgefährtin so bald wie möglich gefasst wird.« Er machte einen Schritt auf Pedersen zu. »Hatte sie Feinde? Trauen Sie jemandem diesen Mord zu? Können Sie sich ein Motiv vorstellen?«

Jannes Pedersen wurde ruhiger. Er sah Sören nachdenklich

an, dann schüttelte er den Kopf. »Yvonne hatte keine Feinde. Sie kann nur ein zufälliges Opfer geworden sein.«

»So wie Ihre Frau?«, fragte Erik und ärgerte sich über sich selbst, weil seine Frage bedeutungsvoller klang, als er beabsichtigt hatte. »Sie hatten nun genug Zeit, sich die Antwort auf meine Frage zu überlegen«, sagte er provokant. »Ist Ihnen eingefallen, wo Sie vorgestern Abend waren?«

»Ich bin nach Niebüll gefahren. Schon am Nachmittag.«

»Zu welchem Zweck?«

»Zu keinem besonderen. Ich fahre gern mal nach Niebüll. Es gibt dort ein paar romantische Erinnerungen für mich.«

Erik starrte Jannes Pedersen an, als hätte er nicht recht gehört. »Romantische Erinnerungen?«

Pedersen nickte und versuchte, ein schuldbewusstes Gesicht zu ziehen. »Ich habe Yvonne einmal betrogen. Im letzten Sommer! Ich war sogar drauf und dran, mich von ihr zu trennen. Aber dann habe ich es doch nicht auf die Reihe gekriegt.« Er blickte Erik an, als übte er für eine Hauptrolle in einer Rosamunde-Pilcher-Verfilmung. »Manchmal habe ich mich gefragt, ob es nicht besser gewesen wäre, wenn ich den Mut aufgebracht und noch einmal von vorn angefangen hätte. Aber ich hab's nicht geschafft. Und seit es mit Yvonne so schwierig geworden war ...«

»Warum war es schwierig geworden?«, unterbrach ihn Erik.

Pedersen fing plötzlich an, die Karteikarten einzusammeln, die immer noch zu seinen Füßen lagen, und sie ungeordnet in den Karteikasten zu stecken, den er zu diesem Zweck auf den Blumenhocker zurückgestellt hatte. »Sie zickte ständig rum. Eifersüchtig, unzufrieden ... genau wie Elske. Irgendwann werden die Frauen anscheinend so. Wenn sie meinen, sie haben einen Mann so weit, dass sie nur noch Ansprüche zu stellen brauchen.«

Erik öffnete den obersten Knopf seiner Jacke. Ihm war nun doch warm geworden. »Und seitdem fahren Sie nach Niebüll, um Ihre Erinnerungen zu pflegen? Oder um diese Frau zu treffen?«

Pedersen beschäftigte sich nach wie vor mit seinem Karteikasten. »Sie lebt nicht mehr in Niebüll. Nachdem ich mich von ihr getrennt habe, ist sie aus lauter Enttäuschung weggezogen. Nach Süddeutschland. Ich wollte nicht wissen, wohin genau. Damit ich nicht in Versuchung komme.«

»Wie rührend!«

»Dachten Sie, ich wäre ein gefühlloser Klotz, Herr Hauptkommissar?«

Darauf antwortete Erik nicht. »Gibt es jemanden, der Sie in Niebüll gesehen hat? Oder auf dem Autozug?«

Jannes Pedersen schüttelte bekümmert den Kopf. »Nicht, dass ich wüsste.«

»Wann sind Sie auf die Insel zurückgekommen?«

»Ich glaube, gegen sieben.«

»Was haben Sie dann gemacht?«

»Ich bin nach List gefahren. Zum Hafen«, gab Jannes Pedersen zurück. »Yvonne war nicht gut drauf in letzter Zeit. Ich hatte keinen Bock, mir ihre runtergezogenen Mundwinkel anzusehen.«

»Was haben Sie dort gemacht?«

»Was ich immer mache. Fischbrötchen essen. Bei Gosch schmecken sie nun mal am besten. Und am allerbesten oben in List. Dort ist es urwüchsiger als in der Friedrichstraße oder an der Kliffkante in Wenningstedt. Für mich ist das Restaurant in List immer noch die nördlichste Fischbude Deutschlands, obwohl es ja längst keine Fischbude mehr ist. Gosch hat das gut hingekriegt! Alles vom Feinsten!«

Erik unterbrach ihn ärgerlich: »Ich weiß! Ich habe da auch schon mal ein Fischbrötchen gegessen.«

»Dann wissen Sie ja auch, wie voll es da immer ist! Sogar Ende Februar. Zum Biikebrennen ist auf der Insel beinahe so viel los wie in der Hochsaison.«

»Warum erzählen Sie mir das?«

»Weil Sie todsicher fragen werden, ob jemand bestätigen kann, dass ich wirklich bei Gosch in List ein Fischbrötchen gegessen habe.«

»Und? Kann es jemand bestätigen?«

Jannes Pedersen zuckte mit den Schultern. »Die Fischbrötchen liefen da praktisch vom Fließband. Mich würde es wundern, wenn sich jemand an mich erinnern könnte.« Er stieß ein Lachen aus, das Erik ihm am liebsten zurück in den Mund gestopft hätte. »Ich bin ja eher ein unauffälliger Typ.«

»Wie lange waren Sie dort?«

»Ein oder zwei Stunden.«

»Für ein einziges Fischbrötchen?«

»Ich bin da noch mit ein paar Leuten ins Gespräch gekommen, dann geht die Zeit schnell vorbei.«

»Leute, die Ihnen namentlich vermutlich nicht bekannt sind?«

»Zwei Dänen, die am Morgen von Römö übergesetzt hatten, und zwei Flensburger. Ich glaube, die hießen Wim und Hein.«

»Und dann sind Sie nach Hause gefahren? Aber leider hat Sie auch dort niemand gesehen! Oder irre ich mich?« Erik ging auf Pedersen zu und sorgte mit einer energischen Handbewegung dafür, dass er zur Seite trat und die Tür freigab. »Sie haben also für vorgestern Abend kein Alibi«, stellte er fest, wandte sich um und machte einen Schritt in den Vorraum.

Verblüfft drehte er sich zurück, als Pedersen sagte: »Ich war anschließend noch in Käptens Kajüte. Tove Griess hat einen guten Genever. Bei der Gelegenheit habe ich ihm auch gleich die Werkzeuge vorbeigebracht.«

»Aber eins zu wenig«, ergänzte Sören und drängte sich unauffällig an Pedersen vorbei.

Der antwortete mit einer wegwerfenden Geste: »Tove kann eben nicht richtig zählen.«

»Wie lange waren Sie in Käptens Kajüte?«, fragte Erik.

»Mindestens bis drei!«

Erik sah ihn überrascht an. »So lange?«

»Nicht, dass Sie denken, Herr Hauptkommissar, Tove hält die Sperrstunde nicht ein. Irgendwann hat er die Bude abgeschlossen, und wir haben die Geneverflasche leer gemacht. Geschlossene Gesellschaft! Und bis drei dauert das eben, bis so eine Flasche leer ist.«

»Und das kann Tove Griess bezeugen?«

»Selbstverständlich, Herr Hauptkommissar!«

»Ob Sie danach mit Ihrem Auto heimgefahren sind, sollten wir wohl besser nicht fragen«, meinte Sören.

Jannes sah ihn an wie ein Schulkind, dem eine schlechte Note angedroht wird. »Besser wär's.«

Erik merkte, wie ihm der Zorn, der in seiner Körpermitte rumorte, in die Kehle stieg. Er musste hier raus! Sonst würde er etwas tun oder sagen, womit er sich ein Disziplinarverfahren an den Hals lud. Er griff in seine Tasche und holte eine Visitenkarte heraus. »Rufen Sie mich an, wenn Ihnen etwas einfallen sollte, was für die Ermittlungen wichtig ist.«

Jannes betrachtete die Karte respektvoll. »Selbstverständlich, Herr Hauptkommissar.« Dann sah er auf, und wieder stahl sich etwas in seine Augenwinkel, was wie ein Lächeln aussah. Er führte sie nicht zur Tür, sondern blieb vor seinem Schreibtisch stehen und sah ihnen nach. Erik war froh, dass es nur zwei, drei Schritte waren, um den Vorraum zu durchqueren. Pedersens Blicke in seinem Rücken waren ihm nicht angenehm.

Sören schien es genauso zu gehen. So dicht folgte er Erik, dass er ihm am Fuß der Eingangsstufe sogar in die Hacken trat, als könnte er nicht schnell genug die Tür hinter sich ins Schloss ziehen. Statt sich zu entschuldigen, stöhnte er auf: »Was für ein unangenehmer Kerl!«

»Er war es«, sagte Erik mit dumpfer Stimme. »Wir müssen es ihm nur beweisen.«

Aber Sören widersprach zu seiner Überraschung. »Ich bin da nicht so sicher. Diese Aufgeblasenheit, mit der er uns abgefertigt hat! Die traue ich ihm nicht zu, wenn er wirklich der Mörder ist. Und seine Verzweiflung, als er hörte, dass Yvonne tot ist, kam mir echt vor.«

»Verzweiflung nennen Sie dieses Gebrüll und das Bedürfnis, alles kurz und klein zu schlagen?«

Sören nickte. »Bei dem ist das eben so. Außerdem wird Tove Griess sein Alibi bestätigen, da bin ich ziemlich sicher.«

Erik blieb stehen und sah deprimiert auf seine Füße. »Ein Alibi, das ein Ganove dem anderen gibt! Damit wären wir schachmatt gesetzt.«

»Tove hält anschließend die Hand auf, und Pedersen steckt

ihm gern ein paar Scheinchen rein für die kleine Gefälligkeit.«

Erik wollte gerade etwas erwidern, da hörten sie den Schrei. Und kurz darauf ein Poltern und Klirren. Erschrocken starrten sie sich an, dann fuhren sie herum und liefen zurück. Erik rüttelte am Türknauf, doch die Tür war verschlossen. Da wieder ein Schrei! Ein wütendes Brüllen!

Erik hob sich auf die Zehenspitzen, um durch das kleine Fenster zu blicken, das dafür sorgte, dass das Licht vom Büro in den Vorraum fiel. Da die Tür geöffnet war, konnte Erik sehen, wie Jannes Pedersen versuchte, mit bloßen Fäusten seine Einrichtung zu zerschlagen.

Das Inselblatt hatte am nächsten Morgen zwei große Meldungen auf dem Titelblatt: *Sturmwarnung für Sylt!* und *Weibliche Leiche unter der Biike!*

Der Sturmwarnung schenkte Mama Carlotta keine besondere Aufmerksamkeit, weil sie glaubte, den Unterschied zwischen Wind und Sturm längst zu kennen. Anders die zweite Meldung! Gierig begann sie zu lesen, immer in der Erwartung, in der nächsten Zeile auf den eigenen Namen zu stoßen. Ihre Augen rasten über die Zeilen und überflogen den Artikel noch einmal, als sie am Ende angekommen war. Vergeblich! An keiner Stelle wurde ihr Name erwähnt, nur den des Hundes hatte die Staatsanwältin dem Chefredakteur des Inselblattes verraten. Carlotta Capellas Tat kam in der Berichterstattung nicht vor. Wer diesen Artikel las, musste zu der Ansicht kommen, die Staatsanwältin selbst habe verhindert, dass ein Mord ungesühnt blieb.

Verdrießlich betrachtete Mamma Carlotta das Foto, das fast die halbe Seite einnahm. Für den Chefredakteur war also die Staatsanwältin wichtiger gewesen als die italienische Nonna, die nicht nur die Leiche entdeckt, sondern sogar den Hund gerettet hatte, der dem Schwager der Staatsanwältin gehörte. Aber auch diese Tatsache wurde mit keiner Silbe erwähnt. »Maledetto!«

Sie seufzte tief auf und ging zur Espressomaschine, weil nach einer solchen Enttäuschung die Geschmacksnerven etwas brauchten, was die Seele wieder aufrichtete. Während sie den Espresso schlürfte, wanderte ihr Blick immer wieder zu dem Bild der Staatsanwältin, die selbstbewusst in die Kamera lächelte. Eine gut aussehende Frau, das musste sie widerwillig zugeben, mit modischem Schick gekleidet, das konnte Carlotta Capella als Mitarbeiterin des Modeateliers beurteilen.

Sie lauschte ins Haus. In Eriks Zimmer rumorte es, in den Kinderzimmern blieb es still. Kein Wunder! Nach dem Biikebrennen war schulfrei, das galt auch für Carolin während ihres Schulpraktikums. Felix würde wohl bis gegen Mittag schlafen, Carolin dagegen wollte den freien Tag nutzen, um sich die Ärmelrüschen von Sörens Hemd vorzunehmen. Sehr bedauerlich, dass sie ihrer Enkelin dabei nicht zur Hand gehen konnte! Aber was sollte sie machen? Der dringenden Bitte, die Erik ihr gestern Abend übermittelt hatte, konnte sie sich nicht verschließen. Obwohl sie es empörend fand, dass Geraldine Bertrand am Tag, nachdem ihre Schwester tot aufgefunden worden war, den Laden öffnen wollte.

Erik hatte ihr geduldig erklärt, dass man Madame Bertrand verstehen müsse. »Es geht um ihre Existenz!«

»Sie ist nicht die Besitzerin des Modeateliers! Sie war nur die Angestellte ihrer Schwester!«

»Aber sie fühlt sich verantwortlich für den Laden.«

»Ecco!« Seufzend hatte Mamma Carlotta sich gefügt. »Gehe ich also morgen ins Modeatelier!«

Dass sie sich trotz ihrer Entrüstung ein wenig freute, ließ sie nicht laut werden. Die schöne Zeit im Modeatelier war also noch nicht vorbei! Natürlich würde sie während der Arbeit viel an Yvonne Perrette denken, damit sie sich ihrer Freude nicht schämen musste, würde alles so machen, wie es in ihrem Sinne gewesen wäre, würde beim Nähteausbügeln ihrer gedenken und auf jede Frage, die von einer Kundin gestellt wurde, beteuern, dass Yvonne Perrette eine reizende Person gewesen sei und ihr Tod alle sehr erschüttert habe. Und ganz heimlich sagte sie sich, dass es nicht falsch war, sich in Geraldine Bertrands Nähe aufzuhalten und sie genau zu beobachten. Einer Frau, der das Geschäft wichtiger war als die tote Schwester, war alles zuzutrauen.

Sogar die Kinder waren dieser Ansicht gewesen, als sie durchgefroren zu Hause angekommen waren und sich hungrig auf den Grünkohl stürzten, den Frau Kemmertöns ins Haus getragen hatte.

»Die tut so, als wäre nichts gewesen?«, hatte Felix entgeistert gefragt. »Dann ist sie die Mörderin.«

»Red kein Blech«, hatte Carolin ihn angefahren. »Wenn sie es gewesen wäre, würde sie tiefe Trauer heucheln und das Geschäft garantiert geschlossen lassen.«

Das leuchtete Felix zwar ein, aber die Diskussion, wie das Verhalten von Geraldine Bertrand zu bewerten sei, nahm trotzdem kein Ende. Und Mamma Carlotta war zufrieden, dass die beiden darüber vergaßen, in welchem Zustand ihnen die Nachbarin vor der Haustür begegnet war.

»Die war hackevoll«, hatte Felix gesagt.

Und Carolin hatte ergänzt: »Die hatte sogar unsere Namen vergessen.«

Mamma Carlotta hatte etwas von gesundheitlichen Problemen gemurmelt, da sie der Meinung war, dass Kinder so wenig wie möglich von den Ausschweifungen Erwachsener mitbekommen sollten, und dabei selber so langsam wie möglich gesprochen, damit ihre Zunge sich nicht verhedderte. Sie war froh, dass sie als Italienerin daran gewöhnt war, ein gutes Essen mit einem Grappa abzuschließen. Oder auch zwei. Hackevoll war sie so schnell nicht! Frau Kemmertöns aber hatte einen Mann, der das Konsumieren von Alkohol für ein männliches Privileg hielt und niemandem gestattete, am Schraubverschluss seiner Schnapsflasche zu drehen. Hoffentlich beschwerte er sich nicht bei Erik, weil seine Frau im Vollbesitz ihrer geistigen und körperlichen Kräfte das Haus Wolf betreten hatte und schwankend und mit schwerer Zunge heimgekehrt war.

Wie mochte es der armen Frau Kemmertöns heute Morgen gehen? Mamma Carlotta war froh über ihre eigene robuste Konstitution, der mit einem zweiten Espresso auf die Beine geholfen werden konnte, ehe sie sich zum Bäcker aufmachte. Der Rest ihrer leichten Kopfschmerzen würde bei der eisigen Kälte sicherlich schnell vergehen.

Sie warf sich ihre Jacke über und überlegte kurz. Handschuhe, Mütze, Schal? »Madonna! Wie lange das dauert!« Für den kurzen Weg zum Bäcker Vorbereitung treffen wie für eine Expedition zum Polarkreis? »Das geht auch ohne!«

Der Wind riss ihr die Tür aus der Hand und warf sie donnernd hinter ihr ins Schloss. Oder war das schon der Sturm, von dem in der Zeitung die Rede war? Bereits nach wenigen Minuten bereute sie, auf Handschuhe, Mütze und Schal verzichtet zu haben. Mit eisigen Spitzen fuhr ihr der Wind ins Gesicht und in die Ohren, im Nu waren ihre Finger steif gefroren, die Kälte auf ihrer Kopfhaut tat weh. Schnell zog sie sich die Kapuze über, band sie unter dem Kinn zu, damit auch die Ohren geschützt waren, und steckte die Hände tief in die Taschen ihrer Jacke. Dann machte sie es wie die Sylter, die ihr entgegenkamen, blickte zu Boden und bewegte sich so schnell wie möglich, um ihren Körper warm zu halten.

Herr Arfsten steckte gerade den Kopf aus der Backstube in den Laden, als Mamma Carlotta eintrat. Erleichtert zog sie ihre Hände aus den Taschen und die Kapuze vom Kopf. Wie herrlich, wie unsagbar wohltuend war es, in diese duftende Wärme zu kommen! Dass sich vor ihr eine lange Reihe von Kunden vor der Theke aufgestellt hatte, machte ihr nichts aus. So konnte sie länger diesen Zustand genießen, in dem die Wärme die Hände kribbeln ließ und das Gesicht zu brennen begann.

Herr Arfsten winkte Mamma Carlotta aufgeregt zu einem der Stehtische und kümmerte sich nicht um die missbilligenden Blicke seiner Verkäuferin, die anscheinend um den rechtzeitigen Nachschub der Brötchen fürchtete. Nervös zog er seine Hose in die Höhe und versicherte Mama Carlotta, er werde in wenigen Augenblicken höchstpersönlich ihre Brötchentüte packen. »Aber vorher müssen Sie mir erzählen, ob es wirklich Yvonne Perrette war, die gestern Abend unter der Biike gefunden wurde. Mehrere Kunden behaupten, sie wäre es gewesen. Aber im Inselblatt wird der Name der Toten nicht genannt.«

»Davvero?« Das war Mama Carlotta gar nicht aufgefallen.

»Ist die Leiche noch nicht identifiziert worden?«, fragte

Herr Arfsten und holte tief Luft, was prompt zur Folge hatte, dass der Bund seiner schwarz-weiß karierten Hose wieder der Erdanziehung folgte. Erwartungsvoll sah er Mamma Carlotta an.

Sie überlegte. Hatte Erik ihr verboten, Yvonne Perrettes Namen zu erwähnen? Nein, da war sie sich ganz sicher. Also durfte sie die Frage des Bäckers wahrheitsgemäß beantworten.

Herr Arfsten stöhnte auf, als Mamma Carlotta vorsichtig nickte. »Hab ich's mir doch gedacht!« Er senkte seine Stimme und flüsterte: »Alle sind davon überzeugt, dass die Tote Yvonne Perrette ist. Die Kunden, die gestern beim Biikebrennen neben der Norddörfer Halle waren, wussten jedenfalls Bescheid. So was spricht sich schnell rum.«

Mamma Carlotta atmete erleichtert auf. Nun fiel die Sorge, dass sie etwas verraten könnte, was geheim bleiben sollte, vollends von ihr ab. Wenn die Kunden dieser Bäckerei sogar schon offen darüber redeten, konnte sie selbst auch das eine oder andere Wort fallen lassen! Fünf Minuten später wusste der Bäcker, dass sie es gewesen war, die einen Hund vor dem sicheren Tod gerettet und bei dieser Gelegenheit die Leiche entdeckt hatte. »Aber davon stand nichts im Inselblatt!« Mamma Carlotta nickte grimmig. »Die Staatsanwältin hat nur den Namen des Hundes erwähnt.« Am liebsten hätte sie es Frau Dr. Speck heimgezahlt, indem sie Herrn Arfsten verriet, dass der Schwager der Staatsanwältin in Käptens Kajüte verkehrte und es bestritt, wenn er darauf angesprochen wurde. Aber das führte natürlich zu weit. Sie war die Schwiegermutter des Kriminalhauptkommissars. Auf keinen Fall durfte sie sich der üblen Nachrede schuldig machen!

»Chef! Wir brauchen neue Brötchen!«

Der Bäcker nickte, machte aber gleichzeitig eine abwehrende Handbewegung. »Komme gleich!« Er griff nach Carlottas Arm und drehte sie so, dass sie nun beide der Ladentheke den Rücken zukehrten. »Hat Ihr Schwiegersohn Jannes Pedersen in Verdacht? Meine Kunden sind allesamt davon überzeugt, dass er es war.«

Mamma Carlotta zog den Reißverschluss ihrer Jacke ein Stück herab. Beim Aufenthalt in einer Gerüchteküche wurde ihr immer schnell warm. »Manche meinen auch«, sagte sie geheimnisvoll, »ihre Schwester könnte etwas damit zu tun haben.«

Der Bäcker schnappte nach Luft. Dann fiel ihm ein, dass vor seiner Theke noch vor einer knappen Stunde über Geraldine Bertrand gesprochen worden war. »Sie soll ein Verhältnis mit Wilko Tadsen haben! Wussten Sie das?«

Diese Frage ließ Mamma Carlotta unbeantwortet, damit sie nicht in Versuchung kam, sich auf Frau Kemmertöns zu berufen, von der sie unter dem Siegel der Verschwiegenheit in Kenntnis gesetzt worden war. Stattdessen wich sie aus, indem sie auf Marikke Tadsens Gesundheitszustand zu sprechen kam. »Die arme Frau! Und dann wird sie noch von ihrem Mann betrogen!«

Aber zu diesem Thema hatte der Bäcker eine differenziertere Meinung. »Ja, Marikke kann einem leidtun. Von einem Tag auf den anderen im Rollstuhl! Das ist schrecklich! Aber für ihren Mann ist das auch nicht einfach. Er hat die Gesundheit seiner Frau auf dem Gewissen, damit muss man erst mal klarkommen! Er hat's ja nicht mit Absicht getan! Aber sie hält ihm täglich mehrmals vor, dass er sie zum Krüppel gemacht hat! Wenn sie ihn lachen sieht, sorgt sie sofort dafür, dass er an seine große Schuld erinnert wird. Ich bewundere Tadsen, dass er das aushält.«

Mamma Carlotta sah den Bäcker verblüfft an. »Aber Frau Tadsen ist doch eine sehr nette Frau.«

»Wenn sie von ihrem schweren Los berichten kann, ja! Dann ist sie immer sehr freundlich. So lange, bis alle vor Mitleid zerfließen. Aber sonst ... Wenn ich Wilko Tadsen wäre, ich hätte schon längst die Flucht ergriffen. Kein Wunder, dass er früher so gern ins Spielkasino ging. Aber das hat Marikke ihm auch ständig vorgeworfen. Dabei war der arme Kerl froh, wenn er mal ein paar Stunden Ruhe vor seiner zänkischen Frau hatte.«

»Chef! Wir brauchen neue Brötchen!«

»Komme!« Der Bäcker zerrte so ärgerlich an seiner Hose, als dächte er zum ersten Mal ernsthaft darüber nach, entweder etwas am Schnitt seiner Beinkleider oder am Umfang seines

Bauches zu ändern. »Noch etwas Interessantes habe ich heute gehört«, flüsterte er Mamma Carlotta zu. »Geraldine Bertrand soll nicht die Erste gewesen sein, mit der Wilko sich tröstet. Na, immer noch besser, als sein Geld im Kasino zu verspielen!«

»Chef! Die Brötchen verbrennen!«

Nun endlich sah der Bäcker ein, dass er sein Gespräch mit Mamma Carlotta beenden musste. »Dass nur Marikke nichts davon erfährt! Sonst hat Wilko die Hölle auf Erden! Also ... ich will nichts gesagt haben«, erklärte er noch, ehe er in die Backstube eilte. »Sonst heißt es am Ende noch ...«

Für den Rest des Satzes war keine Zeit mehr. Der scharfe Geruch, der aus der Backstube drang, gab wirklich Anlass zur Sorge.

Erik lauschte auf die Stille im Haus. Keine Schritte? Kein Gemurmel, kein Klappern und Klirren? Prompt stieg wieder die Sorge in ihm auf, die ihn seit Tagen quälte. War Mamma Carlotta etwa im Bett geblieben? Dann musste es ihr noch schlechter gehen, als er befürchtet hatte. Sie war sonst immer als Erste auf den Beinen und betrachtete es stets als ihre Pflicht, das Frühstück für die Familie zuzubereiten, auch wenn es ihr selbst den Magen umdrehte. Während sie am Morgen mit einem Espresso auskam und höchstens an einem Zwieback knabberte, hatte sie doch immer dafür gesorgt, dass Erik sein Rührei mit Schinken bekam und die Kinder mit einem Bauch voller Kakao und Nutellabroten aus dem Hause gingen.

Erik stieg die Treppe hinab, war aber schlagartig beruhigt, als er den Kaffeeduft wahrnahm und sah, dass Mamma Carlottas Jacke nicht an der Garderobe hing. Das konnte nur eins bedeuten: Sie hatte sich einen Espresso gekocht, ohne den sie keinen Schritt aus dem Hause tat, und war dann zum Bäcker gelaufen. Sorgenvoll betrachtete er den Schal, die Mütze und die Handschuhe. Hoffentlich erkältete sie sich nicht!

Er betrat die Küche und überlegte, ob es richtig war, schon mit der Zubereitung des Frühstücks zu beginnen. Seine Schwiegermutter liebte es nicht, wenn jemand in ihre Kompetenzen eingriff. Aber als er das Inselblatt auf dem Küchentisch liegen sah, schob er seine Überlegungen fürs Erste beiseite. Eilig überflog er den Artikel, der darüber berichtete, warum das Biikebrennen neben der Norddörfer Halle abgebrochen worden war.

Zufrieden legte er kurz darauf die Zeitung zur Seite. Menno Koopmann hatte tatsächlich einen sachlichen Bericht verfasst, der ohne Sensationen auskam. Vielleicht trafen heute schon die ersten Hinweise aus der Bevölkerung ein. Irgendjemand musste Yvonne gesehen haben, bevor sie ihrem Mörder in die Hände fiel! Auf dem Weg zum Bahnhof, in einem Taxi, an einer Bushaltestelle …

Sie war verändert gewesen am Abend ihres Verschwindens, das hatte Wilko Tadsen erzählt. Und seine Frau hatte es gestern Abend bestätigt. »Wilko sagt, sie war mit ihren Gedanken ganz woanders. Die Fliesen, die sie aussuchen sollte, hätten sie gar nicht interessiert.« Ihr Mann war bereits schlafen gegangen, als die beiden nach dem Biikebrennen zu ihr kamen, Yvonnes Tod war ihm sehr nahegegangen. »Früher hat er mir beim Zubettgehen helfen müssen, aber mittlerweile schaffe ich das allein«, hatte Marikke ergänzt und Erik gebeten, ihren Mann nicht mehr zu stören. »Er macht sich große Vorwürfe, weil er nicht gemerkt hat, was Yvonne plante.«

Erik hatte sie erstaunt angesehen. »Was plante sie nach Meinung Ihres Mannes?«

Marikke hatte seinen Blick ebenso erstaunt erwidert. »Die Trennung von Jannes natürlich. Sie hätte sich Wilko anvertrauen sollen, dann hätte er dafür gesorgt, dass sie sich nicht fortschleichen musste. Dass die Trennung friedlich oder zumindest fair verläuft.« Und leise hatte sie ergänzt: »Ohne Gewalt …«

»Sie glauben also, dass Jannes Pedersen seine Freundin umgebracht hat, als er merkte, dass sie ihn verlassen wollte?«

Marikke hatte ihn ängstlich angesehen. »Mein Mann will nicht, dass ich so etwas sage. Es kann ja auch ein Zufallstäter gewesen sein.«

Ein Zufallstäter war das Letzte, woran Erik glaubte. Dazu waren die Parallelen in den beiden Fällen zu markant.

Er wurde aus seinen Gedanken aufgeschreckt, als sich die

Haustür öffnete. »Buon giorno!«, hörte er Mamma Carlottas Stimme und war erleichtert, dass sie so fröhlich klang.

Als die Küchentür sich öffnete, nahm er den Brotkorb und machte einen Schritt auf seine Schwiegermutter zu. Erstaunt sah er auf ihre leeren Hände. »Wo sind die Brötchen?«

Mamma Carlotta starrte ihn an. »I panini?« Sie schlug die Hand vor den Mund. »Madonna! Die habe ich vergessen!«

»Vergessen? Aber ... hast du nicht das Haus verlassen, um Brötchen zu holen?« Erik wusste nicht, ob die Hilflosigkeit, die er in sich spürte, aus Sorge oder Verzweiflung entstand. Oder sollte er über die Zerstreutheit seiner Schwiegermutter einfach lachen?

Mamma Carlotta machte auf dem Absatz kehrt und lief in die Diele zurück. »Ich habe so lange mit dem Bäcker geplaudert, dass ich die Brötchen am Ende vergessen habe!«

Erik hinderte sie daran, erneut die Jacke überzuwerfen. »Ich werde Sören auf seinem Handy anrufen. Der kann beim Bäcker vorbeifahren.« Er griff nach Carlottas Arm und führte sie zum Tisch wie eine Schwerkranke. »Setz dich! Heute mache ich mal das Frühstück.«

Mamma Carlotta war dermaßen verblüfft, dass sie sich tatsächlich von Erik auf einen Stuhl drücken ließ. Aber kaum saß sie, sprang sie schon wieder auf. »Ich soll dir bei der Arbeit zusehen? Dio mio! Ich bin doch keine alte Frau!«

Diese Behauptung bestätigte sie in den folgenden Minuten derart eindrucksvoll, dass Erik sich schnell geschlagen gab. Und das Tempo, mit dem sie den Schinken würfelte, überzeugte ihn tatsächlich davon, dass sie im Großen und Ganzen bei guter Gesundheit war. Dennoch würde er bei nächster Gelegenheit mit Dr. Hillmot darüber reden, wie mit einer Frau von Mitte fünfzig umzugehen war, wenn sie plötzlich tagsüber einschlief und zum Brötchenholen ging, ohne mit Brötchen zurückzukehren.

Sören lachte ins Telefon, als er Eriks Auftrag entgegennahm. »Acht Brötchen? Besser, ich bringe ein Dutzend mit. Dr. Hillmot hat mich nämlich gerade überholt. Er ist auf dem Weg zu Ihnen.«

Tatsächlich fuhr wenige Augenblicke später der Wagen des

Gerichtsmediziners vor. Erik öffnete ihm schon, bevor er den Finger auf den Klingelknopf setzen konnte.

»Ich kam zufällig vorbei«, schnaufte Dr. Hillmot und trug einen Schwall Körperwärme ins Haus. »Da dachte ich, ich bringe Ihnen das Handy der Toten persönlich!« Er lachte, als sollte ein Scherz folgen. »Ich kenne Sie doch! Die letzten Telefonate, die ein Mordopfer geführt hat, sind Ihnen immer sehr wichtig. Und die letzten Anrufe, die es bekommen hat, auch.«

Er zierte sich nicht lange, Eriks einladender Geste zu folgen, und betrat die Küche.

»Signora! Großartig sehen Sie aus!«, rief er freudig, als er begriff, dass die Eier, die Mamma Carlotta aus dem Vorrat geholt hatte, seiner Verköstigung dienen sollten. Als er dann noch hörte, dass Sören in wenigen Minuten mit einer Brötchenauswahl erscheinen würde, die auch einen ausgehungerten Gerichtsmediziner wie ihn satt machen konnte, ließ er sich zufrieden am Tisch nieder und nickte strahlend zu allen Angeboten, die Mamma Carlotta ihm machte.

Erst als er sie zum Dank mit vielen Komplimenten erfreut hatte, zog er das Handy aus der Tasche, das er in Yvonne Perrettes Kleidung gefunden hatte. »Die Fingerabdrücke sind gesichert. Vetterich hat nur die Abdrücke der Toten darauf gefunden.«

»Wo steckte das Handy?«, fragte Erik.

»In der Innentasche ihres Mantels«, gab Dr. Hillmot zurück. »Der Mörder hatte es wohl übersehen. Ansonsten hatte die Tote nichts bei sich, was zur Identifizierung führen konnte.«

»Merkwürdig«, sagte Sören, der mittlerweile auch eingetroffen war. »Wenn der Mörder davon ausgeht, dass sein Opfer verbrennt und nie gefunden wird, hätte er genauso gut auch ihre Handtasche unter die Biike legen können.«

»Sicher konnte er nicht sein«, meinte Erik. »Ein Sturm hätte die Leiche freilegen können oder ...«

»Selbst wenn er damit gerechnet hat«, unterbrach ihn Sören, »dass die Tote vor dem Biikebrennen entdeckt wird, hätte er wissen müssen, dass die Identifizierung keine Schwierigkeiten machen würde. Mit oder ohne Handtasche.«

Erik nickte und starrte nachdenklich das Brötchen an, das er eigentlich zum Mund führen wollte. »Vielleicht ist es ihm nur darum gegangen, den ersten Mordfall zu kopieren.«

»Den Mord eines anderen?«, fragte Sören. »Nein! Elskes Mörder muss auch Yvonnes Mörder sein. Als Yvonne verschwand, war das Gerippe von List noch nicht identifiziert. Nur der Mörder konnte wissen, dass wir auf Elske gestoßen waren.«

»Und er durfte darauf hoffen, dass wir nie herausfinden, wer da vor fünf Jahren in List verbuddelt wurde.«

Sören nickte. »Der Mörder hat sich gesagt: Wer einmal sang- und klanglos von einer Frau verlassen wird, kann auch ein zweites Mal verlassen werden.«

Erik strich ausgiebig seinen Schnauzer glatt. »Also Jannes Pedersen!« Er griff zu dem Handy, das Dr. Hillmot neben seinen Teller gelegt hatte, und blätterte das Menü auf. »Sieht aus, als hätte sie es nicht oft benutzt. In der Anrufliste sind nur wenige Telefonate verzeichnet. Ein paarmal steht hier ›Jannes‹ und zwei- oder dreimal ›Geraldine‹. Allerdings gab es in den letzten Tagen keinen Anruf von Geraldine Bertrand. Dabei hat sie mir erklärt, sie habe ihre Schwester nach ihrem Verschwinden mindestens hundertmal auf dem Handy zu erreichen versucht.«

Stille trat ein, die nur Dr. Hillmot nicht berührte. Er widmete sich weiter seinem Rührei, als habe er mit der Aufklärung der Mordfälle nichts zu tun. Dass Mamma Carlotta die Vorbereitung des Mittagessens unterbrach und ihren Schwiegersohn und dessen Assistenten gebannt anblickte, fiel niemandem auf.

Schließlich durchbrach Sören das Schweigen. »Ich habe gestern Abend noch mit Gosch telefoniert«, sagte er. »Mit Jürgen Gosch persönlich.«

Erik sah ihn überrascht an. »Sie haben Pedersens Angaben schon überprüft?«

»Ja, das auch. Herr Gosch will seine Angestellten fragen. Vielleicht hat einer von ihnen am fraglichen Abend Jannes Pedersen gesehen.«

»Fraglicher Abend?«, erkundigte sich Mamma Carlotta,

während sie ein Stück Gorgonzola aus dem Kühlschrank suchte. »Was heißt das?«

Dr. Hillmot war der Einzige, der ihre Zwischenfrage zur Kenntnis nahm. »Der Abend, an dem Yvonne Perrette verschwand«, antwortete er zuvorkommend.

Erik legte seine Gabel zur Seite und sah Sören neugierig an. »Haben Sie auch in Käptens Kajüte angerufen? Hat Tove Griess bestätigt, dass Pedersen bis nachts um drei bei ihm war?«

»Etwa auch am fraglichen Abend?«, fragte Mamma Carlotta.

Erik, der wusste, wie gern seine Schwiegermutter eine Vokabel benutzte, die sie gerade gelernt hatte, antwortete nicht auf ihre Frage.

Aber Sören nickte ihr bestätigend zu. »Tove Griess macht seinen Laden nicht so früh auf«, sagte er dann zu seinem Chef. »Aber ich werde ihn heute noch fragen. Helfen wird uns das allerdings wenig. Tove wird Pedersens Alibi bestätigen, so oder so. Ganovenehre!« Dann kam er wieder auf sein Gespräch mit Herrn Gosch zurück. »Ich habe ihn gefragt, ob es irgendwelche Verhandlungen mit dem Modeatelier gegeben hat. Wegen einer Zusammenarbeit!«

Erik nickte, als wüsste er die Antwort. »Es gab keine?«

Sören schüttelte den Kopf. »Außerdem habe ich heute Morgen bei Wilko Tadsen angerufen. Der öffnet sein Geschäft schon um sieben, und ich weiß, dass er immer der Erste im Laden ist. Als mein Vater den Wintergarten angebaut hat, haben wir alle Baumaterialien bei Tadsen gekauft.«

Erik sah seinen Assistenten verständnislos an. »Warum haben Sie bei Tadsen angerufen?«

»Es war so eine Eingebung. Irgendwie ... traue ich Geraldine Bertrand nicht.«

»Nun rücken Sie schon raus mit der Sprache!«

»Also ... ich habe Wilko Tadsen nach der Familie der Mode-Schwestern gefragt. Er kennt die beiden ja gut.«

»Und?«

»Er sagt, die Eltern waren Buchhändler. Sie hatten einen kleinen Laden in Avignon.«

Nun begriff Erik, worauf sein Assistent hinauswollte. »Geraldine Bertrands Vater war also kein Bauunternehmer?«

Sören schüttelte den Kopf. »Ich möchte zu gerne wissen, warum sie sich in List in der Nähe der Baustelle herumgetrieben hat.«

Erik schob seinen Teller weg und strich sich den Schnauzer glatt. Dann schüttelte er den Kopf. »Sie kann nichts mit dem Mord an Elske Pedersen zu tun haben. Vor fünf Jahren war sie noch nicht auf Sylt.«

Die Anwesenheit seiner Schwiegermutter fiel ihm wieder auf, als sie das Messer in die Spüle warf, mit dem sie gerade den Gorgonzola für das Mittagessen klein schnitt. Schon saß sie am Tisch und betrachtete Dr. Hillmot mit freundlicher Miene, während sie verdächtig beiläufig zu Erik sagte: »Aber sie war damals in der Nähe. Vor fünf Jahren lebte sie in Flensburg.«

Erik starrte sie so lange an, bis sie endlich seinen Blick erwiderte. »Woher weißt du das?«, fragt er.

Mamma Carlotta zuckte mit den Schultern, als ginge es um eine Lappalie. »Die beiden Schwestern haben mal während der Arbeit darüber geredet«, antwortete sie leichthin. »Das habe ich zufällig mitbekommen.«

Erik wandte sich an Dr. Hillmot, der sich ungern beim Zerteilen und Bestreichen seines Brötchens stören ließ. »Kann es sein, dass eine Frau die beiden Morde begangen hat?«

Dr. Hillmot zuckte mit den Achseln. »Bei dem ersten Mord ist es schwer zu sagen. Aber für den zweiten war kein besonderer Kraftaufwand nötig. Wenn ich das richtig sehe, wurde Yvonne Perrette erschlagen, als sie sich gerade bückte. Das schafft auch eine Frau.« Freundlich lächelte er Erik an. »Gleich werde ich mit den Untersuchungen weitermachen. Heute Mittag kann ich Ihnen schon mehr verraten.«

Die Tür öffnete sich, und Carolin trat ein. Sie trug noch ihren Pyjama, war ungekämmt und hatte augenscheinlich keinen Blick in den Spiegel geworfen. Wenn sie sich auch mittlerweile im Gebrauch von Wimperntusche geübt hatte, war ihr wohl noch nicht aufgegangen, dass sie am Abend entfernt werden musste, wenn sie am Morgen nicht aussehen wollte wie eine Nebelkrähe.

Erik war versucht, sie auf die schwarzen Schatten unter ihren Augen aufmerksam zu machen, unterließ es dann aber, weil er sich denken konnte, wie seine Tochter auf seine Einmischung in ihre Schönheitspflege reagieren würde.

»Gut, dass ich Sie noch antreffe«, sagte Carolin zu Sören. »Die erste Anprobe ist fällig, sonst kann ich heute nicht weiterarbeiten.«

Mit diesen Worten hielt sie Sören ein Gebilde unter die Nase, das zweifellos aus dem Stoff mit dem unauffälligen Muster gefertigt war, den Sören ausgesucht hatte, das ansonsten aber alles andere als unauffällig war. Was die Hemden hatten, die Sören für gewöhnlich trug, war hier nicht zu finden: Kragen, Knopfleiste und Manschetten. Während es Sören und Erik die Sprache verschlug und Dr. Hillmot vorsichtshalber schwieg, weil er zwar die Brisanz des Augenblicks spürte, aber nicht genau wusste, wie sie entstanden war, begann Mamma Carlotta prompt zu jubeln. Wie immer, wenn ein Enkelkind etwas geleistet hatte, was über die Mindesterwartungen in der Schule und im guten Benehmen hinausging!

»Fantastico! Was für ein großartiges Hemd! Ein … come si dice, Carolina?«

»Ein Unikat«, antwortete Carolin stolz und bat Sören, seinen Pullover auszuziehen.

Der machte keinen Hehl daraus, wie ungern er sich seinen dunkelblauen Troyer über den Kopf zog, und sah sogar so aus, als wollte er sich gänzlich verweigern, als Carolin feststellte, dass auch das T-Shirt heruntermusste.

»Das Hemd wird auf Figur geschnitten. Da darf nichts drunter, was aufträgt.«

Zum Glück war Sören Sportler, und sein Brustkorb konnte sich sehen lassen. Eriks anerkennende und Dr. Hillmots neidische Blicke verhalfen ihm dann auch zu dem Selbstbewusstsein, das nötig war, sich in das Hemd zu winden, das Carolin ihm hinhielt.

»Vorsicht! Da sind noch Stecknadeln drin! Und die Nähte sind nur geheftet. Genäht werden sie erst, wenn ich weiß, dass das Hemd gut sitzt.«

Es saß perfekt nach Carolins Meinung. Sörens vorsichtigen

Hinweis, dass er es gern bequem habe, wehrte sie mit einer ärgerlichen Handbewegung ab. »Maßkleidung wird immer genau auf Figur geschnitten! Das weiß ich von Madame Perrette.« Ein Schatten ging über ihr Gesicht, während sie überprüfte, ob die Ärmel, die sie überhängend nannte, genau dort überhingen, wo sie sollten. »Schade, dass sie mich nicht mehr unterstützen kann. Madame Bertrand mag ich nicht fragen.«

Sören blieb mit ausgebreiteten Armen bewegungslos stehen, nachdem ihn einmal eine Nadel gepikst hatte, mit der Carolin die seitliche Naht enger steckte, und blinzelte nur gelegentlich verlangend zu seinem Frühstücksteller. Er drehte sich, wenn Carolin es befahl, und hielt sogar die Luft an, wenn sie es verlangte.

»Sollte er die Arme nicht wieder runternehmen?«, fragte Erik vorsichtig. »Im Büro steht er selten so da. Das Hemd muss auch passen, wenn er ganz normal am Schreibtisch sitzt.«

Dr. Hillmot lachte schadenfroh, während Mamma Carlotta prompt versicherte, dass ein Hemd, das mit ausgebreiteten Armen gut saß, für jede berufliche Tätigkeit geeignet sei.

»Was für ein Unsinn!«, behauptete Erik und wurde bestätigt, als Sören die Arme herunternahm und sich prompt die Schulternaht löste.

Carolin sah Sören streng an. »Haben Sie zugenommen?«

Das wies Sören weit von sich. Er halte seit Jahren sein Gewicht, behauptete er.

Carolin jedoch schien die Schuld für die knapp gefasste Schulternaht bei Sören suchen zu wollen, damit ihre Fähigkeiten als künftige Modedesignerin nicht angezweifelt wurden. »Ich habe Sie schon ein paarmal in Käptens Kajüte gehen und mit einer Currywurst wieder rauskommen sehen.«

»Sie gehen in die Kaschemme von dem schrecklichen Tove Griess?«, fragte Erik fassungslos. »Ich möchte nicht wissen, wie es in dessen Küche aussieht.«

»Manchmal habe ich eben Hunger«, erwiderte Sören so ärgerlich, dass eine Stecknadel, mit der Carolin die rückwärtige Mittelnaht ändern wollte, prompt zwischen seinen Schulterblättern landete. Aber Sören verbiss sich den Schmerz und sagte zu Mamma Carlotta: »Natürlich nur, wenn Sie nicht auf

Sylt sind, Signora! Gegen Ihre Küche ist alles, was man bei Tove Griess kaufen kann, wirklich ein Fraß.«

»Wovon bezahlt der eigentlich seinen Umbau?«, fragte Dr. Hillmot. »Zugegeben, ich habe mir da auch schon mal ein paar Bratwürste geholt. Aber abgesehen von dem Strandwärter, der dort ständig rumsitzt, war ich der einzige Gast. Der Laden kann nicht viel abwerfen. Das dürfte gerade zum Überleben reichen, aber nicht für eine gründliche Renovierung.«

Erik sah Dr. Hillmot nachdenklich an. »Er macht viel selber«, meinte er dann. »Wir haben ihn kürzlich vor dem Baumarkt von Wilko Tadsen gesehen. Dort hat er vermutlich Material gekauft.«

»Eigentlich komisch«, sagte Sören sehr vorsichtig, ohne allzu tief Luft zu holen, »dass er sich Werkzeug von Jannes Pedersen liefern lässt. Warum kauft er das nicht auch bei Tadsen?«

»Vielleicht war's bei Pedersen billiger«, meinte Erik. »Tove Griess muss sicherlich jeden Euro zweimal umdrehen, ehe er ihn ausgibt.«

»Schon möglich.« Sören nahm erleichtert zur Kenntnis, dass die Anprobe fürs Erste beendet war und er nur noch versuchen musste, sich so behutsam aus dem Hemd zu winden, dass Stecknadeln und Heftfäden sich nicht lösten. »Daher hat der auch so ein Theater gemacht, weil ein einziges Teil fehlte.«

Sören wurde, als er wieder in seinem dunkelblauen Troyer steckte, vor Erleichterung redselig und berichtete Dr. Hillmot ausführlich von dem Streit zwischen Jannes Pedersen und Tove Griess. Erik war der Einzige, dem auffiel, dass Mamma Carlotta plötzlich sehr nachdenklich aussah. So nachdenklich, dass sie die Espressomaschine in Gang setzte, ohne einen einzigen Löffel Kaffeepulver einzufüllen. Und während Sören schilderte, wie wütend Tove auf Jannes Pedersen losgegangen war, weil er sich von ihm betrogen fühlte, vergaß sie sogar, die Espressotasse unter der Maschine wegzuziehen. Sie schien mit ihren Gedanken weit weg zu sein und merkte nicht einmal, dass Erik sie genau beobachtete. Und wieder machte er sich Sorgen um seine Schwiegermutter. Große Sorgen!

Der Sturm schickte seine ersten Böen, während Mamma Carlotta das Fahrrad auf die Straße schob. Noch als sie den Schuppen betreten hatte, in dem die Fahrräder nachts aufbewahrt wurden, hätte sie von einem kräftigen Wind gesprochen, nun aber war sie sicher, dass diese Macht, die aus den tief hängenden Wolken auf die Erde hinabfuhr, einer dieser Stürme sein musste, von denen Lucia ihr oft erzählt hatte. Wenn sie aus dem Modeatelier zurückkehrte, musste sie unbedingt einen Besuch am Strand machen, um zu sehen, wie das Meer sich gebärdete, wenn es mit einem Sturm zu kämpfen hatte. Dass es ein Kampf sein würde, glaubte sie ganz sicher. An die Gefahr, dass sich das Meer mit dem Sturm verbünden könnte, dachte sie zum Glück nicht.

In was für einen Schlamassel war sie da nur hineingeraten! Die Werkzeuge, von denen Sören gesprochen hatte, konnten ja nur die Uhren sein, die Jannes Tove geliefert hatte. Wäre sie nur nicht auf die Idee gekommen, eine dieser Uhren mitzunehmen! Dass Tove auf Jannes Pedersen losgegangen war, konnte nur bedeuten, dass diese Uhr wirklich so viel wert war wie die, die Stefan Lürsen am Arm trug. Wie wurde sie diese Rolex nur wieder los? Am besten, sie schmuggelte sie in Toves Vorratsraum zurück. Dann konnte er sich bei Jannes entschuldigen, und die Sache war aus der Welt. Doch wie war das zu bewerkstelligen? Sie musste das irgendwie schaffen, bevor jemand die Uhr in Lucias Nähkästchen entdeckte und sie in Erklärungsnöte geriet!

Vielleicht aber war es mit der gemeinsamen Sache von Tove und Pedersen sowieso bald vorbei? Dass Jannes etwas mit Yvonne Perrettes Tod zu tun hatte, erschien Mamma Carlotta nun so gut wie sicher. Hätte er sonst ein falsches Alibi angegeben? Mamma Carlotta wusste genau, dass er sich nicht bis nachts um drei in Käptens Kajüte aufgehalten hatte, sondern nur bis kurz vor Mitternacht. Zu dumm, dass sie es Erik nicht verraten konnte! Andererseits ... nicht nur Jannes Pedersen, auch Geraldine Bertrand hatte gelogen. Mehrfach sogar! War das nicht ebenfalls der Beweis, dass sie Elske Pedersen und auch ihre Schwester auf dem Gewissen hatte?

»Madonna!«, flüsterte Mamma Carlotta und stieg vom

Rad, als der Sturm über die große Heidefläche am Rande der Norderstraße fuhr und die eisige Kälte vom Meer herübertrug.

Einer der beiden hatte Elske und Yvonne umgebracht. Aber wer? Konnte sie sich überhaupt ins Modeatelier trauen? Sie würde allein sein mit Geraldine Bertrand. Und wenn nicht sie, sondern Jannes Pedersen zwei Frauen auf dem Gewissen hatte, dann hieß das, dass sie den ganzen Tag Wand an Wand mit einem brutalen Mörder zubringen musste! Konnte sie das riskieren?

Als die Bebauung wieder begann, setzte sie sich erneut aufs Fahrrad. Am Kreisverkehr hätte sie am liebsten den Schal abgebunden, so sehr hatte die körperliche Bewegung sie erwärmt. Sie ließ das Rad ausrollen, in die Steinmannstraße hinein, direkt in eine tief hängende Wolke, die mit feuchten Fingern nach ihr zu greifen schien. Nach Lucias Tod hatten die Kinder sich damit getröstet, dass ihre Mutter in den Wolken bei ihnen war, wenn sie sich besonders tief über die Insel senkten. Auch Mamma Carlotta dachte immer intensiv an ihre Tochter, wenn sie sich dem Himmel näher fühlte.

Ein, zwei heftige Böen sorgten dafür, dass sie sich noch immer treiben lassen konnte. Diesmal kam es ihr so vor, als könnte sie in den tief hängenden Wolken auch Yvonne Perrette erkennen. Warum hatte sie sterben müssen? Weil sie sich für den falschen Mann entschieden hatte, der sie misshandelte, aber nicht gehen lassen wollte? Oder war sie gestorben, weil ihre Schwester sie loswerden wollte? Doch warum? Weil Yvonne verlangt hatte, dass Geraldine die Affäre mit Wilko Tadsen beendete? Weil sie genau wie Mamma Carlotta empört darüber gewesen war, dass Geraldine ein Verhältnis mit einem verheirateten Mann hatte?

Mamma Carlotta dachte intensiv nach, kam dann aber zu der Ansicht, dass ein solcher Streit zwischen Schwestern kein ausreichendes Mordmotiv darstellte. Aber war das ein Beweis für Geraldines Unschuld? Oh nein! Einer Frau, die nach dem Tod ihrer Schwester ihren Laden öffnete und so tat, als wäre nichts geschehen, war alles zuzutrauen. Wer so pietätlos war, würde auch vor einem Mord nicht zurückschrecken. Die Frage war nur: Warum hatte sie gemordet?

Vor dem Eingang des Altenheims rollte ihr Fahrrad aus. Und noch ehe sie in die Pedale treten konnte, fiel ihr ein, was sie Stefan Lürsen versprochen hatte. Zwar fragte sie sich, ob sie sich überhaupt an ein Versprechen halten musste, das sie einem Mann gegeben hatte, der nicht ehrlich zu ihr gewesen war. Aber dann fiel ihr ein, dass sie selbst über ihre Besuche in Käptens Kajüte ebenfalls strengstes Stillschweigen bewahrte. Sollte Erik sie jemals fragen, ob sie Toves Rotwein aus Montepulciano probiert habe, würde sie genauso strikt die Unwahrheit sagen wie Stefan Lürsen! Vielleicht war es wirklich ein Zufall gewesen, dass er bei Tove eine doppelte Tote Tante bestellt hatte? Sie stieg ab und schob das Rad zu einem der Fahrradständer. Selbst wenn er etwas auf dem Kerbholz hatte, sein armer Vater konnte nichts dafür! Vermutlich bekam er nur selten Besuch, so wie der Bruder ihres Zahnarztes, der nach Ausbruch der Erkrankung auf jeden Gast, der mit Blumen oder Pralinen vor ihm erschien, mit den Fäusten losgegangen war. So lange, bis sich niemand mehr zu ihm traute. Aber in einem seiner wenigen klaren Momente hatte Mamma Carlotta ihn einmal bitterlich weinen hören, weil er sich von der Welt verlassen fühlte. Seitdem war sie gelegentlich zu ihm gegangen, obwohl sie jedes Mal Gefahr lief, mit einer schweren Gehirnerschütterung zurückzukehren, weil wütende Verzweiflung das einzige Gefühl zu sein schien, das der Metzger noch ausdrücken konnte. Einmal aber hatte er sie auch angelächelt und dankbar ihre Hand gedrückt. Das war ein Moment gewesen, in dem sie tief in seine Seele geblickt hatte. Deswegen würde sie ihn nach ihrer Rückkehr wieder besuchen. Und aus diesem Grunde würde sie nun auch dem alten Herrn Lürsen einen Besuch abstatten.

Erik legte das Telefon zur Seite und seufzte auf. »Die Staatsanwältin hat sich verabschiedet. Sie fährt gleich auf den Autozug. Vorher hat sie uns noch ermahnt, uns um die geklauten Luxusuhren zu kümmern.«

»Wie denn?«, fragte Sören. »Wir haben keine konkreten Anhaltspunkte. Alle Kollegen wissen Bescheid und halten die Augen offen. Mehr ist nicht drin.«

Erik nickte. »Außerdem sind die beiden Mordfälle wichtiger.« Er stand auf, ging zum Fenster und sah einer Plastiktüte nach, die vom Wind über den Kirchenweg getrieben wurde. »Was meinen Sie? Haben wir es mit ein und demselben Täter zu tun?«

»Sieht so aus«, entgegnete Sören. »Die Ähnlichkeit zwischen den beiden Fällen ist unverkennbar.«

Erik drehte sich zu ihm um. »In beiden Fällen sollten die Leichen auf Nimmerwiedersehen verschwinden.«

»Indem jeder glaubte«, ergänzte Sören, »die Frau wäre freiwillig gegangen.«

»Und beinahe hätte es geklappt. Wenn in List nie gebaut worden wäre ...«

»... und wenn der Hund sich nicht in den Zweigen verfangen und Ihre Schwiegermutter nicht auf die Leiche aufmerksam geworden wäre ...«

»... dann wären gleich zwei perfekte Morde gelungen. Elske Pedersen wurde nie gesucht, und nach Yvonne Perrette hätte auch kein Hahn gekräht.«

»Weil jeder glaubte, dass sie Pedersen verlassen hat«, sagte Sören. »Aber einen Unterschied gibt es doch: Elske Pedersen hat einen Abschiedsbrief hinterlassen, Yvonne Perrette nicht.«

»Sie meinen, sie wollte Pedersen gar nicht verlassen? Der Mörder hat nur diesen Eindruck erwecken wollen?«

»Möglich wäre es.«

»Dann stammt der Täter aus dem direkten Umfeld der Toten.«

Sören nickte. »So weit waren wir doch schon. Jannes Pedersen oder Geraldine Bertrand.«

»Bei Madame Bertrand fehlt das Motiv.«

»Dann müssen wir es eben finden«, entgegnete Sören. »Oder Jannes Pedersen die Tat nachweisen.« Er stand auf, als wollte er gleich damit beginnen. »Wie wär's mit einem Besuch im Modeatelier? Bin gespannt, wie Geraldine Bertrand uns erklärt, warum sie uns belogen hat.«

»Und ob sie uns bestätigt«, ergänzte Erik, »dass sie vor fünf Jahren in Flensburg gearbeitet hat.«

»Also los!« Es sah so aus, als wollte Sören sich vor lauter Tatendrang in die Hände spucken.

Während Erik sich seinen Schal umband, betrat Rudi Engdahl das Büro. »Haben Sie sich nach diesem Sam Steiner erkundigt?«, fragte Erik.

Rudi Engdahl nickte. »Pedersens Angaben wurden bestätigt. Er hat an dem Tag, an dem seine Frau verschwand, Sam Steiner besucht. Nachmittags zwischen drei und vier.«

»Nach Hause gekommen ist er angeblich erst nach acht«, sagte Erik.

»Ein Alibi hat er damit nicht«, ergänzte Sören. »Wir wissen ja nicht genau, wann Elske Pedersen gestorben ist.«

Erik nickte. »Haben Sie erfahren«, fragte er Engdahl, »warum Sam Steiner einsaß?«

Rudi Engdahl blickte auf den Zettel, den er in Händen hielt. »Diebstahl, Betrug, Hehlerei. Er soll mit einer Bande zusammengearbeitet haben, die im großen Stil Luxusuhren klaute. Steiner ist dabei erwischt worden, wie er einige dieser Uhren verkaufte. Aber er hat nie verraten, wie sie in seine Hände gelangt sind. Die Flensburger Kollegen hatten zwar die Hoffnung, dass er irgendwann singen würde, aber vorher ist er gestorben. Herzinfarkt! Von heute auf morgen.«

Erik stieß ein kurzes Lachen aus. »Sonst hätte er nach Verbüßung seiner Haftstrafe keinen ruhigen Tag mehr gehabt. Diese Banden sind rigoros. Deswegen ist es so schwer, sie dingfest zu machen.«

Die Altenpflegerin betrachtete Mamma Carlotta lächelnd. »Herr Lürsen? Der wird sich freuen, dass er Besuch bekommt!« Sie ging mit Mamma Carlotta ein Stück den Gang herunter, öffnete eine Glastür, wies auf eine Zimmertür. »Dort hinein!«

Als Carlotta den Raum betrat, nahm sie zunächst nur den Geruch wahr, diesen Geruch des Alters, dumpf und säuerlich. Dann erst sah sie Stefan Lürsen.

Er sprang auf, als er Mamma Carlotta erkannte, und begrüßte sie strahlend. »Sie haben tatsächlich Ihr Versprechen wahr gemacht? Wie nett von Ihnen!«

Der alte Herr Lürsen saß in seinem Sessel und betrachtete Mamma Carlotta verständnislos. Aber nachdem sie ihm lange genug die Hand geschüttelt und mit erhobener Stimme auf ihn eingeredet hatte, verzog sich sein Gesicht zu einem winzigen Lächeln. Und dann glomm in seinem stumpfen Blick sogar eine kleine Freude auf. »Großes Geheimnis«, sagte er und schien sich daran zu freuen, dass es etwas gab, an das er sich erinnern konnte.

Stefan Lürsen zuckte mit den Schultern. »Von diesem großen Geheimnis redet er ständig. Niemand weiß, was er meint.« Ein Schatten ging über sein Gesicht. »Dass man sich nicht mehr mit ihm unterhalten kann, macht die Besuche so schwierig. Deswegen kommt niemand mehr zu ihm, obwohl er viele Bekannte auf Sylt hat. Wenn ich nur an die unzähligen Schüler denke! Aber für die ist mein Vater schon gestorben.«

Der alte Herr Lürsen brabbelte etwas Unverständliches und versuchte, sich aus seinem Sessel hochzustemmen. Auf die Frage seines Sohnes, was er vorhabe, antwortete er nicht. Schließlich stand er vornübergebeugt und mit wackligen Beinen vor seinem Sessel und setzte sich in Bewegung. Sehr mühsam zunächst, doch der dritte und vierte Schritt waren bereits einigermaßen geschmeidig. Und als er vor seinem Kleiderschrank stand, hielt er sich ziemlich aufrecht.

»Was willst du, Vater?«, fragte Stefan Lürsen.

Mit bebenden Händen öffnete der alte Herr die Schranktür. »Großes Geheimnis«, wiederholte er und griff nach einem schwarzen Anzug, dem einzigen, der in diesem Schrank hing.

Stefan Lürsen sprang so plötzlich auf, dass Mamma Carlotta erschrocken zusammenfuhr. »Nicht, Vater!« Mit einer heftigen Bewegung versuchte er, die Hände seines Vaters von dem Kleiderbügel zu lösen, aber die Kraft des alten Mannes war genauso beeindruckend wie die des Metzgers in Mamma Carlottas Dorf. Verzweifelt klammerte er sich an den Kleiderbügel, sein Sohn musste Finger für Finger hochbiegen, bis er endlich klein beigab.

»Lassen Sie ihn doch«, sagte Mamma Carlotta, die es nicht ertrug, dass der Wille des alten Mannes gebrochen wurde.

Aber Stefan Lürsen antwortete nicht. Die sanfte Stimme,

mit der er nun auf seinen Vater einsprach, war unecht und gefiel Mamma Carlotta nicht. »Du brauchst deinen schwarzen Anzug heute nicht.« Er drängte sich gegen den schwachen Körper des alten Mannes, der prompt einen Schritt zu Seite machte. Rasch schloss Stefan Lürsen die Schranktüren wieder und führte seinen Vater zum Sessel, ohne auf dessen Protest zu achten.

Als er sich umdrehte, setzte er ein entschuldigendes Lächeln auf. »Immer wenn Besuch kommt, meint er, er müsste seinen guten Anzug anziehen.«

Mit einem Druck, der alles andere als sanft war, nötigte er seinen Vater zurück, sodass der alte Herr ohne Chance war.

Unterdessen berichtete Mamma Carlotta, um der Situation das Bedrückende zu nehmen, von dem Metzger ihres Dorfes, der auch demenzkrank war und in dessen Kopf sich ebenfalls Gedanken drehten, denen niemand mehr folgen konnte. Sie behauptete sogar, auch der Metzger habe häufig nach seinem schwarzen Anzug verlangt, wenn ein Besucher erschienen war, an den er sich nicht erinnern konnte. Das stimmte zwar nicht ganz, aber es schien Stefan Lürsen die Nervosität zu nehmen. Vermutlich war ihm die Krankheit seines Vaters peinlich. Wie für alle erwachsenen Kinder war es auch für ihn schwierig, den Vater, der einmal groß, stark und wichtig gewesen war, so hinfällig zu erleben, so hilflos, so kindlich. Er schämte sich seines Vaters, da konnte Mamma Carlotta noch so oft behaupten, der Metzger in ihrem Dorf sei auch ein kluger Mann gewesen, ein umsichtiger Geschäftsmann, ein verantwortungsvoller Familienvater. »Trotzdem war er zwei Jahre nach Ausbruch der Krankheit nicht mehr in der Lage, sich selber anzuziehen. Eine schreckliche Krankheit!«

Stefan Lürsen nickte traurig und spielte gedankenverloren mit seiner teuren Uhr. »Es ist schwer, diesen Zustand zu akzeptieren. Dass er jedes Mal, wenn Besuch kommt, seinen schwarzen Anzug tragen will, kann ich nicht ertragen. Erst recht nicht, wenn er dann beginnt, sich auszuziehen.« Er lächelte entschuldigend. »Dieser Anzug ist sehr alt. Er trug ihn schon, als ich noch ein Kind war. Und mein Vater sah immer imposant darin aus, wenn er zu einer Beerdigung ging oder zu einer

Silberhochzeit. Ich war dann sehr stolz auf ihn. Aber jetzt versinkt er in der Anzugjacke, und die Hose ist ihm viel zu groß. Ich ertrage das nicht. Vor einem Jahr habe ich mich zum letzten Mal darauf eingelassen und ihm dabei geholfen, den Anzug anzuziehen.« Er strich sich mit einer Geste über die Stirn, die Mamma Carlotta zutiefst rührte. »Wie er da vor mir stand ... förmlich hineingeschrumpft in diesen Anzug. Es war, als schlotterte mit diesem Anzug das ganze Leben um ihn herum. Verstehen Sie? Nicht nur der Anzug, sein ganzes Leben ist ihm zu groß geworden.«

Mamma Carlotta war tief beeindruckt von dieser poetischen Erklärung, die so treffend war, dass sie sie verstand, ohne sie heimlich ins Italienische zu übersetzen. »Si, si«, murmelte sie ergriffen.

»Ich habe mir vorgenommen, dafür zu sorgen, dass er den schwarzen Anzug nie wieder trägt.« Stefan Lürsen schien sich gefangen zu haben. »Aber natürlich darf ich ihn nicht wegwerfen. Er muss im Schrank hängen bleiben, sonst wäre mein Vater todunglücklich.« Nach einem kurzen Moment des Schweigens erhob er sich. »Ich muss jetzt gehen. Ich habe einen Termin bei der Kurverwaltung. In der Hochsaison will ich meine Ferienwohnung vermieten.« Er betrachtete Mamma Carlotta freundlich. »Darf ich Sie auch diesmal mit dem Auto mitnehmen?«

»Grazie! Aber ich bin mit dem Fahrrad unterwegs.«

»Bei diesem Sturm?«

»Das macht nichts. Ich muss ja nur ein paar Häuser weiter.«

»Dann werde ich Sie begleiten und dafür sorgen, dass Sie sicher ankommen.«

Das war der Moment, in dem aus Carlottas Mitleid blankes Misstrauen wurde. Stefan Lürsen wollte sie loswerden! Er wollte verhindern, dass sie allein bei seinem alten Vater zurückblieb. Sie sollte dieses Zimmer verlassen, dessen war sie sich von einem auf den anderen Augenblick ganz sicher. Und das, obwohl er nun ergänzte: »Ich weiß, wie schwer es ist, längere Zeit bei meinem Vater zu sitzen. Ich bin Ihnen sehr zu Dank verpflichtet, dass Sie überhaupt gekommen sind.«

»Ich hatte es Ihnen versprochen«, gab Carlotta zurück und

blieb sitzen, wo sie saß. »Machen Sie sich keine Sorgen, ich bleibe gern noch paar Minuten. Die Pflegerin sagte, Ihr Vater freut sich immer sehr über Besuch.«

»Das stimmt«, seufzte Stefan Lürsen und machte Anstalten, sich wieder zu setzen.

»Ihr Termin!«, mahnte Mamma Carlotta. »Den wollen Sie doch nicht versäumen?«

»Aber Sie können nicht mit meinem Vater reden! Sie werden sich zu Tode langweilen!«

»Macht nichts!« Mamma Carlotta war entschlossen, sich nicht abschütteln zu lassen. »Er spürt, dass jemand bei ihm ist und mit ihm redet. Wenn er damit glücklich ist, bin ich es auch.«

Stefan Lürsen blieb nichts anderes übrig, als sie mit seinem Vater allein zu lassen. Er verabschiedete sich liebevoll von dem alten Herrn und drückte ihm sogar einen sanften Kuss auf die Stirn. Der dankbare Blick, den er erntete, tat Mamma Carlotta so gut, als hätte sie ihn sich selbst verdient. Konnte ein so liebe- und verantwortungsvoller Sohn etwas auf dem Kerbholz haben? Sie spürte bereits, wie das Schuldbewusstsein in ihr hochstieg, und war dankbar, dass niemand von ihrem Misstrauen wusste.

Aber dann zwang sich Stefan Lürsen, während er umständlich seinen Mantel zuknöpfte, zu einem Scherz, der so schlecht war, dass ihr Misstrauen schlagartig wieder in die Höhe schoss. »Und nicht vergessen!«, sagte er, »wenn mein Vater wieder seinen schwarzen Anzug tragen will, wird er sich vorher ausziehen müssen. Und das wollen Sie doch nicht, oder?«

Mamma Carlotta wartete nur so lange, bis seine Schritte auf dem Gang verklungen waren, dann erhob sie sich. Der alte Herr Lürsen nahm sie gar nicht wahr. Er starrte auf einen Punkt vor seinen Füßen, wo er etwas sah, was kein anderer erkennen konnte. Mamma Carlotta ging zum Kleiderschrank, öffnete ihn und nahm den schwarzen Anzug heraus, dessen Kragen schon ganz speckig war und dessen Ärmelkanten glänzten.

Schon als sie den Kleiderbügel von der Stange hob, wusste sie, dass sie etwas entdeckt hatte, was verborgen bleiben sollte. Der Anzug war schwer, sehr schwer. Und das lag nicht an dem wuchtigen Schnitt und dem dicken Wollstoff, aus dem er gefertigt war. Mamma Carlotta griff in die Taschen, erst in die rechte, dann in die linke, zog aber jedes Mal die Hand wieder zurück, ohne etwas gefunden zu haben. Ungeduldig schob sie die Anzugjacke vom Bügel, hob sie ein paarmal an und wog sie. Ja, in dieser Jacke steckte etwas. Vielleicht in der Innentasche? Nein, auch sie war leer.

Dann aber spürte sie das Gewicht an der unteren Kante der Jacke. Sie schüttelte sie und hörte ein metallisches Rasseln. Kein Zweifel, im Futter der Anzugjacke war etwas versteckt, was dort sicher war, solange der alte Herr Lürsen seinen schwarzen Anzug nicht anzog. Und da er vermutlich nicht nur von seinem Sohn, sondern auch von den Pflegerinnen darin gehindert wurde, war dieses Versteck gut. Sehr gut sogar!

Mamma Carlotta ahnte, was sich dort verbarg, noch ehe sie die erste Sicherheitsnadel löste, die das Futter mit dem Saum der Jacke verband …

Erik fuhr langsam die Steinmannstraße hinab. Wie immer, wenn er in Gedanken war, fiel es ihm schwer, sich auf den Verkehr zu konzentrieren und schnelle Entscheidungen zu treffen, wie sie jedem Autofahrer ständig abverlangt wurden. Also fuhr er langsam, sehr langsam.

»Hier darf man fünfzig fahren«, versuchte Sören ihn anzutreiben. Aber Erik erkannte den Wink in diesem Hinweis nicht.

»Ich weiß«, entgegnete er, steigerte die Geschwindigkeit jedoch um keinen einzigen Stundenkilometer.

Also fand Sören sich damit ab, dass es eine Weile dauern würde, bis sie endlich so weit waren, in den Hochkamp einzubiegen.

»Fanden Sie ihre Aussage glaubhaft?«, fragte Erik.

Sören brauchte nicht lange nachzudenken. »Geraldine Bertrand verheimlicht uns was, so viel steht fest.«

»Das kam mir auch so vor«, bestätigte Erik und zuckelte in den Kreisverkehr.

Hübsch hatte sie ausgehen, so hübsch, dass Erik für einen Moment nicht wusste, ob er die Fragen wirklich stellen wollte, auf die er Antworten brauchte. Ganz in Schwarz war sie gekleidet, Erik war aber nicht sicher gewesen, ob sie das schlichte schwarze Kleid aus gebotenem Anlass trug. Dazu war es zu schick, zu ausgefallen und stand ihr zu gut.

Sie hatte die beiden Beamten mit einem Lächeln begrüßt, das genau richtig war für ihre Situation. So würde sie an diesem Tag auch die Kunden in Empfang nehmen. Freundlich, aber auf keinen Fall fröhlich, offen für Beileidsbekundungen, aber nicht für neugierige Fragen. Vielleicht hatte sie Glück und wurde von ihren Kundinnen verschont. Von den Polizisten jedoch nicht! Sören war so wenig von ihrer Erscheinung beeindruckt, dass er sich nicht einmal mit Höflichkeiten aufgehalten hatte.

»Warum sind Sie in List in der Nähe der Baustelle spazieren gegangen, Madame Bertrand?«

Sie sah ihn erstaunt an. »Das habe ich Ihnen schon gesagt.«

»Weil Ihr Vater Bauunternehmer war und Sie Baustellen mögen? Ja, das haben Sie gesagt. Aber das entspricht nicht der Wahrheit.«

Geraldine Bertrand drehte sich zu ihrem Sortiment um und schob einige Kleidungsstücke hin und her. Entweder wollte sie nicht antworten oder erst über die richtige Antwort nachdenken.

»Ebenso wenig entspricht es der Wahrheit«, fuhr Sören fort, »dass Sie mit Gosch in Verhandlungen stehen.« Er sprach erst weiter, als Geraldine sich zu ihnen zurückdrehte. »Herr Gosch weiß nichts von Ihrer Absicht, mit ihm zu kooperieren.«

Geraldine zwang sich zu einem Lächeln, das ihr augenscheinlich nicht leichtfiel. »Mon dieu, das habe ich so dahingesagt«, begann sie. »Ich fand Ihre Fragerei ziemlich penetrant! Warum soll ich nicht in List spazieren gehen? Ich bin ein freier Mensch, ich kann rumlaufen, wo ich will. Und was die Kooperation mit Gosch angeht ... unsere Planungen waren noch nicht so weit gediehen, dass wir mit Herrn Gosch Kontakt aufnehmen wollten. Später wollten wir ihn fragen, ob er bereit wäre, ein paar unserer Modelle mit seinem Logo zu verkaufen.«

Erik betrachtete sie genau so lange, dass ihr sein Blick unangenehm wurde. »Sie haben nicht zufällig Interesse an dem gehabt, was dort ausgegraben wurde?«, fragte er dann.

»Wie sollte ich? Ich hatte ja keine Ahnung, dass dort etwas ausgegraben wurde.«

Nun ergriff Sören wieder das Wort: »Sie sind auch Tage vorher schon dort gesehen worden, das haben uns mehrere Bauarbeiter bestätigt.«

»Wie gesagt, ich gehe gern dort spazieren.«

»Dafür fahren Sie extra nach List hoch? Obwohl es an jeder Stelle der Insel herrliche Spazierwege gibt?«

»Ich mag nun mal die ehemalige Trasse der Inselbahn besonders gern. Schade nur, dass das kein reiner Wanderweg ist. Die vielen Radfahrer stören.«

Man sah Sören an, dass er ihr kein Wort glaubte. »Haben Sie sich nicht vielmehr deshalb dort aufgehalten, weil Sie sehen wollten, ob etwas ausgebuddelt wurde, was Sie selbst dort vergraben haben? Vor ungefähr fünf Jahren?«

Erik fand Sörens Fragen reichlich direkt, aber er griff nicht ein. Vielleicht war es richtig, Geraldine Bertrand hart anzugehen, damit sie ihren sanften Hochmut verlor, mit dem sie in jedem ein schlechtes Gewissen erzeugte, der ihr die Laune mit lästigen Fragen verdarb.

Tatsächlich stieg nun eine Röte in ihr Gesicht, die ihr nicht stand. Sie griff sich an die Wangen, als wollte sie fühlen, ob sie tatsächlich so heiß waren, wie sie sich anfühlten. »Wie kommen Sie nur auf solchen Unsinn?«, fragte sie mit scharfer Stimme. Aber dass sie schwankte, entging weder Sören noch Erik. »Ich wohnte damals in Avignon …«

»Schon wieder eine Lüge«, unterbrach Sören sie. »Zu diesem Zeitpunkt lebten Sie in Flensburg. Das wissen wir.«

Erik hielt die Luft an. Diese Information hatten sie noch nicht geprüft. Es gab lediglich Mamma Carlottas Aussage, die ein diesbezügliches Gespräch aufgeschnappt haben wollte. Und da Erik zurzeit den Verdacht hatte, dass es mit den geistigen Qualitäten seiner Schwiegermutter bergab ging, konnte es genauso gut sein, dass sie etwas falsch verstanden hatte.

Aber tatsächlich stutzte Geraldine und bedachte Sören mit einem Blick, der so etwas wie Anerkennung ausdrückte. »Ach ja ... stimmt. Als Elske verschwand, war ich in Flensburg.«

»Das ist Ihnen nicht auf Anhieb eingefallen?«, fragte Erik. »Sie müssen ihr Verschwinden hautnah mitbekommen haben. Oder hatten Sie keinen Kontakt, während sie in Flensburg lebten?«

»Doch, natürlich ... gelegentlich. Aber kurz vor ihrem Verschwinden hat Elske mich häufig abgewimmelt. Sie hatte ständig was Besseres vor, wenn ich nach Sylt kommen wollte oder sie einlud, mich in Flensburg zu besuchen.« Geraldine zog die Mundwinkel nach außen, als wollte sie ein Lächeln andeuten. »Sie hatte ja wirklich was Besseres vor, wie sich dann herausstellte.« Ihre Miene fiel in sich zusammen, sie schien zu merken, wie ungeschickt sie sich ausgedrückt hatte. »Ich meine ... das dachte ich damals wenigstens.«

»Wie war Ihr Verhältnis zu Elske Pedersen?«, fragte Erik.

Geraldine zuckte mit den Schultern. »Ganz gut. Aber dicke Freundinnen waren wir nicht.«

Die Ladenglocke ging, eine Kundin betrat den Laden, die von Geraldine sehr höflich empfangen wurde. »War's das?«, zischte sie Erik und Sören zu.

»Noch nicht ganz«, erwiderte Erik. »Sie haben gesagt, dass Sie versucht haben, Ihre Schwester nach ihrem Verschwinden auf dem Handy zu erreichen.«

»Habe ich das? Ja, ja, eigentlich hatte ich das vor.«

»Sie haben es aber nicht getan.«

»Hat das eine Bedeutung?« Sie drehte sich zu der Kundin um, ein professionelles Lächeln sprang in ihr Gesicht. »Ich bin sofort für Sie da. Wollen Sie sich schon mal umsehen?« Dann wandte sie sich wieder Erik zu und senkte ihre Stimme zu einem Flüstern. »Wenn Sie sonst keine Probleme haben ...«

»Mein Problem ist«, sagte Erik ruhig, »dass Sie uns belügen.«

»Lappalien!«

»Mag schon sein. Trotzdem gefällt es mir nicht, dass Sie uns nicht die Wahrheit sagen. Auch wenn es nur um Lappalien geht, wie Sie sagen.« Erik bedachte Geraldine mit einem Blick, der ihr sagen sollte, dass er von jetzt an jedes ihrer Worte auf die Goldwaage legen würde, dann ging er zur Tür.

Die Kundin sagte gerade: »Ich habe das Plakat für die Modenschau im Fenster gesehen. Findet die trotzdem statt? Obwohl Sie ... ich meine ... der Name der Toten stand zwar nicht in der Zeitung, aber so was spricht sich ja schnell rum ...«

Geraldine hatte sie mit einem kleinen tapferen Lächeln unterbrochen. »Meine Schwester hätte es so gewollt. Es soll ihre Modenschau werden. Wir werden nur die Modelle vorführen, die Yvonne entworfen hat. Ich werde den Namen der Modenschau ändern. Sie soll nicht mehr die Schau des Ateliers sein, sondern die Schau der Yvonne-Perrette-Moden.«

Tatsächlich war die Kundin gerührt. »Damit schaffen Sie wirklich ein schönes Andenken an Ihre Schwester.«

Erik bog nun in den Hochkamp ein und rollte gemächlich auf Käptens Kajüte zu.

»Ich find's zum Kotzen, dass sie die Modenschau durchzieht«, sagte Sören. »Geschmacklos!«

»Meine Schwiegermutter wird sich allerdings freuen«, entgegnete Erik, »und Carolin auch.«

Mamma Carlotta hatte ihr Fahrrad vom Altenheim bis zum Modeatelier geschoben. Nicht, weil der Wind stärker geworden war, sondern weil sie Zeit brauchte, um das Durcheinander in ihrem Kopf zu ordnen. Mit dem Fahrrad wäre sie in zwei Minuten vor dem Atelier angekommen, so aber brauchte sie mindestens fünf, und die hatte sie bitter nötig, um zu verarbeiten, was auf sie eingestürmt war.

Stefan Lürsen steckte also tatsächlich mit Tove Griess unter einer Decke. Der Schwager der Staatsanwältin! Wie war so etwas möglich? Was passierte eigentlich in Käptens Kajüte? Jannes Pedersen lieferte teure Uhren bei Tove ab, und der verkaufte sie an Leute weiter, die nach einer doppelten Toten Tante als Erkennungszeichen verlangten.

Woher hatte Jannes Pedersen die Uhren? Wahrscheinlich aus irgendwelchen Einbrüchen. Ihm wurden sie gebracht, vermutlich von den Dieben selbst, und er reichte sie an Tove weiter, der die Aufgabe übernahm, die Uhren zu lagern und an den Mann zu bringen. Wie raffiniert! Sollte die Polizei einen Hinweis auf Jannes Pedersen erhalten, würde eine Hausdurchsuchung nichts bringen. In Käptens Kajüte würde niemand auch nur eine einzige Luxusuhr vermuten. Und Stefan Lürsen, der vermutlich Abnehmer hatte, die sich freuten, eine Luxusuhr zu einem günstigen Preis zu bekommen, würde niemals in Verdacht geraten. Um welche Summen es bei diesem Handel ging, wenn eine einzige Uhr zwanzigtausend Euro kostete, wollte sie lieber nicht nachrechnen.

Aber dann war bei einer Lieferung etwas schiefgelaufen. Jannes hatte Uhren zu Tove gebracht, doch als der sie an Stefan Lürsen weiterreichen wollte, hatte eine gefehlt. Lürsen fühlte sich von Tove betrogen, der war jedoch sicher, dass Jannes ihn übers Ohr gehauen hatte. Und keiner von ihnen ahnte, dass die fehlende Uhr in Lucias Nähkästchen steckte.

Mamma Carlotta hielt dem Wind ihr Gesicht hin, als könnte er ihr die schweren Gedanken aus dem Kopf pusten und durch frische Ideen ersetzen. Wie sollte sie diese Uhr wieder loswerden? Einfach in den nächsten Mülleimer werfen? Nein, völlig unmöglich! Eine Uhr, die zwanzigtausend Euro kostete, zu vernichten, war eine Sünde, die nicht mal mit fünf Rosenkränzen aus der Welt zu schaffen war. Sie Tove zurückgeben, damit alles wieder seine Ordnung hatte? Genauso unmöglich! Wie sollte sie noch einmal in seinen Vorratsraum kommen? Am Ende lief sie Gefahr, ein zweites Mal in Käptens Kajüte eingesperrt zu werden! Bäcker Arfsten hatte ihr einmal geglaubt und war sogar bereit gewesen, weder vor Erik noch vor Tove ein Sterbenswörtchen verlauten zu lassen, weil er der Schwiegermutter eines Kriminalhauptkommissars unbedingtes Vertrauen entgegenbrachte. Wenn sie sagte, es sei ihr sehr peinlich, so lange auf der Toilette zugebracht zu haben, dass der Wirt sie am Ende vergessen hatte, dann glaubte er ihr das, als wäre der Kriminalhauptkommissar es selber, dessen Verdauungsprobleme mit Diskretion behandelt werden mussten. Aber dass er ein zweites Mal zur Verschwiegenheit verpflichtet werden konnte, daran zweifelte Mamma Carlotta erheblich.

Als sie vor dem Schaufenster des Modeateliers ihr Fahrrad abstellte, war sie kein bisschen weitergekommen mit ihren Überlegungen. Wie würde sie aus dieser unangenehmen Geschichte wieder herauskommen? Und wie konnte sie es schaffen, Tove davon zu überzeugen, dass Schluss sein musste mit den krummen Geschäften? Dafür aber würde sie ihm erst einmal gestehen müssen, dass sie die Geschäfte durchschaut hatte. Und wie der bärbeißige Wirt von Käptens Kajüte darauf reagieren würde, wagte sie sich nicht vorzustellen.

Wenn sie ihn auch gelegentlich und ganz heimlich einen Freund nannte, so machte sie sich doch keine Illusionen darüber, dass mit ihm nicht zu spaßen war, wenn er in die Enge getrieben wurde. Wie oft Tove Griess schon wegen Körperverletzung im Gefängnis gesessen hatte, wusste sie zum Glück nicht, und dass er ihr, einem seiner zwei einzigen Stammgäste, etwas Böses antun konnte, glaubte sie eigentlich nicht. Trotzdem galt es, vorsichtig zu sein. Auf keinen Fall durfte sie Tove drohen. Überzeugen musste sie ihn und ihn so geschickt auf den rechten Weg zurückführen, dass er glaubte, er selbst habe diesen Weg eingeschlagen.

Geraldine begrüßte sie mit gereizter Miene. »Endlich! Ihr Schwiegersohn hat mir schon eine Menge Zeit gestohlen. Besteht Carolin wirklich darauf, heute frei zu haben?« Sie wartete Mamma Carlottas Antwort nicht ab, sondern fuhr fort: »Ich hoffe, heute Nachmittag kommt sie. Die Proben für die Modenschau müssen weitergehen. Ich habe die Kosmetikerin bestellt, die das Make-up ausprobieren wird. Und wir müssen uns überlegen, welche Modelle wir vorführen. Alles wird nicht fertig werden.« Sie schöpfte tief Luft, als hätte sie sich mit diesen vielen Worten übernommen. »Auf die drei Kleider und die Frühjahrskombi, die Yvonne in Arbeit hatte, müssen wir verzichten. Aber ich glaube, das ist nicht schlimm. Unser Fundus ist groß genug.«

Nun endlich hatte Mamma Carlotta ihr Erstaunen bewältigt. »Soll das heißen … die Modenschau findet statt?«

»Ich wäre dumm, wenn ich sie ausfallen ließe«, entgegnete Geraldine. »Das Atelier wird aus allen Nähten platzen. Ich habe heute Morgen schon wieder fünf Eintrittskarten verkauft. Es hat sich schnell herumgesprochen, dass die Modenschau durchgezogen wird. Und wie die Tote heißt, die unter der Biike gefunden wurde, wissen anscheinend auch alle.«

Mamma Carlotta fand nur mühsam aus ihrer Erstarrung. »Aber ... aber Sie können doch nicht ... Ihre Schwester ist noch nicht mal unter der Erde!«

»Nach einem Mord dauert so was eben länger. Die Gerichtsmedizin! Sie wissen ja. Aber ... was kann ich dafür?«

»Das ist ...« Mamma Carlotta brach ab, weil ihr das schwierige deutsche Wort nicht einfiel.

»Pietätlos?«, fragte Geraldine und lächelte, als ginge es um die Frage, ob während der Modenschau Sekt oder Prosecco gereicht werden sollte. »Nicht, wenn wir es richtig machen.«

»Richtig?« Mamma Carlotta lehnte sich gegen den Ladentisch, weil sie eine Stütze brauchte. Was konnte an dieser Modenschau richtig sein?

Geraldine Bertrand jedoch war sich ihrer Sache sehr sicher. »Die Leute sind sensationsgierig. Schon deswegen werden sie kommen. Und die paar, die diese Modenschau so pietätlos finden wie Sie, können sich beruhigen. Ich habe gerade den Titel der Veranstaltung geändert.« Sie zeigte auf das Plakat, das an der Eingangstür hing und einen Aufkleber erhalten hatte.

Mamma Carlotta öffnete die Tür, weil es nur von außen zu lesen war. »Modenschau zu Ehren Yvonne Perrettes«, las sie. »Wir zeigen ausschließlich Modelle der so tragisch ums Leben gekommenen Modeschöpferin!« Sie schloss die Tür wieder. »Aber wenn wir nur die Modelle nehmen, die Madame Perrette entworfen hat, ist die Modenschau in einer halben Stunde zu Ende.«

»An der Auswahl der Modelle wird natürlich nichts geändert«, antwortete Geraldine Bertrand. »Die Leute wissen ja nicht, ob die Entwürfe von mir oder von Yvonne sind. Wir behaupten, sämtliche Modelle hat Yvonne entworfen, basta! Und natürlich erhöhen wir die Preise. Mindestens um zehn Prozent!«

Ehe Mamma Carlotta etwas erwidern konnte, wurde die Ladentür aufgerissen. Wilko Tadsen stand auf der Schwelle, wütend und aufgebracht. »Das kannst du nicht machen, Geraldine!«

»Was kann ich nicht machen?«

»Marikke hat gesagt, du willst die Modenschau durchziehen?«

Geraldine wies auf das Plakat an der Tür. »Das Interesse ist groß. Selbstverständlich mache ich das nur, um für ein ehrendes Andenken an Yvonne zu sorgen.«

»Das ist...« Wilko Tadsen schnappte nach Luft. »Das ist...«

»Pietätlos?« Mamma Carlotta freute sich immer, wenn sie eine neue Vokabel anwenden konnte.

»Genau! Das ist es!« Wilko fuhr sich mit beiden Händen durch die Haare. Dann warf er Mamma Carlotta einen geradezu verzweifelten Blick zu. Beinahe hätte sie ihn falsch verstanden und seine Partei ergriffen, damit er Geraldine davon überzeugen konnte, dass es sich nicht gehörte, an der Modenschau festzuhalten, als wäre nichts geschehen. Aber zum Glück verstand sie gerade noch rechtzeitig, dass er mit ihr allein sein wollte.

Mamma Carlotta hatte Verständnis. Sie machte sich sogar besonders klein, während sie zur Tür huschte, die in die Werkstatt führte, um zu zeigen, dass sie schon vor ihrem Verschwinden nicht mehr richtig anwesend war. Dass sie die Tür nicht ins Schloss zog, sondern einen Spalt geöffnet ließ, war eine andere Sache, und dass sie sich, während sie ihre Jacke auszog, neben den langen Zuschneidetisch stellte, ebenfalls! An dieser Stelle konnte sie Wilko Tadsen durch den Türspalt erkennen und dann auch Geraldine, die einen Schritt auf ihn zumachte.

»Ich kann mir Pietät nicht leisten, Wilko«, sagte sie. »Ich muss sehen, wo ich bleibe. Wenn Jannes mich vor die Tür setzt, muss ich wenigstens ein finanzielles Polster haben. Ich hoffe, dass ich auf der Modenschau gut verkaufe. Und wenn ich es dann noch schaffe, sämtliche Auftragsarbeiten zu erledigen, kann ich ein paar Monate überbrücken, bis ich was Neues gefunden habe.«

Wilko Tadsen betrachtete sie kopfschüttelnd. »Das Modeatelier gehört dir nicht. Warum hängst du dich so rein?«

Geraldine lächelte. »Zwischen Yvonne und mir gab es eine Vereinbarung. Wenn eine von uns stirbt, gehört der anderen alles. Wäre ich zuerst gestorben, hätte Yvonne über alle Modelle verfügen können, die ich entworfen habe. Und umgekehrt ... «

Wilko unterbrach sie. » ... ist die Sache erheblich lukrativer. Du bekommst nicht nur alle Modelle, die Yvonne entworfen hat, sondern das ganze Modeatelier? «

Geraldines Gesicht wurde plötzlich hart, das kleine Lächeln, das immer in ihren Augen stand, wenn sie mit Wilko sprach, war mit einem Mal verschwunden. »Lass uns jetzt nicht darüber reden. Und erst recht nicht hier im Laden. «

Als die beiden die Werkstatt betraten, war Mamma Carlotta schon zu der kleinen Garderobe gehuscht und hängte ihre Jacke auf.

»Würden Sie mir einen Gefallen tun, Signora? «, fragte Geraldine Bertrand und sah sich um, als suchte sie nach einer Aufgabe, die sie Mamma Carlotta übertragen konnte, damit sie außer Hörweite kam. Ihr Blick blieb an dem Blazer hängen, der über der Lehne des Stuhls hing, auf den Yvonne sich immer gesetzt hatte, wenn sie ihre Skizzen zeichnete. Niemand hatte bisher diesen Stuhl benutzt, niemand den Blazer angerührt. Er war ein Teil Yvonnes gewesen, als ihr Schicksal noch ungeklärt war, und dort hängen geblieben, als es noch Hoffnung gegeben hatte. »Sind Sie so freundlich, den Blazer nach nebenan zu bringen? Ich kann den Anblick nicht ertragen. Es ist so, als könnte Yvonne jeden Augenblick durch die Tür treten. «

Mamma Carlotta liebte sie eigentlich, diese gefühlvollen Formulierungen, aber bei Geraldine klangen sie falsch. Und Wilko, der sich an den Zuschneidetisch lehnte, als wollte er mit Geraldines Worten nichts zu tun haben, schien es genauso zu empfinden.

»Wir müssen uns auf die Modenschau konzentrieren «, fuhr Geraldine fort, »und das können wir nicht, wenn uns die Trauer um Yvonne lähmt. Also, bitte! Bringen Sie den Blazer weg. «

Mamma Carlotta zögerte. Wenn sie eins nicht leiden konnte,

dann war es, weggeschickt zu werden, um nicht Zeuge eines interessanten Gesprächs zu werden. Wieder einmal dachte sie an Kündigung. Hatte sie es nötig, sich von einer so eiskalten Frau wie Geraldine Bertrand aus dem Raum schicken zu lassen? Von einer Frau, die den Tod ihrer Schwester nutzen wollte, um ein besonders gutes Geschäft zu machen? Andererseits ... diese Modenschau, mochte sie auch noch so pietätlos sein, wollte sie sich nur ungern entgehen lassen.

Vorsichtig nahm Mamma Carlotta den Blazer von der Stuhllehne. »Ich soll einfach in Herrn Pedersens Wohnung gehen?«, fragte sie, und ihr Unbehagen war nicht gespielt.

»Er ist in seinem Laden«, gab Geraldine ungeduldig zurück. »Hängen Sie Yvonnes Blazer bitte in der Diele an die Garderobe.«

Mamma Carlotta gab sich geschlagen. Sorgfältig legte sie sich den Blazer über den Arm. Als sie die Tür öffnete, die von der Schneiderwerkstatt in den Wintergarten führte, folgte Geraldine ihr und sorgte dafür, dass sie fest hinter ihr ins Schloss gezogen wurde.

Mamma Carlotta blieb stehen und sah sich um. Es war mit einem Mal sehr still. Das Gespräch aus der Werkstatt drang nicht in den Wintergarten, in der Wohnung war alles ruhig. Was mochte Yvonne hier gelitten haben? War sie hier geschlagen und gedemütigt worden? Und Elske? Wie war Jannes Pedersen mit ihr umgesprungen?

Auf Zehenspitzen schlich Mamma Carlotta durch den Wintergarten, von dort ins Wohnzimmer und dann in die Diele. Dort führte eine Treppe in die erste Etage, wo Mamma Carlotta die Schlafzimmer vermutete.

Sie erschrak, als sie die Stimme hörte. Wie eine Diebin kam sie sich im selben Augenblick vor, wie jemand, der unbefugt eingedrungen war. Wenn Jannes Pedersen sie nun hier ertappte? Würde sie Zeit genug haben, ihm zu erklären, dass sie von Geraldine geschickt worden war?

In der Tür zur Diele blieb sie stehen und lauschte. Die Stimme kam von oben, und es war die Stimme von Jannes Pedersen. Telefonierte er in seinem Schlafzimmer? Wenn ja, dann hatte er die Tür nicht geschlossen. Er fühlte sich allein,

allein in seinen eigenen vier Wänden. Das Gefühl, ein Eindringling zu sein, verstärkte sich. Mamma Carlotta wollte jetzt nur noch eins: den Blazer loswerden und zurück in die Werkstatt! Ob Geraldine dann genug Zeit für das vertrauliche Gespräch mit ihrem Geliebten gehabt hatte, interessierte sie nicht.

»Die Bullen müssen gleich bei dir eintreffen«, hörte sie Jannes sagen. »Hör zu, Tove! Du musst bestätigen, dass ich bis drei in der Frühe bei dir war! Kapiert?«

Mamma Carlotta bekam es mit der Angst zu tun. Wie würde Jannes Pedersen reagieren, wenn er merkte, dass sie das Gespräch belauschte, in dem er Tove um ein falsches Alibi bat? Sie musste hier weg! So schnell wie möglich!

»Was heißt hier: Ich habe dich betrogen? Du kannst nicht richtig zählen, das ist es!«

So geräuschlos wie möglich hob Carlotta einen Kleiderbügel von der Garderobe, um Yvonnes Blazer aufzuhängen. Pedersen durfte sie hier nicht erwischen. Wenn sie auch noch so unschuldig war!

»Du bringst mich in Teufels Küche, wenn du sagst, dass ich nur bis Mitternacht bei dir war!«

Derart angespannt lauschte Mamma Carlotta nach oben, dass ihr Yvonnes Blazer, kaum dass er auf dem Bügel hing, wieder herunterrutschte und zu Boden fiel. Ihr brach der Schweiß aus. Jetzt nur nicht die Nerven verlieren! Und kein Geräusch verursachen!

»Die Wahrheit?« Jannes Pedersen lachte hässlich. »Seit wann hast du es mit der Wahrheit?«

Mit spitzen Fingern hob Mamma Carlotta den Blazer vom Boden auf. Dass dabei eine flache Schachtel aus der Tasche fiel, bemerkte sie erst, als der Blazer endlich an der Garderobe hing, ohne dass der Bügel auch nur ein einziges Mal verräterisch geklappert hatte.

»Wie oft noch?«, brüllte Pedersen nun so laut, dass sie sich um verräterische Geräusche keine Sorgen zu machen brauchte. »Ich habe dir die verabredete Menge geliefert! Wenn du jetzt Ärger mit dem Abnehmer hast, dann ist das nicht mein Problem! Ich brauche jedenfalls ein Alibi!«

Mamma Carlotta hob die Schachtel auf und warf einen Blick darauf. Was stand da? Schwangerschaftstest? Sie betrachtete die Schachtel noch eingehender und schüttelte den Kopf. Wozu brauchte man einen Schwangerschaftstest? Jede Frau merkte doch, dass sie schwanger war, an den untrüglichen körperlichen Anzeichen. Mamma Carlotta hatte zwar schon ihre Schwiegertochter davon reden hören, fragte sich aber bis heute, wozu so ein Schwangerschaftstest nötig war. Und wie er funktionierte und einer Frau dabei half, sich einer Schwangerschaft sicher zu sein, war ihr nicht klar.

»Was heißt hier: Mit den Morden hast du nichts zu tun! Du gottverdammtes Arschloch! Du wirst mich noch kennenlernen!«

Mamma Carlotta fuhr zusammen, als in der ersten Etage plötzlich Schritte dröhnten. Würde Jannes Pedersen jetzt die Treppe heruntergepoltert kommen und sie fragen, was sie hier zu suchen hatte? Erschrocken versteckte sie die Schachtel hinter ihrem Rücken, um so schnell wie möglich zu verschwinden. Dann aber hörte sie eine Tür schlagen und kurz darauf das Geräusch einer Toilettenbrille, die derart wütend hochgeklappt wurde, dass sie zurückschlug.

Mamma Carlotta war erleichtert. Eilig durchschritt sie das Wohnzimmer und dann den Wintergarten. Erst jetzt fühlte sie sich sicher. Und da Geraldine froh sein würde, wenn sie ein paar Minuten länger als nötig mit Wilko Tadsen unter vier Augen reden konnte, beschloss Mamma Carlotta, herauszufinden, wie so ein Schwangerschaftstest eigentlich funktionierte. Die Skrupel, die in ihr hochschossen, drückte sie schnell nieder. Yvonne Perrette würde diesen Test nicht mehr brauchen, so viel stand fest!

Vorsichtig öffnete sie die Schachtel, griff hinein und brachte ein zusammengefaltetes Blatt Papier zum Vorschein. Stirnrunzelnd faltete sie es auseinander. Nein, eine Gebrauchsanweisung für einen Schwangerschaftstest war das nicht. Verblüfft starrte sie den Geschäftsbrief an, den sie in Händen hielt. Es handelte sich um einen Brief, der vor fünf Jahren abgeschickt worden war. Und adressiert war er an … Elske Pedersen!

Ausgiebig betrachtete Erik die Imbiss-Stube, nachdem er aus dem Wagen gestiegen war. »Käptens Kajüte sieht wirklich viel besser aus seit der Renovierung.«

Sören blieb vor der Tür stehen und zog die Nase kraus. »Der Geruch ist eher schlechter geworden. Das riecht nach …«

»… nach Grünkohl, der aufgewärmt wird«, vervollständigte Erik seinen Satz. »Vielleicht macht Tove Griess sich Hoffnungen, dass er den Grünkohl, den er nach dem Biikebrennen nicht losgeworden ist, heute an den Mann bringt.«

»Ich esse ihn jedenfalls nicht«, sagte Sören.

Erik lachte. »Davon würde ich Ihnen auch dringend abraten! Wenn meine Schwiegermutter davon erführe, würde sie nie wieder Lasagne für Sie machen.«

Die Theke von Käptens Kajüte war verwaist. Der einzige Gast zog seine Bommelmütze ein Stück tiefer in die Stirn und sah aus, als würde er am liebsten in sein Jever springen und erst wieder auftauchen, wenn die beiden Polizeibeamten wieder gegangen wären.

»Moin, Tiensch«, begrüßte Erik ihn. »Schmeckt das Bier schon um diese Zeit?«

»Bier schmeckt immer, jawoll!«, antwortete Fietje.

»Und wo ist der Käpten, dem diese Kajüte gehört?«, fragte Sören.

»Der telefoniert.« Fietje nickte zu einer Tür hinter der Theke. Sie führte anscheinend in die Küche, denn durch diese Tür drang der Geruch des aufgewärmten Grünkohls. Erik meinte sogar, die geräucherten Mettwürste zu riechen, die noch so lange ihr Fett in den Grünkohl kochen würden, bis sie selber trocken waren und der Grünkohl unverdaulich geworden war.

Tove Griess sah ärgerlich aus, als er aus der Küche kam, noch ärgerlicher als sonst. Das mochte daran liegen, dass er es nicht schätzte, wenn die Obrigkeit bei ihm einkehrte. Ein Lächeln hatte Erik noch nie auf seinem Gesicht gesehen, aber jetzt sah der Wirt mal wieder so aus, dass einem sogar seine Mettwürste leidtun konnten.

»Moin, die Herren!«, sagte er. »Was darf's sein?«

»Die Antwort auf eine Frage«, gab Erik zurück.

»Zu früh für Bier? Sie können auch Kaffee haben! Oder Tee!«

Erik und Sören waren sich einig. Auf jedes Angebot schüttelten sie unisono die Köpfe.

Erik wollte es so schnell wie möglich hinter sich bringen. Die Frage stellen, eine Antwort hören, über die er sich ärgern würde, weil sie erlogen war, und sich dann noch mehr ärgern, weil Tove Griess nicht nachzuweisen sein würde, dass er Jannes Pedersen deckte. »Erinnern Sie sich an die Nacht von Dienstag auf Mittwoch?«, fragte Erik. »Jannes Pedersen hat ausgesagt, er habe diesen Abend hier in Ihrer Kneipe verbracht.«

Tove nickte. »Stimmt.«

»Das wissen Sie, ohne nachzudenken?«, fragte Sören.

»So viele Gäste habe ich nicht.«

»Dann können Sie sich vielleicht auch erinnern, wann Herr Pedersen kam und wann er wieder ging?«

Diesmal gab Tove Griess immerhin vor, über Eriks Frage nachzudenken. »Er kam gegen zehn und ging ziemlich genau um Mitternacht wieder. Warum interessiert Sie das?«

Erik sah ihn verblüfft an. »Herr Pedersen behauptet, er sei noch bis drei Uhr morgens bei Ihnen gewesen.«

Tove griff nach einem sauberen Glas und begann es zu spülen. »Dann lügt er.«

»Sind Sie ganz sicher?«

»Und ob! Wie wär's mit einer Portion Grünkohl, Herr Hauptkommissar? Hausgemacht!«

Erik fand nicht, dass er auf dieses Angebot antworten musste. Noch immer war er derart überrascht, dass er um ein Haar nach einem Bier verlangt hätte.

Sören war anzusehen, dass es ihm genauso ging. »Kein Irrtum möglich?«, fragte er vorsichtshalber. »Pedersen sagt, Sie hätten die Imbiss-Stube abgesperrt und dann mit ihm eine Flasche Genever geleert. Sozusagen in geschlossener Gesellschaft.«

»Stimmt«, sagte Tove Griess und tauchte das nächste Glas ins Wasser, das unbenutzt neben der Spüle stand. »Aber eben nur bis Mitternacht.«

Zwei Minuten später standen Erik und Sören vor der Imbiss-Stube und sahen sich an.

»Wer hätte das gedacht!«, brachte Sören schließlich heraus. »Anscheinend ist Tove Griess noch immer so wütend auf Pedersen, dass er nicht bereit ist, ihm ein falsches Alibi zu geben.«

Erik strich ausgiebig seinen Schnauzer glatt. »Oder«, sagte er bedächtig, »er ist so wütend auf Pedersen, dass er ihm kein richtiges geben will.«

Bevor Sören dazu etwas sagen konnte, ging Eriks Handy. Dr. Hillmot war am anderen Ende. »Moin, Wolf! Ich habe eine interessante Neuigkeit für Sie.«

»Schießen Sie los!«

»Yvonne Perrette war schwanger!«

Mamma Carlotta nähte, als hinge ihr Leben von sauberen Kappnähten, Zier- und Saumstichen ab. Es tat ihr gut. Wenn ihr Kopf voll von schweren Gedanken war, musste sie immer etwas in den Händen haben, das war in Umbrien genauso wie auf Sylt. Erst recht, wenn sie diese Gedanken nicht aussprechen konnte, sondern allenfalls in Selbstgesprächen dem Kern des Problems auf die Spur kommen konnte. Doch Selbstgespräche verboten sich im Modeatelier von selbst, also ließ sie die Nähmaschine surren wie einen ganzen Fliegenschwarm und beugte sich so tief über ihre Arbeit, dass niemand sie anzusprechen wagte, um sie nicht aus ihrer Konzentration zu reißen.

Sie merkte, dass Geraldine Bertrand sie gelegentlich beobachtete, sich jedoch jedes Mal lächelnd wieder abwandte, ohne etwas zu sagen. So konnten Mamma Carlottas Gedanken so ungestört arbeiten wie ihre Hände. Und als sie nach einer Stunde das Pensum erledigt hatte, das Geraldine Bertrand ihr für den ganzen Vormittag aufgetragen hatte, wusste sie, was zu tun war.

Entschlossen erhob sie sich. »Nun muss ich nach Hause, es wird Zeit fürs Mittagessen.«

Dass Carolin angeboten hatte, die Tortellini zu kochen, die Gorgonzolasoße zuzubereiten und den Salat zu waschen, erwähnte sie nicht. Sonst hätte Madame Bertrand am Ende noch von ihr verlangt, dem Abendkleid, das der Höhepunkt der Modenschau sein sollte, die Pailletten aufzunähen.

»Ich muss auch noch den Fisch kaufen«, ergänzte sie und fand, dass sie damit genug Gründe angeführt hatte, um die Arbeit zur Seite zu legen.

Geraldine nickte gnädig. »Ich habe vor einer Stunde mit Carolin telefoniert. Sie hat mir versprochen, heute Nachmittag zur Probe zu kommen.«

Stolz präsentierte sie das Ergebnis ihrer Arbeit: Vier Kleiderständer hatte Geraldine in die Mitte der Werkstatt geschoben, für jedes Model einen. Auf ihnen hingen die Kleidungsstücke, die vorgeführt werden sollten. Andächtig stand Mamma Carlotta nun vor dem Ständer, an dem ein Schild mit der Aufschrift *Carlotta* befestigt war, und bemühte sich, ihre Freude nicht zu zeigen.

So aufregend es war, Mode für die reife und mollige Dame vorzuführen, es änderte nichts an der Tatsache, dass es unanständig war, die Modenschau so kurz nach dem Tode Yvonne Perrettes zu veranstalten. Nein, niemand würde ihr anmerken, dass sie sich trotzdem ein klitzekleines bisschen darauf freute. Und das Prickeln, das ihr über den Rücken lief, als Geraldine davon sprach, dass sie am Nachmittag Bekanntschaft mit Puder, Lidschatten und Wimperntusche machen würde, versteckte sie ebenfalls hinter einer Miene, die für Yvonnes Beerdigung angemessen gewesen wäre. Kurzerhand beschloss sie, später, wenn sie auf dem Dorfplatz von dieser Modenschau berichtete, einfach unerwähnt zu lassen, dass kurz vorher eine der beiden Modeschöpferinnen einem schrecklichen Verbrechen zum Opfer gefallen war. Dann konnte ihr auch niemand vorwerfen, sie habe das Vergnügen über die Pietät gestellt.

»Der Sturm wird immer heftiger«, rief Geraldine ihr nach. »Morgen soll es noch schlimmer werden! Ich glaube nicht, dass Sie dann mit dem Fahrrad kommen können. Aber selbstverständlich hole ich Sie mit dem Wagen ab, wenn Sie wollen.«

Dieses Angebot versöhnte Mamma Carlotta mit vielem, was sie Geraldine Bertrand heimlich angelastet hatte. Mit einem Wagen abgeholt zu werden, das bedeutete, dass sie beinahe so wichtig war wie der Bürgermeister ihres Dorfes, der sich auch gern abholen ließ, wenn er sich mit dem Bürgermeister des Nachbardorfes zu einem Meinungsaustausch traf.

Sie warf einen Blick zurück, ehe sie sich aufs Fahrrad setzte. Geraldine Bertrand wandte sich gerade einer Kundin zu, die auf das Plakat an der Eingangstür wies. Vermutlich würde sie jetzt eine weitere Eintrittskarte für die Modenschau verkaufen und nicht bemerken, dass Mamma Carlotta in die falsche Richtung davonfuhr. Nicht in Richtung Wenningstedt, sondern geradewegs auf die Friedrichstraße zu. Hier stieg sie vom Fahrrad und schob es an den vielen Geschäften mit den wunderbaren Auslagen vorbei. Sie blieb jedoch vor keinem einzigen Schaufenster stehen, nein, sie wollte so schnell wie möglich ins Polizeirevier Westerland.

Ihr war warm geworden, als sie ihr Fahrrad vor dem Polizeirevier abstellte und das Gebäude betrat. Die Freude, dass Rudi Engdahl und Enno Mierendorf bei guter Gesundheit waren und dass sie sich für die Antipasti bedankten, die Erik ihnen in Carlottas Auftrag mitgebracht hatte, erwärmte sie zusätzlich. Den Auftrag, der sie hierher geführt hatte, vergaß sie sogar für kurze Zeit, als Mierendorf ihr erzählte, dass seine Frau Karten für die Modenschau gekauft habe und schon sehr gespannt auf die Mode für die mollige Dame sei. Reif wollte er seine Frau mit ihren vierzig Jahren noch nicht nennen, aber er war sicher, dass alles, was Mamma Carlotta gut stand, auch für seine Frau richtig sein würde. »Sie haben ja so eine jugendliche Ausstrahlung, Signora!«

Wenn das kein Grund zum Jubeln war! Mamma Carlotta tat es laut und ausgiebig, bis Erik auf der Bildfläche erschien, um sich nach dem Grund der Gefühlsausbrüche zu erkundigen, die sogar durch seine geschlossene Tür gedrungen waren.

Kopfschüttelnd betrachtete er seine Schwiegermutter. »Was gibt's? Hat das nicht Zeit bis zum Mittagessen?«

Mamma Carlotta antwortete mit aller Entschlossenheit: »No!« Und da sie an Eriks Gesicht ablas, dass er ihr nicht glaubte, ergänzte sie: »Ich habe etwas entdeckt. Einen Beweis!«

»Einen Beweis?« Erik runzelte die Stirn. »Wofür?«

»Dass Jannes Pedersen seine Frau umgebracht hat.«

Erik verdrehte die Augen. »Und wie sieht der Beweis aus?« Mit einer Miene, die ihr zeigen sollte, wie bedeutungslos ihr sogenanntes Beweisstück sein würde, nahm er den Brief entgegen, den Mamma Carlotta ihm hinhielt. Doch sein Gesicht veränderte sich schlagartig, als ihm klar wurde, was er da in Händen hielt. »Woher hast du das?«

Mamma Carlotta hatte sich ihre Erklärung während des Nähens gründlich zurechtgelegt. Sie war sicher, dass das, was sie Erik jetzt berichten würde, nicht in den Bereich der Lügen fiel, sondern höchstens in die Kategorie der improvisierten Wahrheiten. Sie würde nur etwas weglassen, was für ihn vollkommen unwichtig war. Das konnte ihr niemand vorwerfen.

Mit fester Stimme erzählte sie, dass Geraldine sie beauftragt habe, den Blazer ihrer Schwester in die Wohnung zu tragen. »Aber gerade, als ich ihn an die Garderobe hängen wollte, glitt er mir aus der Hand, und dieser Brief rutschte aus der Tasche. Und als ich sah, dass der Brief an Elske Pedersen gerichtet war, dachte ich, dass er dich interessieren wird.«

Damit hatte sie vollkommen recht. Erik beauftragte Enno Mierendorf sogar, seiner Schwiegermutter einen Kaffee zu bringen, und Rudi Engdahl wies er an, sie mit dem Streifenwagen nach Hause zu fahren, in dem das Fahrrad ohne Weiteres Platz hatte. »Sie müsste gegen den Wind fahren! Das ist zu anstrengend.«

Unter anderen Umständen hätte Mamma Carlotta es sich verbeten, wie eine alte Frau behandelt zu werden, aber in diesem Fall wollte sie die Fürsorge ihres Schwiegersohns und die eigene Bedeutung als Überbringerin eines wichtigen Beweisstückes in vollen Zügen genießen. Lächelnd schlürfte sie den Kaffee, den Enno Mierendorf ihr vorgesetzt hatte, obwohl er von grauenhafter Qualität war, und hörte zu, wie Erik und Sören darüber sprachen, ob die Staatsanwältin unter diesen Umständen einen Haftbefehl ausstellen würde. Leider war der Kaffee getrunken, als Erik die Telefonnummer der Staatsanwältin heraussuchte, und Rudi Engdahl erschien im Raum und klimperte mit dem Autoschlüssel. Schweren Herzens fand sie sich damit ab, dass sie erst während des Mittagessens erfahren würde, ob Jannes Pedersen verhaftet worden war und unter dem Druck des Beweises ein Geständnis abgelegt hatte.

Erik schob den Zettel, auf dem die Telefonnummer der Staatsanwältin stand, erst in die linke, dann in die rechte Ecke seines Schreibtisches. »Ist sie überhaupt schon in Flensburg angekommen?«

Sören sah auf die Uhr. »Könnte passen. Besser, Sie versuchen es, sonst ist sie wieder sauer. Die ist mit guter Laune schon schwer zu ertragen.«

Erik nickte. »Rufen Sie bitte bei der Bank an, die Elske Pedersen diesen Brief geschickt hat. Vielleicht wissen die, woher das Geld stammt.«

Sören erhob sich, um in sein eigenes Zimmer zu gehen. Währenddessen wählte Erik die Nummer der Staatsanwältin.

»Moin, Wolf!«, prallte ihre dynamische Stimme an sein Ohr. »Gibt's was Neues?«

»Könnte sein, dass ich einen Haftbefehl brauche.«

Die Stimme verlor die forsche Unverbindlichkeit. »Für wen?«

»Für Jannes Pedersen.«

»Was haben Sie gegen ihn in der Hand?«

»Er hat kein Alibi.«

»Das ist kein Beweis.«

»Aber er hat versucht, jemand anders dazu anzustiften, ihm ein Alibi zu geben.«

»Okay.« Das war das Einzige, was Frau Dr. Speck dazu sagte.

»Außerdem haben wir soeben erfahren, dass seine ermordete Lebensgefährtin schwanger war. Ob von ihm oder von einem anderen, wissen wir noch nicht. Natürlich werde ich einen DNA-Abgleich machen lassen. Aber egal, wer der Vater ist, eine Schwangerschaft kann immer ein Mordmotiv sein. Und wenn Jannes Pedersen nicht der Vater ist …«

»Ist das alles, was Sie haben?«, unterbrach ihn die Staatsanwältin. »Das rechtfertigt keinen Haftbefehl.«

»Gerade ist mir ein interessanter Brief in die Hände gefallen«, fuhr Erik unbeirrt fort und hoffte, dass seine Stimme so viel Sicherheit ausstrahlte, dass Frau Dr. Speck nicht auf die Idee kommen würde, ihn zu fragen, wie er zu diesem Brief gekommen war. »Eine Bank hat ihn vor fünf Jahren an Elske Pedersen geschickt. Darin wird sie gefragt, was mit dem Festgeld geschehen soll. Ob sie möchte, dass die sechshunderttausend Euro für weitere drei Monate festgelegt werden.«

»Sechshunderttausend?« Frau Dr. Speck schien beeindruckt zu sein.

»Bei der Durchsuchung von Elske Pedersens Zimmer haben wir nichts gefunden, was darauf hindeutet, dass sie so viel Geld auf der hohen Kante hatte. Wenn dieses Geld nicht mehr auf der Bank ist und wenn Pedersen nicht erklären kann, wo es geblieben ist, dann könnte so viel Geld ein Mordmotiv gewesen sein.«

Die Staatsanwältin stimmte ihm unumwunden zu. »Haben Sie schon mit Pedersen gesprochen?«

»Ich bin praktisch auf dem Weg zu ihm. Und noch was ...« Erik zögerte, weil er fürchtete, dass nun die Frage kommen könnte, auf die er nur sehr ungern antworten würde. »Dieser Brief ist in einem Kleidungsstück der zweiten Toten gefunden worden.«

Zum Glück war Frau Dr. Speck zu erstaunt, um zu fragen, wer diesen Brief entdeckt hatte. »Yvonne Perrette trug einen Brief an Elske Pedersen bei sich?«

Erik stand auf und griff nach seiner Jacke. »Sie muss ihn irgendwo gefunden haben. Vielleicht zufällig. Vielleicht hat sie aber auch danach gesucht.«

»Wenn Pedersen nicht erklären kann, wo das Geld geblieben ist«, sagte die Staatsanwältin, »dann stellen Sie seine Bude auf den Kopf. Irgendwas muss er mit den sechshunderttausend Euro gemacht haben. Das müssen Sie finden. Eher bekommen Sie keinen Haftbefehl.«

»Und was ist mit einem Durchsuchungsbeschluss?«

»Kommt per Fax.«

Erik band sich gerade seinen Schal um, als Sören eintrat. »Machen Sie sich fertig, Sören! Wir fahren zu Pedersen.«

Sören nickte zufrieden. »Ich habe mit der Bank telefoniert.

Elske Pedersen hat das Geld nicht wieder angelegt. Sie hat es sich bar auszahlen lassen.«

»Bar? Sechshunderttausend?« Erik konnte es nicht fassen. »Wusste die Bank auch, woher das Geld kam?«

Sören nickte. »Ein Lottogewinn. Bin gespannt, wie Pedersen uns das erklärt!«

Mamma Carlotta rührte nachdenklich in der Gorgonzolasoße und fragte sich, ob es ihr gelingen würde, sie nachzuwürzen, ohne dass Carolin es merkte. Ihre Enkelin hatte sich viel Mühe gegeben, war aber mit dem Pfeffer eindeutig zu sparsam umgegangen. »Ob Enrico und Sören Zeit zum Mittagessen haben werden?«, überlegte Mamma Carlotta laut. »Könnte sein, dass sie zu tun haben. Verhaftung, Hausdurchsuchung, Verhöre …«

In diesem Moment fuhr Eriks Auto vor. Mamma Carlotta lief aufgeregt in die Diele, öffnete schon die Haustür, während Erik und Sören sich gerade erst abschnallten, und achtete nicht auf das Gezeter der Kinder, die sich über die eiskalte Luft beschwerten, die bis in die Küche drang.

»Ist er euch entwischt?«, fragte sie aufgeregt, als Erik und Sören das Haus betraten.

Provozierend fragte Erik: »Von wem sprichst du?«

»Das weißt du ganz genau!« Mamma Carlotta sah ihren Schwiegersohn ärgerlich an. Wollte er ihr etwa schon wieder damit kommen, dass seine Ermittlungsarbeit sie nichts anging? »Oder zweifelst du etwa daran, dass es Jannes Pedersen war?«

Erik wies auf die geöffnete Küchentür und runzelte die Stirn. Natürlich verstand Mamma Carlotta sofort, dass die Kinder nicht mitbekommen sollten, wer da in Verdacht stand, zwei Frauen umgebracht zu haben. Aber dass sie zu flüstern begann, machte die Sache nicht besser. »Er war es! Ich hab's gleich gewusst! Dieser brutale Ausdruck in seinen Augen …«

Schon erschien Felix in der Küchentür. »Warum flüstert ihr? Ist Jannes Pedersen wirklich der Mörder? Hey, ich bringe gleich mein Fahrrad zu ihm und lasse das Licht reparieren. Von einem richtigen Mörder! Wie geil ist das denn!«

Erik ging seufzend in die Küche, ließ sich seufzend am Tisch nieder, blickte seufzend in die neugierigen Gesichter seiner Kinder und sah ein, dass es zu spät war, sich ihren Fragen zu entziehen. »Dass ihr mir in den nächsten zwei Stunden nicht darüber redet! Wenn Pedersen frühzeitig gewarnt wird ...«

Er ließ offen, welche schrecklichen Folgen das haben könnte. Aber sowohl Carolin als auch Felix wussten Bescheid und hoben feierlich die Finger. »Keine Silbe, Papa!«, sagte Carolin. »Großes Modeschöpferinnen-Ehrenwort!«

»Heißt das, dass er in zwei Stunden im Kittchen sitzt?«, fragte Felix aufgeregt. »Warum habt ihr ihn nicht gleich hops genommen?«

»Er war nicht zu Hause und auch nicht im Geschäft. Niemand konnte sagen, wo er sich aufhält, deswegen sind wir zunächst wieder abgezogen.«

»Warum habt ihr nicht auf ihn gewartet?«, fragte Felix empört. »Und warum habt ihr sein Haus nicht durchsucht? So was macht man, wenn man einen Verdacht hat!«

Erik verlor seine Ruhe nicht. »Weil wir Angst hatten, dass ihn jemand warnt. Kann man wissen, wer mit ihm unter einer Decke steckt?«

Carolin, die an diesem Tag die Rolle der Hausfrau übernommen hatte, stellte die Antipasti auf den Tisch, die Mamma Carlotta stets am ersten Tag ihres Aufenthaltes auf Sylt einlegte, und daneben das Brot, das sie aufgebacken hatte. Erik und Sören schoben es zwischen die Backenzähne und bissen verzweifelt darauf herum, während Felix sein Brot nach dem ersten Versuch auf den Teller zurücklegte. »Das ist steinhart!«

»Wunderbar kross gebacken«, korrigierte Mamma Carlotta ihn, während sie ihr Brot unauffällig in die Marinade der Antipasti tupfte, um es aufzuweichen. »Carolin wird einmal eine gute Köchin.« Sie warf Erik und Sören einen Blick zu, der sie warnen sollte, Carolins guten Willen zu untergraben, statt ihre Motivation mit überschwänglichem Lob zu erhalten.

Tatsächlich schien Carolin ihrer Nonna zu glauben, denn ihr Blick war voller Stolz, als sie die Tomatensuppe auftrug, die aus einer Dose Schältomaten und einem Löffel Instantbrühe bestand. Mamma Carlotta streute unauffällig ein paar

Kräuter darüber, was die Suppe jedoch nur optisch verbesserte. »Ist es nicht großartig, wie leicht und schnell sich eine köstliche Suppe zaubern lässt?«, fragte sie ihren Schwiegersohn und dessen Assistenten und sah die beiden so scharf an, dass sie nicht wagten, das Gegenteil zu behaupten.

Zum Glück machte es Carolin nicht stutzig, als Sören plötzlich einfiel, dass er sich gestern den Magen verdorben hatte. Und auch Erik erinnerte sich nach einem langen Blick in den Nudeltopf, in dem sich die zu Brei gekochten Tortellini klumpten, daran, dass er seit Frau Kemmertöns' Grünkohl unter Magendrücken litt.

Alle atmeten erleichtert auf, als Carolin sich bereit erklärte, den Pastagang erst später aufzutragen, und die Küche mit dem Hinweis auf die Arbeit an Sörens Hemd verließ. »Ich möchte, dass Sie es zur Modenschau tragen, Sören!«

Felix, der die berechtigte Hoffnung hatte, sich gänzlich an den Tortellini vorbeimogeln zu können, nutzte diese Gelegenheit, griff nach einer Tüte Grissini und verzog sich damit in sein Zimmer.

Prompt machte Sören seinen Chef auf etwas aufmerksam, was ihn schon länger zu belasten schien. »Wenn Pedersen nicht gesteht, könnte es schwierig werden, ihm die Morde nachzuweisen. Das Motiv für den Mord an Yvonne Perrette ist nach wie vor unklar.«

»Sie hat ihm den Brief vorgehalten und eine Erklärung verlangt.«

»Und wenn Pedersen das bestreitet? Wenn er sagt, er hätte nicht mit Yvonne darüber gesprochen? Er hätte nicht geahnt, dass Yvonne Bescheid wusste?«

»Bleibt immer noch ihre Schwangerschaft.«

»Sie war schwanger?« Mamma Carlotta, die diesen Umstand nicht besonders überraschend fand, gab sich große Mühe, erstaunt auszusehen.

»Wenn das Kind von ihm war«, sagte Sören, »spricht es sogar eher gegen seine Täterschaft. Pedersen hat sich in seiner Ehe vergeblich Kinder gewünscht, die Ehe hat sogar schwer unter der Kinderlosigkeit gelitten. Warum sollte er die Mutter seines Kindes umbringen?«

»Weil er nichts von der Schwangerschaft wusste? Oder aber, weil das Kind von einem anderen war.«

»Das werden wir erst nach der DNA-Analyse wissen.«

»Vielleicht wollte Yvonne das Kind nicht haben. Sie plante eine Abtreibung. Da ist Pedersen ausgerastet.«

Erik sah seine Assistenten nachdenklich an. »Wollen Sie darauf hinaus, Sören, dass es zwei Täter gibt?«

Sören zuckte mit den Schultern. »Wir sollten diese Möglichkeit jedenfalls im Auge behalten. Kann sein, dass Pedersen seine Frau umgebracht hat und dass Yvonnes Mörder versucht hat, den ersten Fall zu kopieren, damit der Verdacht automatisch auf Pedersen fällt.«

»Haben Sie vergessen, dass Pedersen kein Alibi hat für den Mord an Yvonne? Und dass er versucht hat, sich eins zu erschleichen? Tut das jemand, der ein reines Gewissen hat?«

»Fest steht aber auch, dass Geraldine Bertrand uns nicht die Wahrheit gesagt hat.«

»Sie hat kein Motiv«, sagte Erik so scharf, als wollte er sich eine Frau wie Geraldine nicht als Mörderin vorstellen.

»Vielleicht doch!«, gab Sören zurück. »Wir kennen es nur nicht.«

In diesem Augenblick öffnete sich die Tür, und Carolin erschien. In ihren Händen hielt sie etwas, was Mamma Carlotta sofort erkannte. »Kann mir das jemand erklären?«, fragte sie mit einer Stimme, die so streng war, dass nicht nur ihre Nonna erstarrte, sondern auch Sören, dessen Erinnerungen an die Schule noch frisch genug waren, um ein schlechtes Gewissen zu bekommen, ohne sich einer Schuld bewusst zu sein.

Erik blieb als Einziger unbeeindruckt. »Sieht aus wie eine Armbanduhr«, sagte er, noch bevor Mamma Carlotta aufspringen, sich auf Carolin stürzen und ihr die Uhr aus den Händen winden konnte. Zum Glück fiel ihr gerade noch rechtzeitig ein, dass dieser Versuch vollkommen zwecklos gewesen wäre. Jeder an diesem Tisch hatte die Uhr gesehen, die sie in Käptens Kajüte gestohlen hatte, jeder würde sie in den nächsten Augenblicken fragen, wie sie an eine Uhr gekommen war, die zwanzigtausend Euro wert war. Was sollte sie darauf antworten?

»Die lag in Mamas Nähkästchen«, sagte Carolin. »Ich habe sie gefunden, als ich Knöpfe für Sörens Hemd suchte.« Sie sah ihre Großmutter streng an. »Die kannst nur du da reingelegt haben.«

Mit einer nachdrücklichen Geste legte Carolin die Uhr auf den Tisch. So wie eine Lehrerin einem schlechten Schüler eine Sechs vorlegte und ein Erklärung für diese miserable Leistung verlangte. Und wie ein schlechter Schüler saß Mamma Carlotta nun da, duckte sich und wartete auf das Jüngste Gericht, das unweigerlich kommen musste.

Als Erik zu lachen begann, traute sie ihren Ohren nicht. »Carolin, wie kannst du der Nonna das antun?«, fragte er vorwurfsvoll. »Hast du vergessen, dass ich Sonntag Geburtstag habe? Du hast ihr die schöne Überraschung kaputt gemacht.«

Die Röte schoss in Carolins Wangen. »Oh, Nonna! Bitte, verzeih mir! Daran habe ich gar nicht gedacht! Ist das peinlich!«

Hastig griff Carolin wieder nach der Uhr, als könnte Erik bis zu seinem Geburtstag vergessen, was dort auf dem Tisch gelegen hatte. Doch Erik hielt ihre Hand fest. »Lass mich einen Blick draufwerfen«, bat er lächelnd und zwinkerte seiner Schwiegermutter zu. »Jetzt möchte ich wenigstens wissen, wie sie aussieht. Dann freue ich mich nachher umso mehr darauf.«

»No!« Mamma Carlotta machte Anstalten, Erik die Uhr aus der Hand zu reißen.

Aber er zog sie lachend weg. »Nur ein einziger Blick!«

Die Gedanken rasten durch Mamma Carlottas Kopf. Würde er merken, dass er eine Rolex vor sich hatte? Wusste er, wie teuer eine Rolex war? Würde er sie gleich mit ernster Stimme fragen, wo sie die Uhr gestohlen hatte?

Aber Erik hatte sein Lächeln nicht verloren, als er die Uhr zurücklegte. »Eine Rolex! Donnerwetter! Werden in Italien jetzt auch diese Plagiate verkauft?«

»Plagiate?«, wiederholte Mamma Carlotta, als wäre ihr das italienische Wort »plagiare« für »nachahmen« nicht geläufig.

»Oder willst du mir weismachen, das wäre eine echte

Rolex? Das würde bedeuten, dass du auch im Lotto gewonnen hast.«

»Ein Plagiat«, brachte Mamma Carlotta heraus. »Natürlich ein Plagiat.«

»Wie Rudi Engdahl«, meinte Sören. »Der hat auch eine Rolex am Arm, die gefaked ist, aber verdammt echt aussieht.«

Nach dem Sinn des Wortes »gefaked« erkundigte sich Mamma Carlotta nicht. Die Tatsache, dass dieser Kelch an ihr vorübergegangen war, machte sie so schwach und hilflos, dass sie nur noch nicken konnte, als Carolin die Küche verließ, um die Uhr ins Nähkästchen zurückzulegen. Mamma Carlotta nickte auch noch, als sie an das lederne Pfeifenetui für Erik dachte, das in ihrem Koffer steckte, und als ihr einfiel, dass sie nun Tove die Uhr nicht zurückgeben konnte. Aber alles war nicht so schlimm, als hätte sie bekennen müssen, dass sie aus Käptens Kajüte eine Uhr entwendet hatte, die mehr als zwanzigtausend Euro wert war. Dass Erik demnächst ahnungslos so etwas am Handgelenk tragen würde, darüber wollte sie sich noch keine Gedanken machen.

Jannes Pedersen empfing sie ungnädig. »Was wollen Sie jetzt schon wieder wissen?«

Er stand hinter der Ladentheke, während einer seiner Mitarbeiter einem zaudernden Kunden die Gangschaltung eines Mountainbikes erklärte und ein anderer einer ebenso zaudernden Kundin die Vorzüge eines Fahrradkorbs.

»Können wir irgendwo hingehen, wo wir ungestört sind?«, fragte Erik.

Pedersen wies mürrisch zur Tür, die in sein Büro führte. Doch Erik schüttelte den Kopf. »Wir gehen in Ihre Wohnung«, sagte er mit einer Stimme, die keinen Widerspruch duldete.

Tatsächlich fügte Pedersen sich. Wortlos ging er den beiden voran in den Wintergarten. Dort blieb er stehen, als hätte er nicht die Absicht, seinen Gästen einen Platz anzubieten. »Also! Was wollen Sie?«

Erik holte den Brief aus der Tasche, den Mamma Carlotta im Kommissariat abgegeben hatte, und hielt ihn Pedersen hin. »Kennen Sie diese Bank?«

Jannes Pedersen warf nur einen flüchtigen Blick auf den Briefkopf. »Ich arbeite mit einer anderen Bank zusammen.«

»Aber Ihre Frau arbeitete mit dieser zusammen.« Erik tippte mit dem Zeigefinger auf den Brief.

Pedersen lachte. »Elske? Die arbeitete mit gar keiner Bank zusammen. Die lebte von meinem Geld.«

»Dann sollten Sie sich dieses Schreiben mal ansehen.« Erik reichte Jannes Pedersen den Brief und beobachtete ihn genau, während er las. So registrierte er, dass sich auf Pedersens Stirn Schweiß sammelte und seine Hände zu beben begannen. Schließlich ließ er das Blatt sinken. »Was soll das? Elske hatte kein Geld. Das weiß ich genau.«

»Ihre Frau spielte Lotto! Wussten Sie das nicht?«

Jannes Pedersen starrte ihn mit offenem Mund an. Erik gefiel es, dass er in diesem Augenblick jegliche Attraktivität verlor.

»Soll das etwa heißen ...«

»... dass Ihre Frau gewonnen hat, ja. Und zwar sechshunderttausend Euro! Wollen Sie mir weismachen, dass Sie davon nichts wussten?« Erik machte einen Schritt auf Pedersen zu, weil es so aussah, als wollte er den Brief zusammenknüllen oder sogar zerreißen.

Aber er ließ ihn sich widerstandslos aus der Hand nehmen. »Dieses Miststück«, flüsterte er. »Gewinnt sechshunderttausend und gibt mir nichts ab! Lebt jahrelang auf meine Kosten und lässt mich außen vor, wenn's ihr gut geht.«

Erik hörte über das, was Pedersen sagte, hinweg. »Ihre Frau hat die sechshunderttausend kurz vor ihrem Tod in bar abgehoben. Wo ist das Geld geblieben?«

Pedersen glotzte ihn an. »Ich hab's nicht, wenn Sie das meinen.«

»Warum sollten wir Ihnen das glauben?«, fragte Erik. »Sie haben uns auch gesagt, dass Sie bis drei Uhr morgens in Käptens Kajüte mit dem Wirt Genever getrunken haben.«

»Hat Tove, dieser Scheißkerl, etwa was anderes behauptet?«

Erik nickte, dann machte er ein paar Schritte um Jannes Pedersen herum, schlug einen Halbkreis um ihn, als wollte er ihn einkesseln. »Ach, übrigens ...«, sagte er leise und wartete, bis Jannes sich zu ihm hindrehte. »Wussten Sie, dass Yvonne schwanger war?«

Was nun folgte, war schrecklich. Pedersen kniff die Augen zusammen, presste sein Gesicht in eine Grimasse, die es unkenntlich machte, zog die Mundwinkel auseinander, zeigte seine zusammengepressten Zähne, ballte die Fäuste vor seinem Gesicht und dann ... dann begann er zu brüllen. Er brüllte wie unter einem unerträglichen Schmerz und gleichzeitig in rasender Wut, er brüllte, dass die Glasscheiben des Wintergartens vibrierten, und brüllte, als könnte er damit die Welt anhalten.

Erik und Sören erschraken so heftig über diesen Ausbruch, dass sie außerstande waren, darauf zu reagieren. Aus weit aufgerissenen Augen starrten sie Jannes Pedersen an, unfähig, ihn aus seiner Raserei zu befreien. Sie verhinderten auch nicht, dass er einen kleinen Glastisch anhob und ihn auf dem Boden zertrümmerte, einen Blumentopf hinterherwarf, in dem eine Grünpflanze gestanden hatte, die nun mit einem Teil der Blumenerde auf dem Sofa gelandet war. Erik stand sogar noch bewegungslos da, als eine Vase am Boden zerschellte und er mit dem Blumenwasser bespritzt wurde.

Seine Erstarrung löste sich erst, als die Tür zur Schneiderwerkstatt aufgerissen wurde und Wilko Tadsen in den Raum stürzte. Er lief auf Jannes zu und griff nach seinem Arm. »Jannes!«, rief er. Und immer wieder: »Jannes, Jannes!«

Tatsächlich wurde Pedersen ruhiger und hörte schließlich auf zu wüten. Für ein paar Augenblicke blieb er schwer atmend, den Blick zu Boden gerichtet, stehen und ließ sich dann in einen Sessel fallen. Er legte das Gesicht in die Hände und begann zu schluchzen. »Ein Kind! Verdammt noch mal! Ein Kind!«

Wilko Tadsen sah Erik fragend an, und der erklärte ihm in wenigen Sätzen, was seinen Freund dermaßen aus der Fassung gebracht hatte. Wilko setzte sich auf die Armlehne von Jannes' Sessel und legte eine Hand auf seine Schulter. »Ganz ruhig, Jannes!« Zu Erik sagte er: »So reagiert er immer. Er kann nicht anders.« Und entschuldigend fügte er hinzu: »Jannes hat sich immer Kinder gewünscht.«

Erik machte einen Schritt vor. »Der Verdacht gegen Sie hat sich erhärtet, Herr Pedersen. Der Verdacht, Ihre Frau und Ihre Lebensgefährtin ermordet zu haben.«

Jannes' Kopf fuhr hoch, und Erik musste sich zusammenreißen, damit er nicht erschrocken zurückwich, sondern eisern stehen blieb. Er war sicher, Jannes hätte wieder zu wüten begonnen, wenn Wilko ihn nicht zurückgehalten hätte. Anscheinend war sein Freund der Einzige, der ihn mäßigen konnte.

Wilko sah Erik erschrocken an. »Mord? So was würde Jannes nie tun ...«

»Es kann Tötung im Affekt gewesen sein«, unterbrach Erik ihn. »Ich nehme an«, ergänzte er mit einem vielsagenden Blick auf das, was Jannes Pedersen angerichtet hatte, »dass er nicht geplant hat, seine Frau und seine Lebensgefährtin umzubringen.« Erik faltete noch einmal den Brief der Bank auseinander. »Wussten Sie, dass Elske Pedersen im Lotto gewonnen hatte?«, fragte er Wilko Tadsen.

Der stand auf und steckte nervös die Hände in die Hosentaschen. »Ich weiß nur, dass sie jede Woche ihren Schein abgab.«

»Ein paar Monate vor ihrem Tod hat sie sechshunderttausend Euro gewonnen. Und ein paar Tage vor ihrem Tod hat sie diese Summe in bar abgeholt.«

Wilko Tadsen verstand. »Das Geld ist mit Elske verschwunden?« Er hockte sich erneut auf die Armlehne von Jannes' Sessel. »Warum, Jannes?«, fragte er leise. »Du hast doch immer dein Auskommen gehabt. Oder warst du wütend? Wollte Elske dich verlassen, ohne dir was von dem Geld abzugeben?«

Wieder fuhr Jannes hoch. »Glaubst du etwa auch, dass ich es war? Dass ich Elske und Yvonne umgebracht habe?«

Wilko drückte ihn in seinen Sessel zurück. »Wenn du sagst, du warst es nicht, glaube ich dir natürlich.« Er sah Erik mit einem Blick an, der verriet, was er wirklich glaubte. Anscheinend traute er seinem Freund eine Kurzschlusshandlung durchaus zu. Tadsen kannte Jannes Pedersen am besten, er wusste vermutlich schon lange, wozu er fähig war. So, wie Jannes Pedersen einen Teil seiner Einrichtung demoliert hatte, war er auch in der Lage zuzuschlagen, wenn er einen Menschen vor sich hatte, der ihn ungerecht behandelt oder gar beleidigt hatte. Und eine Frau, die ihm ihre Liebe verweigerte oder das zurückwies, was Jannes Pedersen für Liebe hielt.

Sören holte den Durchsuchungsbeschluss aus der Tasche, den die Staatsanwältin rechtzeitig gefaxt hatte. »Wir werden uns jetzt bei Ihnen umsehen. Versuchen Sie gar nicht erst, uns daran zu hindern. Sie können es nicht.«

Wilko Tadsen ließ seine Hand auf Jannes' Schulter liegen, so kam von Pedersen nur ein schwaches: »Was suchen Sie?«

»Die sechshunderttausend Euro! Oder das, was Sie mit dem Geld gemacht haben.« Erik sah Pedersen scharf an. »Einfacher wäre es natürlich, Sie würden uns gleich sagen, wie Sie das Geld angelegt haben. Aktien, Immobilien, Goldbarren?«

Nun konnte Wilko Tadsen nichts mehr ausrichten. Jannes schoss in die Höhe und ging auf Erik los, der auf keinen Fall zurückweichen wollte, es aber dennoch intuitiv tat. »Ich habe das Geld nicht!«, schrie er. »Warum kapieren Sie das nicht? Ich habe von der Kohle nichts gewusst. Elske hat mir …« Er brach ab, und aus seiner Kehle stieg ein Laut, der sich wie ein Schluchzen anhörte. »Lecken Sie mich am Arsch!«

Erik wurde schnell wieder ruhig. »Ich kann Ihnen nur raten, sich kooperativ zu verhalten. Alles andere wird Ihnen schaden.«

Er machte ein paar Schritte hin und her, weil er plötzlich das Gefühl hatte, sich während Pedersens Ausbruch regelrecht verkrampft zu haben. Dabei fiel sein Blick auf die Tür, die in die Schneiderwerkstatt führte. Dort stand Geraldine Bertrand, schön und kühl, und betrachtete die beiden Freunde mit einem Blick, den Erik insgeheim misstrauisch nannte. Ja, sie sah Wilko Tadsen und Jannes Pedersen an, als traute sie beiden nicht.

Die Kosmetikerin schlug schon zum dritten Mal die Hände über dem Kopf zusammen. »Sie müssen still sitzen! Sonst wird das nie was mit dem Lidstrich.«

Die Augen schließen und dafür sorgen, dass die Lider nicht zuckten und zitterten? Wie sollte das gehen, wenn nur wenige

Meter von ihr entfernt, hinter der nächsten Tür, etwas Schreckliches geschah? Pedersens Gebrüll hatte sie alle bis ins Mark getroffen. Dass der Lidstrich neu angesetzt werden musste, war wirklich nicht Mamma Carlottas Schuld.

Sie musste unbedingt auf dem Nachhauseweg beim Bäcker vorbeigehen, wenn auch genügend Brot im Hause war. Aber Herr Arfsten würde sicherlich gern erfahren, dass Jannes Pedersen nun als Mörder entlarvt war. Und was für ein Glück, dass der Topf, in dem Frau Kemmertöns den Grünkohl gebracht hatte, noch in der Küche stand! Mamma Carlotta würde ihn direkt nach ihrer Rückkehr ins Nachbarhaus tragen und Frau Kemmertöns bei dieser Gelegenheit mit einer hochaktuellen Geschichte erfreuen.

Ob Erik etwas fand, was die Beweislage noch sicherer machte? Mamma Carlotta war nicht entgangen, wie er zu Sören gesagt hatte: »Bis jetzt ist der Brief von der Bank nur ein wichtiges Indiz. Der Beweis muss noch gefunden werden, dass Pedersen von dem Lottogewinn wusste und sich das Geld genommen hat. Wenn das bewiesen ist, wird jeder Richter annehmen, dass er seine Frau umgebracht hat.« Aber er war zuversichtlich, etwas zu finden. »Irgendwas muss er mit dem Geld gemacht haben. Er brauchte ja nicht einmal besonders vorsichtig zu sein, solange Elske nicht gefunden worden war. Es hatte ja niemand einen Verdacht.«

Die Kosmetikerin war mit dem Tuschen der Wimpern fertig, aber Mamma Carlotta wurde das Öffnen der Augen trotzdem noch nicht gestattet. Ein unangenehmes Ziepen ließ darauf schließen, dass die Kosmetikerin zum Zupfen der Augenbrauen übergegangen war. Ob Mamma Carlotta das wollte, wusste sie nicht, dass man sie nicht fragte, gefiel ihr nicht, aber dass es sein musste, davon war sie überzeugt. Die vielen neuen Vokabeln, die sie während dieser paar Minuten gelernt hatte, waren derart einschüchternd, dass sie es nicht wagte, die Notwendigkeit auch nur einer einzigen Maßnahme infrage zu stellen. So rätselhaft ihr Begriffe wie Mascara, Eyeshadow, Lipgloss und Conceiler auch waren, sie hörten sich wunderbar an.

Eine Puderquaste fuhr ihr nun durchs Gesicht, ein Pinsel

strich über ihre Lippen, und dann spürte sie sogar ein Tupfen in ihren Augenwinkeln.

»Helle Punkte machen einen strahlenden Blick«, erklärte die Kosmetikerin.

Geraldines Stimme näherte sich. »Der Signora dürfen Sie die Lippen ruhig kräftig rot schminken! Das passt zu ihrem Typ.«

Erneut fuhr der Pinsel über Carlottas Lippen, dann durfte sie endlich die Augen öffnen und sich im Spiegel betrachten.

Sie war überwältigt. Puder und Rouge hatten sie geradezu erblühen lassen, groß und ausdrucksvoll waren ihre Augen in der dunklen Umrahmung, lachend ihr knallroter Mund. Carlotta Capella sah aus, als wäre sie auf den Laufstegen dieser Welt zu Hause, jedenfalls war das ihr subjektives Empfinden.

Carolin und Vanessa, die beide für die junge Mode zuständig waren, sahen genauso fremd aus, wie Mamma Carlotta sich fühlte. Sie jedoch kamen besser mit dieser Veränderung zurecht. Kirsten lächelte ebenso verlegen wie Mamma Carlotta, als könnte sie ihrer eigenen Attraktivität nicht trauen, während die jungen Mädchen sich ganz offen daran erfreuten, dass sich ihr Abstand zu Kate Moss und Eva Padberg deutlich verringert hatte.

»Nett, dass du mir bei der Organisation hilfst«, sagte Geraldine Bertrand gerade und sah Wilko mit einem Lächeln an, das Mamma Carlotta spätestens jetzt verraten hätte, wie es um die beiden stand. Sie konnte nicht glauben, dass Marikke Tadsen nichts von den Abwegen wusste, auf denen ihr Mann sich bewegte. Er passte gut zu Geraldine, auch das konnte ihr nicht verborgen bleiben. Ein wenig größer war er, genauso attraktiv und gut gekleidet wie sie und dazu charmant und höflich. Hatte Marikke früher mal gut zu ihm gepasst? War sie hübsch und fröhlich gewesen, als sie noch auf ihren eigenen Beinen gestanden hatte? Oder hatte ihre Anziehungskraft vor allem in der Firma bestanden, die ihr Vater aufgebaut hatte?

Geraldine stellte die Models am Anfang des bockwurstbraunen Sisalläufers auf, den Mamma Carlotta insgeheim noch immer einen roten Teppich nannte. Geraldine sah Wilko fragend an. »Sollen sie bei der Anmoderation so stehen bleiben? Oder sich besser auf dem Laufsteg verteilen?«

Mamma Carlotta lächelte insgeheim. Auch Geraldine nannte also den Sisalläufer nicht bei seinem Namen.

»Besser, sie bleiben im Hintergrund«, meinte Wilko Tadsen. »Während deiner kleinen Ansprache geht es vor allem um Yvonne, um ihre Mode, um das Andenken, das du für sie schaffen willst. Da sollte alles andere im Hintergrund bleiben.«

Geraldine nickte zufrieden. »Dann fangen wir mit der jungen Mode an.« Sie stockte und sah Wilko ratlos an. »Ich habe niemanden, der den Models beim Umkleiden hilft. Eigentlich wollte ich das ja machen. Yvonne sollte durch die Modenschau führen.« Resolut winkte sie ab. »Ich werde einfach die nächste Kundin fragen, die bei mir einkauft. So was kann ja jeder.«

Mamma Carlotta kam eine Idee. »Ich könnte unsere Nachbarin fragen. Frau Kemmertöns ist bestimmt gern bereit.«

Geraldine bedachte sie mit einem freundlichen Blick. »Das wäre nett! Danke! Bringen Sie die Dame einfach zur nächsten Probe mit, dann zeige ich ihr alles.«

In diesem Moment klopfte es an der Terrassentür. Marikke, die mit ihrem Rollstuhl die beiden Stufen vor der Eingangstür nicht bewältigen konnte, nahm stets den Weg durch den Garten.

Wilko öffnete so hastig die Tür, als hätte er ein schlechtes Gewissen. »Komm rein, Marikke«, sagte er mit einer Freundlichkeit, die Mamma Carlotta übertrieben vorkam. Hatte er tatsächlich ein schlechtes Gewissen? »Die Vorbereitungen für die Modenschau werden dich interessieren.«

Marikke rollte in die Werkstatt, ihr Gesicht zeigte kein Lächeln. »Warum? Gibt's hier auch Mode für Rollstuhlfahrerinnen? Oder wisst ihr gar nicht, was eine Frau braucht, die nicht mehr auf ihren eigenen Beinen stehen kann?«

Wilko Tadsen tat Mamma Carlotta von Herzen leid, sogar mit Geraldine Bertrand hatte sie in diesem Augenblick Mitgefühl. Beide rangen nach Worten, ohne jedoch die richtigen zu finden. Auch Kirsten wurde unruhig. Sie war die Frau eines Angestellten des Tadsen-Baumarktes und kannte Marikke anscheinend gut.

»Schrecklich, wie sie ihren Mann immer vor den Kopf stößt«, flüsterte sie Mamma Carlotta zu. »Als könnte der arme Kerl nicht genug leiden!«

Wilko Tadsen fing sich als Erster. »Wenn wir Geraldine bitten, wird sie sich gern darum kümmern«, meinte er mit einem Lächeln, das ihm sichtlich schwerfiel.

Marikke schien nicht wirklich daran interessiert zu sein. Sie warf Geraldine einen kurzen Blick zu, dann blieben ihre Augen an Mamma Carlotta hängen. Aber deren Gruß erwiderte sie so knapp und unverbindlich, als hätte es nie eine Plauderei beim Espresso gegeben. Aus Mamma Carlottas Mitleid, das bis zu diesem Augenblick in ihrem Herzen gelodert hatte, wurde prompt eine schwache Glut. Zwar pustete sie eilig hinein, indem sie sich selber vorhielt, dass sie Marikke versprochen hatte, sie demnächst wieder zu besuchen, aber waren drei Tage wirklich eine so lange Zeit, um sie jetzt mit Unfreundlichkeit zu bestrafen? »Du wirst im Laden gebraucht«, sagte Marikke zu ihrem Mann. »Ich kann die Verkäufer ja nicht unterstützen. Im Rollstuhl … Oder findest du die Modenschau wichtiger als den Baumarkt?«

Wilko legte den Ablaufplan, an dem er lange gearbeitet hatte, zur Seite. »Ich komme sofort!«

Geraldine ging zu Marikke und beugte sich zu ihr hinab. »Verzeih, dass ich nicht auf die Uhr gesehen habe.«

Marikke reagierte nicht auf ihre Entschuldigung, sah nicht einmal zu Geraldine auf. Und Wilko warf keinen einzigen Blick zurück, als er Marikkes Rollstuhl in den Garten schob und die Tür sorgfältig hinter sich schloss.

Es hatte wehgetan. Marikkes Bitterkeit, Wilkos Kleinbeigeben, der Unterschied zwischen Geraldines Schönheit und Marikkes Blässe, zwischen Geraldines elegantem Kleid und dem Anorak, den Marikke sich nachlässig übergeworfen hatte, bevor sie ins Modeatelier gerollt war. Auch ihr triumphierender Blick hatte wehgetan, diese Freude daran, etwas zu zerstören, woran sie selbst keinen Anteil hatte. Mamma Carlotta sah diesen Schmerz in allen Gesichtern. Ob Marikke den vermeintlichen Triumph, weil sie ihrem Mann einen schönen Augenblick kaputt gemacht hatte, jetzt auskostete? Mamma Carlotta jedenfalls war zum ersten Mal geneigt, Frau Kemmertöns recht zu geben: Wilko Tadsen konnte seiner Frau auch treu sein, indem er mit Geraldine Bertrand ein Verhältnis einging. Und dass Bäcker Arfsten der Meinung war, Wilko hätte genauso viel Mitleid verdient wie seine Frau, war anscheinend auch nicht von der Hand zu weisen.

Der Hauptkommissar und sein Assistent traten aus der Ladentür von Zweirad-Pedersen. Erik griff sich an den Hinterkopf und verzog das Gesicht, Sören dehnte sich, als hätte er während eines langweiligen Bürotages stundenlang auf dem Stuhl sitzen müssen.

»Was meinen Sie? Gibt das ein Veilchen?«, fragte er und hielt seinem Chef das Gesicht hin.

Erik wollte seinem Assistenten nicht den Mut nehmen: »Glaube ich nicht. So heftig hat er doch auch gar nicht zugeschlagen. Oder?«

Sören wollte seinen körperlichen Einsatz nicht kleinreden lassen. »Sagen Sie das nicht! Wenn dieser muskulöse Fahrradmechaniker nicht dazwischengegangen wäre, sähe ich jetzt ein paar Jahre älter aus.«

»Und ich sähe uralt aus, wenn Sie nicht dazwischengegangen wären.«

Das waren viele Komplimente für zwei Friesen, die so direkte Freundlichkeiten selten aussprachen oder zu hören bekamen.

Sören, dem rhetorische Anerkennung von seinem Chef geradezu unheimlich war, kehrte als Erster zum Alltäglichen zurück. »Wenn Tadsen seine Angaben bestätigt, sind wir angeschmiert«, sagte er und blickte in den Himmel. »Der Sturm nimmt zu.«

Langsam gingen sie am Modeatelier vorbei, dessen Laden verwaist war. Aber die Tür, die in die Werkstatt führte, stand offen, die Betriebsamkeit dahinter war von der Straße aus zu erkennen.

»Wir brauchen Pedersens Geständnis«, sagte Erik, »sonst sieht es nach wie vor schlecht aus.«

Sören war zuversichtlich. »Wir verhören ihn so lange, bis er einknickt. Meine Wut auf ihn ist groß genug. Mit einem Kerl, der mir eins aufs Auge gibt, habe ich kein Mitleid. Und Tadsen wird nichts bestätigen, was nicht der Wahrheit entspricht. So dumm ist der nicht.«

Erik schüttelte den Kopf. »Das glaube ich auch nicht. Der mag Pedersens bester Freund sein, aber er wird nicht in einem Mordfall eine Falschaussage machen. Der Mann hat sich noch nie was zuschulden kommen lassen.«

»Bis auf diesen Unfall, der seine Frau in den Rollstuhl gebracht hat.«

Erik runzelte ärgerlich die Stirn. »Das könnte jedem von uns jederzeit passieren. Oder wollen Sie behaupten, Sören, Sie hätten im Straßenverkehr noch nie einen Fehler gemacht?« Den Gedanken an den Lastwagenfahrer, dessen Fehler Lucia das Leben gekostet hatte, schob er beiseite, für diesen Menschen hätte er keine Begütigung gelten lassen. Es war eben alles eine Frage des Standpunkts. Für Marikke Tadsen würde es auch nicht leicht gewesen sein, ihrem Mann seinen Fehler zu verzeihen. Wie der Lastwagenfahrer mit seiner Schuld lebte, wusste Erik nicht. Merkwürdig, dass er sich nie Gedanken darüber gemacht hatte…

Diesmal gingen sie nicht bis zum Eingang, der in Tadsens Privathaus führte, sondern überquerten den Parkplatz der Firma und betraten den Baumarkt. »Er wird hier irgendwo sein«, meinte Erik und sah sich um.

Sören sprach einen Verkäufer an, der ihnen den Weg in die Sanitärabteilung wies. Dort erklärte Wilko Tadsen gerade einem Kunden, wie der Spiegelschrank, den er sich ausgesucht hatte, an die Wand zu hängen war. Er warf ihnen einen fragenden Blick zu, Erik antwortete mit einer beschwichtigenden Geste. Tadsen sollte das Gespräch mit seinem Kunden ruhig zu Ende führen.

Es kam auf seine Aussage an. Wenn Tadsen seinem Freund die Stange hielt, würden sie Jannes Pedersen vermutlich heute noch auf freien Fuß setzen müssen, spätestens morgen. Dass sie ihn überhaupt festnehmen konnten, nannte Erik nun Glück. Für einen Haftbefehl hätte es nicht gereicht, doch Jannes Pedersen hatte den Fehler begangen, die beiden Polizisten tätlich anzugreifen. Das rechtfertigte es allemal, ihn für mindestens eine Nacht in Gewahrsam zu nehmen.

Es hatte nicht lange gedauert, da war Erik bei der Durchsuchung von Pedersens Büros auf das Haus in der Toskana gestoßen. Und ein Anruf bei der Immobilienfirma hatte ausgereicht, um zu erfahren, dass es bar bezahlt worden war. Mehrere hunderttausend Euro hatte Jannes Pedersen auf den Tisch geblättert.

»Sie glauben, das habe ich von Elskes Lottogewinn bezahlt?«

»Das werde ich glauben, solange Sie mir nicht das Gegenteil beweisen«, hatte Erik ruhig geantwortet.

»Jeder Geschäftsmann macht solche Anschaffungen, die nicht durch die Bücher gehen sollen.«

»Was wollen Sie damit sagen?«

»Schwarzgeld! Besser die Finanzbehörde am Hals als die Mordkommission!«

Erik sah, dass es in Jannes Pedersen schon zu brodeln begann, dass die Ader an seiner Stirn pochte, die Röte in sein Gesicht stieg und seine Fäuste sich öffneten und schlossen, in einem Rhythmus, der immer schneller wurde. »So viel Schwarzgeld?«, fragte er und war zufrieden, weil seine Stimme nichts von seiner Anspannung verriet. »Das nehme ich Ihnen nicht ab.«

»Außerdem habe ich im Spielcasino gewonnen.«

Erik ersparte sich einen Kommentar. Sein Blick sollte Pedersen sagen, dass er ihm kein Wort glaubte.

»Sie brauchen gar nicht so zu gucken! Früher war ich mit Wilko häufig im Casino. Es gab eine Zeit, da war er öfter im Casino als in seinem Geschäft.« Pedersens Stimme wurde immer lauter, sein linkes Knie wippte, sein Blick ging an Erik vorbei. »Der konnte gar nicht anders. Der musste an den Roulettetisch! Und ich bin mitgegangen, um auf ihn aufzupassen. Sonst hätte er Haus und Hof verspielt.«

»Aha! Und während Sie auf Ihren Freund aufpassten, haben

Sie selbst so viel gewonnen, dass Sie sich ein Haus in der Toskana kaufen konnten?«

»Bingo!«

»Und warum finde ich nichts darüber in Ihren Büchern? Es ist nicht verboten, Geld, das man im Casino gewonnen hat, in Immobilien anzulegen.«

»Weil ich das Haus vermiete. Das bringt echt Kohle. Aber soll ich dafür Steuern zahlen?«

»Wusste Madame Perrette von dem Haus?«

Pedersen tippte sich an die Stirn. »Die sollte mich nicht für reich halten. Dann hätte sie mir noch mehr Geld aus der Tasche gezogen.«

»Und Ihre Frau?«

»Das Haus habe ich gekauft, als Elske schon weg war.«

»Aha!« Erik lehnte sich zurück und verschränkte die Arme vor der Brust. »Was für ein Zufall!«

Auf Wut war er gefasst gewesen, aber nicht auf einen Angriff. Pedersen sprang auf, schoss nach vorn, griff nach Eriks Schultern und stieß seinen Hinterkopf an die Wand, vor der er saß. »Sie buchten mich nicht ein für etwas, was ich nicht getan habe!«, brüllte er. »Sie schieben mir nicht Elskes Tod in die Schuhe! Und Yvonnes auch nicht!«

Nun war Sören zur Stelle und riss Jannes Pedersen zurück. Der Stoß mit dem Ellbogen verfehlte ihn, aber bei dem anschließenden Handgemenge bekam er einiges ab. So durchtrainiert Sören auch war, gegen Pedersens rohe Gewalt kam er nicht an.

Zum Glück wurden Jannes' Mitarbeiter auf den Tumult im Büro aufmerksam und kamen angelaufen, um ihren Chef zu besänftigen. Erik war es so vorgekommen, als hätten sie nicht zum ersten Mal eingegriffen, um Jannes Pedersen vor einer Anzeige wegen Körperverletzung zu bewahren.

Wilko Tadsen verabschiedete seinen Kunden und trat zu ihnen. »Was hat Jannes diesmal angestellt?«

»Wie kommen Sie darauf, dass er etwas angestellt hat?«, fragte Erik.

Wilko lächelte mit einem Mundwinkel. »Was meinen Sie, wie oft ich ihn schon aus Schwierigkeiten herausboxen musste.«

»Ich fürchte, er erwartet es auch diesmal«, gab Erik zurück und bat Wilko Tadsen, das Gespräch in einem Raum fortführen zu können, wo sie ungestört sein würden.

Auch in der Firma Tadsen gab es ein winziges Büro, ähnlich wie bei Zweirad-Pedersen, dieses aber besaß einen Kaffeeautomaten, von dem Wilko Tadsen bald mit drei Kaffeebechern zurückkehrte.

Dass er nichts wusste, wurde Erik schnell klar. Tadsen starrte ihn ungläubig an. »Jannes? Ein Haus in der Toskana? Wovon?«

Er lachte, als hielte er es für möglich, dass Erik einen Scherz gemacht hatte. Aber das Lachen verging ihm, als Erik erzählte, wie Jannes zu seinem Reichtum gekommen sein wollte. »Angeblich hat er das Geld im Spielcasino gewonnen.«

Wilko Tadsen starrte Erik verblüfft an. »Es stimmt, er hat mich ein paarmal begleitet. Aber an große Gewinne kann ich mich nicht erinnern. Auf keinen Fall hat er so viel Geld gewonnen, dass er sich davon ein Haus in der Toskana leisten konnte.«

Sören mischte sich ein. »Er nannte Sie spielsüchtig. Ist da was dran, Herr Tadsen?«

Wilko war empört. »Es stimmt, dass ich eine Weile zu oft ins Casino gegangen bin. Aber von Sucht kann keine Rede sein.« Er starrte in seinen Kaffeebecher und nahm einen Schluck. »Sie müssen das verstehen. Wenn das Glück einen irgendwo verlässt, versucht man, es an einer anderen Stelle wiederzufinden.«

Erik verstand ihn gut. Zwar hatte er nie daran gedacht, nach Lucias Tod ins Casino zu gehen, aber dass jemand versuchte, sich sein Glück auf diese Weise zurückzuholen, konnte er dennoch nachempfinden.

»Inzwischen habe ich diese Phase überwunden, ich war seit Jahren nicht mehr im Casino.« Wilko schüttelte traurig den Kopf. »Marikke hat mir häufig vorgehalten, dass Jannes meine Freundschaft ausnutzt. Vielleicht hat sie recht. Anscheinend zweifelt Jannes nicht daran, dass ich ihn decke. Weil ich ihn schon hundertmal gedeckt habe. Aber in einem Mordfall?« Wilko Tadsen schüttelte energisch den Kopf. »Nein!«

»Sie sagen also, Jannes hat im Spielcasino nicht so viel Geld gewonnen, dass er sich ein Haus in der Toskana leisten konnte?«

»Jedenfalls nicht, als ich dabei war.«

»Wussten Sie von diesem Haus in der Toskana?«

»Nein! Er hat nie davon gesprochen.« Wilko Tadsen sah nun regelrecht enttäuscht aus. »Anscheinend war unsere Freundschaft wirklich einseitig. Marikke hat es ja schon oft gesagt. Jannes nimmt und du gibst, hat sie mir vorgehalten. Aber …« Nun sah er aus wie ein kleiner Junge, dessen bester Freund nach Amerika gezogen war. »… wir sind doch Blutsbrüder.«

Mamma Carlotta hatte strikt abgewehrt, als die Kosmetikerin mit der Reinigungsmilch gekommen war, um sie abzuschminken. Diese neu erworbene Schönheit sollte sie gleich wieder hergeben? Nein, so was musste erhalten, ausgekostet, bis zum letzten Augenblick genossen werden! Eindringlich sah sie jedem ins Gesicht, der ihr entgegenkam, alle Welt sollte sehen, dass ihre Wangen gepudert, ihre Augen dunkel umrahmt, ihre Wimpern getuscht und ihre Lippen knallrot geschminkt waren. Sie schob ihr Fahrrad nicht nur, weil der Wind immer heftiger wurde, sondern auch, damit sie sich langsam die Steinmannstraße hinabbewegen und ihrer Mitwelt die Chance geben konnte, ihr Make-up zur Kenntnis zu nehmen. Mit jedem Schritt genoss sie ihr neues Körperbewusstsein, das in den Modellkleidern nur so in die Höhe geschossen war, und musste sich Mühe geben, das Schicksal der armen Yvonne Perrette nicht zu vergessen. Fest hatte sie sich vorgenommen, ihre Freude in den Schatten dieses schrecklichen Mordes zu stellen! Daran musste sie unbedingt denken, ehe das Glück sie überwältigte. Es gehörte sich nicht, etwas zu genießen, was einer armen Frau wie Yvonne Perrette nicht mehr vergönnt war.

Auch Geraldine hatte ihre Models immer wieder daran erinnert. »Vergesst unsere ersten Proben! Ab jetzt wird nicht mehr gelächelt. Schaut ernst drein! Aber natürlich nicht mit Leichenbittermiene und auf keinen Fall schlecht gelaunt. Ernst heißt: sich der Tragik des Augenblicks bewusst sein!«

Mamma Carlotta war von ihr gelobt worden, angeblich hatte sie als Einzige erkannt, worauf es Geraldine ankam. Carolin und Vanessa war es überhaupt nicht gelungen, aus dem Gekicher hinter den Kulissen in den Ernst der Lage zu finden, und Kirsten, der schon vorher das Lächeln schwergefallen war, kam mit den neuen Anforderungen auch nicht besser zurecht.

Auf der Höhe des Altenheims fiel Mamma Carlotta der alte Herr Lürsen wieder ein. Ob sie ihm noch einmal einen Besuch abstatten sollte? Sicherlich würde er sich freuen, für eine halbe Stunde Gesellschaft zu haben. Sie würde dann unauffällig den Schrank öffnen, seinen schwarzen Anzug abtasten und feststellen, ob die Uhren dort immer noch versteckt waren. Was Stefan Lürsen wohl mit ihnen machte? Weiterverkaufen natürlich! Aber wie und an wen?

Mamma Carlotta stieg aufs Rad. Nein, die Mission, die sie zu erfüllen hatte, war wichtiger als der alte Herr Lürsen. Sie musste dafür sorgen, dass Tove mit den Betrügereien aufhörte! Wie sie das tun sollte, ohne gleichzeitig zu gestehen, dass sie des Nachts seinen Vorrat durchsucht und sogar eine teure Uhr mitgenommen hatte, wusste sie noch nicht. Aber ihr würde schon was einfallen.

Es wurde Zeit, Tove auf den rechten Weg zurückzuführen, sonst würde er im Frühjahr noch im Gefängnis sitzen, wenn sie wieder zu Besuch auf die Insel kam. Tove musste so bald wie möglich erfahren, dass nun, nach Pedersens Verhaftung, Schluss war mit dem flotten Handel. Und Schluss auch mit dem neuen Wohlstand! Jetzt musste Tove nur noch sehen, dass er ungeschoren aus der Sache herauskam, wenn das ganze Geschäft nach Pedersens Verhaftung platzte. Wie gut, dass Carolin noch mit Vanessa in die Friedrichstraße gehen wollte, um im Diavolo einen Milchkaffee zu trinken, und Felix angekündigt hatte, mit einem Klassenkameraden ein neues Computerspiel auszuprobieren. Niemand würde merken, wenn Mamma Carlotta statt nach Hause in Käptens Kajüte ging.

Der Strandwärter Fietje Tiensch war mal wieder der einzige Gast in der Imbiss-Stube. Und der Geruch, der aus der Küche kam, ließ vermuten, dass Tove noch immer darauf hoffte, seinen Grünkohl an den Mann zu bringen.

»Moin, Signora!«, rief Fietje erfreut.

Die grünen Fäden in seinem struppigen Bart zeigten, dass Fietje kritiklos alles zu sich nahm, wenn es umsonst war, sogar Toves Grünkohl, der nun mindestens zum dritten Mal aufgewärmt wurde. Dass er dafür genauso wenig zahlen musste wie neuerdings für sein Jever, davon war Mamma Carlotta überzeugt. Auch Fietje würde nicht glücklich sein, wenn Schluss war mit dem Verkauf von Luxusuhren, was Mamma Carlottas Auftrag nicht leichter machte.

Sie schwang sich auf einen Barhocker, was sie inzwischen sehr gut beherrschte, legte die Unterarme auf die Theke und zeigte sowohl Tove als auch Fietje ihr Gesicht. »Merken Sie was?«

Tove glotzte sie an und schüttelte den Kopf. »Nase, Mund, zwei Augen! Alles wie immer!«

Aber Fietje bewies, dass es für ihn einmal eine Zeit gegeben hatte, in der er Frauenherzen erobern konnte. »Wunderbar sehen Sie aus, Signora! Waren Sie beim Friseur?«

Knapp vorbei war in diesem Fall beinahe wie ein Schuss ins Schwarze. Schließlich hatte die Kosmetikerin sich auch um Mamma Carlottas Frisur gekümmert, damit das Make-up gut zur Geltung kam. Dass von ihren Bemühungen noch etwas übrig war, nachdem Mamma Carlotta den Weg von Westerland nach Wenningstedt bei eiskaltem Ostwind zurückgelegt hatte, konnte sie sich nicht vorstellen, aber Fietje hatte zumindest im Prinzip erkannt, worauf es ankam. Und als sie auf ihre getuschten Wimpern hinwies, behauptete er, ohne zu zögern: »Ich habe gleich gemerkt, dass sie heute gucken wie die Loren, jawoll.«

Tove dagegen schien nicht zu wissen, wovon die Rede war, und glotzte Mamma Carlotta noch immer ins Gesicht. Als sie abwinkte und ihm zu verstehen gab, dass er sich keine Mühe geben müsse im Erfinden falscher Komplimente, ging er erleichtert in die Küche und holte die Flasche mit dem Rotwein aus Montepulciano. Ihrem Hinweis, dass für den Genuss von Alkohol eigentlich erst die Sonne untergegangen sein müsse, begegnete er mit der Behauptung: »Auf Sylt ist das anders. Und bei diesem Wind erst recht. Heute Nacht wird ein Sturm kommen. So was ist ohne Alkohol gar nicht auszuhalten.«

Mamma Carlotta war sofort überzeugt. »Wenn das hier so üblich ist...« Auf keinen Fall wollte sie sich örtlichen Gepflogenheiten entgegenstellen. Das war ja beinahe so, als verirrte sich ein deutscher Tourist in ihr Dorf und verlangte dort nach Sauerkraut und Eisbein. Solchen Menschen begegnete man in ganz Italien mit Verachtung, und so ein Fehler sollte ihr nicht passieren! Und außerdem würde ihr die Mission, die sie in Käptens Kajüte zu erfüllen hatte, mit einem Glas Rotwein sicher leichter fallen.

Gedankenverloren wischte sie die Lippenstiftspuren vom Glas, ehe sie sagte: »Jannes Pedersen ist gerade verhaftet worden.«

Toves Erschrecken war der Beweis, den sie gar nicht mehr brauchte, und dass Fietje das Jever-Glas zum Munde führte und es wieder absetzte, ohne getrunken zu haben, zeigte, dass auch ihn Pedersens Schicksal erschütterte. Nicht jedoch, weil ihm der Fahrradhändler am Herzen lag, sondern weil er dem Ende der schönen Zeit entgegensah, in der er in Käptens Kajüte essen und trinken konnte, ohne zu bezahlen.

»Wegen Mordes«, ergänzte Mamma Carlotta und beobachtete die Erleichterung in beiden Gesichtern.

»Hat er seine Frau umgebracht?«, fragte Tove.

»Scheint so«, antwortete Mamma Carlotta. »Und seine Lebensgefährtin auch.«

»Wissen Sie das ganz genau?«, hakte Tove nach.

Mamma Carlotta nickte. »Ich habe gesehen, wie er abgeführt wurde. Und sein Gebrüll war im ganzen Hause zu hören.«

Stille trat ein. Fietje nuckelte an seinem Jever, Tove rührte im Kartoffelsalat. Eine Fliege kreiste über dem Grillgut und ließ sich schließlich auf einer Frikadelle nieder, ohne daran gehindert zu werden. Dann warf Tove Griess mit einem Mal den Löffel in den Kartoffelsalat und richtete sich auf. »Wenn Ihr Schwiegersohn jemanden verhaftet, dann muss er Beweise haben.«

»Certo«, erwiderte Mamma Carlotta. »Enrico kennt das Gesetz.«

»Wenn Jannes Pedersen ein Mörder ist«, überlegte Tove, »dann wird er wohl für eine Weile auf Staatskosten leben.«

»Wenn Sie damit meinen, dass er im Gefängnis landet …«

»Genau das meine ich!« Tove sah plötzlich so unglücklich aus, als wäre Jannes Pedersen ein naher Verwandter, in dem er sich schwer getäuscht hatte.

»Was mag dann aus seinem Geschäft werden?«, tastete Mamma Carlotta sich vorsichtig voran.

»Das wird verkauft!«

»Es gibt Geschäfte, die lassen sich nicht verkaufen. Ich meine die Geschäfte, die jemand macht, ohne einen Laden zu haben und Mitarbeiter und …«

Tove ließ sie nicht zu Ende reden. »Was wollen Sie damit sagen, Signora?«

Mamma Carlotta trank den Rotwein aus und sah Tove fest in die Augen. »Ich möchte Sie nicht im Gefängnis besuchen müssen.«

Tove rang sich ein Grinsen ab. »Das würden Sie tun?«

In diesem Moment betrat ein Gast die Imbiss-Stube, der nach einer Frikadelle und nach Kartoffelsalat verlangte. Die dicke Fliege wurde aus dem Hackfleischparadies vertrieben und wechselte zu den Matjesbrötchen.

Mamma Carlotta verzichtete auf eine Antwort, zählte, während Tove den Kartoffelsalat auf einen Teller löffelte, ihr Geld auf die Theke. Dann bedachte sie Fietje mit einem scharfen Blick, der ihn ermahnen sollte, Tove auf der Rückkehr zum rechten Wege zu begleiten, auch wenn er dafür in Zukunft sein Jever wieder bezahlen musste. Anschließend ging sie zur Tür wie jemand, der aufgewühlte Seelen zurückließ. Sie konnte nur hoffen, dass Tove darüber nachdachte, was aus dem Verkauf der Luxusuhren werden sollte, wenn Jannes Pedersen im Knast saß.

Während der Vernehmung waren zwei Polizeibeamte anwesend, die für Eriks und Sörens Sicherheit sorgen sollten. »Noch einmal so etwas wie eben in Ihrem Büro – und Sie sitzen in Handschellen da«, hatte Erik gewarnt.

Tatsächlich schien Jannes Pedersen sich Mühe zu geben. Er versuchte, ruhig zu bleiben, doch Erik brauchte nur seine nervösen Finger anzusehen, seine wippenden Zehen, die zuckende Oberlippe, um zu wissen, dass es mit Pedersens Beherrschung schnell vorbei sein konnte.

»Ich habe von dem Lottogewinn nichts gewusst«, sagte er.

»Herr Pedersen!« Erik beugte sich vor. »Es hat keinen Sinn, dass wir uns ständig wiederholen. Sie haben mir bis jetzt nicht erklären können, wie Sie das Haus in der Toskana bezahlt haben. Und ich bin sicher, wenn wir uns noch eine Weile mit Ihren Büchern und Unterlagen beschäftigen, wird uns auch auffallen, dass es keine Rechnungen über den Anbau des Wintergartens gibt, über die teure Ausstattung Ihres Hauses ... Also noch einmal: Woher haben Sie das Geld?« Erik stand auf, als Pedersen nicht antwortete. »Kommen Sie mir nicht wieder mit Schwarzgeld!«

Aber Pedersen antwortete auch diesmal nicht. Verstockt sah er auf seine Hände, sein Unterkiefer mahlte.

»Also gut!« Erik ging nun hin und her, achtete aber darauf, nicht in Pedersens Reichweite zu geraten. »Kommen wir noch mal zu Ihrem Alibi. Tove Griess sagt aus, Sie wären zwischen zweiundzwanzig Uhr und Mitternacht in seiner Imbiss-Stube gewesen. Der Gerichtsmediziner ist der Ansicht, dass Yvonne Perrette zwischen zwanzig Uhr und drei Uhr ermordet wurde. Sie hatten also sowohl vor dem Besuch in Käptens Kajüte als auch danach Gelegenheit, Ihre Lebensgefährtin zu erschlagen.«

»Aber ich hab's nicht getan«, sagte Jannes Pedersen.

»Wenn Sie ein so reines Gewissen haben«, mischte sich nun Sören ein, »warum konnten Sie uns dann nicht die Wahrheit sagen?«

Es klopfte an der Tür. Enno Mierendorf meldete ein Telefongespräch. »Es ist wichtig! Die Staatsanwältin!«

Erik sah sich nach Sören um. »Sie machen weiter?« Er zog die Tür des Vernehmungsraums hinter sich zu und folgte seinem Mitarbeiter. »Hat sie gesagt, was sie von mir will?«, erkundigte er sich vorsichtig.

Mierendorf schüttelte den Kopf. »Nur, dass es sehr wichtig ist. Sie sollen sofort zurückrufen.«

Trotzdem ließ Erik sich erst einmal auf seinen Stuhl sinken und dachte nach. Mit welchen Erkenntnissen konnte er aufwarten, wenn die Staatsanwältin ihn fragte? Beweise gegen Pedersen konnte er noch immer nicht präsentieren, nur Indizien. Schwerwiegende Indizien! Aber würde Frau Dr. Speck mit denen zufrieden sein? Er brauchte mehr! Vielleicht hatte Vetterich mit seinen Leuten Erfolg. Wenn sie Blutspuren in Pedersens Haus fanden oder die Tatwaffe, dann würde er Pedersen vielleicht zu einem Geständnis bewegen können. Und wenn er den Mord an Yvonne Perrette gestanden hatte, würde er hoffentlich einsehen, dass es keinen Sinn mehr machte, den Mord an seiner Ehefrau zu leugnen.

Erik suchte in seiner Schreibtischschublade nach einem Stück Schokolade, fand aber nichts als ein altersschwaches Kaugummi. Er schob es in den Mund, bevor er die Nummer der Staatsanwältin wählte, spuckte es aber schon in den Papierkorb, ehe sie den Hörer abnahm.

»Endlich!«, prallte es da an sein Ohr.

Erik wollte sich gerade damit rechtfertigen, dass das Vernehmungszimmer ein paar Flure von seinem Büro entfernt war, da sprach Frau Dr. Speck schon weiter. »Wir haben die Bande! Ein Einbruch in einen Juwelierladen! Auf frischer Tat ertappt. Sieht so aus, als hätten wir alle erwischt! Abgesehen von dem Drahtzieher! Ein gewisser Ernest Getty! Der ist nicht dabei. Blöde Sache!«

Erik ließ sich enttäuscht zurücksinken. Und dafür holte sie ihn aus der Vernehmung von Jannes Pedersen heraus?

»Einer der Ganoven ist geständig«, fuhr die Staatsanwältin fort. »Der singt wie ein Vögelchen, um besser aus der Sache rauszukommen. Die anderen haben Angst vor Rache. Ernest Getty, der Kopf der Bande, hat eine üble Angewohnheit: Er knallt die Leute ab, die gesungen haben. Wenn die aus dem Knast kommen, und sei es erst nach zehn Jahren, leben sie höchstens noch drei Tage. Ernest Getty ist nachtragend.«

Erik wurde unruhig. Warum erzählte die Staatsanwältin ihm das alles?

»Und nun halten Sie sich fest! Die Bande hat mit einem Hehler auf Sylt zusammengearbeitet. Wollen Sie wissen, wie er heißt?«

In Erik schoss der Name hoch, ohne dass er nachdenken musste: »Jannes Pedersen?«

»Genau! Lassen Sie seinen Laden durchsuchen. Da muss es irgendwo ein Versteck für Luxusuhren geben.«

»Vetterich durchsucht sein Haus sowieso gerade. Allerdings nach Blutspuren!«

»Dann soll er auch nach Luxusuhren Ausschau halten. Es wäre nett, wenn wir mehr hätten als die Aussage eines Ganoven.«

»Es könnte also sein...« Erik brach ab, weil er dem Tempo seiner eigenen Gedanken nicht traute.

Die Staatsanwältin war erheblich selbstsicherer. »...dass er sich das Haus in der Toskana leisten kann, weil er als Hehler eine Menge Kohle macht. Muss aber nicht sein!«

»Er wird sich keinen Mord anhängen lassen, wenn er wegen Hehlerei besser davonkommt.«

»Der versucht, seinen Arsch zu retten!« Die Staatsanwältin stieß ein Lachen aus, das zu ihrer Rhetorik passte. Beides gefiel Erik nicht. »Anscheinend hält er große Stücke auf Sie, Wolf! Der sagt sich, dass der Hauptkommissar schon den richtigen Mörder finden wird. Und dann wäre es doch ärgerlich, wenn er die Hehlerei bereits gestanden und sich das schöne Geschäft kaputt gemacht hat. Und wenn er außerdem damit rechnen muss, dass er nach seiner Haftentlassung abgeknallt wird.«

In Erik kroch Mutlosigkeit hoch. »Warum hat Yvonne Perrette diesen Brief aufbewahrt?«

»Weil sie das Gleiche geglaubt hat wie wir, ist doch klar. Aber warum ich Sie so dringend sprechen wollte...« Die Staatsanwältin machte eine Pause, als wollte sie die Pointe so lange wie möglich zurückhalten, um sich deren Wirkung sicher zu sein. »Was den zweiten Mord angeht, ist Jannes Pedersen aus dem Schneider.«

»Was?« Erik saß kerzengerade. »Und das Alibi?«

»Er hat eins«, kam es zurück. »Er war nicht am Lister Hafen, um Fischbrötchen zu essen, sondern um Beute entgegenzunehmen. Und nach dem Besuch in dieser ... dieser Kneipe ...«

»Käptens Kajüte!«

»Danach ist Pedersen nach List zurück und hat sich mit Ernest Getty getroffen. Gegen den liegt schon lange ein Haftbefehl vor. Als Alibi hätte der natürlich nicht getaugt.«

»Aber der geständige Täter?«

»Ja, der war dabei, als die beiden sich trafen.«

»Und das ist sicher?«

»Mir erscheint seine Aussage glaubhaft. Bringen Sie Pedersen dazu, die Hehlerei zu gestehen, dann sehen wir, ob er dasselbe aussagt. Jedenfalls bekommen Sie nun Ihren Haftbefehl. Nicht wegen Mordes natürlich, sondern wegen Verdacht auf Hehlerei.«

Der Sturm tobte kurz vor Mitternacht los. Zu Bett gegangen war Mamma Carlotta mit der Überzeugung, sich längst auszukennen mit den Stürmen. Aber als sie erwachte, wurde ihr klar, dass alles, was sie bisher erlebte hatte, bestenfalls starke Winde gewesen waren. Dass Erik nach dem Abendessen das Haus gesichert hatte, war ihr sogar übertrieben vorgekommen, obwohl sie das Gleiche schon bei Bäcker Arfsten und den Kemmertöns beobachtet hatte. Der Bäcker hatte die Markise des Ladens festgebunden und sich dabei nicht einmal von der Neuigkeit stören lassen, dass Jannes Pedersen verhaftet worden sei. Seine Angst vor dem Sturm und seinen Folgen schien tatsächlich größer zu sein als seine Neugier. Frau Kemmertöns hatte zwar die Arbeit sofort ruhen lassen, als Mamma Carlotta mit dem Grünkohltopf bei ihr erschien, aber auch nur, weil sie ihrem Mann alles in die Hand drücken konnte, womit ihre Rosen geschützt werden sollten.

Als Mamma Carlotta zurückkehrte, nachdem sie sich lange genug mit Frau Kemmertöns über die Schlechtigkeit der Welt, der Männer und im Besonderen Jannes Pedersens ausgetauscht hatte, trug Erik gerade sämtliche Blumentöpfe in den Geräteschuppen. Sogar Felix, der sich sonst vor jeder Hilfeleistung drückte, war eifrig damit beschäftigt, die Dachrinne zu befestigen, die sich im letzten Frühjahr aus ihrer Verankerung gelöst hatte. Eine Sturmwarnung wurde auf Sylt sehr ernst genommen.

So intensiv befasste sich Erik mit der Sicherung seines Hauses, dass Mamma Carlotta kaum Gelegenheit hatte, sich nach Jannes Pedersen zu erkundigen. »Hat er gestanden?«, rief sie zu ihm hoch, während er auf einer Leiter stand, um alle Äste und Zweige aus der Krone eines großen Baums zu schneiden, die zu Spielbällen des Sturms werden konnten.

Mehr als ein »Nein!« hatte sie nicht geerntet. Und auf ihre Ermunterung, lange könne es nicht mehr dauern, da sämtliche Indizien gegen Pedersen sprächen, hatte er gar nicht geantwortet.

Mamma Carlotta stand auf und warf sich einen Bademantel über. Ehe sie die Treppe hinabstieg, blieb sie stehen und lauschte. Beängstigend, diese Stille im Haus, die noch lautloser war, weil der Sturm draußen wütete und lärmte. Er heulte ums Haus, rüttelte an den Fenstern und Türen und schlug die Zweige der Bäume gegen die Hauswand. Eigentlich wollte sie die Treppe hinunterschleichen, um niemanden zu wecken, dann jedoch kümmerte sie sich nicht um die knarrenden Stufen.

Es wäre ihr lieb gewesen, wenn Erik oder die Kinder ebenfalls aufgewacht wären, um mit ihr zusammen zu beobachten, was der Sturm anrichtete, und sich gemeinsam mit ihr Sorgen zu machen. Aber im Haus blieb alles still. Nirgendwo Schritte, keine Tür, die sich leise öffnete.

Sie ging ins Wohnzimmer und trat vorsichtig ans Fenster. Beinahe Vollmond. Durch die Bäume leuchtete ein grelles Silber, das den Himmel umso schwärzer machte. Ein eiskaltes Licht, das die Nacht nicht heller, sondern unheimlicher machte. Wie mochte das Meer aussehen bei diesem Sturm? Sie nahm sich vor, am nächsten Morgen einen Abstecher zum Strand zu machen, ehe sie zum Modeatelier fuhr.

Auch die Motorengeräusche, die sonst von der Westerlandstraße in den Süder Wung drangen, waren nicht zu hören.

Mamma Carlotta hatte das Gefühl, ganz allein zu sein mit dem Wüten des Sturms.

Dann aber stach doch ein Brummen aus dem Pfeifen, Brausen und Heulen, wenig später schlug eine Autotür, ganz in der Nähe. Wer war da so spät noch unterwegs? Noch dazu bei diesem Wetter!

Gerade wollte sie vom Wohnzimmer in die Küche gehen, wo es ein Fenster gab, das zur Straße hinausführte, da hörte sie das Geräusch an der Haustür. Ein Scharren in der Nähe des Schlüssellochs, ein Schlüssel, der seinen Weg suchte. Kein Zweifel, jemand versuchte, in dieses Haus einzudringen. Jemand, der glaubte, dass alles schlief. Mit einem gestohlenen Zweitschlüssel? Oder mit einem Dietrich?

Langsam ging die Tür auf, sehr langsam und vorsichtig. Durch den schmalen Spalt stach die Kälte, grell pfeifend fuhr der Wind in den Flur. Unter einer kräftigen Bö wurde die Haustür plötzlich aufgerissen, prallte gegen die Wand – und Erik stand vor Mamma Carlotta.

»Warum bist du nicht im Bett?«, fragte er erschrocken.

»Weil der Sturm mich geweckt hat! Und du? Was machst du da draußen? Mitten in der Nacht! Es ist schon nach zwei. Ich dachte, du schläfst.«

Erik schloss die Tür sorgfältig. »Vetterich ist mit seinen Leuten immer noch bei der Arbeit.« Er hängte die Jacke an den Garderobenhaken und ging in die Küche. Kaum hatte er das Licht eingeschaltet, schien der Sturm schwächer zu werden, sein Heulen leiser, aus dem Rütteln an den Fenstern und Türen wurde mit einem Mal ein Spaß. So jedenfalls kam es Mamma Carlotta vor. Vorbei war ihre Angst, das Jaulen des Sturms nahm sie kaum noch wahr. Erik war bei ihr, sie fühlte sich nicht mehr allein.

Dass er in die Küche gegangen war, statt sich schnurstracks in sein Schlafzimmer zurückzuziehen, zeigte ihr, dass ihn etwas bedrückte. Er hatte Zuwendung nötig, ein offenes Ohr, etwas Gutes zu essen und zu trinken und jemanden, der es ihm vorsetzte.

»Ein Rotwein, Enrico? Oder lieber ein Espresso? Etwas Käse? Ich kann dir auch ein paar Bruschette machen.«

Erik ließ sich am Tisch nieder und schüttelte den Kopf. Aber dann überlegte er es sich anders und sagte: »Ich werde uns eine Tote Tante zubereiten.«

Mamma Carlotta sah ihn erschrocken an. War das ein versteckter Hinweis? War er Tove bereits auf die Schliche gekommen? Und seiner Schwiegermutter gleich mit?

Erik wuchtete sich vom Tisch hoch. »Bei diesem Wetter ist eine Tote Tante genau richtig. Die beruhigt und macht warm.« Er lachte über das entsetzte Gesicht seiner Schwiegermutter. »Keine Sorge! Für eine Tote Tante muss niemand sterben.« Er holte einen Becher Schlagsahne aus dem Kühlschrank und hielt ihn Mamma Carlotta hin. »Schlag du die Sahne, ich besorge den Rest.«

Carlottas Erstarrung löste sich allmählich. Sie entspannte sich, während sie anfing, die Sahne zu schlagen. Und sie schaffte es sogar zu fragen: »Was sucht Vetterich um diese Uhrzeit? Was Wichtiges? So wichtig, dass du dir die halbe Nacht um die Ohren geschlagen hast?«

Erik rührte den Kakao zusammen und erhitzte ihn. »Ich konnte nicht schlafen, da war es mir lieber, Vetterich bei der Arbeit zu helfen. Wir haben Pedersens ganzes Haus auf den Kopf gestellt. Aber gefunden haben wir nichts.«

Mamma Carlotta redete laut gegen den Mixer an. »Reichen die Indizien nicht aus für eine Verurteilung? Es spricht doch alles gegen ihn.«

Erik ging in die Vorratskammer, kehrte mit einer Flasche zurück und füllte zweimal ein Schnapsglas mit Rum, den er in den Kakao schüttete. »Dass er als Mörder verurteilt wird, ist mehr als ungewiss. Yvonne Perrette hat er jedenfalls nicht umgebracht.«

Carlotta stellte den Mixer ab. »Woher weißt du das?«

»Er hat ein Alibi.«

Mamma Carlotta starrte in den Kakao, von dem ein Geruch aufstieg, der nicht zu ihm gehörte, aber wunderbar zu ihm passte. Hatte Tove Griess sich etwa doch von Jannes Pedersen überreden lassen, ihm ein falsches Alibi zu geben? Es wurde wirklich Zeit, dass sie ihm ins Gewissen redete. Wenn sie einen Weg fand, mit dem sie sich nicht selbst verriet!

Sie sah zu, wie Erik das Kakao-Rum-Gemisch in zwei Becher schüttete. Nun blieb ihr nichts anderes übrig, als ihr schauspielerisches Talent zu bemühen. Ausgiebig wunderte sie sich darüber, dass Pedersen ein Hehler sein sollte, der Luxusuhren von einer Diebesbande übernahm, die in ganz Europa Juwelierläden überfiel und die Beute an Jannes auslieferte, der sie dann zu Geld machte.

»Aber wie?«, fragte Erik und krönte die Toten Tanten mit einem Sahnehäubchen. »Ein Ladengeschäft ist günstig für so was. Da können Uhren über den Tisch gehen, ohne dass es jemand merkt. Allerdings ... so etwas vor Mitarbeitern geheim zu halten, ist nicht leicht. Und sämtliche Mitarbeiter von Zweirad-Pedersen behaupten, nichts gemerkt zu haben.« Auch die Durchsuchung des Lagers und der Werkstatt habe nichts ergeben, ergänzte Erik und setzte sich an den Tisch. »Vetterich und seine Leute haben das ganze Haus auf den Kopf gestellt, und ich habe ihnen dabei geholfen. Nirgendwo eine einzige verdächtige Uhr!«

»Dann habt ihr euch vielleicht getäuscht?«, versuchte es Mamma Carlotta. »Jannes Pedersen ist ein Mörder, das sieht man auf den ersten Blick!«

»Wenn du wüsstest, wie viele Mörder so harmlos aussehen wie du und ich«, entgegnete Erik niedergeschlagen, nahm einen Schluck von seiner Toten Tante und verbrannte sich prompt die Zunge. »Den Mord an Yvonne Perrette hat er nicht begangen, so viel steht fest.«

»Aber seine Frau! Die hat er ganz bestimmt umgebracht! Das viele Geld, das sie gewonnen hatte ...«

Erik schnitt seiner Schwiegermutter mit einem energischen Kopfschütteln das Wort ab. »Das Haus in der Toskana kann er von dem Geld gekauft haben, das er durch die Hehlerei verdiente. Elskes Lottogewinn ist kein schwerwiegendes Indiz mehr. Pedersen muss auf der Insel einen Helfershelfer haben. Jemanden, der in der Lage ist, unauffällig die Uhren weiterzugeben. Den müssen wir erwischen! Dann ist die Beweiskette geschlossen. Und was die Morde angeht, können wir wieder ganz von vorn anfangen. Wenn ich nur wüsste, wo!«

Erik stand auf, weil er fürchtete, am Schreibtisch einzuschlafen, wenn sein Körper es allzu bequem hatte. Er war sich nicht sicher, ob es nur der versäumte Schlaf war, der ihm zu schaffen machte, oder ob ihm die Enttäuschung jegliche Kraft nahm. Noch am Vortag hatte er geglaubt, auf dem richtigen Weg zu sein, aber nun stand er wieder ganz am Anfang. Sein Gefühl war alles, was ihm geblieben war. Und das sagte ihm, dass Jannes Pedersen, wenn er nicht der Mörder Yvonnes war, auch seine Frau nicht umgebracht hatte.

Er strich nervös seinen Schnauzer glatt. Was war mit Geraldine Bertrand? Sie hatte die Gelegenheit gehabt, alles verschwinden zu lassen, was ihre Schwester mitgenommen hätte, wenn sie freiwillig gegangen wäre. Und sie hatte gelogen! Warum war sie wirklich in der Nähe der Baustelle gewesen? Weil sie wissen wollte, ob Elskes Leiche gefunden wurde? Und warum hatte sie Yvonne nicht auf dem Handy angerufen? Weil sie wusste, dass ihre Schwester das Gespräch nicht mehr entgegennehmen konnte?

Die Tür sprang auf, Sören unterbrach Eriks Gedanken. »Das Ergebnis des grafologischen Gutachtens ist da. Der Abschiedsbrief, den Elske hinterlassen hat, stammt tatsächlich von ihr.«

Erik nickte, als hätte er nichts anderes erwartet.

»Und dann hat der Personalleiter von Gosch angerufen. Der hat das Bedienungspersonal in List befragt. Niemand kann bestätigen, dass Jannes Pedersen dort ein Fischbrötchen gegessen hat, während Yvonne Perrette ermordet wurde.«

Erik grinste unfroh. »Wundert uns das?«

»Und Dr. Hillmot hat auch angerufen. Yvonne Perrette war von Jannes Pedersen schwanger. Es gibt keinen Zweifel.« Sören ließ sich auf einen Stuhl fallen. »Sagen Sie mal, Chef ... wie sollen wir Pedersen eigentlich nachweisen, dass er als Hehler tätig ist, wenn in seinem Haus keine einzige Uhr gefunden wurde? Meinen Sie, die Aussage dieses Ganoven reicht aus? Wenn Sie mich fragen: Das ist dürftig.«

»Die Aussage allein ist nicht viel wert, das stimmt. Wir können nur hoffen, dass Pedersen alles zugibt, wenn er dadurch vom Mordverdacht befreit wird.«

»Um sich in ein paar Jahren abknallen zu lassen?«, fragte Sören. »Das wird er sich gründlich überlegen. Jedenfalls dann, wenn er Yvonne Perrette nicht umgebracht hat.«

»Wenn er es getan hat, dann nicht in seinem Haus. Vetterich hat keine Spuren gefunden.«

»Aber auch keine einzige Luxusuhr.« Sören kratzte sich am Kopf. »Kann es sein, dass das ein gekauftes Alibi ist?«

Erik sah ihn verständnislos an. »Sie meinen die Aussage von diesem Bandenmitglied? Woher sollte Pedersen wissen, dass die gerade jetzt auf frischer Tat ertappt werden?«

»Stimmt. Also ... wenn Pedersen wirklich der Hehler ist, dann ist er auf Nummer sicher gegangen und hat für einen Zwischenhändler gesorgt.«

»Zwischenhändler!« Erik starrte seinen Assistenten entgeistert an. »Warum sagen Sie das erst jetzt? Klar, ein Zwischenhändler! Wir brauchen einen Durchsuchungsbeschluss! Sofort!«

Mamma Carlotta kämpfte sich über die Westerlandstraße. Hatte sie jemals einen solchen Wind erlebt? Auch in Umbrien erhoben sich Stürme, wenn Gewitter nahten oder der Winter sich besonders kategorisch anmeldete, aber nie brachten sie diese Kälte mit, nie rasten sie mit einer solchen Kraft übers Land. Und selten wurden sie zu einer Gefahr für Mensch und Tier. In Italien waren die Stürme so, dass man sich von ihnen überraschen lassen durfte. Ein Blumentopf, der den Berg hinabrollte, eine abgerissene Wäscheleine oder eine Fensterscheibe, die zu Bruch ging, mehr war im Allgemeinen nicht zu befürchten.

Das Schlimmste, woran Mamma Carlotta sich erinnern konnte, war der stürmische Sonntag, an dem die Nonna der Familie Maldini den Kinderwagen vor der Kirche abstellte, in der sie die Jungfrau Maria darum bitten wollte, ihre Rosenstöcke zu verschonen. Als sie wieder aus der Kirche trat, hatte sich der Kinderwagen soeben in Bewegung gesetzt, steigerte seine Geschwindigkeit in besorgniserregender Weise und raste schließlich, vom Wind getrieben, die Gasse hinab, auf das Haus der Witwe Rossini zu, dessen Tür sich Gott sei Dank im richtigen Moment öffnete. So schoss der Kinderwagen einem Besucher in die Arme, der sich gerade verabschiedet hatte und geistesgegenwärtig zugriff, als das Baby zu einer Rolle vorwärts ansetzte, die auf keinen Fall altersgemäß war. Damit wurde die Tragödie von dem starken Mann verhindert, der den Dank der Familie Maldini energisch zurückwies – aber trotzdem nicht verhindern konnte, dass mit seiner guten Tat sein Verhältnis mit der Witwe Rossini ans Licht gekommen war, was unter allen Umständen hatte verhindert werden sollen.

Mamma Carlotta konnte also von Glück sagen, dass es auf Sylt wenigstens nicht gebirgig war, sonst hätte sie wirklich Geraldine Bertrands Angebot annehmen müssen. Es war ihr ohnehin schwergefallen, darauf zu verzichten, mit dem Wagen abgeholt zu werden. Und Erik war erst beruhigt aus dem Haus gegangen, als sie ihm davon erzählt hatte. Dass sie es nicht anzunehmen gedachte, weil sie einen Besuch in Käptens Kajüte machen wollte, hatte sie verschwiegen. So konnte sie sich einreden, nicht wirklich gelogen, sondern Erik nur das Wesentliche unterschlagen zu haben. So etwas zählte nicht zu den Sünden, die gebeichtet werden mussten, erst recht nicht, wenn man sie nur auf sich lud, um einen Freund vor dem Gefängnis zu bewahren.

Als sie endlich an der Einmündung zum Hochkamp angekommen war, gab sie auf. Der Wind kam nun nicht mehr von der Seite, er fuhr ihr entgegen. Direkt vom Meer kam er, brachte alles mit, was in dieser Jahreszeit zu ihm gehörte: eisige Kälte, Feuchtigkeit und rohe Gewalt. Mamma Carlotta nahm sich sogar vor, wenn sie zurückfuhr, auf das Vergnügen, sich vom Wind treiben zu lassen, zu verzichten. Denn die alte Dame, die ihr mit ihrem Rollator entgegenkam, legte urplötzlich ein so waghalsiges Tempo vor, dass Mamma Carlotta sie schon kopfüber im nächsten Heckenrosenwall zappeln sah. Aber zum Glück erschien ein Mann in einer Haustür, der ähnlich groß und stark war wie jener, der dem Baby der Familie Maldini das Leben gerettet hatte, und lief auf die Straße, noch ehe die alte Dame sich entschieden hatte, was besser war: mitsamt dem Rollator weiter in Richtung Westerlandstraße rasen oder ihn im Stich lassen und hoffen, dass er nicht ausgerechnet mit einem Ferrari kollidierte, sondern höchstens mit einem billigen Mazda.

Als Carlotta vor Käptens Kajüte das Fahrrad in einen der nagelneuen Fahrradständer stellte, wusste sie immer noch nicht, wie sie es anstellen sollte. Irgendwie musste sie Tove damit konfrontieren, dass sie über seine krummen Geschäfte Bescheid wusste, sonst würde er sie nicht ernst nehmen. Doch wie sollte sie das erklären, ohne zu verraten, dass sie bei ihm eingebrochen war und seine Bestände durchsucht hatte?

Käptens Kajüte war noch nicht lange geöffnet, doch Fietje saß bereits an der Theke und nahm sein Frühstück zu sich: ein großes Jever und ein Brötchen, das so aussah, als wäre es vom Vortag übrig geblieben. Aber da Fietje neuerdings nicht zu bezahlen brauchte, durfte er sich nicht beklagen.

Wie immer freute er sich, wenn er Mamma Carlotta sah, und wie immer machte sie Fietjes Freude glücklich. Toves Entzücken war nicht so leicht zu durchschauen, aber da Mamma Carlotta darin mittlerweile Übung hatte, wusste sie, dass auch er sich freute, wenn sie so früh schon in seiner Imbiss-Stube erschien. Das zeigte er, indem er ihr ungefragt einen Cappuccino auf die Theke stellte und knurrte: »Geht aufs Haus!« Diese drei Worte, das wusste Mamma Carlotta inzwischen genau, drückten unbändige Freude aus. Zwar war es schwer, darüber richtig glücklich zu sein, wenn sie nicht gleichzeitig in ein lachendes Gesicht schauen konnte, aber sie war trotzdem zufrieden.

»Was für ein Wind!«, stellte sie fest und sah erst Fietje und dann Tove an, als wäre es möglich, dass den beiden der Sturm entgangen war, der an den Fensterläden rüttelte.

Fietje, der eindeutig der Sensiblere war, fragte prompt: »Sie sehen aus, Signora, als hätten Sie was auf dem Herzen!«

Mamma Carlotta war verwirrt, dass man sie so flott durchschaut hatte. Aber vielleicht war es ja gut, dass Fietje schnell aus ihr klug geworden war. So musste es jetzt raus, was sie zu sagen hatte. Und wenn Tove sie anschließend rauswarf wie einen Zechpreller, dann musste sie sich eben damit abfinden. Immer noch besser, als ihn in sein Unglück rennen zu lassen.

»Allora! Was ich sagen wollte …«

Sie stockte, weil sie merkte, dass Tove ihr nicht zuhörte. Er sah ihr nicht einmal ins Gesicht, sondern blickte an ihrem rechten Ohr vorbei, als gäbe es vor den Fenstern seiner Imbiss-Stube etwas, was ihm wichtiger war als Mamma Carlottas Eröffnung. Plötzlich sagte er: »Hat sich irgendwas geändert, Signora? Darf Ihr Schwiegersohn erfahren, dass Sie gelegentlich bei mir einkehren?«

»No, no! Sie wissen doch …«

»Dann sollten Sie verschwinden!« Eilig setzte er hinzu, als schon die Schritte vor der Tür zu hören waren: »Und zwar sofort!«

Mamma Carlotta begriff! Und sie begriff auch, dass keine Zeit für Fragen war. Mit einem Sprung, auf den sie stolz gewesen wäre, wenn sie Zeit für dieses Gefühl gehabt hätte, schwang sie sich vom Hocker und war mit zwei, drei Schritten an der Tür, die sowohl in die Toilette als auch in den Vorratsraum von Käptens Kajüte führte. Keine Sekunde zu früh! Sie hatte gerade die Tür hinter sich zugezogen, als schon Eriks Stimme ertönte:

»Moin, die Herren!«

Wie gelähmt blieb sie stehen, ohne sich entschließen zu können, wo sie sich verstecken sollte. In der Toilette oder im Vorratsraum? Sie entschied sich weder für das eine noch für das andere, sondern blieb, wo sie war, um zu hören, was Erik und Sören in Käptens Kajüte getrieben hatte. Waren sie ihr etwa zuvorgekommen?

»Wir haben einen Durchsuchungsbeschluss«, hörte sie da Eriks Stimme. »Wir glauben, dass in Ihrer Imbiss-Stube Luxusuhren verkauft werden, die aus Einbrüchen in Juwelierläden stammen.«

Tatsächlich! Erik wusste, dass Tove etwas mit dieser Sache zu tun hatte! Anscheinend hatte Jannes Pedersen ein Geständnis abgelegt und Tove belastet.

»Wie kommen Sie denn auf so was, Herr Hauptkommissar?«, fragte Tove, und Mamma Carlotta wunderte sich, wie naiv und harmlos seine Stimme klingen konnte. »Luxusuhren? In meiner bescheidenen Imbiss-Stube?«

»Die hat sich ganz schön rausgemacht«, sagte Sörens Stimme. »Außen sieht sie schon viel besser als früher. Können Sie uns sagen, wovon Sie das bezahlt haben?«

»Lange gespart«, gab Tove zurück.

»Tut mir leid, dass wir Ihnen nicht glauben«, sagte Erik.

»Und was glauben Sie, Herr Hauptkommissar?«

»Dass Jannes Pedersen am Dienstagabend nicht zu Ihnen gekommen ist, um mit Ihnen Genever zu trinken, sondern um Beute abzuliefern, die er in List in Empfang genommen hat. Und dass er Sie nicht betrogen hat, indem er Ihnen ein Werkzeug zu wenig lieferte. Nein, Sie haben eine Uhr zu wenig bekommen! Wer würde sich denn auch über fehlendes Werkzeug so aufregen! Aber eine Luxusuhr, die bringt schon was ein!«

»Ich weiß nicht, wovon Sie reden«, sagte Tove.

»Wir werden es Ihnen gleich zeigen«, erwiderte Sören. »Sobald wir Ihren Laden durchsucht und die Uhren gefunden haben.«

»Da kann ja jeder kommen!« Tove versuchte, sich unbeeindruckt zu geben, aber Mamma Carlotta hörte, dass seine Stimme schwankte. »Erst mal will ich diesen Durchsuchungsbeschluss lesen.«

Mamma Carlotta huschte auf leisen Sohlen in den Vorratsraum und sah sich hektisch um. Wo hatte sie die Kartons mit den Uhren entdeckt? Richtig, in einer Kiste, die angeblich Flaschen mit Zigeunersoße enthielt, und in einer mit der Aufschrift ›Getrocknete Salatkräuter‹! Sie war ganz sicher.

Eilig begann sie zu suchen, während Tove sich, vermutlich in einem Akt der Verzweiflung, jeden einzelnen Paragrafen erklären ließ, der in dem Durchsuchungsbeschluss aufgeführt wurde. Warum er sich so viel Zeit ließ, wurde ihr klar, als sie Erik sagen hörte: »Sie müssen ausgerechnet jetzt zur Toilette, Herr Tiensch? Tut mir leid, das müssen Sie verschieben. Könnte ja sein, dass Sie mit Herrn Griess unter einer Decke stecken.«

Tove hatte also Fietje einen Wink gegeben, damit er vorgab, die Toilette aufzusuchen und bei dieser Gelegenheit die Luxusuhren verschwinden ließ.

Tatsächlich klang seine Stimme sehr deprimiert, als er nun

sagte: »Also gut! Dann tun Sie, was Sie nicht lassen können!«

In diesem Augenblick hatte Mamma Carlotta gefunden, was sie suchte. Hastig griff sie zu, erleichtert, dass die Kartons mit den Uhren so wenig Gewicht hatten. Sekunden später war sie in der Küche, noch ehe Eriks Schritte zu hören waren. Die Tür, die nach draußen führte, ließ sich zum Glück mit dem Ellbogen öffnen. Und da sie neuerdings von guter Qualität war, fiel sie derart sanft ins Schloss, dass Erik und Sören es sicherlich nicht gehört hatten.

Ihre Beine zitterten, als sie sich an die Hauswand lehnte. Dass sie ein Vermögen im Arm hatte, daran durfte sie gar nicht denken. Und was sie damit machen sollte, wenn sie es in Sicherheit gebracht hatte, darüber wollte sie ebenfalls nicht nachdenken. Sie verscheuchte alles, was sie quälte, und bemühte ihren Optimismus, der ihr schon oft gesagt hatte, dass jede schwierige Lage auch etwas Positives hatte. Das war in diesem Fall die Tatsache, dass sie in Käptens Kajüte selten ihre Jacke ablegte, weil Tove der Meinung war, dass seine Fritteuse und die Kaffeemaschine als Heizung ausreichten. So musste sie wenigstens nicht bitterlich frieren, während sie darauf wartete, dass Erik und Sören den fensterlosen Vorratsraum betraten. Von dort aus würden sie nicht sehen, wie Mamma Carlotta sich später eilig auf ihr Fahrrad schwang und mit zwei verdächtig aussehenden Gepäckstücken im Fahrradkorb vom Wind in Richtung Westerlandstraße getragen wurde.

Diesmal hatte Sören seinem Chef ohne viele Worte den Autoschlüssel aus der Hand genommen und sich hinters Steuer gesetzt. Da Erik wieder etliche Gedanken von Wenningstedt nach Westerland schleppen würde, wäre er mit seiner vorsichtigen Fahrweise zu einem Verkehrshindernis geworden. Er konnte sich nur auf eines konzentrieren, aufs Denken oder aufs Gasgeben.

Sören dagegen hatte keine Probleme, beides miteinander zu verbinden. »Ich hätte schwören können, dass wir bei Tove Griess fündig werden!«, schimpfte er.

Erik nickte. »Die Aussage dieses Bandenmitglieds allein wird nicht reichen. Pedersen kann sich einen guten Anwalt leisten. Der wird diese Aussage vor unseren Augen zerreißen.«

»Aber sie gibt ihm ein Alibi für den zweiten Mord«, rief Sören verzweifelt.

Ehe Erik antworten konnte, ging sein Handy. Es dauerte eine Weile, bis er es aus seiner Jackentasche gezogen hatte. Als er sich meldete, hatte es mindestens sieben Mal geklingelt.

»Endlich!«, knallte eine weibliche Stimme an sein Ohr.

Erik runzelte verärgert die Stirn. Manchmal konnte man meinen, die Staatsanwältin hieße Endlich und nicht Speck! Wann immer er den Hörer abnahm, es war ihr nie früh genug.

»Wo sind Sie, Wolf?« Erik wollte gerade zu einer Antwort ansetzen, da fuhr sie schon fort: »Egal! Ich bin jedenfalls auf Sylt! Wollte ich Ihnen nur sagen.«

Ihre Stimme war so kräftig und scharf, dass Sören jedes Wort verstanden hatte. Erschrocken nahm er den Fuß vom Gas und warf Erik einen verzweifelten Blick zu. Dann fiel ihm ein, dass er nun schon genauso reagierte wie sein Chef, und gab schleunigst wieder Gas.

»Mein Schwager hatte einen Herzinfarkt!«, fuhr die Staatsanwältin fort. »Sie kennen ihn ja.«

Erik brummte: »Ja, ja ...«

Mehr war in der Gesprächspause, die Frau Dr. Speck ihm gelassen hatte, nicht unterzubringen. »Ich muss mich um seine Ferienwohnung kümmern und auch nach seinem Vater sehen. Ich bin gerade auf dem Weg ins Altenheim, danach komme ich im Revier vorbei! Sind Sie dann wieder zurück?«

»In fünf Minuten.«

Sören erkundigte sich gar nicht erst nach dem Verlauf des Gesprächs, sondern fing gleich zu schimpfen an. »Verdammt! Diese verwandtschaftlichen Beziehungen haben uns noch gefehlt!«

Erik hätte ihm gern zugestimmt, fühlte sich jedoch bewogen, Sören zu mäßigen. »Der arme Stefan Lürsen hatte einen Herzinfarkt! Vergessen Sie das nicht.«

Doch die pädagogische Maßnahme fiel nicht auf fruchtbaren Boden. »Wenn ich mit der Staatsanwältin verwandt wäre, bekäme ich auch einen Herzinfarkt!«

»Sören!«

»Ist doch wahr! Gleich wird sie uns vorhalten, dass wir mit den Morden nicht weitergekommen sind. Dass wir aufs falsche Pferd gesetzt haben! Und jetzt können wir ihr nicht mal den Zwischenhändler präsentieren, der Pedersen hier auf Sylt unterstützt hat.«

Mamma Carlotta hatte das Gefühl, sie sei allein auf der Welt. Niemand kam ihr entgegen, niemand überholte sie. Und die Autos, die die Norderstraße entlangfuhren, waren durch die Kapuze kaum zu hören. Der Sturm trennte Mamma Carlotta von anderen Menschen und von allen Geräuschen, die zum Leben gehörten. In ihrem Kopf hatte nichts anderes Platz als der Gedanke an die beiden Gepäckstücke, die in ihrem Fahrradkorb lagen. Zum Glück waren sie schwer genug, das hatte sie gewissenhaft überprüft, um nicht vom Wind davongetragen zu werden.

Den Gedanken an die Uhr in Lucias Nähkästchen verbannte sie, so gut es ging. So glücklich sie einerseits aus dieser Angelegenheit rausgekommen war, in den nächsten Jahren würde sie in ständiger Angst leben. Was, wenn Erik dahinterkam, dass er eine Uhr am Arm trug, die mehr wert war als sein alter Ford?

Aber jetzt gab es Wichtigeres zu bedenken! Zum Beispiel, wie sie Tove erklären sollte, was mit den Uhren geschehen war, die er im Vorratsraum versteckt hatte. Wie mochte er sich gefühlt haben, als Erik und Sören nichts Kompromittierendes gefunden hatten? Dass er ihr dieses kleine Wunder zu verdanken hatte, war ihm sicherlich umgehend klar geworden. Das brauchte sie nicht zu leugnen. Aber wie sie ihm erklären konnte, woher sie von den Uhren gewusst hatte, dazu wollte ihr nichts einfallen.

Sie hob ihren Unterkörper vom Sattel, um noch kraftvoller treten zu können. Musste sie überhaupt etwas erklären? Tove sollte doch froh sein, dass sie ihn vor einer Verhaftung bewahrt hatte! Ihr danach mit Vorwürfen zu kommen, wäre ja noch schöner! Und dass die Uhren in den Besitz der Polizei gehörten, das musste er auch verstehen. Nur ... wie sollte sie das bewerkstelligen, ohne Tove und sich selbst zu verraten?

Endlich hatte sie die freie Heidefläche passiert und konnte im Schutz der Bebauung weiterradeln. Als sie in die Steinmannstraße einbog, war das Ärgste überstanden. Nur noch ein paar Hundert Meter, dann war sie am Modeatelier angekommen. Es wurde auch Zeit! Zwar war die Kollektion, die morgen auf der Modenschau vorgeführt werden sollte, im Großen und Ganzen fertig, aber mehrere Nähte mussten noch versäubert werden, und ein paar Röcke waren noch nicht gesäumt.

Alles musste fertig sein, wenn am Nachmittag die Generalprobe stattfand. Darauf freute Mamma Carlotta sich unbändig. Nein, nicht unbändig, korrigierte sie sich insgeheim. Nur so weit selbstverständlich, wie es mit der Trauer um Yvonne Perrette zu vereinbaren war. Dass sie das nur nicht vergaß!

Die Frau fiel ihr auf, als sie noch ein gutes Stück vom Altenheim entfernt war. Sie trat aus dem Eingang und hatte ihre liebe Mühe, ihren Mantel festzuhalten, der vom Sturm aufgebläht wurde, und dafür zu sorgen, dass das Kleidungsstück nicht wegwehte, das sie in Händen hielt. Sie kam Mamma Carlotta bekannt vor und der schwarze Anzug, den sie umklammerte, ebenfalls.

Nun stieg sie doch vom Fahrrad und schob es eilig hinter einen Lieferwagen, der ihr Schutz bot. Zwar sah die Staatsanwältin weder nach links noch nach rechts, aber trotzdem wollte Mamma Carlotta kein Risiko eingehen. Aus ihrem Versteck hinter dem Lieferwagen konnte sie beobachten, wie Frau Dr. Speck ihr Auto aufschloss, sich kurz aufrichtete, den schwarzen Anzug ein wenig von sich weghielt, gerade so weit, dass der Sturm ihn nicht zu fassen bekam, und ihn kopfschüttelnd betrachtete. Dann legte sie ihn auf den Rücksitz ihres Wagens. Sie schien in Gedanken versunken zu sein und sogar ein wenig verwirrt. Jedenfalls schüttelte sie noch immer den Kopf, als sie ins Auto stieg. Und bevor sie startete, legte sie sogar die Stirn für einige Augenblicke aufs Lenkrad.

Herr Lürsen hatte also wieder mal von dem großen Geheimnis gesprochen, hatte verlangt, dass man ihm in seinen schwarzen Anzug half, und Frau Dr. Speck war darauf eingegangen.

»Madonna!«, flüsterte Mamma Carlotta. »Und jetzt?«

Jannes Pedersen starrte Erik verdrossen an. »Ich gebe gar nichts zu! Da können Sie mich noch so oft fragen! Gar nichts!«

Erik schlug die Beine übereinander und rutschte so lange hin und her, bis er das Gefühl hatte, es auf dem harten Stuhl eine Weile aushalten zu können. Er hasste diese Stühle. Und er hasste diesen Raum. Diese Kargheit, die dunklen Wände, das primitive Mobiliar! Erik hätte die Vernehmung lieber in seinem Büro geführt. Aber natürlich wusste er, dass das bei einem Choleriker wie Jannes Pedersen leichtsinnig gewesen wäre.

»Sie wollen auch nicht zugeben, dass Sie sich am Dienstagabend in List am Hafen aufgehalten haben, um Beute entgegenzunehmen? Luxusuhren im Werte von über hunderttausend Euro?«

»Gar nichts!«, wiederholte Pedersen.

Erik schüttelte den Kopf. »Ich verstehe Sie nicht. Immerhin hätten Sie damit ein Alibi für den zweiten Mordfall.«

»Ich brauche kein Alibi! Ich habe Yvonne nicht umgebracht. Elske auch nicht. Basta!«

Erik stand auf und machte ein paar Schritte hin und her. »Entweder Sie haben sich das Haus in der Toskana mit Hehlerei verdient, oder Sie haben es von dem Lottogewinn Ihrer Frau gekauft. Sie können sich entscheiden.« Als Jannes nicht antwortete, fuhr er fort: »Und entweder haben Sie sich in List mit den Juwelenräubern getroffen, oder Sie haben kein Alibi für den Mord an Yvonne Perrette.« Als Jannes noch immer schwieg, fügte er hinzu: »Mir ist klar, warum Sie nichts sagen wollen. Sie haben Angst vor Rache. Ernest Getty geht nicht zimperlich mit Leuten um, die ihn verraten haben. Und er ist leider noch auf freiem Fuß. Umso erstaunlicher, dass einer von denen, die festgenommen wurden, eine Aussage gemacht hat. Sam Steiner hat das nicht gewagt. Tja, wenn er gewusst hätte, dass er nie mehr in Freiheit kommt… Aber wer konnte das schon ahnen?«

Nun endlich blickte Jannes Pedersen auf. »Sie reden mit

dem Falschen, Herr Hauptkommissar. Tove Griess sollten Sie fragen. Der hat schon öfter Andeutungen gemacht, dass er neuerdings das große Geld verdient. Schauen Sie sich mal in Käptens Kajüte um. Sie werden sich wundern.«

»Haben wir schon«, entgegnete Erik und unterdrückte ein Lächeln. »Und gewundert haben wir uns tatsächlich. Denn wir haben nichts gefunden. Keine einzige Uhr. Käptens Kajüte ist sauber.«

Erik hörte, dass Jannes Pedersen mit den Zähnen knirschte. Ein rhythmisches Mahlen, so unangenehm wie der Bohrer beim Zahnarzt.

»Ziemlich miese Tour, Herr Pedersen«, sagte er und nahm wieder Platz. »Tove Griess hat sich geweigert, Ihnen ein falsches Alibi zu geben, und aus Rache schwärzen Sie ihn an?« Er betrachtete sein Gegenüber kopfschüttelnd. »Sie werden unfair, wenn Sie mit dem Rücken an der Wand stehen. Auch was Sie mit Ihrem besten Freund abgezogen haben, ist mies. Wie konnten Sie erwarten, dass er für Sie eine Falschaussage macht?«

»Weil er mein bester Freund ist. Würde ich auch machen.«

»Auch in einem Mordfall?«

»Ist Ehrensache. Ich habe ihn immer gedeckt.«

Erik runzelte die Stirn. »Wobei?«

»Bei seinen Weibergeschichten. Wenn ich nicht Wilkos bester Freund wäre, wüsste Marikke längst, dass er ein Verhältnis mit Geraldine hat.«

Erik sah ihn überrascht an. »Wilko Tadsen und Madame Bertrand?«

»Ich habe immer stillgehalten. Es wäre nicht richtig, wenn er Marikke verlässt. Aber das wird er nicht tun, das weiß ich! Genauso, wie Wilko mir einen Mord nicht zutraut.«

Erik nickte widerstrebend. »Aber eines traut Ihnen jeder zu. Auch Ihr Freund Wilko Tadsen! Dass Sie in Wut und Raserei auf einen Menschen einschlagen.«

Als wollte Jannes Pedersen beweisen, dass Erik recht hatte, sprang er auf und kam drohend auf ihn zu. »Das lasse ich mir nicht bieten!«, sagte er leise und fing dann unvermittelt an zu brüllen: »So was sagen Sie nicht noch einmal! Sie ... Sie ...«

Weiter kam er nicht. Der junge Beamte, der neben der Tür gestanden hatte, sprang hinzu und drehte Pedersen einen Arm auf den Rücken. Die Tür sprang auf, zwei weitere Beamte kamen in den Raum und warfen sich auf Pedersen. Im Nu hatte man ihm Handschellen angelegt und ihn auf seinen Stuhl zurückgedrängt.

Erik fragte sich gerade, ob es Sinn hatte, unter diesen Umständen das Verhör fortzuführen, da hörte er eine Stimme über die Gegensprechanlage. »Moin, Wolf! Kommen Sie mal raus!«

Erik sorgte dafür, dass die drei Beamten im Raum blieben, während er zur Staatsanwältin ging, die im Nebenraum auf ihn wartete, hinter einer Glasscheibe, die vom Vernehmungsraum aus verspiegelt war.

Frau Dr. Speck war blass und hatte viel von der Selbstsicherheit eingebüßt, die Erik nicht leiden konnte. Nervös war sie, mit fahrigen Händen und einem zuckenden Mundwinkel.

»Geht's Ihrem Schwager schlechter?«, fragte er mitfühlend.

Sie sah ihn an, als hätte er sie nach dem Gesundheitszustand ihrer Topfpflanzen gefragt. Dann aber fasste sie sich und zuckte mit den Schultern. Plötzlich schien ihr aufzugehen, dass sie Eriks Frage ihrer mutlosen Haltung zu verdanken hatte, und sie straffte sich. »Ab jetzt kümmere ich mich um den Mann«, sagte sie und wies zu der Glasscheibe, hinter der Jannes Pedersen saß und auf seine gefesselten Hände starrte, bewacht von drei Beamten, die ihn nicht aus den Augen ließen. »Die gestohlenen Uhren gehen Sie ab jetzt nichts mehr an. Sie kümmern sich nur noch um die beiden Mordfälle. Schlimm, dass es noch keine Erfolge gibt. Wenn ich Menno Koopmann nicht so gut kennen würde, hätten Sie längst schlechte Presse, Wolf.« Ehe Erik etwas erwidern konnte, sprach sie schon weiter: »Hat Pedersen Helfershelfer auf Sylt? Haben Sie jemanden in Verdacht?«

Erik schüttelte den Kopf. »Ich war mir ziemlich sicher, dass der Wirt von Käptens Kajüte die Uhren weiterverkauft. Aber die Durchsuchung hat leider nichts ergeben.«

»Okay.« Die Staatsanwältin war erstaunlich zufrieden mit dieser Antwort. »Ich werde Pedersen später persönlich vernehmen. So lange, bis er singt. Da Sie ihn von der Liste der Verdächtigen streichen müssen – wen haben Sie noch in Verdacht?«

»Vergessen Sie nicht«, antwortete Erik, »dass Pedersen, was den Tod seiner Frau angeht, noch nicht aus dem Schneider ist.«

»Aber Sie haben gesagt, die Morde wären von ein und demselben Täter begangen worden.«

»Es sieht so aus. Aber kann man das mit Sicherheit sagen?«

»Okay, ich werde darauf achten«, sagte die Staatsanwältin. »Wenn er seine Frau umgebracht hat, dann kriege ich das raus.«

Erik sah ihr nach, wie sie aufrecht und mit schnellen, kleinen Schritten den Gang hinabging. Wenn er doch auch so zuversichtlich sein könnte!

Mamma Carlotta hatte einen Entschluss gefasst! Nachdem sie begriffen hatte, dass die Staatsanwältin ihrem Schwager auf die Spur gekommen war, wusste sie, dass sie nicht länger warten durfte. Wer konnte schon sagen, wie Frau Dr. Speck auf die Erkenntnis reagieren würde, dass einer ihrer Verwandten gestohlene Uhren kaufte und daraus als Letzter in einer Kette von Dieben, Hehlern und Helfershelfern Geld machte? Wichtiger war es, dafür zu sorgen, dass Tove nicht in die Schusslinie geriet. Am Ende würde die Staatsanwältin ihm sämtliche Verfehlungen Stefan Lürsens auch noch anlasten, damit kein Schatten auf ihre eigene Person fiel.

Nach dem dritten Saum und dem Versäubern sämtlicher Nähte wusste sie, was zu tun war. Jannes Pedersen war ohnehin als Hehler entlarvt, an der Gerechtigkeit änderte sich nichts, wenn die Uhren, die er an Tove übergeben hatte, in seinem Haus gefunden wurden. Sein Laden, die Werkstatt und die Wohnung waren bereits durchsucht worden, dort konnte sie die Kartons nicht verstecken. Blieb nur eine Möglichkeit: Sie musste die Uhren im Modeatelier unterbringen. Erik würde denken, dass Pedersen die Hehlerware vorsorglich nicht in seinem Teil des Hauses aufbewahrt hatte. Und hier konnte sie die

Uhren durchaus rein zufällig entdecken, wenn sie es schlau einfädelte.

Vorsichtshalber hatte sie das Fahrrad hinter dem Haus abgestellt. Wegen des Windes, hatte sie Geraldine erklärt, denn im Garten, neben den Mülltonnen, stand das Fahrrad geschützt. Dass Mamma Carlotta zwei Kartons im Fahrradkorb transportiert hatte, war Geraldine Bertrand gar nicht aufgefallen.

Über ein geeignetes Versteck in der Schneiderwerkstatt hatte Mamma Carlotta sich auch schon Gedanken gemacht. Es gab einen Korb am Fuß der Garderobe, in dem alles gesammelt wurde, was im Modeatelier vergessen und nie abgeholt worden war. Mehrere Schals, drei Regenschirme, zusammengerollte Zeitungen, Bürsten, Kämme, Puderdosen. Vieles lag vermutlich schon lange dort, und die Chance, dass eine Kundin danach fragen würde, war gering. Trotzdem hatte sich nie jemand entschlossen, diese Fundsachen zu entsorgen.

Die Gelegenheit war günstig, als Geraldine Bertrand im Laden war und Carolin letzte Hand an Sörens Hemd legte. Mamma Carlotta murmelte etwas von vergessenen Papiertaschentüchern, bevor sie in den Garten huschte, aber Carolin war derart in ihre Arbeit vertieft, dass sie ihre Nonna gar nicht beachtete. Von ihrem Arbeitsplatz aus konnte sie nicht sehen, was Mamma Carlotta in die Werkstatt trug und ganz unten in dem Korb mit den Fundsachen deponierte.

Mamma Carlotta war zufrieden. Der Gerechtigkeit waren Tür und Tor geöffnet. Zwar wäre es auch gerecht gewesen, wenn Tove seine Strafe bekommen hätte, aber sie redete sich damit heraus, dass sie auch da für Gerechtigkeit sorgen wollte. Sie würde Tove dazu bringen, nie wieder krumme Geschäfte zu machen! Dann hatte sie einen Straftäter auf den rechten Weg zurückgeführt, und das war sinnvoller, als ihn ins Gefängnis zu stecken. Hauptsache, die Uhren kamen dorthin, wo sie hingehörten.

Carolin löste gerade die letzten Reihfäden aus Sörens Hemd. Sie hob es in die Höhe und betrachtete es stolz. »Wie findest du es, Nonna?«

Selbstverständlich lobte Mamma Carlotta das Hemd über

den grünen Klee, fand die Tatsache, dass die linke Seitennaht etwas schief geraten war, völlig unerheblich und behauptete sogar, so etwas zeichne ein Unikat aus. »Nur Fabrikware hat gerade Nähte!« Und außerdem könne man durch geschicktes Bügeln noch einiges verbessern.

Während Carolin versuchte, die schiefe Naht gerade zu bügeln, fragte Mamma Carlotta leichthin: »Hast du meine rote Kette gesehen? Die kurze mit den Glasperlen?«

Carolin schüttelte den Kopf. »Die ist sicherlich zu Hause.«

»No, no! Ich habe sie hier zum letzten Mal getragen.«

»Dann schau in dem Korb an der Garderobe nach. Da legt die Putzfrau alles rein, was sie findet!«

Mamma Carlotta frohlockte heimlich. Und wenige Augenblicke später hielt sie etwas hoch, was sie erstaunt betrachtete. »Sieh mal, Carolina! Was mag in diesen beiden Kartons sein?«

»Schau rein«, entgegnete Carolin gleichgültig, denn sie hatte gerade festgestellt, dass sie die schiefe Naht noch schiefer gebügelt hatte. »Dann weißt du es.«

Kurz darauf war es mit ihrer Gleichgültigkeit vorbei. Mit offenem Munde starrte sie auf den Inhalt der Kartons. »Uhren? Wie kommen die hierher?« Sie nahm eine heraus und betrachtete sie genauer. »Das müssen Plagiate sein. Die hier sieht genauso aus wie die Uhr, die du Papa zum Geburtstag schenken wirst.«

»Assurdo, Carolina!« Mamma Carlotta nahm ihrer Enkelin die Uhr wieder ab. »Die Uhr, die dein Vater bekommen wird, sieht ganz anders aus.«

Auch diesmal saß Sören am Steuer. Er wollte keinerlei Zeitverzögerung riskieren. »Hätten Sie das gedacht, Chef?«, fragte er kopfschüttelnd, während er unter Missachtung sämtlicher Verkehrsvorschriften die Kjeirstraße hinunterfuhr. »Da durchsuchen wir Käptens Kajüte, und in Wirklichkeit ist es Geraldine Bertrand, die in ihrem Laden die Uhren weiterverkauft.«

»Da hätten wir auch draufkommen können«, meinte Erik. Doch davon wollte Sören nichts hören. »Pedersen und die

Bertrand waren wie Hund und Katze! Ich habe dieser Modetante geglaubt, dass sie Jannes hasst wie die Pest. Da konnte man doch nicht ahnen, dass sie gemeinsame Sache machen!«

»Ob Yvonne Perrette davon gewusst hat?«

»Vielleicht hat sie es herausgefunden und wollte die beiden auffliegen lassen.«

»Und musste deshalb dran glauben«, entgegnete Erik zufrieden. »Wie oft haben wir uns gefragt, welches Motiv Geraldine Bertrand haben könnte! Nun haben wir eins.«

»Das wär's!«, rief Sören so begeistert, dass er beinahe eine rote Ampel übersehen hätte. »Dann könnten wir der Staatsanwältin auch gleich die Lösung der Mordfälle präsentieren.«

»Des Mordfalls«, korrigierte Erik. »Der Fall Elske Pedersen ist damit noch nicht geklärt.«

»Sie haben oft genug gesagt, dass die beiden Mordfälle irgendwie zusammenhängen«, gab Sören verärgert zurück, der sich seine Euphorie nicht nehmen lassen wollte. »Hoffentlich ist die Bertrand nicht abgehauen, als sie merkte, dass Ihre Schwiegermutter sie durchschaut hat.«

»Möglich wär's«, gab Erik zurück und hielt sich fest, als Sören startete, über die Kreuzung schoss und gleich darauf rechts abbog in die Steinmannstraße. »Sie hat weiß Gott nicht geflüstert, als sie mich anrief. Anscheinend ist sie gar nicht auf die Idee gekommen, dass Geraldine Bertrand was mit Jannes Pedersens krummen Geschäften zu tun haben könnte.«

Sören lachte. »Dabei ist sie doch sonst so clever.«

»Sie war es«, entgegnete Erik deprimiert. »Ich glaube, sie baut ab, Sören. Ich muss ein Auge auf sie haben.«

Aber davon wollte Sören nichts hören. Eine Frau, die kochen konnte wie Mamma Carlotta, befand sich seiner Meinung nach auf dem Höhepunkt ihrer Fähigkeiten. »Solange sie nicht Zucker und Salz verwechselt, glaube ich Ihnen kein Wort«, meinte er lachend, als er den Wagen vor dem Modeatelier parkte.

Er hätte seinen Chef am liebsten Richtung Eingang geschoben, damit er endlich einen Zahn zulegte, aber Eriks Gedanken waren noch woanders. »Ich verstehe nicht«, sagte er zu

Sören, »dass die Staatsanwältin diese Geschichte mit den geraubten Luxusuhren unbedingt selbst erledigen will.«

Sören hatte es plötzlich nicht mehr eilig, da er Geraldine Bertrand im Laden stehen sah. »Ist mir auch ein Rätsel«, meinte er missmutig. »Wir sollen die Bertrand nicht vernehmen, sondern sie nur zu Frau Dr. Speck bringen.«

»Dafür hat sie sogar ihren Autozug sausen lassen.«

»Egal«, sagte Sören und ging auf die Eingangstür zu. »Dann können wir uns wenigstens auf die Mordfälle konzentrieren.«

Mamma Carlotta war verzweifelt! Was hatte sie da nur angerichtet? Um Gerechtigkeit war es ihr gegangen, und was hatte sie erreicht? Dass eine Unschuldige in Verdacht geraten und festgenommen worden war! Und Mamma Carlotta hatte nichts tun können, um diese schreckliche Vermutung zu entkräften. Es sei denn, sie hätte Erik offenbart, wie die Uhren wirklich in das Versteck gekommen waren. Aber konnte man das von ihr verlangen? Nein, sie musste sich etwas überlegen, was Geraldine einerseits von jedem Verdacht befreite, aber andererseits von ihren Ermittlungen nichts verriet. War sie nicht schon genug damit gestraft, dass die Generalprobe für die Modenschau ausfallen musste, wenn Geraldine bis dahin nicht zurückgekehrt war? Und Erik hatte ihr wenig Hoffnung gemacht. Die Staatsanwältin höchstpersönlich wollte sich um den Fall kümmern. Ob sie annahm, dass Geraldine den Namen ihres Schwagers kannte? Dann war das vielleicht der Grund, warum sie den Fall selbst in die Hand nehmen wollte. Nur so konnte sie verhindern, dass Stefan Lürsen ins Kreuzfeuer der Ermittlungen und danach womöglich auf irgendein Titelblatt kam.

Mamma Carlotta schüttelte den Kopf, als könnte sie damit Ordnung in ihre Gedanken bringen. Es war zum Verrücktwerden! Vor allem, wenn man bedachte, dass über diese verflixten Luxusuhren zwei Mordfälle beinahe in Vergessenheit gerieten! Die arme Yvonne Perrette lag noch nicht unter der Erde, und schon wurde weniger von ihr geredet als von irgendwelchen Uhren, die so viel kosteten, wie ihr Dino in der Blüte seiner Jahre in einem ganzen Jahr verdient hatte! Genau genommen war die Uhrenindustrie an allem schuld und jeder dieser Menschen, die für unsinnigen Luxus ein Vermögen ausgaben.

Als sie in den Hochkamp einbog, war es ihr gerade gelungen, reiche Nichtsnutze für ihre Probleme verantwortlich zu machen, aber als sie auf Käptens Kajüte zufuhr, fiel ihr ein, dass eigentlich Tove an allem schuld war. Wehe, er machte ihr auch nur einen einzigen Vorwurf! Dann konnte er demnächst seinen Rotwein aus Montepulciano allein trinken! Er sollte ihr bloß nicht mit lästigen Fragen oder gar mit Vorwürfen kommen!

Sie riss die Tür zu Käptens Kajüte auf, als wollte ein Orkan in die Imbiss-Stube fahren, und schlug sie mit einem Donnern zu, dass Fietje sich an seinem Jever verschluckte und einen Hustenanfall bekam, der so lange anhielt, bis Mamma Carlotta es sich auf einem Barhocker bequem gemacht hatte.

»Un vino rosso per favore«, sagte sie zu Tove und sah ihn an, als bestellte sie ihn nur, um das Glas später über seinem Kopf auszugießen. »Ob die Sonne schon untergegangen ist oder nicht, das ist mir total egal!«

Tove warf ihr einen langen Blick zu, dann holte er schweigend die Rotweinflasche aus dem Vorrat und schenkte Mamma Carlotta ein, ohne sie anzusehen. Man hätte sogar meinen können, er fürchtete sich vor ihr. Dabei war er doch mal als Kapitän zur See gefahren und hatte sich vor Gibraltar angeblich sogar als Einziger schwimmend an Land gerettet, nachdem sein Schiff gesunken war. Jetzt jedoch sah er so aus, als wäre er lieber auf der Titanic als im Angesicht von Mamma Carlottas Zorn.

Sie sah ihn herausfordernd an. »Was ist? Wollen Sie sich nicht bedanken? Ohne mich säßen Sie jetzt im Gefängnis.«

Tove schien nicht zu wissen, ob er nicken oder den Kopf schütteln sollte. »Ja, schon, aber …«

»Und *Sie* könnten sich auch bei mir bedanken!«, fuhr Mamma Carlotta Fietje an. »Sie wären nämlich als Mitwisser gleich mitverhaftet worden! In Zukunft müssen Sie also Ihr Jever wieder bezahlen. Ist das vielleicht zu viel verlangt?«

Fietje sah aus, als hätte er gern genickt, schien sich aber nicht zu trauen.

»Und Sie!« Carlotta zeigte auf Tove, der vorsichtig Richtung Fritteuse zurückwich. »Sie werden mich nicht fragen, woher ich von den Uhren wusste! Capito tutto? Und Sie sind mir gefälligst dankbar, dass die Uhren nun dort sind, wo sie hingehören.«

Tove, der der Meinung war, dass die Uhren in seinen Vorratsraum gehörten, sah sie fragend an.

»Bei der Polizei!«, rief Mamma Carlotta. Dass Tove über diese Auskunft nicht glücklich war, blieb ihr nicht verborgen. Umso energischer pochte sie auf die Theke. »Aber nun ist eine Falsche in Verdacht geraten! Damit habe ich nicht gerechnet! Und weil Sie eigentlich schuld sind, werden Sie mir jetzt helfen, Geraldine Bertrand zu befreien.«

Sie kippte den Rotwein hinunter, was Tove und Fietje eigentlich die Gelegenheit zu einem Einwand gegeben hätte. Aber noch waren sie beide viel zu beeindruckt von Carlottas Zorn, um ihre Vorwürfe zurückzuweisen.

»Ich habe Ihnen geholfen! Also werden Sie mir auch helfen!« Mamma Carlotta knallte das Glas auf die Theke zurück und sah Tove so scharf an, dass er einen weiteren Schritt Richtung Fritteuse machte.

»Wie denn?«, fragte er nun immerhin.

»Indem Sie meinem Schwiegersohn sagen, dass Geraldine Bertrand nichts mit den Luxusuhren zu tun hat!«

»Ich soll mich selbst ans Messer liefern?« Tove stieß nun mit dem Rücken an die Fritteuse und zuckte erschrocken zurück. »Dann hätten Sie die Uhren auch in meinem Vorratsraum liegen lassen können. Das Ergebnis wäre das gleiche gewesen.«

Damit hatte er zweifellos recht. Und da diese Erkenntnis schon eine geraume Weile hinter Carlottas Stirn gelauert hatte, gab sie sich geschlagen. »Aber wir können nicht zulassen, dass Geraldine Bertrand für etwas den Kopf hinhält, was sie nicht getan hat!«

»Das wird sich herausstellen«, wagte Tove zu behaupten. »Früher oder später. Ihr Schwiegersohn ist ein kluger Mann!«

Dass dieser Hinweis eine klare Bestechung war, erkannte Mamma Carlotta nicht, weil sie vollauf mit der Erkenntnis beschäftigt war, dass durch ihre Schuld etwas in die falsche Richtung losgegangen und nicht wieder in die richtige zu lenken war. Eine deprimierende Einsicht für eine Frau, die bisher stolz darauf war, im passenden Augenblick intuitiv das Richtige zu tun, auch wenn es oft zunächst so aussah, als wäre es das Falsche.

Fietje schien zu spüren, dass Mamma Carlotta Aufmunterung brauchte. »Wenn einer Frau von allen Seiten was untergejubelt wird, dann hat sie es vielleicht verdient. Das kann kein Zufall sein, dass jeder glaubt, ein Verbrechen passt zu ihr.«

»Ich habe ihr nichts unter … wie heißt das?«

»Gejubelt.«

»Aber jubeln ist doch …« Mamma Carlotta deutete mit ein paar sambaähnlichen Hüftbewegungen an, dass sie etwas vom Jubeln verstand, reimte sich dann aber den Sinn von Fietjes Worten zusammen. »Ich habe ihr nichts untergejubelt«, sagte sie empört. »Jedenfalls wollte ich es nicht.«

»Die andere Frau wollte es aber.«

»Welche andere Frau?«, fragte Tove.

»Die im Rollstuhl.«

»Marikke Tadsen?« Mamma wehrte das zweite Glas Rotwein nicht ab, das Tove ihr einschenkte, weil er froh war, dass das Gespräch sich nicht mehr auf ihn konzentrierte.

Fietje nickte, ohne den Blick aus seinem Jever zu nehmen. »Ich habe gesehen, dass sie mit ihrem Rollstuhl in den Garten des Modeateliers gefahren ist. Dort hat sie Geld versteckt. Einen dicken Batzen!«

Tove lachte ungläubig. »In der Erde verbuddelt? Nicht leicht für eine Rollstuhlfahrerin.«

Aber Fietje schüttelte den Kopf. »Nicht in der Erde. In der Nähe der Terrasse steht eine große Kiste, in der die Sesselauflagen aufbewahrt werden. Nachts, wenn es regnet und im Winter. Die Kiste ist anscheinend wasserdicht.« Fietje, der nicht oft Gelegenheit hatte, so viele Sätze auf einmal zu sprechen, brauchte erst einmal einen großen Schluck Bier, ehe er weiterreden konnte. »Frau Tadsen hatte eine Plastiktüte auf dem Schoß, alles große Scheine, schön flach gepackt.«

»Woher weißt du das?«, fragte Tove, aber auf diese unangenehme Frage wollte Fietje nicht antworten.

»Die Kiste ist mit Plastikfolie ausgeschlagen. Die Tadsen hat die Folie an einer Seite gelöst und die Tüte mit dem Geld daruntergeschoben. Danach hat sie alles wieder sauber verklebt.«

»Du verdammter Spanner!«, fuhr Tove ihn an. »Dass du dich ständig in fremden Gärten rumtreiben musst!«

»Komm du mir nicht mit Vorwürfen!«, gab Fietje zurück. »Anderen Leuten ein bisschen in die Fenster gucken, ist nicht halb so strafbar wie das, was du gemacht hast! Jawoll!«

Mamma Carlotta unterbrach den Streit. »Woher wissen Sie, was in der Plastiktüte war?«

Diesmal konnte Fietje der Frage nicht ausweichen. »Weil ich reingeguckt habe.«

»Und anschließend hast du alles brav wieder zurückgesteckt?«, höhnte Tove.

»Na ja, vielleicht nicht alles. Aber fast alles. Wenn ich von einem Tag auf den anderen dicke Kohle hätte, das würde doch sofort auffallen. Ich bin ja nicht dämlich! Aber ... ich fand's beruhigend zu wissen, wo ich mich bedienen könnte, wenn's mal wieder eng wird. Das ist erheblich risikoloser, als wenn ich die Scheinchen in meiner Bude aufbewahren würde.« Er sah in Mamma Carlottas entrüstetes Gesicht und lächelte unschuldig. »Bei vierhunderttausend kommt's doch auf zwei oder drei Tausender nicht an.«

Mamma Carlotta und Tove starrten ihn ungläubig an.

»Vierhunderttausend?«, wiederholte Tove, während es Mamma Carlotta die Sprache verschlagen hatte. »So viel ist bei dem Geschäft mit den Uhren aber nicht drin.«

Fietje zuckte mit den Achseln. »Ich sag ja auch nicht, dass das was mit den Uhren zu tun hat.«

»Womit dann?«, fragte Tove.

»Mit Mord«, antwortete Mamma Carlotta an Fietjes Stelle.

Erik war so wütend, dass er am liebsten mit den Fäusten aufs Lenkrad getrommelt hätte. »Die Staatsanwältin vereinnahmt unsere beiden Verdächtigen, weil sie den Uhrenschmuggel selber aufklären will ... «

» ... und dass die beiden auch Mordverdächtige sind, scheint sie zu vergessen «, ergänzte Sören. » Sie tut so, als wäre Pedersen aus dem Schneider, weil irgendein Ganove ihm ein Alibi für den Mord an Yvonne Perrette gegeben hat. «

Erik nickte. » Aber erstens nimmt Pedersen es nicht an, und zweitens kann er immer noch der Mörder seiner Frau sein. «

» Dieser Idiot! «, schimpfte Sören. » Kapiert der nicht, dass er ein Geständnis ablegen muss? Entweder ist er ein Hehler oder ein Mörder. Ich an seiner Stelle würde die Hehlerei zugeben. «

» Vor allem dann, wenn Sie in Wirklichkeit ein Mörder wären? «

» So oder so ist Pedersen in einer unangenehmen Situation. Wenn er der Mörder ist, droht ihm lebenslänglich. Als Hehler droht ihm die Rache von Ernest Getty. Oder meinen Sie, der Kerl, der jetzt in Haft sitzt, wollte Pedersen ein Alibi für den Mord geben? Dann hat der Tod von Yvonne Perrette etwas mit dem Uhrenschmuggel zu tun. Und was ist mit Elske Pedersen? «

» Vielleicht haben wir es doch mit zwei Tätern zu tun. «

» Und Geraldine Bertrand? « Sören griff sich an den Kopf, als fiele es ihm schwer, seine Gedanken zu ordnen. » Endlich haben wir ein Motiv! Sie könnte ihre Schwester umgebracht haben, weil Yvonne sie auffliegen lassen wollte. Sie hat herausgefunden, dass Geraldine ihren Laden missbrauchte für den Uhrenschmuggel und hat verlangt, dass das aufhört. «

» Ist das wirklich ein Mordmotiv? «, frage Erik zweifelnd.

» Klar! Die Perrette wollte vielleicht zur Polizei gehen und ihre Schwester anzeigen! « Sören lehnte sich zurück und schloss die Augen. » Aber wir können die Bertrand ja nicht verhören! Die Staatsanwältin hat sie in den Krallen wegen dieser blöden Uhrensache! «

Bis zur Einmündung in den Süder Wung herrschte Schweigen zwischen ihnen. Erst als Erik den Blinker setzte, sagte Sören: » Jetzt kann uns nur noch eine gute Pasta retten. «

Erik lächelte. »Ich könnte mir sogar vorstellen, dass uns nach einem Tiramisu und einem guten Espresso ein genialer Gedanke kommt, mit dem wir den Fall heute noch lösen können.«

Der Wind riss ihm die Fahrertür aus der Hand, kaum dass er sie geöffnet hatte. Er war noch damit beschäftigt, sie ins Schloss zu drücken, als Sören schon gebückt auf die Haustür zulief. Erik folgte ihm langsam und schloss die Tür auf. Der Wind folgte ihnen und jaulte noch hinter ihnen her, als die Tür schon ins Schloss gefallen war.

»Hei«, nuschelte Felix, der gerade die Treppe hochstieg, ein Brötchen in der linken, eine tropfende Zucchinischeibe in der rechten Hand. »Mangiare Fehlanzeige!«

Ehe Erik sich nach dem Sinn dieser Worte erkundigen konnte, merkte er, dass etwas anders war als sonst. Kein Duft von Olivenöl, von geschmorten Tomaten, Knoblauchzehen oder krossem Schinken drang aus der Küche, kein geschäftiges Klappern, kein fröhliches Summen, das darauf schließen ließ, dass die Köchin mit dem Ergebnis ihrer Arbeit zufrieden war. Nur der Duft von Espresso zog in die Diele, was eindeutig der gewohnten Reihenfolge widersprach.

Auch die Geräuschkulisse bot nicht das, was Erik erwartet hatte. Die Stimmen von mindestens drei Frauen waren zu hören, die alle gleichzeitig redeten. So, als wäre die Küche voller Italienerinnen. Erik fürchtete schon, Besuch aus Umbrien sei eingetroffen, aber neben seiner Schwiegermutter saßen nur Frau Kemmertöns und eine Frau, die er nicht kannte. Zwar waren Erik auch manche der Personen fremd, die angeblich zu seiner angeheirateten Verwandtschaft zählten, aber in diesem Fall war er sicher, dass er eine Friesin vor sich hatte. Kirsten, das andere Model für die Mode der reifen und molligen Dame, grüßte mit einem so leidenschaftslosen »Moin!«, dass es keinen Zweifel gab.

Mamma Carlotta warf einen nervösen Blick zur Uhr. »Schon so spät? Mi dispiace, Enrico! Ich bin nicht zum Kochen gekommen. Wir müssen die Generalprobe besprechen.«

Erik betrachtete den Tisch. Neben den Espressotassen standen mehrere Teller, auf denen sämtliche Antipasti angerichtet waren, die eigentlich bis zu Mamma Carlottas Abreise reichen sollten. »Macht nichts«, sagte er matt. »Wir können uns ja ein Fischbrötchen holen.«

Er sah seinen Assistenten an, damit er zustimmte, aber Sören betrachtete die marinierten Paprikaschoten, als wollte er sagen: Wenn schon kein Pasta, dann wenigstens Antipasti. Zwar gab Erik ihm im Prinzip recht, aber ihm war gerade wieder eingefallen, dass seine Schwiegermutter nicht mehr auf der Höhe war, dass sie vielleicht sogar vergessen hatte, das Mittagessen zuzubereiten und nun versuchte, sich rauszureden. Besser, sie übten keinen zusätzlichen Druck aus, indem sie sich an den Tisch setzten und verrieten, dass sie hungrig waren.

Im nächsten Augenblick allerdings zweifelte Erik schon wieder daran, dass Mamma Carlotta ihre Leistungsfähigkeit verloren hatte. »Fischbrötchen?«, fragte sie so angewidert, als hätte er von Grünkohl und Mettwürsten gesprochen. »Glitschige Heringe zwischen zwei Brötchenhälften?« Sie sprang so behände auf, wie Erik es nicht einmal fertiggebracht hätte, wenn sein Haus in Flammen stünde. »So was Schreckliches könnt ihr essen, wenn ich in Umbrien bin!«

In Windeseile holte sie alles aus dem Kühlschrank, was ohne weitere Zubereitung auf den Tisch zu bringen war: Schinken, Käse, Oliven und Salami, die sie in einem Tempo auf einem großen Teller anrichtete, als wollte sie Eriks Sorgen um ihre Leistungsfähigkeit ad absurdum führen. Im Vorrat fanden sich sogar noch ein paar Grissini und im Backofen einige Panini, sodass Erik und Sören schon nach wenigen Minuten etwas vor sich stehen hatten, was nicht nur ihren Mägen, sondern auch ihren Seelen guttat. Es war doch etwas ganz anderes, von einer fürsorglichen Hausfrau etwas auf den Teller gelegt zu bekommen als von einer Fischverkäuferin, der es nicht um ihr Wohl, sondern nur um das gute Geschäft ging.

Der Fischladen hätte nur einen einzigen Vorteil gehabt: Man hätte Erik und Sören schweigend essen lassen. So aber mussten sie sich anhören, dass Geraldine Bertrand, bevor sie abgeführt worden war, ihren Models aufgetragen hatte, die Generalprobe ohne sie durchzuführen, da es so gut wie sicher sei, dass die Modenschau stattfinden werde.

»Signora Bertrand sagt, sie hat mit den Uhren nichts zu tun. Und das stimmt natürlich«, erklärte Mamma Carlotta. »Also wird sie morgen wieder frei sein. Spätestens!«

»Woher willst du das wissen?«, fragte Erik.

Diese Frage überhörte Mamma Carlotta geflissentlich und führte stattdessen aus, dass Wilko Tadsen versprochen habe, die Generalprobe zu leiten. »Er war ja dabei, als wir das letzte Mal geprobt haben, und weiß, worauf es ankommt. Er hat sogar einen Ablaufplan geschrieben.« Wie immer, wenn sie ein neues Wort gelernt hatte, ließ sie es auf der Zunge zergehen. »Ablaufplan! Davon habe ich noch nie gehört. Aber so was ist sehr praktisch. Dann weiß jeder, was er zu tun hat, und wer es nicht weiß, kann im Ablaufplan nachsehen.« Wieder blickte sie auf die Uhr, während Kirsten und Frau Kemmertöns den Versuch machten, einen Gesprächsbeitrag zu leisten, was ihnen jedoch nicht gelang. »Wo Carolina nur bleibt! Sie will den Ablaufplan mitbringen.«

Ehe Erik sich erkundigen konnte, warum seine Tochter noch nicht zu Hause war, bekam er schon zu hören, dass Carolin und Vanessa einer Drogerie in Westerland einen Besuch abstatteten, wo es einen angesagten pinkfarbenen Lippenstift gab. Und bevor er fragen konnte, wann die Generalprobe stattfinden sollte, erfuhr er schon, dass die Models sich am Abend im Modeatelier treffen wollten, wenn der Baumarkt Tadsen geschlossen war und der Besitzer Zeit für sie hatte. »Kann sein, dass Signora Bertrand dann schon wieder zurück ist«, sagte Mamma Carlotta und führte ihre beiden Besucherinnen zur Tür, denen gerade eingefallen war, dass es in ihrem Haushalt noch einiges zu tun gab. Als Mamma Carlotta in die Küche zurückkam, sagte Erik: »Du solltest dich nicht darauf verlassen, dass die Modenschau stattfindet.«

»Allora, Enrico! Signora Bertrand hat nichts mit diesen komischen Uhren zu tun. Völlig unmöglich!«

»Woher willst du das wissen?«

»Das fühle ich!«

Erik betrachtete sie kopfschüttelnd. »Fühlst du auch, wer Elske Pedersen und Yvonne Perrette umgebracht hat?«

Dass seine Schwiegermutter sehr ernst wurde, entging ihm,

weil er genug damit zu tun hatte, eine Auberginenscheibe auf den Teller zu bugsieren, ohne dass Öl auf seine Hose tropfte.

»Hast du schon mal an Signora Tadsen gedacht?«

Nun war es doch passiert! Ein dicker Ölfleck auf der Breitcordhose, die er besonders liebte, weil sie so außerordentlich bequem war. Verärgert sah Erik seine Schwiegermutter an. »Hast du vergessen, dass Marikke Tadsen im Rollstuhl sitzt?«

»No! Aber du hast anscheinend vergessen, was Dottore Hillmot gesagt hat: Signora Perrette wurde erschlagen, als sie sich bückte.«

Erik starrte seine Schwiegermutter an. »Du meinst ...« Weiter kam er nicht, weil er den Gedanken derart abwegig fand, dass er sich weigerte, ihn zu Ende zu denken. »Was für ein Unsinn! Und außerdem: Welches Motiv sollte sie haben?«

Mamma Carlotta sah an ihm vorbei, als interessierte sie das Gespräch nur am Rande. »Geld ist immer ein Motiv.«

»Bei Yvonne Perrette ist kein Geld im Spiel.«

»Vielleicht Eifersucht?« Noch immer sah Mamma Carlotta ihn nicht an, sondern schaute aus dem Fenster, als redeten sie über den Sturm.

»Deine Intuition war auch schon mal besser.«

Aber ehe Mamma Carlotta ihr Bauchgefühl und ihre Menschenkenntnis verteidigen konnte, kam Carolin nach Hause. In Händen hielt sie eine Plastiktüte, die sie Sören mit einem verheißungsvollen Lächeln entgegenstreckte. »Das Hemd ist fertig!«

Sören nahm die Tüte mit einer Miene entgegen, die sowohl Ergriffenheit als auch Angst ausdrücken konnte. Und die Bedächtigkeit, mit der er das Hemd auspackte und auseinanderfaltete, konnte Rührung, aber auch Sorge sein. Da Mamma Carlottas Blick sowohl Aufmerksamkeit als auch eine deutliche Warnung verriet, ließ Sören sein Gesicht in Freude erstrahlen. »Wenn die Modenschau tatsächlich morgen stattfindet, werde ich es auf jeden Fall tragen.«

Carolin war zufrieden. Sie griff in ihre Tasche und zog einen eng beschriebenen Bogen heraus. »Der Ablaufplan«, sagte sie zu ihrer Nonna. »Wir sollten ihn vor der Generalprobe noch einmal in Ruhe durchgehen.«

Erik nahm das Blatt zur Hand und betrachtete es nachdenklich. »Was für eine schöne Schrift«, sagte er und legte das Blatt wieder zur Seite, ließ aber den Blick nicht davon.

Während Mamma Carlotta versuchte, auch in Carolin die Gewissheit zu wecken, dass Geraldine Bertrand noch vor dem Abend wieder freigelassen sein und die Modenschau ablaufen würde wie geplant, starrte Erik noch immer den Ablaufplan an. Er stieß etwas in ihm an, einen kleinen Gedanken, ein winziges Bild, eine Assoziation, die zum Greifen nah schien. Aber leider wollte ihm partout nicht einfallen, woran ihn dieser Ablaufplan erinnerte.

Mamma Carlotta war sicher, dass sie alles richtig machte. Als sie das Schneckenhaus verließ, wo sie zusammen mit Frau Kemmertöns und Kirsten ein Glas Wein getrunken hatte, sah sie vorsichtig nach rechts und links. Niemand war zu sehen, der ihre Pläne durchkreuzen konnte. Sie ging zügig, aber nicht so schnell, dass sie Verdacht erregte. Immer ruhiger wurde sie. Ihr Plan war sicher, sie hatte keinen Zweifel.

Die vierhunderttausend Euro, die Fietje entdeckt hatte, mussten Teil des Lottogewinns sein. Also war es Marikke Tadsen gewesen, die Elske erschlagen und das Geld in Sicherheit gebracht hatte. Einen Teil hatte sie offensichtlich verbraucht und den Rest dort versteckt, wo der Verdacht nicht auf sie fallen würde, wenn es entdeckt werden sollte.

Zunächst hatte es so ausgesehen, als machte Tove die ganze Gewissheit mit einer einzigen Frage zunichte. »Möglich, dass eine Rollstuhlfahrerin es schafft, jemanden zu erschlagen. Aber wie hat sie die Leiche entsorgt?«

Mit der Gegenfrage »Wie soll sie sonst an das Geld gekommen sein?« hatte sich Toves Einwand leider nicht verdrängen lassen.

Dann aber war Fietje nachdenklich geworden. »Saß Marikke Tadsen vor fünf Jahren überhaupt schon im Rollstuhl?«

»Ecco!« Das war es! Zwar konnten sich weder Tove noch Fietje daran erinnern, wann der schreckliche Unfall geschehen war, aber das spielte keine Rolle. Die Erklärung war gefunden! Elske Pedersen hatte ihre Nachbarin anscheinend ins Vertrauen gezogen, hatte ihr erzählt, dass sie sich von Jannes trennen wolle, dass es ihr nun endlich möglich sei, weil sie unerwartet finanziell unabhängig geworden war. Und Marikke hatte ihre Chance gesehen.

Dass sie so viel Geld nicht im Hause aufbewahren konnte, lag auf der Hand. Wie raffiniert, ein Versteck in Geraldines Umfeld zu suchen, um notfalls nicht nur den Verdacht von sich ablenken, sondern ihn sogar der Rivalin zuschieben zu können. Mamma Carlotta war nun mehr denn je davon überzeugt, dass Marikke Tadsen von der Affäre ihres Mannes mit Geraldine Bertrand wusste.

Wo blieben nur Tove und Fietje? Oder waren sie schon am Treffpunkt angekommen? Dann wurde es Zeit! Wenn die beiden zu lange warten mussten, würden sie am Ende den Mut verlieren und das Weite suchen, ehe ihr Plan in die Tat umgesetzt worden war.

Tove und Fietje hatten ihr in allen Punkten recht gegeben, nur für den Mord an Yvonne Perrette ließen sie keine der Erklärungen gelten, die Mamma Carlotta an den Haaren herbeizog. Nein, Yvonne musste einem anderen Mörder in die Hände gefallen sein. Wenn Marikke es auch geschafft haben mochte, sie zu erschlagen, sie hätte die Leiche nicht nach Wenningstedt bringen und unter der Biike verstecken können. Es gab also zwei Täter.

»Oder sie hat Hilfe gehabt!«, meinte Fietje.

»Certo!« Mamma Carlotta mochte kaum glauben, wie leicht sich eine Erklärung fand, wenn man nur lange genug mit jemandem darüber redete. Geld genug besaß Marikke ja, um einen Mann so gut zu bezahlen, dass er für immer den Mund hielt. »Vielleicht sind die fehlenden zweihunderttausend auch dafür draufgegangen. Aber darum können wir uns nicht kümmern«, hatte Mamma Carlotta Tove und Fietje eingeschärft, die immer noch ängstlich zu allem nickten, was sie sagte. Tove hatte nicht einmal zu fragen gewagt, wie es Mamma Carlotta gelungen war, in seine Imbiss-Stube einzudringen, die neuerdings stabile Türen und sogar abschließbare Fenster hatte.

Alles lief wie am Schnürchen. Zwar war Geraldine Bertrand am Abend noch nicht wieder auf freien Fuß gesetzt worden, aber Wilko Tadsen hatte während der Generalprobe souverän Regie geführt und schien ein gutes Auge für die Wirkung der Kleider und der Models zu haben. Frau Kemmertöns hatte zwar bei einem Rock den Aufhänger abgerissen, aber das war zu verschmerzen. Ebenso, dass der Neffe Wilko Tadsens, der für die Musik zuständig war, ein paarmal seinen Einsatz verpasst hatte und Vanessa auf ihren hohen Absätzen häufig umgeknickt und einmal sogar bäuchlings auf dem Sisalläufer gelandet war. Jeder wusste ja, dass eine Generalprobe nicht fehlerfrei ablaufen durfte, weil sonst der Ernstfall misslang! Also waren sie trotz der paar Misserfolge mit ihren Leistungen zufrieden gewesen.

Nur dass Geraldine Bertrand noch in Haft war, fanden alle bedrückend. Dass auch Yvonne Perrette fehlte, geriet darüber beinahe in Vergessenheit. Zum Glück fiel es aber alle paar Minuten jemandem ein, der daran erinnerte, woraufhin die anderen prompt traurige Mienen zogen, damit die Pietät zu ihrem Recht kam. Ungerührt von Geraldines Abwesenheit hatte sich nur Marikke Tadsen gezeigt, die kurz vor Ende der Generalprobe ins Modeatelier gerollt kam. Ein abschätziges Lächeln war ihre einzige Reaktion auf die Überlegung gewesen, ob die Modenschau stattfinden würde oder nicht. Mamma Carlotta konnte nicht mehr verstehen, dass sie einmal Sympathie für sie empfunden hatte.

Alles war gut vorbereitet. Kirsten wollte sogar ihren Mann darum bitten, sie anschließend nach Hause zu fahren. Das machte ihren Plan noch einfacher! Denn wenn Tove sie später an der Einmündung zum Süder Wung absetzte, würde Mamma Carlotta leicht behaupten können, Kirstens Mann habe sie von Westerland nach Wenningstedt gefahren. Dass Carolin noch mit Vanessa ins Kino in der Strandstraße gehen wollte, gefiel ihr zwar nicht, aber als ihre Enkelin versprach, ihren Vater anzurufen, damit er sie mit dem Auto abholte, war sie auch damit zufrieden.

Danach hatte ihr nur noch eine gute Begründung einfallen müssen, damit sie Kirsten und Frau Kemmertöns schon nach dem ersten Glas allein lassen und darauf verzichten konnte, von Kirstens Mann nach Hause gefahren zu werden.

Aber auch das war geschafft, als Mamma Carlotta nach einem Blick in ihre Handtasche behauptete, sie habe versehentlich Eriks Handy eingesteckt, das er dringend benötige. Sie müsse sofort ins Kommissariat laufen, um es ihm zu bringen. Und wenn sie schon mal da sei, könne sie sich ja auch von ihrem Schwiegersohn nach Hause bringen lassen …

Toves Lieferwagen stand auf dem Parkplatz des Altenheims. Komplizenhaft blitzten die Scheinwerfer auf, als Mamma Carlotta sich näherte. Und schon öffnete sich die Beifahrertür, und Fietje rutschte so weit zur Mitte, dass Mamma Carlotta neben ihm Platz fand. Die Beleuchtung auf dem Parkplatz war gut genug, um die Gesichter der beiden erkennen zu können. Besonders zuversichtlich sahen sie nicht aus.

»Muss das wirklich sein?«, fragte Fietje prompt.

Mamma Carlotta beantwortete diese überflüssige Frage nur mit einem scharfen Blick.

Und auch Toves Bemerkung: »Was ist, wenn wir erwischt werden?«, würdigte sie keiner Entgegnung.

»Es bleibt dabei«, sagte sie eindringlich. »Das Geld muss weg! Schlimm genug, dass Geraldine in Verdacht geraten ist.« Mamma Carlotta seufzte tief auf. »Hoffentlich merkt die Staatsanwältin bald, dass sie auf der falschen Fährte ist. Es geht nicht an, dass Signora Bertrand auch noch ein Mord angehängt wird.«

»Und dass Marikke Tadsen ungeschoren davonkommt, geht auch nicht an«, sagte Fietje gehorsam. »Jawoll!«

»Fietje hat den anonymen Brief vorbereitet«, ergänzte Tove.

Fietje zog sich zunächst Handschuhe über, ehe er in die Innentasche seiner Jacke griff und einen weißen Umschlag hervorholte. Das Blatt war mit Wörtern beschriftet, die er aus Zeitungen ausgeschnitten und zusammengefügt hatte: ›Die wahre Mörderin sitzt im Rollstuhl! Sehen Sie im Lagerraum der Firma Tadsen nach. In der Kiste mit der Schutzkleidung!‹

Mamma Carlotta nickte zufrieden. »Den Brief stecken wir in den Postkasten des Polizeireviers, bevor wir nach Hause fahren. Dann weiß Enrico Bescheid. Anschließend braucht er sich nur noch um den Komplizen von Marikke Tadsen zu kümmern.«

»Ich habe die Nase voll«, sagte Erik zornig. »Gestrichen!«

Sören sah ihn besorgt an. »Lassen Sie uns noch mal in Ruhe nachdenken«, versuchte er ihn zu besänftigen.

»Worüber?« Erik stand auf und steckte seine Hände so tief in die Taschen seiner Breitcordhose, dass die Nähte knirschten. »Wir brauchen nicht nachzudenken, wir müssen Verhöre führen! Aber die beiden Verdächtigen werden von der Staatsanwältin mit Beschlag belegt, weil sie zufällig auch der Hehlerei verdächtigt werden!«

Wütend ging er hin und her und bewegte die Fäuste in den Hosentaschen. »Man könnte meinen, die Staatsanwältin hätte ein persönliches Interesse an diesem Uhrenschmuggel. Wenn ich es mir vorstellen könnte, würde ich sogar annehmen, sie wäre selbst darin verstrickt. Oder ein Freund oder Verwandter.«

Sören tippte sich an die Stirn. »Sorry, Chef! Aber nun gehen die Pferde mit Ihnen durch.«

Erik wollte gerade zu einer Antwort ansetzen, als das Telefon ging. Wütend blaffte er seinen Namen in den Hörer, dann entspannte sich seine Miene. »Carolin! Ist der Film schon zu Ende?«

Geduldig hörte er sich an, dass Til Schweiger auch schon mal besser gewesen sei, dass das Popcorn zäh und die Cola warm war und Carolin nach Hause wollte, um dort mit Vanessa Modezeitschriften anzugucken. »Wir müssen uns informieren«, setzte sie hinzu, als wäre der Weg vom Süder Wung nach Paris ein Katzensprung.

»Am besten, ihr kommt ins Polizeirevier. Von der Strandstraße zum Kirchenweg ist es ja nicht weit. Anschließend fahre ich euch nach Hause.«

Er legte auf und ließ sich wieder auf seinen Schreibtischstuhl fallen. »Ihr Fahrrad steht am Süder Wung, Sören?«

Sein Assistent nickte. »An Ihrem Gartenzaun wie immer. Ich hab's heute festgebunden, wegen des Sturms.«

»Fahren wir also die Mädels nach Hause, Sie können dann

Feierabend machen. Vielleicht ist die Staatsanwältin morgen immer noch mit Geraldine Bertrand und Jannes Pedersen beschäftigt. Dann haben wir einen ruhigen Sonntag.«

»Und Sie können Ihren Geburtstag feiern.«

»Feiern? Wir müssen zur Modenschau! Schon vergessen? Sie haben Carolin versprochen, das neue Hemd auszuführen.«

»Dafür muss die Bertrand wieder auf freiem Fuß sein.«

»Dann wäre sie aus der Uhrengeschichte raus und ist wieder nur eine Mordverdächtige.«

»Ist sie das wirklich? Beweise haben wir immer noch nicht!«

Erik nickte deprimiert. »Aber wir könnten sie unter Druck setzen. Natürlich erst nach der Modenschau. Vielleicht verplappert sie sich dann.«

»Und Jannes Pedersen?«

»Der hat vielleicht nicht Yvonne Perrette, aber sicherlich seine Frau umgebracht.«

»Sicherlich?« Sören erhob sich. »Sicher ist gar nichts. Wir werden wohl doch am Sonntag arbeiten müssen. Dabei wird Ihre Schwiegermutter Ihnen vermutlich eine tolle Geburtstagstorte backen ...«

Erik winkte ab. »Ich mache mir nichts aus Geburtstagen.« Er stockte und lächelte. »Obwohl ... auf die Uhr, die ich bekommen werde, freue ich mich schon. Eine echte Rolex werde ich mir nie leisten können, aber ein Plagiat ist ja auch nicht schlecht. Das Modell, das sie ausgesucht hat, ist sehr schön. Und die Ähnlichkeit mit dem Original einfach verblüffend.«

Als Carolin wenig später mit Vanessa ins Kommissariat kam, saßen Erik und Sören über einem Uhrenkatalog und bestaunten die Preise.

Carolin wunderte sich. »Du hast zwei Mordfälle und schaust dir Uhrenkataloge an?«

Erik wies darauf hin, dass seine Arbeitszeit bereits vor einer Stunde geendet hatte und er überhaupt nur deswegen so zeitig Feierabend mache, damit seine Tochter sicher nach Hause kam. »Einen Moment noch, Caro! Eben noch den Katalog bis zum Ende durchblättern ...«

Carolin winkte ab. »Lass dir Zeit!« Sie zog den Ablaufplan der Modenschau aus ihrer Tasche und hockte sich mit Vanessa auf die Schreibtischkante, um mit ihr zu besprechen, ob es wirklich sinnvoll war, zwischen dem schwarzen Minikleid und dem knielangen Jeansrock, die mit Stiefeln vorgeführt werden sollten, den weißen Hosenanzug über den Laufsteg zu tragen, der nur mit hellen Schuhen zur Geltung kam. »Stiefel an und aus«, sagte Vanessa, »das dauert.« Dabei warf sie Erik und Sören einen herausfordernden Blick zu, der ihnen anscheinend sagen sollte, wie trivial ihr Interesse an teuren Uhren war, die sie sich niemals würden leisten können, und wie bedeutsam dagegen ihre erste Modenschau. Wenn auch leider immer noch nicht feststand, ob sie wirklich über die Bühne gehen würde.

Erik klappte den Katalog zu und warf einen Blick auf den Ablaufplan. Wieder stutzte er, als er die Schrift sah. Nicht nur, dass sie besonders schön war, da gab es noch etwas anderes, was ihn aufmerken ließ.

Damit Carolin den Ablaufplan nicht wieder einsteckte, sagte er: »Man sieht gleich, dass eine Frau das geschrieben hat. Kein Mann kann so schön schreiben.« Er lächelte Vanessa an. »Ist das deine Schrift?«

Aber die schüttelte den Kopf. »Das war keine Frau! Das war Wilko Tadsen.«

Erik starrte noch eine Weile die Schrift an, während die Gedanken durch seinen Kopf jagten. Schließlich blickte er auf und sah Sören an. Mit einem Schlag wusste er, dass er nichts zu erklären brauchte. Sören hatte die gleichen Gedanken wie er. »In meinem Herzen sollst du leben«, flüsterte er, »sollst haben, was sein Liebstes ist …«

Während Erik aufstand, holte er sein Portemonnaie aus der Tasche und reichte Carolin einen Zehneuroschein. »Ihr müsst ein Taxi nehmen. Sag der Nonna, dass es bei mir spät werden kann!«

Das Haus war dunkel, hinter keinem der Fenster brannte Licht. Ein Geisterhaus! Zwei der Bewohner tot, die beiden anderen in Haft. Mamma Carlotta bekam eine Gänsehaut, als sie mit Fietje und Tove in den Garten schlich. Diese Finsternis! So tief und undurchdringlich, dass sie vergaß, wie gut diese Dunkelheit für ihre Pläne war. Und wie gut der Sturm, der über jedes Geräusch hinwegfuhr und es mit sich riss.

Tove holte, als sie angekommen waren, seine Taschenlampe hervor und leuchtete die Terrasse ab. Dann blieb der Lichtstrahl auf der großen Truhe stehen, die die Polster für die Terrassenmöbel enthielt. Ihre Ecken bogen sich auf, als Fietje den Deckel der Truhe öffnete. Vorsichtig löste er am oberen Rand die Folie, mit der die Truhe ausgeschlagen war. Tief fuhr sein Arm hinein und kehrte mit einer flachen Plastiktüte zurück. Ehe der Sturm danach greifen konnte, steckte Fietje sie unter seine Jacke, wo sie sicher war.

Tove ließ den Deckel der Truhe zurückfallen. »Jetzt rüber zur Firma Tadsen!«

Dort sah es ganz anders aus. Mehrere Scheinwerfer strahlten den Baumarkt an und beleuchteten den Parkplatz. Es war nicht leicht, sich dem Gebäude zu nähern, ohne gesehen zu werden.

Aber Tove beruhigte Mamma Carlotta. »Bei diesem Sturm brauchen wir keine Spaziergänger zu befürchten.«

Er hatte recht. Die Steinmannstraße war menschenleer. Gelegentlich fuhr zwar ein Auto vorbei, aber Fußgänger waren kaum zu sehen. Und wenn, dann eilten sie geduckt vorbei und hatten kaum einen Blick für ihre Umgebung.

»Nicht zögern«, sagte Tove, »das fällt auf.«

Also gingen sie mit großen Schritten über den Parkplatz und näherten sich dem Gebäude, als gäbe es Hoffnung, dass der Baumarkt noch geöffnet war. Fietje war der Erste, der von der Dunkelheit verschluckt wurde, mit schnellen Schritten folgten Mamma Carlotta und Tove ihm in den Schatten der Halle, in der das Lager und einige Werkstätten untergebracht waren. Fietje führte sie zu einer Schiebetür ohne Klinke, mit einer senkrechten Leiste, die als Griff diente, um die Tür aufzuschieben. Es gab keine Schwelle und nichts, was den Eingang gegen Regen schützte.

»Diese Tür benutzt die Rollstuhlfahrerin«, erklärte Fietje, »wenn sie in die Halle will.«

Mamma Carlotta wandte sich um, als Tove ein Werkzeug hervorholte, und drehte sich erst wieder zurück, als er sagte: »Die ist offen.«

Erstaunlich zuvorkommend ließen die beiden ihr den Vortritt und standen noch zögernd in der Tür, als sie rief: »Alles klar! Hier ist niemand!«

Tove, der während seiner Umbauarbeiten die Firma Tadsen gut kennengelernt hatte, ging zu einer großen Kiste, die an der Schmalseite der Halle stand. Als Tove den Deckel öffnete, sah Mamma Carlotta ihm über die Schulter. Durch die niedrigen Fenster unter der Decke fiel ein wenig Licht herein. Sie konnte sehen, dass mindestens ein Dutzend Schutzanzüge in dieser Kiste aufbewahrt wurden. Ein guter Ort, um das Geld zu verstecken, denn die Spinnweben und der Mäusedreck zeigten an, dass diese Anzüge lange nicht benutzt worden waren und für Wilko Tadsen anscheinend jede Bedeutung verloren hatten. Tove hob die Anzüge an einer Seite an, um die Plastiktüte so tief wie möglich darunterzuschieben.

Fietje hielt ihn zurück. »Sollen wir nicht vorher einen kleinen Tausender …? Bei so viel Geld kommt's doch auf ein paar Scheinchen nicht an.«

Tove sah Mamma Carlotta an, als wollte er sich Fietjes Meinung gern anschließen, aber die gab ihnen mit einer kategorischen Handbewegung zu verstehen, dass so etwas nicht infrage kam. Und da beide ihre Angst vor ihr noch nicht verloren hatten, unternahmen sie keinen Versuch, sie umzustimmen. Tove seufzte tief auf, als er das Geld in der Kiste versenkte, und Fietje zog seine Bommelmütze in die Stirn, als könnte er nicht mitansehen, was mit dem Geld geschah, das für ihn eigentlich eine Art Lebensversicherung hatte sein sollen.

»Jetzt noch der anonyme Brief«, flüsterte Mamma Carlotta, »und wir haben alles getan, was getan werden musste. Marikke Tadsen wird ihre gerechte Strafe bekommen.«

Erik zögerte, ehe er den Finger auf den Klingelknopf setzte. Von drinnen waren die Geräusche des Fernsehers zu hören, schwaches Licht drang durchs Wohnzimmerfenster und ein bläuliches Flackern. Auf das Klingeln folgte eine kurze Stille, dann gab es Geräusche in der Diele. Jemand fragte: »Wer ist da?«

Erik nannte seinen Namen, kurz darauf wurde geöffnet. Marikke Tadsen sah die beiden Polizeibeamten erstaunt an. »Moin! Sie müssen noch arbeiten?«

Sie rollte ihnen ins Wohnzimmer voran, griff nach der Fernbedienung und schaltete den Samstagskrimi ab. »Gibt's was Neues?«, fragte sie, ehe sie sich zu ihnen umdrehte.

Erik und Sören blieben stehen, obwohl Marikke zu zwei Sesseln wies. »Ist Ihr Mann zu sprechen?«

Marikke schüttelte den Kopf. »Er ist bei einem Kunden.«

»Name? Adresse?«

Marikke zuckte mit den Schultern. »Weiß ich nicht.«

»Wie lange ist er schon weg? Wann erwarten Sie ihn zurück?«

»Eine Stunde etwa. Ich weiß nicht, wann er zurückkommt. Was wollen Sie überhaupt von ihm?«

Erik setzte sich nun doch, und Sören hockte sich an seine Seite. »Wussten Sie, dass Ihr Mann ein Verhältnis mit Elske Pedersen hatte?«

In Marikkes Gesicht blieb es ruhig. »Wie kommen Sie darauf?«

»Wussten Sie es?«

Sie nickte zögernd. »Mein Mann hat sexuelle Bedürfnisse, die ich ihm nicht mehr erfüllen kann.«

»Sie saßen vor fünf Jahren schon im Rollstuhl?«

»Nächste Woche sind es sieben Jahre.«

Sören mischte sich ein. »Aber ausgerechnet die Frau seines besten Freundes? Wusste Jannes Pedersen davon?«

»Natürlich nicht.« Jetzt sah sie die beiden sehr aufmerksam an. »Wie haben Sie es herausgefunden?«

»Durch seine schöne Schrift«, erwiderte Erik. »Wir haben ein Gedicht in Elskes Hinterlassenschaft gefunden. Von Ihrem Mann geschrieben.«

Sie sah ihn ungläubig an. »Mein Mann machte sich nichts aus Gedichten.«

»Wenn man verliebt ist, kann sich so was ändern.«

»Er war nicht verliebt. Ich habe Ihnen doch gesagt, es ging nur um seine sexuellen Bedürfnisse.«

»Hoffmann von Fallersleben«, sagte Erik und beobachtete Marikke scharf. »In meinem Herzen sollst du leben, sollst haben, was mein Liebstes ist … Kann es sein, dass Ihr Mann Sie verlassen wollte? Zusammen mit der Frau seines besten Freundes? Heimlich, damit Jannes es erst erfuhr, wenn beide schon weg waren? Weil Ihr Mann wusste, wie Jannes auf so was reagieren würde?«

Marikke schien ihm nicht mehr zuzuhören. Sie war blass geworden. So leise sprach sie, dass Erik und Sören sie kaum verstehen konnte. »Das war unser Gedicht. Er hat es mir zu unserem ersten Jahrestag geschenkt.« In ihren Augen glomm etwas auf, was Erik nicht zu deuten wusste. Verzweiflung konnte es sein, aber auch Hass.

»Und was ist mit Geraldine Bertrand?«, fragte Erik. »Ob sie auch Gedichte von Ihrem Mann geschenkt bekommen hat?«

Marikkes Blässe verlor sich, Röte stieg in ihre Wangen. Ihre Augen, die kurz vorher leblos gewirkt hatten, funkelten nun. »Die Frauen mögen Wilko«, sagte sie. »Er hätte ja auch in ein Bordell gehen können, aber das ist nicht sein Ding. Er braucht den Flirt. Aber er wird bei mir bleiben, das weiß ich.«

»Hatte oder hat Ihr Mann finanzielle Probleme?«

Marikke schüttelte den Kopf. »Unsere Firma läuft gut, unser Haus ist schuldenfrei. Mein Vater hat uns alles wohlgeordnet hinterlassen.«

»Es heißt, dass Ihr Mann oft ins Spielcasino ging.«

»Sie meinen, er hat Haus und Hof verspielt und brauchte Elskes Lottogewinn?«

»Möglich.« Erik zog ein Blatt aus der Tasche. »Ein Durchsuchungsbeschluss«, sagte er und hielt ihn Marikke hin. »Die Staatsanwältin hat ihn mir sofort ausgestellt, als ich ihr von meinem Verdacht erzählte. Wir werden uns die Buchführung ansehen, Frau Tadsen. Entweder wir stoßen dort auf Elskes Lottogewinn, oder wir entdecken das Geld in irgendeinem Versteck. Oder beides! Wir werden nicht eher Ruhe geben, bis wir es gefunden haben. Und ich werde auch die KTU bestellen.« Auf Marikkes fragenden Blick ergänzte er: »Die kriminaltechnische Untersuchungsstelle. Vielleicht findet mein Kollege Vetterich mit seinen Leuten verwertbare Spuren. Sollte Yvonne Perrette in diesem Hause getötet worden sein, wird sich das nachweisen lassen. So gründlich kann man Blut nicht entfernen ...«

Nun wurde Marikke nervös. »Sie suchen an der falschen Stelle. Bei Geraldine sollten Sie sich umsehen. Wetten, dass Sie da was finden? Sie hat beide gehasst, Elske und auch Yvonne. Elske hat ihr mal den Mann ausgespannt! Wussten Sie das?«

Erik schüttelte den Kopf. »Meinen Sie, das ist ein Mordmotiv?«

»Und Yvonne war immer das Lieblingskind der Eltern. Geraldine hat sich ständig zurückgesetzt gefühlt, das hat sie mir erzählt. Deswegen hat sie auch nur schwer ertragen, die Angestellte ihrer Schwester zu sein. Geraldine wollte alles! Das ganze Modeatelier!«

Erik runzelte die Stirn. »Und deswegen hat sie Yvonne umgebracht? Wenn sie schon Elske auf dem Gewissen hatte und das viele Geld besaß, das Elske im Lotto gewonnen hatte ...«

»... dann hätte sie ihr eigenes Modegeschäft aufmachen können«, ergänzte Sören.

Erik schüttelte den Kopf, um Marikke zu zeigen, was er von ihren Hinweisen hielt. Dann stand er auf und ging in die Diele. »Wir beginnen im Büro. Die Tür neben der Küche führt in die Geschäftsräume?«

Marikke antwortete nicht, sondern rief ihm nach: »Das Modeatelier sollten Sie durchsuchen. Wenn Sie etwas finden wollen, dann dort!«

Ehe Erik antworten konnte, hörte er das Geräusch hinter der Tür. Und er begriff, dass sein Gespräch mit Marikke belauscht worden war. Von wem? Von Wilko Tadsen? War er etwa doch im Haus? Hatte Marikke sie belogen? Oder war er zurückgekehrt, ohne dass sie es bemerkt hatten?

Erik zog seine Dienstwaffe. »Er will durch die Halle verschwinden«, raunte er Sören zu. »Oder durchs Geschäft.«

Kurz bevor er die Tür aufriss, hörte er, dass jemand in dem Flur, der sich dahinter befand, an einer Klinke rüttelte. An der Klinke einer anderen Tür. Einer Tür, die in den Baumarkt führte. Einer Tür, durch die derjenige, der in diesen Flur getreten war, gekommen sein musste!

Erik richtete die Waffe auf Wilko Tadsen. »Hände hoch!«

Tadsen sah erbärmlich aus. Zitternd stand er da und rüttelte noch immer an der Klinke. Um seine Mundwinkel zuckte es, als wollte er zu weinen beginnen. Die Waffe, die er in der Hand hielt, fiel zu Boden, er starrte Erik und Sören an, als wollte er ihnen vorwerfen, dass ihm die Flucht nicht gelungen war. »Jemand hat die Tür hinter mir abgeschlossen«, sagte er und fing nun tatsächlich an zu weinen.

Geraldine Bertrand lächelte. Mamma Carlotta sah, wie sehr sie sich um dieses Lächeln bemühen musste, aber immerhin, sie schaffte es, einen gelösten Eindruck auf ihre Kunden zu machen. So viele hatten sich noch im letzten Augenblick zur Modenschau angemeldet, dass Geraldine umdisponiert, weitere Stühle aus Jannes Pedersens Wohnung geholt und dafür die Umkleidemöglichkeit in seinen Wintergarten verlegt hatte. So war die komplette Schneiderwerkstatt zum Zuschauerraum geworden, geteilt durch den Sisalläufer, auf dem die Models die Mode vorführen würden, die angeblich ausschließlich von der verstorbenen Yvonne Perrette entworfen worden war. Ja, Geraldine hatte ihre Sicherheit zurückgewonnen und die elegante Kaltschnäuzigkeit ebenfalls.

Als Erik kurz vor Mitternacht nach Hause gekommen war, hatte sie bereits ihre Freiheit zurückerhalten. »Die Modenschau wird stattfinden«, hatte Erik seiner Schwiegermutter mit einem schiefen Lächeln erklärt. »Du kannst dich freuen.«

Sofort hatte Mamma Carlotta versichert, dass sie sich nur deshalb freue, weil nun Geraldines Unschuld bewiesen war. »Wie hat die Staatsanwältin herausgefunden, dass sie nichts mit dem Uhrenschmuggel zu tun hat?«

Erik ließ sich müde am Küchentisch nieder und betrachtete erfreut den Rotwein, den seine Schwiegermutter entkorkt, und die Bruschette, die sie für ihn vorbereitet hatte. »Pedersen hat gestanden, als er hörte, dass auch der Kopf der Bande geschnappt worden ist. Dieser Ernest Getty. Und er hat versichert, dass Geraldine nichts davon wusste.«

»Aber wie sind die Uhren in ihre Werkstatt gekommen?«, fragte Mamma Carlotta, während sie im Kühlschrank nach Olivenöl suchte, damit sie Erik nicht ansehen musste.

»Die Staatsanwältin sagt, Pedersen hätte Tove Griess belastet. Der soll ihm die Uhren untergeschoben haben.«

Mamma Carlotta erschrak. »Der Besitzer dieser Imbiss-Stube, vor dem du mich schon oft gewarnt hast?«

»Käptens Kajüte, ja. Zutrauen würde ich es ihm, aber in diesem Fall scheint er wirklich unschuldig zu sein. Pedersen will sich an ihm rächen, weil Tove Griess sich geweigert hat, ihm ein falsches Alibi zu geben.«

Mamma Carlotta schenkte ihrem Schwiegersohn das Rotweinglas so voll, als sollte er für etwas belohnt werden. »Wie gut, dass du das herausgefunden hast, Enrico!«

Kurz darauf hatte die Uhr zwölf geschlagen, die Kinder waren aus ihren Zimmern gekommen, um ihrem Vater zu gratulieren und ihm ihre Geschenke zu bringen. Erik gab sich große Mühe, sich über Carolins selbst genähten Seidenschal genauso zu freuen wie über die CD, die Felix ihm schenkte. Am allermeisten freute er sich über die Uhr, die Mamma Carlotta ihm mit einem gequälten Lächeln überreichte. Erik konnte sich nicht genug darüber wundern, wie täuschend ähnlich diese Uhr einer echten Rolex war. »Man könnte wirklich meinen, ich hätte zwanzigtausend Euro am Handgelenk«, strahlte er und merkte nicht, dass Mamma Carlotta schon wieder den Kopf in den Kühlschrank steckte, um nach etwas zu suchen, was sie nicht brauchte.

Sogar die Staatsanwältin war zur Modenschau gekommen. Sie saß mit Erik an dem Tisch in der Essecke, die sich an den Wintergarten anschloss, und glaubte anscheinend, niemand habe Interesse an ihrem Gespräch. Auf die anderen Models traf das tatsächlich zu, ebenfalls auf die Kosmetikerin und die Friseurin, sogar Frau Kemmertöns fand ihre Aufgabe wichtiger als die Einzelheiten, die zu Wilko Tadsens Verhaftung geführt hatten. Niemand bemerkte, wie gern Mamma Carlotta sich dort aufhielt, wo das Gespräch zwischen Frau Dr. Speck und Erik zu belauschen war.

»Etwas müssen Sie mir noch erklären, Wolf«, sagte die

Staatsanwältin. »Wusste Marikke Tadsen, was ihr Mann getan hat?«

»Angeblich nicht«, antwortete Erik nachdenklich. »Aber ich glaube ihr nicht. Sie hat versucht, Geraldine Bertrand zu belasten. Das zeigt, dass sie etwas wusste.«

»Aus Eifersucht?«

Erik zuckte mit den Schultern. »Vermutlich. Sie hat uns immer wieder aufgefordert, bei Geraldine nach dem Geld zu suchen, und war völlig verblüfft, als wir vierhunderttausend Euro in der Kiste mit der Schutzkleidung gefunden haben.« Er strich sich ausgiebig seinen Schnauzer glatt, während er ergänzte: »Kein besonders gutes Versteck übrigens. Erstaunlich, dass dort noch niemand auf das Geld gestoßen ist.«

»Wilko Tadsen wollte also wirklich mit Pedersens Frau weggehen, nachdem sie im Lotto gewonnen hatte?«

»Er gab es vor«, korrigierte Erik. »Tatsächlich hatte Wilko Tadsen viel Geld verspielt. Die Firma stand kurz vor dem Bankrott, ohne dass seine Frau etwas davon wusste. Die Firma seines Schwiegervaters in die Pleite getrieben zu haben, das wäre für ihn das Schlimmste gewesen. Dann wäre er sich wie ein Versager vorgekommen. Elskes Lottogewinn muss ihm wie ein Wink des Schicksals vorgekommen sein. Sie hat ihm vorgeschlagen, damit ein neues Leben anzufangen. Weit weg von Jannes und Marikke, weit weg von Sylt! Beide wollten sie einen Brief hinterlassen, in dem stand, dass sie weggehen und nie zurückkehren werden.«

»Aber nur Elske Pedersen hielt die Verabredung ein.«

Erik nickte. »Wilko traf sich mit ihr, aber er ging nicht mit ihr weg, sondern brachte sie um und bezahlte von dem Lottogewinn seine Schulden. Die Firma war gerettet, und vierhunderttausend Euro waren ihm geblieben, die ihm zumindest ein Gefühl von Unabhängigkeit gaben. Wäre er nicht schuld am Elend seiner Frau gewesen, hätte er weggehen und ein neues Leben anfangen können. Allein dieser Gedanke half ihm, das Leben an Marikkes Seite zu ertragen.«

»Ein beinahe perfekter Mord«, sagte Frau Dr. Speck. »Wenn nicht dort, wo Elske verbuddelt war, gebaut worden wäre.«

»Irgendwann hat Wilko festgestellt, dass das Geld weg war. Marikke hatte es wohl zufällig entdeckt und beiseitegeschafft. Sie wollte nicht, dass er unabhängig von ihr ist. Sie brauchte ihn. Ohne ihn muss sie ins Pflegeheim. Komisch nur, dass sie kein besseres Versteck gefunden hat.«

»Was für ein perfider Plan!« Die Staatsanwältin schien ehrlich beeindruckt zu sein. »Und was ist mit Yvonne Perrette? Warum musste sie sterben?«

»Als Yvonne den Brief der Bank gefunden hatte, der an Elske gerichtet war, kam ihr die Idee, dass Jannes seine Frau umgebracht hat. Sie war zufällig dahintergekommen, dass Jannes eine Villa in der Toskana besaß, nun glaubte sie zu wissen, wie er sich die leisten konnte. Zu ihrem Pech vertraute sie sich ausgerechnet Wilko an. Er war natürlich konsterniert, als Yvonne ihm den Brief zeigte. Er hätte ihn ihr gern abgenommen, aber da muss sie misstrauisch geworden sein.«

»Ist Yvonne die Idee gekommen, dass Wilko der Mörder war?«

Erik schüttelte den Kopf. »Nein, das traute sie ihm nicht zu. Sie glaubte, dass er Jannes deckte. Die beiden Blutsbrüder ...«

»Und dann wurde das Gerippe gefunden!«

»Genau! Und Wilko bekam Angst, dass Yvonne zur Polizei gehen und Jannes anzeigen würde. Dann wären wir irgendwann auf Wilko Tadsen gestoßen.«

»Klar!« Frau Dr. Speck schlug sich vor die Stirn. »Er hatte ja auch die Möglichkeit, Yvonnes Sachen herauszusuchen. Alles, was eine Frau mitnimmt, wenn sie abhaut.«

»Genau! Er hatte einen Schlüssel von Jannes' Haus.«

»Weil sie ja Blutsbrüder waren ...« Die Staatsanwältin zog ein Gesicht, als hätte sie in eine Zitrone gebissen.

Geraldine Bertrand erschien im Wintergarten. »Ist alles bereit?« Sie schien nun sehr nervös zu sein. »Die ersten Zuschauer sind schon da.«

Die Staatsanwältin erhob sich. »Dann will ich mir mal einen guten Platz sichern.« Sie drehte sich zu Erik um, der ihr gemächlich gefolgt war. »Eines verstehe ich allerdings noch nicht, Wolf: Wer hat die Tür hinter Wilko Tadsen abgeschlossen, so dass er nicht fliehen konnte?«

Erik lächelte. »Keine Ahnung! Aber das ist ja auch egal.«

»Stimmt! Hauptsache, wir haben den Kerl.« Die Staatsanwältin zeigte auf Eriks Handgelenk und lachte. »Eine tolle Uhr, die Sie da tragen, Wolf! Sieht total echt aus!«

Erik lachte. »Das Geburtstagsgeschenk meiner Schwiegermutter! Ja, diese Plagiate werden immer besser!«

Die Staatsanwältin lachte mit, aber die Heiterkeit fiel doch von ihr ab, als Mamma Carlotta fragte: »Wie geht es eigentlich Ihrem Schwager? Hat er sich erholt?«

»Es geht ihm schon wesentlich besser.«

»Und sein Vater? Will er immer noch seinen schwarzen Anzug anziehen?«

»Den habe ich entsorgt. Das alte Schätzchen braucht er nicht mehr.« Sie ging zur Tür. »Schön, dass jetzt alles geklärt ist. Die beiden Morde und der Schmuggel mit den Luxusuhren auch.«

»Ist der wirklich geklärt?«, fragte Erik. »Was ist mit einem Zwischenhändler? Oder anderen Leuten, die die Uhren weiterverkauft haben?«

»Es gibt keine«, behauptete die Staatsanwältin so kategorisch, dass Erik keinen Einwand versuchte. Dann lächelte sie ihn an, wie sie ihn noch nie angelächelt hatte. »Jannes Pedersen hat die Uhren von den Dieben übernommen und irgendwie weiterveräußert. Die Leute, die da noch mit drinhängen, sind nicht so wichtig. Hauptsache, die Angelegenheit hat ein Ende.«

Mit diesen Worten ging sie in die Schneiderwerkstatt und suchte sich einen Stuhl, auf dem sie zufrieden Platz nahm. Eriks erstaunten Blick schien sich nicht zu bemerken.

Lächelnd blickte er auf seine neue Uhr und sagte: »Noch fünfzehn Minuten! Erstaunlich, wie genau die geht!« Er umarmte sowohl seine Schwiegermutter als auch seine Tochter. »Toi-toi-toi!«

Als er in den Zuschauerraum ging, erhaschte Carlotta einen Blick auf Sören, der sich alle Mühe gab, sein neues Hemd mit den gerüschten Ärmeln souverän zu tragen. Dann beobachtete sie Tove und Fietje, die gerade den Raum betraten. Sie trugen Jacken, helle Hemden und Krawatten, die schon einige

Jahrzehnte auf dem Buckel hatten, aber Mamma Carlotta war glücklich über ihr Erscheinen. Und dass Felix gekommen war, um seine Nonna und seine Schwester auf dem Laufsteg zu bewundern, machte das Maß des Glücks voll.

Strahlend wandte sie sich zunächst dem Spiegel und dann Geraldine Bertrand zu, die an der Tür des Wintergartens stand und nach draußen starrte. Sie hatte die Arme vor der Brust verschränkt, als wollte sie sich so klein wie möglich machen, und strich mit den Händen über ihre Oberarme, als sollte das verräterische Zucken ihrer Schultern damit verborgen werden.

Mamma Carlotta trat zu ihr. »Sie haben ihn geliebt?«

Geraldine nickte. »Auch dann noch, als ich wusste, dass er ein Mörder ist.«

»Woher wussten Sie es?«

Geraldine ließ den Blick nicht von dem Strauch, der vor der Tür des Wintergartens stand. »Als der Neubau in List begann, war Wilko ständig dort oben. Ich bin ihm oft heimlich gefolgt, wollte wissen, was er dort suchte. Als dann das Skelett gefunden wurde, ahnte ich, dass er was damit zu tun hatte.« Sie drehte sich zu Carlotta um, ihre Augen standen voller Tränen. »Ihr Schwiegersohn hat mir erzählt, dass er Yvonne in der Halle erschlagen hat. Dort hat er ihr die Fliesen gezeigt. Als sie sich bückte, um sie zu betrachten ...« Sie schluckte die Tränen hinunter und schaffte es in erstaunlicher Geschwindigkeit, Trauer und Verzweiflung aus ihrem Gesicht zu wischen. »Die Spurenfahnder haben Yvonnes Blut nachgewiesen. Ich werde mir nie verzeihen, dass ich diesen Mann geliebt habe.«

»Es wird Zeit!«, rief Frau Kemmertöns. »Alle Zuschauer sind da, alle Stühle besetzt!«

Geraldine Bertrand straffte sich, hob energisch die Augenbrauen in die Höhe, schloss nachdrücklich die Augen und öffnete sie dann umso weiter. »Das Leben geht weiter«, murmelte sie und ging durch die Tür, um den Applaus ihres Publikums in Empfang zu nehmen.

Kurz darauf schwebte Carlotta Capella über einen roten Teppich. Nun ja, richtig rot war er nicht, aber das war nicht weiter schlimm ...

Danksagung

Mein Dank geht an meinen Sohn Jan, Polizeihauptkommissar in Münster, der dafür gesorgt hat, dass die Arbeit des Polizeireviers Westerland sachlich richtig abläuft, und an meine Freundin Gisela Tinnermann, deren Bestätigung und sachliche Kritik mir sehr geholfen haben.

Ein neuer Fall für Mamma Carlotta

*Cover- und Preisänderungen vorbehalten

Gisa Pauly

Küstennebel

Ein Sylt-Krimi

Piper Taschenbuch, 448 Seiten

€ 11,00 [D], € 11,40 [A]*

ISBN 978-3-492-26473-0

Als ein Italiener als vermisst gemeldet wird, kommt das Kommissar Erik Wolf sehr gelegen – so muss er seine Schwiegermutter Carlotta nicht nach Umbrien auf eine Silberhochzeit begleiten. Zunächst stochert er im Sylter Nebel, doch dann überschlagen sich die Ereignisse: Ein Informant in Mamma Carlottas Heimatdorf ist unter seltsamen Umständen gestorben, und Erik bleibt nichts anderes übrig, als ins sonnige Italien zu reisen …

Leseproben, E-Books und mehr unter **www.piper.de**